MacKay
Detectiv Canadian
Cartea Întâi
Un Epitaf Potrivit

&

Un Imigrant

Roxana Nastase

Iunie 2018

Toronto, Canada

Cuprins

Lui Gabi, Florin și Cristi

UN EPITAF POTRIVIT

Un Epitaf Potrivit

KLAVDIYA S-A NĂSCUT în urmă cu patruzeci de ani pe malul unui lac mic din Rusia...

Femeia s-a căsătorit primăvara când cireșii erau în floare. Avea doar optsprezece ani la vremea aceea. A divorțat toamna când ploile aspre spălau pământul și frunzele căzute. Avea numai douăzeci și trei de ani și un băiețel atârnat de fustele sale.

...

Klavdiya a murit pe țărmul altui lac și pe alt continent... Venise pe lume cu o neliniște cumplită în suflet și cu setea de a depăși limitele pe care i le impusese lumea în care se născuse și murise fără ca să-și afle liniștea.

PROLOG – VIZIUNEA LUI AXEL

FEMEIA DEJA FLIRTASE cu el de mai bine de cincisprezece minute când el a invitat-o să îl însoțească în grădină pentru a lua o gură de aer proaspăt. Ea zâmbi și privi prin ușile dinspre terasă în întuneric. Aceasta era exact ceea ce își dorise, așa că imediat consimți, cu dragă inimă, să îl însoțească afară.

În fond, acela era un bărbat foarte bine clădit. Ea chiar crezuse că arăta mult prea bine când l-a remarcat prima dată. Îi lăsase gura apă, iar ochii ei îi cercetaseră cu atenție lățimea umerilor precum și mâinile sale puternice.

Avea mare nevoie de un bărbat pentru că trecuse prea mult timp de când simțise mâinile puternice ale unui bărbat pe trupul ei. Probabil că trecuse chiar mult prea mult timp, dacă ar fi fost să se ia după furnicăturile pe care le simțea acum în stomac.

Dorința fizică fusese suficient de puternică pentru a o face să se simtă atrasă de el, dar semnele care denotau bunăstarea lui materială jucaseră un rol mult mai important și fuseseră hotărâtoare pentru ea.

Bărbatul era destul de bogat pentru gustul ei. Costumul lui nu era o imitaţie ieftină, ci un adevărat Armani. Femeia întotdeauna avusese un ochi bun când era vorba să distingă între o copie şi un obiect original.

Se plimbară alene pe cărarea pietruită, în timp ce ea se ţinea strâns de braţul lui ferm. El îi murmura diverse nimicuri la ureche, dar ea nici măcar nu se obosea să-i asculte cuvintele.

Puterea pe care o simţea sub degetele sale era la fel de excitantă ca şi mirosul puternic al trandafirilor ce se întindeau de-a lungul uneia dintre laturile cărării pe care păşeau. Ea simţi mirosul interludiului romantic în aer şi zâmbi.

După alţi câţiva paşi, trandafirii dispărură şi făcură loc unor tufişuri cu fructe de pădure. Mirosurile se schimbaseră, iar fierbinţeala verii îi învălui într-un văl de umiditate fierbinte.

Cărarea de prundiş dispăru, iar femeia se împiedică atunci când călcă pe pământul crăpat. Amândoi râseră din cauza neîndemânării ei, deşi ruşinea îi pudră acesteia obrajii cu o roşeaţă uşoară. Fără să spună nici un cuvânt, bărbatul o susţinu mai bine, iar o plăcere frivolă îi clocoti femeii prin vene.

Când el îşi grăbi paşii, ea chicoti uşor şi comentă jucăuş asupra grabei lui. El privea copacii absent şi nu lăsă să se vadă că ar fi auzit-o.

Acel fapt o determină să pună capăt plimbării lor mai adânc în grădină. Părea să fie romantic, dar nu era însă foarte înţelept. Se găsea singură cu un bărbat pe care abia îl întâlnise şi nu ştia absolut nimic despre el.

Nu mai fusese în acea grădină înainte şi nu ştiuse că aceasta se întindea pe un spaţiu atât de extins şi de izolat. Mai mult decât atât, chiar dacă ea avea intenţia să flirteze cu el, nu avea însă nici cea mai mică intenţie să se lase cucerită de farmecul lui în seara aceea.

Nu era niciodată o idee bună să cedezi prea curând. Ea îşi dorea mai mult decât o simplă rostogolire prin fân, iar aceea însemna că, măcar pentru o vreme, trebuia să pretindă că nu era o femeie care era uşor de convins.

Ea ştia că bărbaţilor le plăcea vânătoarea. Le plăcea să simtă mirosul pradei şi adorau eforturile pe care trebuiau să le depună în vânătoarea lor pentru a cuceri o femeie.

Uriaşul îi aruncă femeii o privire, iar ochii lui îi arătară că îi înţelegea reticenţa. Ca urmare, el îşi încetini pasul pentru a şi-l potrivi cu al ei.

Femeia purta tocuri cui înalte, iar tălpile ei îi mulţumiră bărbatului. Când şi-a pus pantofii cu tocuri înalte în seara aceea, înainte de a merge la petrecere, aceasta nu îşi imaginase că le va purta pe un teren tare şi denivelat.

Când au ajuns la cam patruzeci de metri de casă, în umbra copacilor care se întindeau de-a lungul cărării în zona aceea, bărbatul i-a înşfăcat braţul femeii şi a tras-o spre un colţ mai izolat al grădinii. Pusese destul de multă forţă în acea acţiune, iar mişcarea brutală a speriat-o pe aceasta.

Un fior îi trecu femeii pe la ceafă. Acesta trimise mai apoi tentacule de spaimă de-a lungul şirei spinării ei şi de-a lungul spatelui picioarelor ei. Un pesentiment negru o îngheţă până la oase şi îi înlocui dispoziţia ei plăcută de mai înainte.

Cu toate acestea, femeia se hotărî să nu accepte orice din partea bărbatului fără să reacționeze. Mai întâi încercă să discute cu el rațional.

Preferă să creadă în posibilitatea că bărbatul devenise prea nerăbdător ca să fie singur cu ca și de aceea își schimbase atitudinea.

Cu toate acestea, cuvintele ei bine alese îi trecură bărbatului pe lângă urechi, iar ea încetă să mai pretindă și începu să i se opună de-a binelea. Își dădu curând seama că eforturile ei nu aveau nici un succes. Era ca și cum ar fi încercat să oprească cursul unui râu.

Indiferent la rugămințile ei, bărbatul o mai târî câțiva metri. Ea continuă să îl implore pentru că nu vedea nici o altă soluție, dar încercările ei eșuară.

Își reîmprospătă eforturile de a îi ține piept și încercă să-și planteze tocurile în pământ pentru a-l opri, dar solul era mult prea uscat și ea nu reușea să se oprească din mers. Nu reușise decât să stârnească un nor de praf care se grăbi să-și găsească adăpost în porii ei.

Picioarele începură să-i tremure ca gelatina și abia reuși să rămână în picioare. Ceva era clar în neregulă cu ce se petrecea acolo. Atât încrederea în sine cât și simțul ei de siguranță se furișaseră pe undeva și dispăruseră în timpul acelui mers forțat printre copaci.

Șocuri electrice de spaimă îi străbăteau brațele. Femeia intră în panică și lacrimile îi arseră obrajii. Îi era jenă că își arăta slăbiciunea și încercă să le oprească, dar degete reci de frică tot îi strângeau inima într-un pumn de fier. Nu mai reușea să tragă aer în piept, iar respirația îi deveni sincopată.

Probabil deja sătul de încercările ei futile de a se desprinde de el, bărbatul se opri brusc și se puse în fața ei. Printre lacrimile care îi șiroiau cu încăpățânare pe obraji, femeia îi analiză cu teamă chipul împietri.

Bărbatul nici măcar nu clipea și aceea avu puterea de a o deconcerta și mai mult. El numai o privirea cu ochi reci, fără nici un pic de viață în ei, iar acea privire îi strivi orice speranță.

Femeia încercă să spună ceva din nou, dar acum nu mai avea suficientă putere ca să împingă sunetele dincolo de buze. Gâtlejul îi refuza să mai funcționeze, iar gura îi era mai uscată decât solul pe care îl simțea sub tălpile subțiri ale pantofilor ei eleganți.

Femeia aruncă o privire înapoi spre casă cu speranță reînnoită, dar din păcate, prematură, pentru că observă că arborii ascundeau casa de ochii ei. Buzele îi tremurară când își dădu seama că nimeni nu o putea vedea sau auzi.

Un colț al gurii bărbatului se ridică într-un rânjet satisfăcut și disprețuitor, iar ea avu senzația că cineva a împroșcat-o cu apă rece peste față.

Chiar dacă teama îi tot creștea și acum atinsese noi culmi, ea tot reuși să înțeleagă că ceea ce simțea el pentru ea nu era altceva decât dispreț.

Acel lucru o șocă. Nu era primul șoc pe care îl resimțise în seara aceea, cu siguranță, dar acesta o lovi cu forța unui cablu de curent neizolat, iar mintea îi alergă dezordonat în toate direcțiile, încercând să găsească o explicație plauzibilă pentru comportamentul lui.

Întotdeauna fusese convinsă că bărbaţii o admirau, ba chiar unii o adorau pur şi simplu. Destul de des, privirile lor fierbinţi o încălziseră şi ştia că nu se înşela.

Ea îi întoarse privirea cu ochi obosiţi. Încercă să descifreze ce se afla în spatele măştii pe care el o afişa, dar intuiţia ei se ascunsese pe undeva şi nu îi mai era de nici un fel de ajutor.

Bărbatul solid o studie şi el câteva momente cu atenţie, iar mai apoi, acesta întinse mâna şi îi prinse bluza de mătase în pumn. Atingerea lui brutală o aduse înapoi la realitatea care transformase un interludiu romantic într-un film de groază.

Acum frica ei clocotea aproape de suprafaţă, iar cum din cauza fricii creierul ei îi trimitea semnale confuze, femeia mai că izbucni într-un râs isteric.

În acel moment îngheţat în timp, bluza aceea moale, care îi mângâia curbura sânilor, devenise cel mai important lucru din lume pentru ea. Era foarte mândră de ea, pentru că aceasta reprezenta unul din simbolurile pe care ea le ataşase vieţii pe care şi-o construise pentru sine. Pentru ea, acea bucată de mătase scumpă devenise dovada tangibilă că depăşise toate aşteptările pe care atât ea cât şi alţi oameni le avuseseră de la ea, dar, mult mai important, că reuşise să scape de circumstanţele naşterii ei, care o situase de la început în rândurile clasei muncitoare.

Imaginea acelei mâini întunecate şi ameninţătoare pe bluza ei preţioasă stârni o altă scânteie de spaimă în inima ei, dar o determină şi să vadă roşu în faţa ochilor.

Mâna musculoasă trase cu putere și îi sfâșie bluza subțire. Aceasta deveni practic o zdreanță. Spaima și presiunea furiei ei atunci când își văzu bluza prețioasă distrusă fără milă o împinseră să scoată un urlet de luptă printre buzele tremurătoare.

Femeia abandonă orice gând rațional și se aruncă asupra bărbatului. Pantofii ei găsiră locuri expuse la durere în fluierele picioarelor bărbatului și acesta gemu. Unghiile ei țintiră chipul lui frumos și nemilos, pe care îl admirase numai cu câteva minute înainte, iar sângele țâșni din zgârieturile pe care le lăsară în urma lor.

El se luptă cu ea și o dezechilibră cu un dos de palmă peste față. Ea se clătină spre spate și strigă din nou și nu numai din cauza durerii.

Acel strigăt purta ecourile terorii care i se strecurase în oase pe nesimțite și care îi scurtcircuitase celulele creierului. Bărbatul era puternic, iar ea nu era în stare să se apere împotriva forței brute de care acesta era capabil.

Și cu toate acestea, strigătul ei muri curând. Un alt bărbat o prinse de gât din spate, iar degetele lui îi strângeau gâtlejul într-o menghine, sugrumând astfel orice sunet pe care ea l-ar fi scos.

Ea se mustră pe sine pentru că în fierbințeala luptei uitase să mai dea atenție la ce se întâmpla în jur și, de aceea, nu îi auzise pașii celuilalt bărbat. Cu toate acestea, își promise să nu se lase învinsă fără a se lupta din toate puterile.

Femeia încercă să îşi înfingă unghiile în pielea mâinii celui care o apucase de gât, dar el nu dădea nici un semn că ar fi resimţit durerea. Doar din pur instinct, îşi direcţionă tocurile cui în fluierul piciorului său, dar nu avu certitudinea că a reuşit să-l rănească cu adevărat.

Degetele lui i se afundară şi mai mult în pielea delicată, lăsând în urmă vânătăi care-i marcau albeaţa fără nici un defect al epidermei. Căile ei respiratorii se contractară, iar femeia se scufundă încet în neantul inconştienţei care îi întuneca creierul.

Înaine de a leşina de-a binelea, mai avu timp să înregistreze alte degete care se înnodau în părul ei, dar în acel moment mintea ei deja depăşise pragul terorii şi anxietăţii.

Impotenţa îi copleşi colţul solitar al minţii care încă îi mai funcţiona. Ultimul lucru la care se gând a fost că nu mai exista nici o cale de ieşire din situaţia în care se găsea. Nu ar fi fost posibil să-şi cumpere libertatea şi nici nu să se lupte pentru ea. Pierduse jocul cu viaţa, iar aceea era noaptea ei.

Uşoara pâlpâire de viaţă din corpul ei avu darul de a face lucrurile suficient de interesante pentru bărbaţii din jurul ei. Cel de-al treilea bărbat, cel care îşi înfipsese degetele în părul ei, o aruncă la pământ în umbra tufişului încărcat cu biluţe roşii. Fusta i se ridicase pe coapse, iar albeaţa pielii expuse lumină întunericul.

Toţi trei stăteau încă aplecaţi deasupra ei. Îi priviră trupul căzut la pământ timp de câteva secunde, iar unul dintre atacatori rânji cu satisfacţie. Ochii lui se plimbară între trupul ei şi fructele de pădure roşii ale tufişului.

Urâţenia surâsului lui ironic dezvăluia faptul că el ştia bine că frumuseţea fructelor roşii mergea mână în mână cu otrava lor şi considera că se potriveau foarte bine cu situaţia. Femeia era pe punctul de a primi ceea ce merita. Otrava merita otravă.

AXEL SE TREZI BRUSC, cu o tresărire, iar ochii lui, încă pe jumătate acoperiţi de pleoape, trecură în revistă dormitorul. Lumina lunii se reflecta în panourile de sticlă de pe peretele sudic al încăperii şi umplea colţurile camerei cu umbre.

Inima îi bătea cu putere în piept. Pentru un scurt moment umplut de teroare, avusese impresia că se găsea în realitate acolo, cu acei bărbaţi, care încă se mai uitau fix la trupul femeii ce zăcea pe pământ în umbra acelui tufiş pe care îl văzuse în vis.

Acum, treaz de-a binelea, respiră adânc şi îşi închise ochii de uşurare. Nu se găsea în altă parte. Era tot în casa lui.

Însă, uşurarea lui Axel nu dură prea mult. Nici nu-şi închisese ochii bine că îi apăru în minte o nouă viziune a trupului sfărâmat al femeii.

Aceasta zăcea tot acolo pe jos, pe acel teren tare şi arid pe care îl văzuse deja în visul său. Acum o ploaie monotonă îi biciuia trupul nemilos şi spăla modelul care fusese pictat cu sânge pe trupul ei, iar sângele ei hrănea solul deshidratat de sub ea.

Viziunea sa era atât de detaliată încât Axel era capabil să vadă până și picăturile de ploaie care atârnau de genele femeii. Lumina din ochii ei s-a diminuat mai întâi, iar apoi s-a stins complet. Liniile de pe fruntea ei se adânciseră mai mult și îi marcau trecerea anilor pe chip.

Cu câteva ore în urmă, acel chip nu avusese nici cel mai mic defect. Acum un X îi marca pometele stâng, iar trăsăturile îi trădau osteneala, durerea și disperarea.

Axel își flexă degetele, iar apoi își șterse palmele umede de coapse. Viziunile lui Axel nu erau întotdeauna atât de detaliate, dar mai existau unele excepții, cum era cea pe care o avusese în noaptea aceea.

Când imaginea s-a estompat, Axel expiră zgomotos, iar apoi inspiră adânc. Își șterse fruntea și observă că degetele nu îi erau la fel de ferme cum le știa el.

Axel își scutură capul și coborî din pat, încercând să se ridice în picioare. Trebui să se sprijine de noptieră câteva secunde, înainte de a-și încerca din nou picioarele care îi tremurau.

Dacă ar fi fost doar o noapte obișnuită, bărbatul nu ar fi avut nevoie de ajutor pentru a se orienta. Axel își cunoștea bârlogul la fel de bine precum dosul palmei sale și își putea găsi drumul prin camere chiar dacă nu ar fi dat draperiile la o parte pentru ca încăperile să fie îmbăiate în lumina lunii. Și totuși, în noaptea aceea se văzu nevoit să se țină de pereți numai pentru a-și găsi drumul spre baie.

Acolo, își sprijini mâinile de chiuvetă și se uită fix la imaginea sa reflectată în oglindă. Își dădu seama curând că nu îl ajuta cu nimic să se holbeze la chipul lui.

Dădu drumul la robinet și își umplu pumnii cu apă rece pe care și-o aruncă mai apoi peste față cu generozitate.

Când trepidația îi părăsi trupul, Axel bău o gură de apă. Își simțea gura uscată și limba mai că i se lipise de cerul gurii. Dar tot nu simți că era de ajuns, așa că își perie și dinții, iar numai după aceea părăsi baia.

O porni spre terasă, dar ezită după câțiva pași. Se simțea neliniștit și avea nevoie de ceva mai mult decât numai să asculte la bufnițele care strigau în noapte și la sunetele lacului.

Ridicând din umeri, se întoarse și părăsi dormitorul. Avea nevoie de un pahar din cel mai bun whiskey al lui pentru a spăla gustul metalic al morții care încă îi mai sălășuia în gură pentru că pasta de dinți nu reușise să-l îndepărteze. De asemenea, trebuia să ia o hotărâre.

Axel nu-i știa pe oamenii pe care-i văzuse în visul său, dar cunoștea casa și mai văzuse acea grădină înainte. Se plimbase prin ea de multe ori în trecut și știa exact unde să găsească acel tufiș plin de boabe roșii care acum străjuia trupul fără viață al femeii.

Acum trebuia numai să se decidă ce să spună poliției și cum. Nu dorea să dezvăluie cum de aflase despre crimă, dar știa că ei îl vor întreba și el trebuia să planifice o strategie.

CAPITOLUL 1 – UN EPITAF POTRIVIT

KLAVDIYA SE NĂSCUSE pe ţărmul unui mic lac în Rusia în urmă cu patruzeci de ani. Informaţia de pe iPad-ul lui Leah nu o arăta, dar plouase în ziua când Klavdiya venise pe lume.

Femeia se căsătorise primăvara când cireşii erau în floare. Avea vârsta de optsprezece ani pe-atunci. Divorţase toamna când ploi aspre spălaseră pământul şi frunzele căzute. Avea deja un băieţel atârnat de fuste.

Tânăra femeie imigrase în Canada în vara următoare, unde, mai înainte de a pleca din ţara ei, îşi găsise o slujbă la firma unei prietene de-a ei din copilărie.

Îşi crescuse băiatul în aşa fel încât să fie capabil să stea pe propriile lui picioare, iar atunci când el părăsise casa ca să-şi urmeze propriul lui drum, ea începuse să-şi arunce privirile în jur, pregătită să iasă la vânătoare.

Venise şi timpul ei, în sfârşit, iar ea îşi dorea un bărbat care să posede şi bani. Nu i-ar fi acordat nici unui bărbat nici măcar o clipă din timpul ei dacă acesta nu i-ar fi îndeplinit anumite aşteptări. Acesta trebuia să fie bine îmbrăcat, bine educat şi cu un portofoliu bogat.

Klavdiya murise pe țărmul altui lac și pe alt continent. Viața ei făcuse un cerc complet. Venise pe lume cu o neliniște anume în suflet și cu setea să-și depășească limitele lumii în care se născuse, dar murise fără să-și afle nicicând liniștea.

Leah stătea pe vine și privea trupul lovit și sfărâmat care zăcea la picioarele ei în umbra unui tufiș de fructe de pădure. Se gândi că, până la urmă, acela era un epitaf destul de potrivit pentru femeia aceea.

Știa că o judeca pe femeie cu duritate, dar ce simțise când atinsese trupul acela fără viață o făcuse să se gândească la cuvintele unei prietene de-a ei: *'Unii oameni parcă anume cheamă necazurile spre ei. În cea mai mare parte a timpului, până la urmă, necazul le răspunde la apel.'*

Leah își scutură capul și se certă pe sine însăși. Nimeni nu ar fi cerut să aibă parte de soarta pe care o avusese femeia aceea.

Detectiva se ridică și își închise iPad-ul. Apoi, își aruncă ochii spre medicul legist, care își scosese mănușile chirurgicale tacticos, iar acum își dezinfecta mâinile cu dezinfectant.

Ea una nu putea înțelege defel rostul a ceea ce făcea acesta. Și cu toate acestea, îl văzuse pe Dr. Connelly executând același ritual de fiecare dată când era chemat la scena unui omucid.

Detectiva îl cunoștea pe bărbat de mai mulți ani, dar micile ciudățenii ale doctorului nu încetau niciodată să o uimească. Chiar de la începutul cunoștinței lor, acesta îi stârnise curiozitatea, dar și o înduioșase.

Aptitudinile de empat ale lui Leah erau puternic stârnite ori de câte ori privea la omul acela în vârstă morocănos. Aflase că doctorul nu trecuse încă de şaizeci de ani, şi totuşi, ori de câte ori se gândea la el avea senzaţia că mirosea o bucată veche de pergament şi de aceea prinsese obiceiul să se gândească la el ca la un om bătrân.

-Ai ceva să-mi spui, doctore? îl întrebă ea cu vioiciune în glas.

Leah îi punea doctorului mereu acea întrebare. Se gândea că o făcea, probabil, numai din cauză că devenise un obicei, iar detectiva simţea impulsul să-l întrebe chiar dacă ştia că el nu îi va da nici un răspuns.

Doctor legist Connelly era singurul medic legist dintre cei care lucrau pentru poliţia din Toronto care nu se hazarda niciodată să îşi exprime punctul de vedere asupra cauzei decesului înainte de a fi încheiat autopsia.

Leah se întoarse spre el exact la timp ca să-l vadă încruntându-se, iar un zâmbet mic îi ridică colţul drept al gurii poliţistei.

Leah îi ştia reacţiile doctorului pe de rost şi ar fi putut să le prezică cu mare acurateţe. De fapt, îi plăceau şi simţea o plăcere perversă să îl aţâţe pe doctor de fiecare dată. Răspunsurile lui îi luminau întotdeauna ziua.

-Detective, când voi avea o cauză a decesului, vei fi prima informată, îi răspunse el cu asprime, iar ochii lui vultureşti se fixară asupra ei.

Neplăcerea îi era trădată și de curba strânsă a gurii. Tonul său era aspru, dar, în acelaș timp, omul avea și o manieră de a-și tărăgăna vorbele care îl făcea pe interlocutor foarte conștient de sarcasmul ce picura din cuvintele lui precum molasa în apă.

Și totuși, Leah simți căldura din spatele cuvintelor sale aspre și îi dărui unul din zâmbetele ei de pisică. Irișii ei albaștri-verzui intensificară efectul zâmbetului ei și îi dădură o alură ciudată.

Doctorul se cutremură și, brusc, se întoarse și părăsi scena crimei după ce lătră un ordin celor doi bărbați care așteptau mai la o parte pentru a ridica cadavrul.

Leah își aruncă privirea spre Klavdiya pentru ultima oară. Acum nu mai simțea nici o vibrație din partea trupului. Cum ultima picătură de căldură părăsea corpul, sentimentele ce rămăseseră în urmă, precum și gândurile ocazionale ale victimei se destrămau și ele.

Acum Leah percepea trupul victimei precum o scoică goală și nu era treaba ei să se preocupe de acea scoică. Rolul ei era să răzbune victima și să aducă din nou echilibrul în lume.

Un lucru era foarte clar despre Leah. Aceasta avea un sens al responsabilității puternic și niciodată nu dădea înapoi atunci când era vorba despre îndatoririle sale. Simțul său înnăscut de dreptate fusese cel ce o împinsese pe acel drum dificil, spre marea mâhnire a familiei ei.

Leah provenea dintr-o linie lungă de empați. Unii dintre ei aveau abilități mai puternice decât alții, dar toți erau capabili să simtă ceva și să citească oamenii pe baza a ceea ce simțeau.

De mai bine de patru generații, membrii familiei sale număraseră mai mulți psihologiști și consilieri, iar ei se așteptaseră ca și ea să le urmeze drumul.

Tradiția reprezenta un lucru foarte important pentru familia ei și aceștia speraseră până în ultima clipă. Nu se resemnaseră decât atunci când Leah și-a depus jurământul de polițistă.

Leah era conștientă că reprezentase un fel de dezamăgire pentru părinții ei, dar cu toate acestea, dacă ar fi fost să o ia de la început, ar fi ales aceeași cale din nou.

Se hotărâse să devină detectiv și să-și păstreze abilitățile secrete. Munca de polițist era destul de haotică și nu era necesar să mai adauge ceva în plus la suspiciunea și stresul vieții colegilor săi.

Oamenii nu ar fi reacționat prea bine dacă și-ar fi dat seama că ea știa ce simțeau și, uneori, chiar și de ce aveau sentimentele pe care le aveau. Oamenii aveau nevoie să se simtă în largul lor și să știe că puteau conta pe faptul că gândurile și sentimentele lor rămâneau private.

O fi fost Leah o dezamăgire pentru ai ei la început, dar aceștia au trecut peste neplăcerea lor destul de repede. Femeia știa că erau cât de cât mulțumiți pentru că cel puțin ea nu alesese o altă linie de muncă.

Fuseseră cazuri în clanul lor când unii dintre membri îmbrățișaseră o carieră prin care îi amăgeau și păcăleau pe oameni. Aveau aptitudinile necesare pentru a-i orbi cu ușurință, așa că nu era o profesiune prea dificilă de urmat pentru ei. Doar aveau toate atuurile în mână.

După primii trei ani ai carierei ei, părinții ei se obișnuiseră cu profesiunea pe care o alesese și renunțaseră să mai facă eforturi pentru a o determina să și-o schimbe. De asemenea, aceștia simțeau că Leah era menită să aducă un anumit echilibru în lume și erau satisfăcuți că aceasta avea un respect profund față de responsabilitățile pe care ei trebuiau să și le asume.

CAPITOLUL 2 – FEMEIE VERSUS POLIȚISTĂ

POLIȚISTA SE ÎNDREPTĂ spre mașina sa cu pași lungi. Acum că terminase cercetarea scenei crimei, se grăbea să ajungă înapoi la birou și să verifice anumite lucruri.

În mod deosebit, dorea să asculte apelul care venise la dispeceratul de urgențe și care îi anunțase unde puteau găsi victima. Apelantul descrisese împrejurimile și evenimentele cu prea mare acuratețe, iar aceea nu putea fi calificată ca o simplă coincidență.

Leah era convinsă că bărbatul acela a fost cel puțin martor la ceea ce se întâmplase și, de aceea, îl considera ca fiind un suspect evident. Palmele o mâncau efectiv din cauza dorinței de a-l reține și de a-i pune unele întrebări.

Când își deschise portiera la mașină, Leah observă că partenerul ei, Mark, era deja tolănit pe locul de lângă șofer și se strâmbă. Se uitase după el mai devreme și nu îl văzuse.

Bărbatul avea un talent aparte de a se face nevăzut. Ceea ce o uimea pe ea era faptul că acesta reușea să-și facă slujba în ciuda acelui obicei de a se furișa de la locul faptei, iar ea nu înțelegea cum de era posibil.

Mark își aruncă privirea spre Leah și se relaxă și mai bine pe scaun. Mâna în care își ținea iPad-ul, de pe care citea când aceasta deschisese portiera, îi căzu în poală.

Leah observă șuvița de păr rebelă a lui Mark și o sclipire îi apăru locotenentei în ochi. Șuvița aceea era într-un fel marca lui personală, semnul său distinctiv, se gândi ea. Dacă cineva i-ar fi cerut să-l descrie pe ofiţer, ar fi început cu ea.

Mark avea deja peste treizeci de ani, dar acea șuviță îi dădea un aer mult mai tineresc. Bărbatul o sufla tot timpul pentru că îi intra în ochi, dar aceasta avea o minte a sa proprie și se întorcea în exact aceeași poziție cu încăpățânare. Mark nici măcar nu părea conștient de gestul său. Îl făcuse atât de des încât îi intrase în obicei și nu se mai putea dezbăra de el.

Acel gest distrat o amuza pe Leah, dar, în acelaș timp, o și nedumerea. Tânăra femeie nu înțelegea de ce Mark nu-și tundea pur și simplu părul pentru a se descotorosi de acea șuviță enervantă. Era evident că îl călca pe nervi, iar în mintea ei, când ceva nu mergea, atunci era timpul să faci schimbări.

Leah își scutură capul și alungă acel gând. Nu era locul ei să-i spună lui Mark ce să facă. De timpuriu învățase că oamenilor nu le displăcea nimic mai mult decât sfaturile ce le primeau fără a le fi cerut.

Mai mult decât atât, aveau probleme mai urgente de discutat și ea deja risipise prea mult timp gândindu-se la lucruri care nu aveau nici o legătură cu cazul lor de omor pe care trebuiau să îl rezolve. Leah își aminti că timpul nu se oprea în loc pentru nimeni.

Femeia luă loc în maşină şi închise uşa cu un zgomot puternic care răsună în interiorul maşinii. Auzindu-l, se strâmbă. Se întâmpla rar ca Leah să-şi lase insatisfacţia să-i controleze atitudinea şi de fiecare dată când aşa ceva se întâmpla avea senzaţia că ceva o plesnea peste faţă.

-Zi grea, boss? o întrebă Mark cu un zâmbet reţinut pe buze.

Leah îşi aruncă ochii spre el din nou şi observă că bărbatul nu părea să-şi dorească să provoace o discuţie sau, mai rău, o mustrare, chiar dacă Leah nu îşi arăta gheruţele prea des.

Aceasta nu însemna că ea nu avea gheruţe. Poliţstul simţise acele gheare pe pielea lui de câteva ori de-a lungul timpului şi, aparent, nu avea nici o intenţie să repete experienţa.

Leah îi aruncă o privire aspră. Era adevărat că era mai mare în grad decât el, dar niciodată nu se putuse obişnui să-l audă numind-o 'boss'.

Îi ceruse de mai multe ori să-i folosească numele şi se aştepta ca bărbatul să-şi fi învăţat lecţia până atunci. Detectiva obosise să-i tot aducă aminte de acel lucru tot timpul, iar uneori se întreba dacă el nu o făcea dinadins, pentru a-i pune la încercare puterea de a se reţine. Cu toate acestea, încordarea din jurul ochilor lui, precum şi vibraţiile ce veneau dinspre Mark îi contraziceau presupunerea, aşa că o abandonă.

Leah se uită afară pe fereastră şi observă că soarele deja se ridicase pe cer, un semn clar că zorile veniseră şi trecuseră deja. O pasăre neagră, poate un şoim sau un corb, pluti pe cer cu aripile întinse şi un sunet ascuţit răsună în urma lui.

Leah știa foarte puține despre păsări, în afară de faptul că zburau și se hrăneau cu viermi. Ochii ei urmăriră pasărea arogantă câteva secunde, iar după aceea privirea ei trecu peste oamenii adunați la vreo douăzeci de pași mai încolo de panglica galbenă.

Leah reuși să citească un mare areal de sentimente din partea micii adunări. Simți mâhnire, teamă, milă și da, se simțea și satisfacția marcată de îngâmfare.

Nu era ceva de neașteptat. În ciuda faptului că se spunea ca 'Niciodată să nu-i vorbești pe morți de rău', exista mereu cel puțin o persoană care îl ura pe decedat cu pasiune, iar satisfacția resimțită când aflau de moartea victimei îi depășea bunul simț.

Leah nu se mânia niciodată când dădea peste așa ceva. Îi înțelegea pe oameni mai bine decât ar fi putut-o face o persoană obișnuită și lăsa loc în mintea ei și pentru astfel de gânduri meschine. Se obișnuise deja cu faptul că ființele umane erau în fapt departe de a fi iertătoare.

Dar mai era ceva acolo, diferit de ce simțea în mod obișnuit. Senzația nu era clar definită. Se simțea ca o tentaculă ce îi proba mintea și îi stârnea neliniștea.

Cu grijă, tânăra femeie trecu din nou în revistă chipurile oamenilor, cu ochii educați ai unui ofițer de poliție. În același timp, încercă să le citească și gândurile, folosindu-și aptitudinile pe care și le dezvoltase de-a lungul mai multor ani.

Un bărbat îi întoarse spatele încet, înainte ca ochii ei să fi putut ajunge la chipul lui și să-i vadă trăsăturile. Omul o porni spre casă și ea reuși să-și dea seama că pumnii îi erau încleștați în buzunarele pantalonilor săi albi de in.

Mergea cu pași lungi și leneși, ca și cum nu ar fi avut nici un fel de grijă pe lume. Cu toate acestea, tensiunea se vedea clar în liniile mușchilor săi de pe spate. Leah era atât de sigură că nu se înșela, că ar fi putut să pună la bătaie cămașa pe care o purta.

Ochii ei lânceziră pe spatele lui și ea încercă să îl evalueze pe bărbat cu obiectivitate, dar tot nu putu distinge nimic altceva decât părul său ondulat de culoarea corbului, care ajungea la gulerul cămășii lui albe și la linia puternică a umerilor săi. Și totuși, nu putu să nu remarce cum se mișcau acei mușchi sub cămașa largă.

Bărbatul îi amintea de o felină elegantă și, cu toate acestea, feroce, lăsată liberă în sălbăticie, absorbită în misiunea sa de a patrula propriile sale terenuri de vânătoare.

Leah se concentră pe el până ce acesta dispăru dincolo de linia copacilor decorativi. Nu îl privise cu ochi de femeie, dar spre mâhnirea ei, în ciuda acelui fapt, tot trebui să admită că, fără voie, femeia din interiorul ei a tras cu ochiul la acel specimen de bărbat puternic.

Acel gând formă o linie între sprâncenele ei, iar acea linie se adânci când își dădu seama că nu simțise absolut nici o vibrație venind dinspre el. Percepuse ceva tensiune și marginile periferice ale îngrijorării sale, dar nimic altceva.

Acum Leah se îngrijoră ea. I se mai întâmplase așa ceva numai o dată în trecut când se confruntase cu un psihopat cândva în primii săi ani în poliție.

La acea vreme încercase ceva confuzie, dar mama ei îi arătase că explicaţia îi era la îndemână. Era perfect normal să nu simtă nimic când avea în faţa sa un psihopat. Aceştia nu aveau nici un fel de emoţii şi, de aceea, nu existau nici un fel de vibraţii pe care Leah să le fi putut detecta.

Pe atunci făcuse tot posibilul să citească tot ce se descoperise în legătură cu psihologia psihopaţilor, iar nimic din ce aflase nu o încuraja când venea vorba să aibă de-a face cu astfel de oameni.

Aceea era principala preocupare a lui Leah şi în acest caz. Faptul că nu reuşise să perceapă emoţiile bărbatului putea însemna un singur lucru, iar acela nu promitea nimic bun.

-Nu ar trebui să plecăm, Leah? o întrebă Mark.

În acelaş timp, ochii lui supravegheau grădina. Încerca să afle ce o supărase pe Leah atât de tare de se încruntase şi uitase să mai părăsească locurile acelea.

Leah îşi aruncă ochii spre el şi abia reuşi să-şi ascundă surpriza la auzul vocii lui. Se pierduse complet în gândurile sale şi uitase că Mark se afla acolo.

Privi înapoi în direcţia pe care o luase bărbatul, dar desigur, acesta deja dispăruse. Îi zâmbi strâmb lui Mark şi dădu din cap.

-Da, cred că ar trebui să plecăm, Mark, îl aprobă ea, iar apoi porni maşina.

Leah urmă aleea care conducea spre celălalt capăt al grădinii, iar ochii ei priveau cu atenţie curbele drumului. Şi cu toate acestea, mintea îi era tot la bărbatul pe care nu îl putuse citi defel şi care dispăruse pe nesimţite, înainte ca ea să îi poată vedea chipul.

CAPITOLUL 3 – VASE MURDARE DUPĂ CE S-A TERMINAT PETRECEREA

CÂND SE ÎNTOARSE LA birou cu Mark în urma sa, încăperea detectivilor diviziei era plină de zgomote și mișcare ca de obicei. Oricum, Leah învățase deja să ignore acea cacofonie de sunete. Se înconjura într-o bulă de izolare și se concentra pe propriile sale conversații sau pe cercetarea care o făcea la un anumit moment în timp. Deja nu mai dădea defel atenție la ce se întâmpla în jur. Totul era numai zgomot de fundal.

În tot cazul, era mulțumită că fumatul în încăperea comună a detectivilor diviziei fusese deja interzis. Încă își mai putea aminti fumul și mirosul care erau omniprezente cu câțiva ani în urmă, pe la începutul carierei ei.

Ochii i se înroșeau și îi lăcrimau zile în șir, iar uneori avea accese de tuse pe care cu greu și le putea opri. Înghițise atât de mult gălbenuș de ou crud încât se temea că, într-o bună zi, va începe să cotcodăcească.

Lucrând în acele condiții nu fusese defel prea ușor. Evident, oamenii au bodogănit și au protestat când au apărut noile reguli, dar nu au avut succes.

Leah respecta drepturile celorlalţi la fel de mult ca oricine, dar se aştepta ca şi dreptul ei de a respira aer curat să-i fie respectat.

Dar, cu toate acestea, ea nu se implicase în nici unul dintre argumentele care au explodat la vremea aceea. Ştiuse că noile reguli privind fumatul vor deveni obligatorii fără să fie nevoie ca ea să contribuie la discuţii, aşa că a păstrat tăcerea.

Se dovedise că aceea fusese o hotărâre înţeleaptă. Leah credea că rezerva pe care a arătat-o în acea problemă era motivul pentru care încă îi mai vorbea toată lumea.

Acele discuţii înfierbântate separaseră oameni care fuseseră prieteni de ani de zile. Aceştia se împărţiseră în tabere de luptă şi multe prietenii s-au încheiat şi nu s-au mai refăcut după ce s-a terminat acel război gălăgios.

Oricum, în urmă cu doi ani, Leah se strecurase în tăcere într-unul din birourile de pe colţ. Cel puţin aşa considera ea, pentru că în realitate, tenacitatea şi îndrăzneala ei în rezolvarea cazurilor o ajutaseră să avanseze în grad şi să-şi afirme competenţa în domeniu.

Gradul de locotenent îi deschisese uşa acelui birou. Leah nu îşi făcuse loc în acea încăpere simbolică pentru că ar fi avut abilitatea de a fi diplomatică.

Poate că poliţista nutrea credinţa că ar fi fost o diplomată desăvârşită, dar abilităţile sale de empat nu o ajutaseră să-şi dezvolte şi aptitudinile necesare pentru a înainta pe scara ierarhică numai cu vorbe bine plasate.

Nu că ar fi avut ea prea mult tact. Erau multe momente în care Leah era mult prea directă și îi plăcea să le spună oamenilor pe șleau ceea ce gândea. Memoriile oamenilor erau lungi și niciodată nu uitau astfel de lucruri.

După ce a intrat în biroul ei, Leah îi semnală lui Mark, care o urmase, să închidă ușa în urma lui. Nu că s-ar fi gândit să ascundă ceva față de detectivii din încăperea comună a detectivilor diviziei, pentru că oricum, întregul perete ce dădea sprea acea sală era numai din sticlă. Și totuși, acel geam era destul de gros și prezenta o oarecare barieră împotriva gălăgiei omniprezente, iar ea avea nevoie de acea barieră atunci pentru că dorea să înceapă să lucreze la cazul ei de omucidere fără nici un fel de întreruperi fără rost.

Tânăra femeie se așeză pe scaunul din spatele biroului ei și își dădu drumul la computer. Cum știa că acesta necesita destul de mult timp pentru a-și derula programul inițial, ea își porni și iPad-ul și îi făcu semn lui Mark să ia loc pe unul dintre scaunele din fața biroului ei și să facă același lucru.

Biroul ei era funcțional. Nu exista nici măcar un obiect acolo care să nu aibă o funcție practică.

Lui Leah nu-i prea plăceau nici un fel de zorzoane în spațiul ei de lucru. Descoperise că le prefera acasă unde anumiți oameni nu aveau acces. Astfel, aceștia nu ar fi avut ocazia să arunce o privire în ceea ce era în mintea ei.

Nici măcar o poză nu îndulcea tăblia mesei ei de lucru. Pe acesta se găseau numai trei coșuri mici pe care ea le umplea regulat cu diverse gustări. Doar acestea ce mai dădeau o notă de culoare decorului ei spartan. Leah le considera practice pentru că nu avea mereu timp să iasă și să își cumpere ceva să mănânce în timpul zilei.

-Deci, Mark, hai să vedem ce ai tu acolo, îl invită ea pe ofițer să-și înceapă relatarea.

Mark dădu din cap, dar mai întâi se aplecă asupra mesei ei pentru a verifica cu grijă coșulețele cu gustări. Avu surpriza să remarce că de data aceasta Leah le umpluse cu struguri, alune de caju și arahide.

Acum, aceasta l-a dezamăgit profund, iar linia dintre sprâncenele sale s-a adâncit. Cu o zi înainte, ea avusese o selecție de prăjiturele, iar el se delectase cu toate.

Bărbatul se posomorî de mâhnire, dar, cu toate acestea, luă absent o boabă de strugure și și-o aruncă în gură. Numai apoi își întoarse atenția și la iPad-ul pe care îl avea în mână.

Leah zâmbi amuzată și își întoarse ochii spre computerul ei pentru ca el să nu se simtă jenat. Nu ar fi vrut ca el să-și dea seama că ea îi urmărise toate mișcările.

Uneori, Mark o amuza nespus cu gusturile sale copilărești. Ea schimbase tipul de gustări dinadins. Aceea era răzbunarea ei mică și meschină pentru că, în ziua precedentă, el pur și simplu îi devalizase stocul de prăjiturele de pe masă. Ea nu apucase să ronțăie mai mult de una și brusc, pe nesimțite, nu mai rămăsese nici măcar una în coșulețe.

Leah știa că dădea dovadă de răutate, dar o amuzau reacțiile lui, iar dacă ea furniza gustările, atunci, cel puțin, el îi putea furniza distracția.

-Am vorbit cu domnul Papadopoulos, proprietarul casei, începu Mark, și am aflat că a avut o petrecere noaptea trecută. Aceasta nu s-a încheiat până târziu, aproape de dimineață, preciză el, iar apoi își ridică privirea spre ea.

Leah aprobă dând din cap, ceea ce reprezenta semnalul pentru ca el să continue. Mark se uită peste ce avea în iPad, iar apoi spuse:

-Înţeleg că a avut în jur de şaizeci de oaspeţi şi nu mi-a putut confirma pe unde s-a găsit fiecare în timpul petrecerii... Considerând numărul mare de oameni invitaţi, cred că ar fi fost chiar imposibil să poată ştii ce a făcut fiecare, observă el, ridicându-şi privirea spre ea din nou.

-Da, ar fi fost imposibil, acceptă ea pe o voce moale, deşi îşi imagina că un om cu mijloacele financiare ale domnului Papadopoulos ar fi avut şi personalul necesar pentru a ţine sub observaţie toţi acei musafiri.

Un om cu statutul lui nu ar fi permis oricui să păşească în anumite zone ale casei. Ar fi avut la dispoziţie şi pe ştatul de plată un număr destul de mare de oameni de securitate pentru a se asigura că anumite hotare nu erau încălcate.

Mark dădu din cap cu satisfacţie, iar apoi îşi continuă raportul, fără să ghicească ce gânduri îi treceau lui Leah prin cap.

-Înţeleg că victima, Klavdiya, nu se găsea pe listă.

-Cum aşa? întrebă Leah, aplecându-se în faţă.

Acum, îi era aţâţată curiozitatea. Faptul că victima nu se găsea pe listă nu prea suna bine.

Nimeni nu ar fi trebuit să fie în stare să pătrundă neinvitat la o petrecere în cercurile în care se mişca domnul Papadopoulos. Chiar şi o femeie frumoasă cum era Klavdiya ar fi întâlnit opoziţie din partea personalului de securitate dacă ar fi încercat să intre în casă neinvitată.

-Am vrut să spun că numele ei nu se găseşte pe listă, îşi corectă Mark declaraţia anterioară în grabă. Se găsea sub adnotaţia *'plus unul'*, se gândi el să adauge.

Leah avea pretenţia ca el să fie foarte precis întotdeauna.

-Ah, acum pricep, spuse ea, iar înţelegerea îi luci în ochi. A venit acolo cu cineva.

Mark dădu din cap aprobându-i cuvintele, iar apoi se uită din nou peste notele pe care le făcuse în iPad:

-Un domn Angelus...

-Şi unde se găsea acel domn Angelus când femeia care îl însoţise la petrecere era ucisă? îl întrebă ea pe un ton dur.

-Acesta părăsise deja petrecerea de vreo două ore. Vreau să spun că plecase cu vreo două ore înainte ca victima să fie zărită în casă pentru ultima oară, se grăbi el să precizeze.

Ştia că lui Leah nu-i plăcea defel când ofiţerii ei nu erau precişi în detalii, iar el deja călcase strâmb o dată în dimineaţa aceea.

Poliţista nu era răutăcioasă, dar ochii ei îl străpungeau pe cel ce a greşit şi nimeni nu se simţea în largul lui când Leah începea să mustre pe careva. Mark suportase mai uşor până şi predicile părinţilor săi de-a lungul anilor.

-De ce? De ce a plecat fără ea? se aplecă Leah peste masă din nou şi îşi sprijini coatele de o parte şi de alta a tastaturii de la computer.

-Cineva a spus... de fapt era numai o presupunere din partea persoanei acelea, se gândi Mark să menţioneze, pentru a nu-i da lui Leah nici un fel de idei greşite, că domnul Angelus şi femeia, cu care acesta venise acolo, s-au certat. Ea părea interesată să rămână la petrecere în continuare, iar el dorea să plece... Aşa, că el pur şi simplu a plecat...

-Iar gazda nu a spus nimic... remarcă Leah pe un ton gânditor.

-Păi nu a spus, pentru că domnul Angelus nu și-a luat deloc *la revedere* de la el, se gândi Mark să menționeze.

-Cum așa? se trase Leah pe marginea scaunului și își înclină capul ușor spre dreapta interogativ.

Eticheta în acele cercuri ar fi cerut ca omul să-i fi spus gazdei măcar câteva cuvinte politicoase înainte de a-i părăsi casa.

Mark se înroși și își coborî privirea. Leah mustăci pentru că avea ea o idee destul de bună despre ce urma el să-i spună.

Îl auzise ea pe Mark de câteva ori în trecut spunând câte o glumă mai deocheată băieților și niciodată nu-l văzuse roșind. Sau, cel puțin, acesta nu se înroșise înainte ca ochii să-i cadă pe ea și să-i remarce prezența.

Se părea că subordonatul ei avea anumite reticențe când venea vorba de a pronunța anumite lucruri în fața ei, de parcă ar fi trăit în epoca victoriană și nu ar fi vrut să intineze percepția pe care Leah o avea asupra lumii.

Aceea era o altă sursă constantă de amuzament pentru ea. Era efectiv hilar, chiar dacă și uluitor pentru ea, să vadă că nu-i trecuse niciodată detectivului prin cap că ea deja avea o anumită percepție asupra lumii în care trăia, percepție ce includea crime abominabile și lucruri mult mai rele decât ceea ce ar fi putut el să spună în glumele sau rapoartele sale.

Mark reprezenta o contradicție în termeni. Acesta era cam cu vreo doi ani mai în vârstă decât Leah, dar fie reacționa ca un adolescent, fie ca un părinte îngrijorat față de ea, iar uneori, Leah găsea că-i era destul de dificil să balanseze acele două fațete ale omului. Uneori chiar se îndoia de echilibrul lui mental, deși acesta părea să fie un om destul de normal.

-În regulă, Mark, hai, spune-mi, nu te mai codi, îl îndemnă ea să dezvăluie tot.

Zâmbetul care îi apăru lui Leah pe buze denota totuși și un pic de răutate.

-Ei bine... gazda era ocupată cu altceva... explică Mark pe ocolite.

-Cu ce? insistă ea cu încăpățânare.

-Cu... un fotomodel... o femeie frumoasă, a cărei piele rivalizează cu alabastrul și cu picioare atât de lungi și bine formate că ar face-o pe Venus să plângă în hohote de necaz, continuă ofițerul.

Apoi își ridică privirea tocmai la timp pentru a vedea sprâncenele lui Leah urcându-i-se pe frunte. El bătu cu degetul în iPad și specifică:

-Asta a spus el, cuvânt cu cuvânt.

-Înțeleg, murmură ea. Avem vreo poză a acestei... Venus moderne, Mark? Ar trebui să ne cam facem și noi o idee de cum arată, îi explică ea lui Mark care părea ofensat.

Pentru o clipă, bărbatul se temuse că locotenenta intenționa să spună că el ar fi avut deja o poză cu fotomodelul și nu-i venea a crede că ea ajunsese la o asemenea concluzie.

Leah îi simți ultragiul și încercă să-i aline temerile.

-Nu, nu chiar, se bâlbâi Mark.

Ochii îi erau fixați pe modelul geometric al covorului de parcă ar fi descoperit ceva interesant acolo, ceva ce nu mai văzuse de-a lungul ultimelor două luni de când covorul fusese înlocuit. Apoi, își întoarse privirea spre ea și propuse:

-Putem încerca pe Internet. Sunt sigur că trebuie să fie vreo poză cu ea pe undeva.

Leah îl invită să caute cu un gest larg.

-Evident, Mark, ești invitatul meu. Caută și găsește o poză.

Cu degete agile, Mark deschise browserul pe iPad-ul său și începu o căutare cu numele modelului. Avalanșa de pagini dedicate femeii îl surprinse.

-Nu ar trebui să încercăm doar imaginile? o întrebă el pe Leah. Sunt prea multe pagini cu mențiuni despre ea, își scutură el capul, nemaigăsindu-și cuvintele.

-Hai, să încercăm numai imaginile pe moment, se arătă ea de acord cu el. Dacă este nevoie, vom trece și prin restul mai târziu.

Bărbatul dădu clic pe imagini și pagina se deschise la zeci de fotografii înfățișând frumusețea rece a unei Venus moderne. Leah nu fusese prea departe de țintă când o etichetase astfel pe tânăra femeie.

Detectivii priviră de la o poză la alta și peste tot văzură același zâmbet impersonal și rece. Dinții femeii erau albi și perfecți, iar arcuirea buzelor sale era elegantă, și cu toate acestea, nu exista nici un fel de lumină în ochii ei.

Dar în ciuda acelui fapt, ambii detectivi trebuiră să admită că gazda petrecerii din seara precedentă fusese foarte precis în descrierea lui. Pielea acelei Venus moderne rivaliza într-adevăr cu alabastru, iar picioarele îi erau suple și foarte bine formate.

-Acum îl înțeleg pe domnul Papadopoulos, spuse Leah pe un ton liniștit. Nu cred că i-ar fi păsat nici dacă toți musafirii i-ar fi plecat fără să-i spună un cuvânt. Nu atunci când el era ocupat cu... o creatură atât de încântătoare.

Mark nu consideră că mai era nevoie să adauge altceva la cele spuse de ea. Șefa lui deja atinsese miezul problemei.

-Deci acum știm ce făcea gazda când musafira lui a fost ucisă. Avem și lista cu ceilalți invitați? îl întrebă locotenenta pe ofițer.

Mark dădu din cap cu entuziasm și îi arătă iPad-ul său drept dovadă.

-Da, o avem. Domnul Papadopoulos i-a cerut șefului echipei lui de securitate să îmi furnizeze toată lista. Numele tuturor celor invitați este aici și există un semn lângă fiecare nume al oamenilor care au participat de fapt la petrecere. Au fost câțiva care nu au ajuns, specifică el.

-Interesant, replică Leah pe un ton moale. Aș fi crezut că astfel de petreceri sunt irezistibile și nimeni nu ar trece peste oportunitatea de a participa...

-Presupun, își arătă Mark acordul, dar cu reticență. Cu toate acestea, mai se îmbolnăvesc oamenii sau...

Ea făcu un gest cu mâna pentru a-i opri pomelnicul, iar apoi îi replică:

-Vom vedea noi despre ce a fost vorba, Mark, nici o grijă. Va trebui să-i verificăm pe toți...

-Chiar și pe cei care nu au participat la petrecere? întrebă el pe un ton șocat.

O privi pe șefa sa cu ochii atât de mari că mai aveau puțin și-i săreau din orbite.

Şaizeci de oameni însemna o mulţime de lume şi el nu vedea de ce i-ar chestiona pe toţi. Fără să mai menţioneze că oamenii care trăiau în acel cerc nu prea răspundeau cu uşurinţă când poliţia le punea întrebări.

-Pe toţi, repetă ea cu încăpăţânare, iar apoi îi surâse sarcastic. Imaginează-ţi, Mark, cât de mulţi oameni vei reuşi să deranjezi. Nu-mi spune că nu îţi place să te afli de partea aceasta a fileului şi să fii tu cel care pune întrebările, îl ironiză ea.

De fapt, în trecut, avusese ocazia să-i citească plăcerea ascunsă ori de câte ori interviava suspecţi sau martori. Ea simţise că, uneori, bărbatul resimţea o plăcere perversă să aibă un oarecare control asupra acelor oameni şi ei una nu îi plăcuse acel lucru. Aşteptase de ceva vreme şansa de a-i da peste nas cu chestia aceea.

-Dar şaizeci de oameni, mormăi el fără să bage de seamă care era obiectivul cuvintelor lui Leah.

Ochii săi îngustaţi şi liniile tensionate ce i se adunaseră pe frunte dovedeau că nu îl îngrijora decât cantitatea de muncă care urma să cadă în mare parte pe umerii săi.

De aceea nici nu-i trecu prin minte că locotenenta pur şi simplu îi apăsa butoanele pentru a obţine o reacţie din partea lui.

Leah îşi dădu ochii peste cap când îi observă îngustimea minţii. Aceea era o trăsătură tipică pentru Mark şi, de altfel, aceea era cauza pentru care se afla ea pe scaunul de locotenent şi nu Mark. Bărbatul era un ofiţer bun, dar nu reuşea să perceapă tabloul în întregime.

Leah oftă profund pentru a-şi controla dezamăgirea. Îşi imagină că ar pune mâna pe iPad-ul ei şi l-ar arunca spre Mark, lovindu-l drept în frunte.

Uneori, ţeasta lui se dovedea a fi mult prea groasă. Evident că el nici măcar nu îşi dăduse seama de lecţia pe care ea încercase să i-o dea.

În astfel de momente, ea simţea dorinţa aprigă de a-l zgudui şi a-l face să deschidă ochii.

-Ei bine, ridică Leah din umeri cu indiferenţă, tu îi vei lua pe primii treizeci, iar eu îi voi lua pe următorii, spuse ea ca şi cum ar fi fost cea mai uşoară sarcină din lume.

Buzele i se arcuiră într-un zâmbet când observă grimasa de neplăcere de pe chipul lui Mark. O urmă de vină fremătă pe undeva pe la marginile minţii ei, dar ea o înnăbuşi imediat fără milă. Bărbatul merita din plin ceea ce îi făcea ea.

-Aveam planuri, mormăi el, iar degetele îi începură să bată un staccato pe tăblia mesei.

-Ce ai spus? îşi înclină ea capul pe o parte, pretinzând că nu i-ar fi auzit cuvintele.

-Nimic, nimic, se grăbi el să spună. Poate că ar fi bine să-i aducem şi pe Josh şi Anna să lucreze la acest caz, spuse el, agăţându-se de un pai de speranţă.

-Oh, da, asta şi intenţionez să fac, îl asigură Leah cu nonşalanţă. Josh poate discuta cu această Venus şi...

-De ce? se tângui Mark înainte de a se putea controla.

Sprâncenele lui Leah se ridicară sus de tot pe frunte, ca şi cum şocul resimţit când a auzit scâncetul bărbatului o prădase până şi de abilitatea de a articula o silabă.

Îl privi pe acesta circumspect. Ofiţerul nu avea o zi bună cu siguranţă. Tocmai sărise din lac în puţ.

-Pardon, ce ai spus? se interesă locotenenta îndreptându-se şi mai mult în scaun.

Se aşteptase ca el să încerce să o convingă să îl lase pe el să vorbească cu fotomodelul. Până la urmă era bărbat şi nici un bărbat nu i-ar fi înmânat pe tavă altuia şansa de a interacţiona cu un specimen atât de desăvârşit de femeie.

Se părea că aşteptările ei nu prea corespundeau realităţii. Scâncetul acela pe care îl scosese subordonatul ei nu îl mai auzise în trecut.

Emoţiile pe care Leah le simţea clocotind în mintea lui Mark o asaltară. Acestea erau în haos total. Câteva secunde, forţa lor aproape că o împiedică să citească ceva concret. Valurile de disperare, lipsă de speranţă şi regret, ce continuau să vină dinspre el, o copleşiră, iar ea îi aruncă o privire urâtă bărbatului.

Uneori nu era un lucru chiar atât de bun că putea percepe emoţiile pe care le încercau ceilalţi. Intensitatea sentimentelor de acum ale lui Mark o copleşiseră, iar palmele i se umeziseră din cauza impactului.

-Mark, uită-te la mine, îi ceru Leah pe o voce fără intonaţie, privind direct spre el.

Ştia că dacă îi vorbea astfel, fără să trădeze ceea ce gândea, avea mai multe şanse să-l facă să o asculte.

Aşteptă cu răbdare până ce Mark îşi ridică într-un final ochii spre ea, iar apoi continuă pe aceeaşi voce lipsită de orice intonaţie:

-Dacă te manifeşti atât de volatil numai pentru că ai auzit că mă gândesc să-i cer altui ofiţer să vorbească cu ea, atunci este mai bine să nu fi tu cel care o intervievează. Interviul tău cu acea femeie nu ne-ar fi de nici un ajutor şi sunt convinsă că şi tu ai vedea acest lucru dacă te-ai opri o clipă din scâncit şi ai începe să gândeşti raţional... Te-ai face doar de râs, Mark...

Leah îi privi capul plecat şi îl bătu pe dosul palmei ca să-l liniştească. I se întâmpla deseori să simtă că anumiţi bărbaţi aveau nevoie de mai multă încurajare decât colegele lor femei.

Mark nu îşi ridică privirea spre ea şi nici nu-i replică. Ea îi percepu jena intensă şi îşi scutură capul. Un mic zâmbet îi jucă pe buze câteva clipe, iar după un moment de reflecţie, spuse:

-Mi-e teamă că nici Josh nu ar fi o alegere tocmai bună pentru această sarcină... Anna o va intervieva pe fotomodel, decise ea, iar apoi se întoarse spre computerul pe care îl avea pe birou şi îşi introduse parola.

Mark înţelese că discuţia pe acel subiect se încheiase şi era destul de inteligent să nu o continue. Ştia că ori de câte ori Leah lua o hotărâre, nu mai era nici o cale să o convingă să şi-o schimbe şi el nici măcar nu visa să încerce aşa ceva.

Era uşor să se lucreze cu locotenenta atâta timp cât oamenii nu încălcau anumite hotare pe care ea le prestabilise. Învăţase acel lucru într-o manieră dureroasă şi nu avea nici un chef să mai primească o altă lecţie pe aceeaşi temă.

-Vrei să îţi trimit lista musafirilor de la petrecerea de aseară? Cum vrei să separăm numele între noi? întrebă Mark pe un ton reţinut.

Explicaţia locotenentei îl umilise suficient. Lui tot nu-i venea să creadă că reacţionase ca un adolescent neînţărcat şi aceasta chiar în faţa şefei lui.

Ofițerul se temea că jena sa nu va dispărea prea curând și simți impulsul de a se pocni zdravăn peste cap pentru prostia sa. În mod repetat.

-Da te rog, replică ea distrată și deschise opțiunea de căutare din programul pe care îl avea pe computer. Ar fi mai ușor dacă aș lua numele direct de pe listă în loc să-ți cer să-mi spui numele pe litere... Mark, du-te în sala detectivilor diviziei și cheamă-i pe Anna și Josh să vină în biroul meu. Ar trebui să fi ajuns la secție deja, continuă ea fără să-și arunce privirea deloc spre Mark.

Pretindea că citea ceva extrem de interesant în contul ei de email și nu își luă ochii de pe monitor până ce nu observă că Mark a părăsit biroul.

Lui Leah i-ar fi plăcut enorm să fie capabilă să blocheze toate acele sentimente de jenă care veneau dinspre Mark în valuri continue. Îi părea rău pentru bărbat, dar o parte din ea tot nu se putea opri să nu gândească că era rușinos că un bărbat de treizeci de ani nu era capabil să se controleze și că reacțiile lui o puneau pe ea într-o poziție neplăcută în același timp.

Leah i-o luă în nume de rău din cauza aceea, deși trebui să recunoască față de ea însăși că omul nu avea nici cea mai mică idee de ce se întâmpla și de aceea, să-l învinovățească nu ajuta la absolut nimic.

Detectiva își scutură capul și împinse acele gânduri undeva în spatele minții ei. Avea alte lucruri asupra cărora trebuia să se concentreze, așa că se întoarse la cercetarea ei. Începu prin a introduce numele Klavdiyei, iar în câteva secunde, datele apărură pe ecran.

Informațiile pe care le găsi despre femeie confirmau unele din impresiile pe care le obținuse înainte ca trupul aceleea să se răcească complet.

Femeia se născuse într-adevăr în Rusia, deși numele localității care clipea pe ecran nu îi spunea absolut nimic lui Leah. Niciodată nu fusese prea pasionată de geografie, iar în școală studiase doar atât cât să poată promova și nimic mai mult.

Curiozitatea o determină însă să deschidă o altă fereastră de browser și să caute numele orașului pe Google. Descoperi că micul oraș care se numea Rostov era un oraș vechi situat în provincia Yoroslavy Oblast și fusese ridicat pe țărmul lacului Nero.

'*Acesta este un nume interesant pentru un lac*,' se gândi ea, iar curiozitatea i se stârni și mai mult. Își făcu o notă mentală să-l verifice mai târziu pe îndelete pentru că acum avea alte lucruri pe care trebuia să le descopere.

Lui Leah i se confirmaseră citirile mentale pe care le făcea de destule ori de-a lungul anilor, dar polițista din ea tot mai avea unele dubii și considera că trebuie să verifice fiecare informație peste care dădea de cel puțin două ori. Nu își permitea să lase nimic în voia șansei atunci când prinderea unui criminal atârna în balanță.

Detectiva se întoarse la datele afișate în programul de căutare al poliției și verifică statutul civil al femeii.

Leah află că într-adevăr victima era divorțată și avea un fiu. Aceasta imigrase în Canada când fusese foarte tânără, iar acolo construise o viață stabilă pentru ei doi.

Lucrase pentru aceeaşi companie de-a lungul întregii vieţi petrecute în ţara adoptivă, chiar dacă nu se bucurase decât de creşteri salariale meschine pe parcursul trecerii anilor. Cifrele arătau că nu avusese parte de o creştere în salariu de mai mult de doi la sută pe an, iar acea creştere nici măcar nu luase în calcul inflaţia. Faptul că nu încercase niciodată să-şi găsească o altă slujbă dezvăluia multe despre ea.

Când îi atinsese mâna, Leah simţise că acea Klavdiya Alekseyeva fusese o creatură înrobită familiarului. Nu şi-ar fi părăsit slujba confortabilă, chiar dacă aceasta nu ar fi plătit prea bine.

Femeia nu ar fi încercat să găsească ceva mai bun sau ceva care să-i ofere mai multe provocări. Poate că i-ar fi trecut prin minte aşa ceva din când în când, dar nu ar fi acţionat niciodată concret pe baza acelor dorinţe, pentru că, în fond, Klavdiya nu era tipul de persoană care să fi contestat status quo-ul.

Ofiţerul nu găsi nici un fel de relaţii demne de menţionat listate în căutarea ei aşa că îşi îndreptă atenţia spre fiul ei. Spera să dezgroape ceva în profilul lui care să o ajute.

Daniel Alekseyev avea acum douăzeci şi unu de ani şi aparent se susţinuse financiar singur în ultimii trei ani. Tânărul bărbat fusese înregistrat la o adresă diferită de a Klavdiyei din momentul în care împlinise optsprezece ani.

'Deci nu este un tip lipit de fusta mamei, cel puţin pe hârtie,' trase Leah concluzia. Cu toate acestea, ar fi trebuit ca mai întâi să se întâlnească cu el pentru a se asigura că aşa stătea situaţia cu adevărat.

Şi profilul lui, ca şi al mamei sale, arăta cosistenţă în obiceiurile lui de muncă. Se părea că Daniel lucrase pentru aceeaşi companie în ultimii şase ani.

Începuse să lucreze acolo într-o poziţie cu jumătate de normă în timpul liceului, iar apoi continuase cu o slujbă cu normă întreagă după aceea, chiar dacă studia şi la colegiu în acelaş timp. Alegerea subiectului de studiu demonstra că acesta intenţiona să lucreze pentru aceeaşi companie şi după ce ar fi terminat colegiul.

Se părea că tânărul moştenise obiceiul mamei sale de a lucra pentru aceeaşi firmă şi nu avea nici un fel de intenţie ca să îşi schimbe direcţia carierei sale.

Cel puţin, el se bucurase de creşteri în salariu mai substanţiale de-a lungul anilor, observă Leah când verifică fereastra care îi prezenta veniturile financiare. Într-un fel, acel lucru îl distingea de mama lui.

Leah deschise şi fereastra ce lista relaţiile tânărului şi observă că acesta tocmai se căsătorise. Tânăra femeie ce îi devenise soţie împărţise deja locuinţa cu el pe parcursul ultimilor trei ani.

Nunta, care se părea că fusese celebrată cu tot dichisul tradiţional, avusese loc exact cu o lună în urmă. De fapt, moartea mamei sale ar fi marcat aniversarea de o lună a căsătoriei lui, iar aceea îi stârni imediat atenţia lui Leah.

Dar acela nu era singurul motiv care o determină pe detectivă să strâmbe din nas când a aflat de căsătoria lui Daniel. Poliţista se îndoia că un bărbat de vârsta aceea ar fi putut distinge între dorinţă fizică sau dragostea nebunească a tinereţii şi iubirea adevărată.

După părerea ei, relațiile puternice aveau nevoie de timp ca să se dezvolte, uneori chiar ani. Atfel nu ar fi putut rezista încercărilor ce ar fi apărut în timp.

Recunoștea însă că existau unele excepții de la acea regulă, dar acelea erau foarte puține și nu puteau fi luate în considerare.

Leah ridică din umeri, nefiind dornică să exploreze ideea mai în profunzime, și apoi se întoarse la căutarea ei. Notă imediat adresa de acasă și de la serviciu a lui Daniel, precum și numerele de telefon unde îl putea găsi pentru a-l contacta chiar în ziua aceea.

După ce aruncă o privire fugară spre ceasul de la mână, decise să-l viziteze la serviciu după vreo două ore. În fond, era necesar să-l anunțe despre moartea mamei sale și nu dorea ca acesta să afle despre ea din veștile prezentate la radio sau televizor.

Leah schimbă parametrii de căutare pentru a vedea ce informații existau despre patroana Klavdiyei, Larissa Petrova.

Nu avusese timp decât să citească informația care se găsea în fereastra cu statutul civil a acesteia când auzi ușa deschizându-se. Își ridică ochii de pe monitor și îi văzu pe Anna, Mark și Josh adunați în cadrul ușii.

-Am bătut la ușă, boss, chiar de câteva ori, dar nu păreai să auzi nimic așa că..., explică Mark de i-au invadat spațiul personal, însoțindu-și cuvintele cu gesturi largi.

Nesiguranța răsuna în vocea lui, iar Leah se încruntă. Îi displăcea ezitarea lui.

Se aștepta să fie respectată, dar nu să le fie teamă de ea, iar Mark îi lăsa impresia că într-un fel încurcase hotarele pe care le stabilise ea.

Leah nu avea timp atunci pentru a-i explica totul din nou pe îndelete, așa că îi îndepărtă îngrijorarea cu un semn și fluturându-și mâna spre ei, îi invită să ia loc.

Cum rareori lucra cu mai mult de doi sau trei oameni în acelaș timp, păstra locurile din birou la un număr minim. Avea exact trei scaune.

Refuzase oferta de a i se aduce o sofa sau ceva similar în birou. Dacă ar fi vrut să doarmă, s-ar fi putut duce acasă. Când lucra nu avea nevoie de suprafața plată a unei canapele care să o invite la lenevie în timpul programului.

Ofițerii luară loc, ținându-și iPad-urile în mână, iar Leah zâmbi. Până la urmă îi educase bine. Se duseseră de mult zilele în care vreunul dintre ei apărea în biroul ei cu mâinile în buzunare de parcă i-ar fi invitat la o discuție amicală.

-Deja am început să verific victima și pe oamenii apropiați acesteia, începu ea, privind de la unul la celălalt.

Ei dădură din cap în acelaș timp, iar zâmbetul ei se lărgi. Privi înapoi spre monitorul de la computer, iar degetele ei tastară ceva.

-Am împărțit lista între noi. Cred că ar trebui să ne desfășurăm ancheta în două echipe, în întregime sau aproape în întregime, se corectă ea și se lăsă pe spate în scaun. Anna, vreau ca tu să intervievezi fotomodelul singură. Numele ei este Sybil Miller. Am presentimentul că dacă îl iei pe Josh cu tine pentru acest interviu, nu veți obține prea multe rezultate, le explică ea și îi aruncă o privire șireată lui Josh, care se strâmbă auzindu-i decizia.

Ea simțise că Mark îi spusese lui Josh despre frumoasa manechină și acesta sperase să aibă șansa de a se găsi în aceeași încăpere cu ea. Josh văzuse poze cu ea în trecut și chiar de mai multe ori i se întâmplase să aibă niște vise destul de fierbinți, cu Sybil în rolul principal.

Leah cântări înțelepciunea de a spune ceva caustic privind speranțele și ambițiile lui, dar decise că ar fi fost mai bine să nu deschidă gura despre acel subiect. Nu i-ar fi fost defel ușor să-i explice detectivului cum de știa despre dorințele lui cele mai intime.

-Am împărțit restul listei în două și deja v-am trimis partea voastră de listă la adresele voastre de email, le explică ea Annei și lui Josh. Am nevoie de răspunsuri și am nevoie de ele cât mai curând posibil. Vreau să aflați cine a văzut victima, când și cu cine. Nu uitați, dacă aceasta a ieșit în grădină cu cineva, atunci avem nevoie de numele acelei persoane, descrierea ei și așa mai departe, sublinie ea, lovind cu un deget în tăblia mesei pentru a puncta fiecare cerință.

Leah privi de la unul la celălalt, iar apoi adăugă:

-Știți de fapt cum să vă faceți munca. Nu aveți nevoie de un curs de reîmprospătare a cunoștințelor chiar acum, încheie ea și observă cu satisfacție că toți dădeau din cap cu râvnă.

Cei trei detectivi se ridicară în picioare și se întoarseră spre ușă când Leah spuse:

-Tu ești în echipă cu mine, Mark.

Mark se încruntă înainte de a se întoarce spre ea. Îi plăcea să lucreze cu Leah. De obicei.

Cu toate acestea, pe ziua aceea făcuse mult prea multe greşeli şi nu prea simţea în largul lui în preajma ei. I-ar fi surâs să dispună de o zi sau două în care să se regrupeze.

Anna şi Josh părăsiră biroul, iar Mark privi după ei cu dor.

Leah, care se lăsase pe spate în scaun, îl observă cu amuzament. Ştia că lui Mark i-ar fi plăcut să părăsească şi el biroul cu colegii lui.

-În regulă, Mark. Trebuie să plecăm, spuse ea şi blocă ecranul computerului.

Se ridică de pe scaun şi îşi luă iPad-ul de pe birou. De asemenea, îşi culese şi geanta, deşi nu suporta defel să o care după ea.

Acum, însă, zielele erau mult prea caniculare şi nici nu mai putea fi vorba să poarte vreo jachetă. Fără buzunarele largi ale jachetei, nu avea unde să pună claie peste grămadă lucrurile de care avea nevoie şi pe care le căra cu ea în mod obişnuit. Ca urmare, era obligată să poarte geanta aceea cu ea peste tot.

Mark îi deschise uşa lui Leah, iar apoi o urmă în încăperea comună a detectivilor diviziei. Oamenii mergeau de colo colo, iar sunetul mai multor voci îi asaltară pe cei doi detectivi precum o undă de şoc. Leah îşi grăbi pasul şi nu se mai opri până ce nu ajunse la maşina ei.

-Vom lua maşina mea, Mark. Este mult mai practic, spuse ea, iar ofiţerul nu îi dădu nici un răspuns, deşi ea ştia foarte bine că lui nu-i plăcea deloc când ea conducea.

Era posibil ca Mark să fi avut niște concepții destul de largi și deschise în ceea ce privea rolurile asumate de bărbați și femei în viața de zi cu zi. Cu toate acestea, egalitatea în condusul mașinii nu își găsise loc în acele concepții defel.

Ideea că o femeie l-ar conduce cu mașina prin oraș nu îi pica prea bine, iar Leah simțise acel lucru destul de frecvent. Cum însă ei îi făcea plăcere să conducă, nu dădea nici o atenție opiniilor sale misogine.

CAPITOLUL 4 – SCHELETE ÎN DULAP

DUPĂ CUM O SFĂTUISE controlul de navigaţie, Leah parcă în spatele unei clădiri mici şi apoi îşi adună lucrurile înainte de a coborî din maşină. Valul de canicula o lovi din plin şi îi răpi respiraţia. Umiditatea aerului i se agăţă de piele cu degete lipicioase, iar sudoarea îi curse pe ceafă şi gât şi i se adună între sâni.

Mark deja coborâse din maşină şi măsura clădirea, ţinându-şi mâinile strânse în pumni în buzunarele de la pantaloni. Fluiera o melodie veselă în timp ce număra etajele, iar ea remarcă cu gelozie faptul că bărbatului nu părea să-i pese defel de temperaturile ridicate.

Clădirea era aproape ascunsă într-un buzunar creat de copaci. Aceasta nu era unul dintre zgârie-norii care se puteau vedea în centrul oraşului.

Cu toate acestea, clădirile din jur aveau şapte, ba chiar şi câte zece etaje, în timp ce clădirea din faţa lor era mult mai joasă. Mark numără patru etaje, incluzând şi parterul în socoteala sa.

-Cam izolată, observă Leah, iar Mark o aprobă dând din cap gânditor.

-Este posibil să nu prea aibă vizitatori mulţi aici, replică el.

-Nici eu nu cred că au, se arătă ea de acord cu estimarea lui. Înţeleg că aici se creează şi se testează jocuri pe computer. Îmi imaginez că este o piaţă constantă pentru astfel de produse, adăugă ea pe un ton vag interogativ, nesigură dacă era adevărat sau nu.

-Nici măcar nu-ţi poţi închipui, spuse Mark. Am doi nepoţi şi sunt înnebuniţi după acest tip de jocuri. Soră-mea se plânge mai mereu că trebuie să cheltuie o mulţime de bani pe jocuri noi.

-Eh, jocurile acestea nu sunt pentru mine, ridică Leah din umeri.

Niciodată nu înţelesese raţiunea de a sta în faţa computerului şi a apăsa pe butoanele de la tastatură pentru a evita vreun pitic sau un dragon sau cine ştie ce altceva.

Pentru ea, computerul reprezenta doar o unealtă, iar ea înţelegea să-l folosească la potenţial maxim, dar nu simţea nevoia să se holbeze la monitor şi să pretindă cine ştie ce.

Viaţa îi era oricum destul de plină aşa cum era, iar ea mereu rezistase împotriva presiunii celor de-o vârstă cu ea sau a colegilor. Niciodată nu se implicase în vreun divertisment futil.

Urcară scările şi intrară în holul clădirii. Instant, aerul rece din interior le luă respiraţia. Corpurile lor resimţiră şocul termic datorat diferenţei dintre atmosfera sufocantă din afară şi aerul arctic din interiorul clădirii.

Leah tremură şi aruncă o privire piezişă spre Mark. Nici el nu părea să se găsească într-o situaţie mai fericită decât ea, iar acel lucru îi mai alină mândria.

La începutul carierei sale, tot timpul fusese judecată din cauză că era femeie. Nu putea uita comportamentul discriminator al oamenilor și nici dublul standard la care fusese supusă de multe ori.

De aceea își promisese să nu mai permită nicicând ca sexul ei să ridice întrebări, chiar dacă era conștientă că existau unele diferențe naturale între femei și bărbați. Și totuși, ea tot încerca din greu să compenseze pentru că era femeie.

Schimbări avuseseră loc peste tot în poliție, iar femeile câștigaseră din ce în ce mai mult teren în ultimii câțiva ani. Dar ea tot mai era obligată să suporte privirile piezișe ale colegilor bărbați atunci când scena crimei era excesiv de înfiorătoare sau când nu reușea să-și controleze suficient temperamentul și exploda.

Putea citi în mințile bărbaților ideea că probabil se pierduse cu firea sau era nervoasă din cauză că era în perioada aceea a lunii și că hormonii ei îi obstrucționau gândirea.

Era adevărat că uneori în timpul acelor perioade își pierdea răbdarea mai rapid, dar hormonii nu puteau fi învinuiți pentru celelalte dăți când se enerva. Atunci era pur și simplu furioasă pentru că cineva a făcut o greșeală serioasă sau pentru că vreunul dintre detectivi nu i-a ascultat ordinele.

Leah își lăsă la o parte gândurile supărătoare și o porni țintă spre biroul de recepție unde o femeie tânără, ce aducea mai curând a adolescentă, apăsa pe butoanele de la tastatură cu pasiune. În același timp, aceasta răspundea și la apelurile care veneau prin căștile pe care și le proptise peste părul ei purpuriu.

După ce a ajuns la recepție, detectiva își drese glasul pentru a o face pe recepționeră să-i remarce prezența. Mark se oprise chiar în spatele ei, iar emoțiile lui o asaltară. Leah își dădu seama că tânăra femeie îi luase detectivului respirația.

Recepționista își luă ochii de pe monitor pentru o secundă și le aruncă un zâmbet care ar fi putut rivaliza cu al lui Sybil.

Leah nu trebui să se obosească și să-i citească gândurile sau sentimentele lui Mark pentru a știi ce gândea acesta. Icnetul lui brusc explică absolut totul.

Bărbatul era întru totul fascinat. Prospețimea și tinerețea femeii îl surprinsese și îl uluise.

Leah trebui să admită, și nu fără oarecare gelozie, că înfățișarea femeii putea să-l pună la pământ pe orice bărbat care mai avea puls cât de cât.

Impresia favorabilă a lui Leah dură doar o secundă, pentru că femeia le făcu semn să aștepte și apoi se întoarse la tastatura ei.

Acum era rândul lui Leah să fie impresionată. Nu îi venea să-și creadă ochilor. Recepționista aceea chiar dădea dovadă de ceva îndrăzneală. Pur și simplu le-a aruncat o privire, le-a zâmbit, iar apoi s-a întors la jocul ei. Leah era convinsă că aceasta juca un joc video după cum folosea tastatura.

-Domnișoară, o strigă detectiva pe o voce aspră și avu plăcerea să vadă capul tinerei ridicându-se brusc. Nu avem timp să așteptăm până ce îți termeni tu jocul, continuă ea pe același ton dur.

Recepţionista îşi îngustă ochii, dar nu replică. Împinse tastatura mai la o parte, iar cu un zâmbet de-acum rece se interesă:

-Cu ce vă pot ajuta?

Leah observă că orice dorinţă ar fi avut aceasta să-i ajute mai inainte se răcise considerabil, iar acum avea aceeaşi temperatură ca şi oceanul Arctic.

În ciuda acelui fapt, detectivei nu-i păsă defel de schimbarea produsă în atitudinea femeii, după cum nu-i păsa nici de vibraţiile care veneau dinspre Mark şi care îi dezvăluiau dezamăgirea bărbatului. Oricum, nu se presupunea că acesta ar fi trebuit să facă cuceriri galante în timpul programului.

-Trebuie să vorbim cu Daniel Alekseyev, îi replică detectiva scurt.

Lumina soarelui se reflecta în ochii ei verzui-albaştri şi îi scotea în evidenţa răceala.

Dar cu toate acestea, atât Leah cât şi Mark se văzură nevoiţi să o admire pe recepţionistă. Nu păru defel impresionată de chipul şi tonul poliţistei şi îşi păstră aceeaşi atitudine de afaceri de mai înainte.

Femeia copie atitudinea îngheţată a lui Leah şi se interesă:

-Aveţi programată o întâlnire cu el?

Poliţista îi replică:

-Nu, nu avem. Şi cu toate acestea nu sântem nevoiţi să fixăm o întâlnire, adăugă ea, iar surâsul ei ironic o deconcertă pe tânăra femeie, care păru uimită pentru prima dată.

Leah era convinsă că nimeni nu-i dăduse o astfel de replică în trecut.

-Cum aşa? i-o întoarse tânăra pe un ton beligerant după numai câteva secunde de ezitare, iar siguranţa de sine a acesteia îi câştigă respectul poliţistei.

Aceasta nu s-ar fi aşteptat ca o femeie atât de tânără să îşi revină atât de rapid. Fata aceea era într-adevăr deosebită, iar Leah îşi făcu o notă mentală să ajungă să o cunoască mai bine dacă ar fi avut ocazia. Între timp, căută prin geanta ei şi îşi scoase legitimaţia şi insigna de poliţie.

Deşi brusca curiozitate şi trepidaţie a recepţionistei erau palpabile, singurul semn exterior al surescitării ei era uşoara dilatare a pupilelor. Femeia dădu scurt din cap, iar apoi formă un interior, neluându-şi ochii de pe cei doi detectivi.

-Domnule Alekseyev, este cineva aici de la poliţie care doreşte să vă vadă, spuse ea pe cel mai profesional ton pe care îl putu găsi, iar gura lui Leah schiţă un zâmbet.

-Înţeleg, domnule, replică femeia la ceva ce i se spusese şi deconectă convorbirea.

După aceea, îşi întoarse ochii spre Leah şi îi spuse:

-Va coborî în vreo câteva minute. Nu doriţi să luaţi un loc? îşi flutură ea mâna spre zona amenajată pentru aşa ceva în colţul îndepărtat al holului, unde soarele se juca cu culorile variate ale scaunelor şi dădea strălucire podelei.

-Vom aştepta aici, îi răspunse Leah şi îşi sprijini un cot de biroul de la recepţie.

Îşi întoarse capul spre celălalt colţ al holului de la intrare unde o multitudine de plante în ghivece se aflau într-o competiţie strânsă pentru lumina soarelui.

Lui Leah îi trecu prin minte gândul că cineva a încurcat lucrurile şi a plasat florile acolo unde ar fi trebuit să se găsească sala de aşteptare.

Când îi aruncă o privire lui Mark îşi dădu seama că acesta încerca să o vrăjească pe fata de la recepţie, dar nu prea avea noroc. Tânăra femeie deja se întorsese la jocul de pe monitorul ei şi nu le mai dădea nici un fel atenţie nici unuia dintre ei.

Leah mustăci când percepu frustrarea bărbatului, dar totul nu dură decât o clipă. Se mustră cu severitate imediat după aceea. În ultima vreme, nu prea fusese ea însăşi şi cam începuse să găsească o plăcere nefirească când îl simţea pe Mark că suferea din cauza a ceva sau făcea vreo greşeală. Acesta nu era un lucru cu care ar fi trebuit să se simtă în largul său şi se încruntă, furioasă pe ea însăşi.

Auzi uşile de la lift deschizându-se şi se întoarse spre sunetul lor tocmai la timp pentru a vedea un bărbat tânăr, îmbrăcat neoficial în haine comode, păşind afară din lift. Mersul lui era atletic şi demonstra că bărbatului îi plăcea să facă gimnastică în mod regulat pentru a se menţine într-o formă foarte bună.

O fi fost el dependent de calculator, după cum arăta profilul său, dar cu toate acestea, părea să găsească timp şi pentru alte lucruri în viaţa lui, ceea ce denota un regim de viaţă echilibrat.

Locotenenta îl invidie. Ea una nu avusese niciodată abilitatea să găsească o balanţă în ceea ce făcea. Fie exagera făcând anumite lucrurile, fie nu prea făcea altele, dar niciodată nu reuşise să găsească un echilibru sănătos în îndeletnicirile ei.

Leah remarcă, de asemenea, că Daniel Alekseyev îi semăna mamei sale. Tânărul bărbat avea aceeași piele albă, scoasă în evidență de părul negru cârlionțat și dezordonat. Bărbatul o privi pe locotenentă cu ochii migdalați și ușor oblici ai mamei sale.

Inițial, când o văzuse pe Klavdiya pentru prima oară, Leah crezuse că acea coafură neglijentă a ei era rezultatul unor ore lungi și extenuante de coafare. Acum, polițista se întrebă dacă nu cumva victima nu fusese numai norocoasă să se fi născut cu un păr des încăpățânat ceea ce, în fapt, fusese în avantajul ei.

Menținându-și ochii pe Daniel, ea observă că existau și unele diferențe între mamă și fiu. Bărbia lui Daniel era pătrată și era umbrită de începutul unei bărbi pline de speranță.

Acel detaliu îl făcea să pară a avea un caracter mai puternic decât avusese Klavdiya. Bărbia slabă a femeii nu o recomanda pe aceea în ochii lui Leah ca fiind o persoană cu tărie de caracter.

Ochii bărbatului îi trădau îngrijorarea și neliniștea. Leah știa că va trebui să-i spună ce se întâmplase și că astfel îi va zgudui, probabil, temelia lumii sale, așa cum o cunoștea el. Ei nu-i plăcea defel acea parte a slujbei sale, dar era una din sarcinile ei, până la urmă, iar ea își lua responsabilitățile foarte în serios.

Leah, urmată îndeaproape de Mark, se îndreptă încet spre Daniel și îi întinse mâna.

-Sunt Locotenent Leah MacKay, iar acesta este colegul meu, detectivul Mark Dion.

Bărbatul nu își dădu osteneala să se prezinte, probabil pentru că se gândea că detectivii îi știau deja numele. Le strânse mâinile și un zâmbet politicos îi flutură reticent pe buze.

În ciuda acelui fapt, Leah îi percepu tensiunea pe care acesta încerca să o ascundă și decise să nu prelungească acele momente neplăcute.

-Există vreun loc unde am putea vorbi fără să fim întrerupți, domnule Alekseyev? îl întrebă ea aruncând o privire în direcția recepționistei, care, în mod convenabil, uitase de jocul ei pe moment, iar acum îi privea cu o curiozitate nemascată.

Daniel își aplecă capul într-o parte, părând să reflecteze la sugestia ei pentru o clipă. Apoi le propuse:

-Hai să mergem într-una din sălile de ședință de la primul etaj. Nimeni nu ne va deranja acolo și este și liniște.

Se întoarse apoi spre femeia de la recepție și o rugă:

-Jen, ai putea tu să verifici și să vezi care sală de ședințe este liberă timp de o oră de acum încolo?

Recepționista îi replică cu o voce blândă:

-Desigur, domnule Alekseyev.

Femeia se întoarse la tastatura ei și cu abilitate verifică programul sălilor de ședință, iar după aceea, îl informă cu un zâmbet cald pe buze:

-Sala Salcia este liberă, domnule, pentru vreo două ore de acum încolo cel puțin. Ați vrea să vă fac o rezervare pentru ea?

-Da, te rog, fă o rezervare. Mulțumesc, Jen, dădu Daniel din cap spre ea, iar apoi îi conduse pe detectivi spre lift.

Leah simți că omul ar fi dorit să le pună întrebări, dar încerca să se rețină. De asemenea, îi detectă și groaza. Bărbatul se temea de răspunsurile pe care urma să le primească de la ei.

Îi părea rău pentru el, dar ea nu putea să-i aline temerile defel.

După o scurtă călătorie cu liftul, Daniel alese să o ia la dreapta pe un coridor. Îi conduse printr-un labirint de cubicule, iar Leah era convinsă că nu ar mai fi fost în stare să-și găsească drumul înapoi spre lift dacă Daniel ar fi decis să nu îi conducă înapoi. Chiar și Mark dădea semne de confuzie și îngrijorare.

Sunetul plin de viață al jocurilor video venea de peste tot și tot felul de exclamații îi învăluiau pe cei trei oameni care avansau de-a lungul platoului. Sprâncenele lui Leah îi săriră sus pe frunte la auzul celor mai colorate interjecții.

-Aceasta este una din sălile de testare, le explică Daniel pe un ton apologetic. Însă nu vă temeți, detectivilor, pentru că nu vom auzi absolut nimic din sala de ședințe. Aceste săli sunt izolate din punct de vedere acustic, le explică el mai departe, iar Leah reuși să discearnă încordarea crescândă din vocea lui.

Nu era însă ceva nou. Ei se loveau în fiecare zi cu așa ceva atunci când se întâlneau cu marea parte a oamenilor pentru prima dată. Cuvântul 'poliție' avea acel efect aproape asupra tuturor. Puțini își păstrau sângele rece în astfel de situații.

Ambii detectivi își înclinară capul ca să-i dea de înțeles că au priceput și au continuat să-l urmeze îndeaproape. Nici unul dintre cei doi nu voia să fie lăsat în urmă.

Într-un final, Daniel Alekseyev se opri în faţa unei uşi masive şi introduse un cod pe tableta montată pe perete. Uşa se deschise cu un clic, iar el îi invită cu un gest să intre în sală.

Imediat ce uşa s-a închis în spatele lor, s-au pomenit într-o oază de tranchilitate. Nici un fel de sunet nu se mai auzea de la cubiculele ce se găseau dincolo de uşa închisă, dar nici dinspre strada ce lucea în lumina soarelui dincolo de panourile de sticlă care acopereau întregul perete.

-Arată bine, murmură Mark, iar apoi îşi aruncă ochii rapid spre Leah.

Leah ghici că acesta dorea să verifice dacă ea l-a auzit. Se presupunea că nu trebuia să arate că era impresionat de încăperea în care intraseră. El ar fi trebuit să îşi concentreze atenţia asupra oamenilor implicaţi în cazul lor.

Cu toate acestea, nu spuse nimic şi alese să pretindă că nu l-a auzit. Părea chiar meschin să îi reproşeze o eroare atât de infimă. Nu era ca şi cum nu ar fi avut alte oportunităţi să se ia de el dacă şi-ar fi dorit aşa ceva.

Daniel îi invită să ia loc în fotoliile care încadrau masa de conferinţe. Leah alese un fotoliu vis a vis de Daniel şi îşi permise pentru o clipă să savureze fotoliul pluşat.

Pe tot drumul până la acea sală, se temuse că va trebui să se aşeze într-un fotoliu de piele, iar ea ura efectiv acel tip de scaune vara, chiar şi atunci când exista aer condiţionat în încăpere. O duceau cu gândul la sudoarea celor care se aşezaseră pe ele înaintea ei şi se îndoia că erau suficient de igienice.

Teoretic, personalul care se ocupa cu curăţenia ar fi trebuit să le cureţe în fiecare zi, dar ea se cam temea că aceştia nu se prea oboseau cu acel lucru mereu.

După ce s-au aşezat, Daniel privi de la un detectiv la celălalt, şi abia acum îşi găsi curajul să întrebe:

-Ce s-a întâmplat?

În ochii lui, se putea citi o mâhnire genuină, iar Leah simpatiză cu el.

Vibraţiile ce veneau dinspre el îi suneau că bărbatul se temea că ceva i se întâmplase soţiei lui, aşa că ea se decise să-i spună absolut totul imediat. Leah nu credea în a tortura pe cineva cu nesiguranţa dacă nu exista un motiv bine întemeiat.

Ea ştia că bărbatului nu-i va fi uşor să audă ce avea ea de spus. Se aplecă peste masă şi se sprijini în coate.

Pe o voce calmă şi liniştitoare, Leah spuse:

-Îmi pare foarte rău, domnule Alekseyev, dar trebuie să te informez că mama ta a decedat.

Icnetul de mâhnire şi surpriză al lui Daniel sfâşie liniştea încăperii. Atât Leah cât şi Mark îi priveau reacţiile îndeaproape, chiar dacă se îndoiau că acesta ar fi avut ceva de-a face cu moartea mamei sale.

Metoda de ucidere fusese extrem de crudă. Vânătăi şi tăieturi marcaseră trupul femeii peste tot, ca şi cum crima ar fi fost opera unui nebun.

Ofiţerii de poliţie nu aveau nici un motiv să creadă că se întâmplase între mamă şi fiu ceva într-atât de grav încât să-l fi putut conduce pe acesta la o asemenea atrocitate.

Leah observă că Daniel se lupta cu lacrimile şi îl lăsă în pace câteva clipe pentru a se putea aduna şi pentru a se obişnui cu vestea cât de cât. Nu în fiecare zi avea cineva ocazia să audă aşa ceva şi nimeni nu accepta moartea cuiva drag cu uşurinţă.

Polițista observă cum Daniel își flexa inconștient pumnii pe suprafața netedă a mesei de conferință. Genele îi clipeau spasmodic, iar pentru o clipă ea chiar se temu că bărbatul va începe să plângă.

Chiar dacă înțelegea că el avea motive să plângă, ea se temea că nu va știi cum să-l liniștească după aceea pentru a-l face să-i răspundă la întrebări.

Acela era unul dintre lucrurile de care întotdeauna se temea în astfel de interviuri, iar Mark nu era nici el de nici un ajutor în astfel de situații. Singurul lucru la care se pricepea și el era să bată pe cineva liniștitor pe spate o dată sau de două ori și nici aceeea nu o făcea cu prea multă convingere.

Într-un final, Daniel reuși să se adune și o privi drept în ochi când o întrebă cu o voce răgușită:

-Ce s-a întâmplat? A fost călcată de o mașină sau ce?

Leah era pe punctul de a-și clătina capul când observă că Mark făcea exact acel lucru și se controlă. Alese să-i răspundă bărbatului pe un ton liniștit:

-Nu, domnule Alekseyev. A fost ucisă noaptea trecută.

Cuvintele ei l-au șocat. Ochii i se măriră, iar dinții i se înfipseră în buza de sus. Degetele i se prinseră cu așa putere de marginea mesei încât încheieturile acestora se albiră.

Puterea vibrațiilor de suferință profundă ce veneau dinspre el o făcu pe Leah să se teamă că șocul îl va copleși și nu va mai fi capabil să îi ajute cu nimic.

Privi repede în jur, căutând o soluție, și observă răcitorul de apă dintr-un colț al încăperii. Îl înghionti pe Mark discret.

-Adu-i un pahar cu apă, îi șopti ea, iar Mark îi aruncă lui Daniel o privire fără să înțeleagă de ce.

Lui Mark îi trebuiră câteva secunde să înţeleagă cererea locotenentei şi motivele acesteia pentru a o face. Numai atunci se ridică şi se duse spre răcitor să umple un pahar cu apă. Îl aduse înapoi la masă şi i-l întinse lui Daniel care îi mulţumi în şoaptă.

Bărbatul bău apa dintr-o înghiţitură şi apoi îşi întoarse ochii înneguraţi spre Leah.

-Cine a ucis-o pe mama mea? o întrebă el, iar Leah observă cu satisfacţie că vocea îi suna mai puternic acum.

Bărbatul reuşise să îşi revină destul de bine, iar acum aveau o şansă să ajungă undeva cu întrebările lor.

-Asta încercăm să aflăm, îi replică ea, ţinându-şi ochii fix pe Daniel.

Ca şi cum ar fi simţit că îl învinovăţeau pe el cumva, el se îndreptă.

-Nu mi-am ucis mama, detective, îi replică el pe un ton rece, iar accentul său rusesc, care fusese abia perceptibil când detectivii îl întâlniseră, deveni mai pronunţat. Sper că aveţi şi alţi suspecţi în afară de mine, adăugă el tăios, iar implicaţiile cuvintelor lui erau clare.

Leah percepu tenta de sarcasm din vocea omului şi nu ştiu exact cum să o ia.

-În acest moment, toată lumea este suspectă, îi replică ea, pe acelaş ton calm. Ştiu că legea spune că toţi sunt inocenţi până în momentul în care se dovedesc a fi vinovaţi, dar eu una trebuie să trec prin sită grâul de pleavă şi aceasta nu este o sarcină prea uşoară.

Cuvintele ei părură să aibă suficient impact asupra lui Daniel pentru că el o aprobă dând din cap.

-Ce se întâmplă acum? întrebă el.

-Acum îţi voi pune întrebări despre relaţia pe care o aveai cu mama ta, detectiva replică şi se lăsă pe spate în fotoliu, punându-şi mâinile în poala, de parcă s-ar fi pregătit să asculte o poveste înainte de a merge la culcare.

Lui Daniel îi trebuiră câteva clipe pentru a răspunde, iar apoi îşi începu relatarea, fixându-şi ochii undeva în depărtare:

-Am avut o relaţie bună... Întotdeauna... Nu era o mamă extrem de strictă, iar regulile ei erau uşor de urmat... Mereu m-a încurajat să fiu independent, responsabil..., îşi aduse el aminte.

-Şi cu toate acestea, ceva s-a întâmplat, interveni Leah.

Bărbatul o privi şi dădu din cap cu ezitare. Părea reticent în a explica, dar expresia ei încăpăţânată nu-i lăsa nici un loc de întors.

-Am întâlnit-o pe soţia mea în liceu... În clasa a noua... Nu este rusoaică...

-A fost aceasta o problemă pentru mama ta? îl întrebă Mark, dar Daniel îşi scutură capul.

-Nu, nu o interesa aşa ceva. A acceptat fără probleme că Biskane (*Focul care arde – nume tradiţional pentru Primele Naţiuni (Anishinaabe)*) provine dintr-o familie a Primelor Naţiuni. Mama nu a arătat nici un fel de opoziţie. O plăcea destul de mult, reafirmă el, iar apoi făcu o pauză.

Leah observă că el se lupta să găsească cuvintele să spună ceva şi îl îndemnă pe un ton blând:

-Dacă ai ceva de spus, mai bine ne spui acum... Vom afla oricum până la urmă...

-Oh, nu este vorba de asta, îi alungă el neliniştea cu un gest. Mă gândeam numai... Nu vreau să o judecaţi pe mama prea dur dar... presupun că nu este altă cale, continuă el şi îşi masă şaua nasului între degetul mare şi arătător.

Leah simţi ochii lui Mark aţintiţi asupra ei şi se întoarse spre el. Acesta părea că ar fi vrut să spună ceva, dar ea îl opri cu o scuturare uşoară a capului.

Ea voia ca Daniel să continue să-şi prezinte ideile în propriul lui ritm. De-a lungul timpului, învăţase că, uneori, dacă întrerupeai firul gândurilor cuiva, nu reuşeai să faci deloc lumină într-o anume situaţie.

-Aparenţele au jucat un rol important în percepţiile mamei mele, spuse Daniel cu fermitate, privind de la un detectiv la celălalt. Dacă o femeie era frumoasă, atunci mama mea o considera demnă de valoare... Nu conta dacă acea femeie era proastă sau lacomă sau... orice altceva, clarifică el şi ridică din umeri. Soţia mea, Biskane, este foarte frumoasă, declară el foarte pragmatic. Când mi-au căzut ochii pe ea prima dată, pur şi simplu mi-a luat răsuflarea, le mărturisi el cu un zâmbet îndepărtat şi gesticulă cu ambele mâini.

Leah simţi că el se simţea puţin jenat de acele mărturisiri, dar ea una începuse să-l placă. Părea să fie real şi cu picioarele bine înfipte pe pământ, ceea ce era uluitor pentru un om atât de tânăr.

-Mama pur şi simplu a strălucit de bucurie când am adus-o pe Biskane acasă şi i-am prezentat-o. Era mândră că oamenii mă vor vedea mergând de mână cu o fată atât de frumoasă... Eram în clasa a noua, după cum v-am spus deja... încercă el să-şi adune gândurile şi se concentră pe peretele din spatele lui Leah câteva momente.

-Soția mea nu este foarte înaltă, detectivilor, simți el că trebuie să menționeze, dar a fost binecuvântată cu un trup perfect și aceasta încă din adolescență. Rotund unde trebuie să fie rotund, o talie îngustă, picioare lungi... Părul ei este negru ca cerneala, lung și strălucitor... Are pomeții înalți și un pic mai lați. Are un temperament blând și, în general, are o dispoziție foarte bună... Îi trebuie mult să o facă să se mânie sau să se întristeze... La vremea aceea, nu aveam nevoie de mai mult, desigur, mărturisi el, cu gândurile departe. Eram doar un adolescent controlat de hormoni...

El păstră tăcerea mai mult de un minut, dar Leah nu dorea să-i întrerupă procesul de gândire. Exact când ea se temea că Mark ar putea interveni, Daniel își întoarse ochii spre ei și continuă cu povestirea lui.

-După o vreme am observat că era și inteligentă și bună... Am văzut cât de mult muncea... Pentru mine devenise clar că dorea să facă ceva cu viața ei – părinții ei erau săraci, știți, iar cei din neamul ei au cunoscut timpuri grele... Cred că toată lumea știe acest lucru... Dar ea era hotărâtă și... Și eu apreciez acest lucru în oameni... De altfel, am apreciat același lucru și în mama mea, chiar dacă știam că era frivolă și interesată mai curând de aparențe decât de orice altceva..."

Când Daniel se opri din nou și își închise ochii, Leah își dădu seama că avea nevoie de timp ca să se adune. Îi aruncă o privire lui Mark și aproape că zâmbi când observă cât de fascinat era de povestirea omului și că nu își putea lua ochii de la Daniel.

Daniel își linse buzele uscate, iar Mark imediat sări de pe scaun și îi aduse un alt pahar de apă fără să fie nevoie să i se spună. Bărbatul îi mulțumi din plin și bău și ultima picătură de apă din paharul de plastic înainte de a își începe relatarea din nou.

-M-am mutat împreună cu Biskane când am împlinit optsprezece ani. Lucram deja de trei ani și chiar dacă începusem cu numai câteva ore, șeful meu a văzut că aveam potențial și mi-a dat mai multe, iar apoi și mai multe... M-a împins și să merg la Școala de Film Toronto și să studiez design pentru jocuri video și animație. De fapt, el mi-a plătit și școala, iar astfel nu a trebuit să iau împrumuturi și am fost în stare și să pun bani deoparte din salariul cu care mă plătea, și mă plătea destul de bine. Când am împlinit optsprezece ani, aveam deja câteva mii de dolari în economii și investiții. M-a tot promovat, iar în nici șase ani, am ajuns lider al unei echipe de design și câștig mai mult decât câștiga mama mea după aproape douăzeci de ani de muncă... În fine, după ce ne-am mutat împreună, Biskane a început să facă și ea planuri pentru a-și continua educația. Dorea să devină juristă și aflase că ar fi putut să ia un împrumut de la OSAP pentru așa ceva. Cu toate acestea, eu știam deja că doream să mă căsătoresc cu ea într-o bună zi. Știam lucrul aceste de ani de zile și nu doream ca ea să fie înglodată în datorii în momentul în care ar fi terminat școala, așa că am plătit eu pentru cursurile ei. Mi se părea că avea sens, dar din păcate, aceasta a supărat-o rău de tot pe mama mea. S-a înfuriat, a acuzat... A fost foarte răutăcioasă cu Biskane... Mi-a spus că părinții ei ar trebui să îi plătească școala, nu eu... I-am atras atenția că nici ea nu mi-a plătit școala mie, iar eu și Biskane locuiam împreună... Mi-a spus lucruri... urâte... A spus că Biskane stătea cu mine numai pentru că eu aveam mai mulţi bani decât ea şi... să fiu onest cu voi, nu mi-a plăcut ce mi-a spus... I-am spus că totul între noi s-a terminat... Mi-am iubit mama, detectivilor, dar devenise răutăcioasă şi nu voia să înceteze defel pe vremea aceea... Am considerat că... dacă asta credea ea despre mine şi femeia pe care doream să o iau de soţie... atunci nu vedeam de ce mi-aş mai fi pierdut timpul să discut cu ea, încheie el şi îşi lăsă ochii în jos spre tăblia mesei.

Leah observă liniile ce i se formaseră la colţurile gurii şi înţelese că bărbatul se controla numai din cauză că avea o voinţă de fier.

Ea îşi aruncă ochii spre Mark şi mai că izbucni în râs. Bărbatul era atât de fascinat de relatarea lui Daniel, că nici măcar nu clipea. Arăta ca un pui de bufniţă şi probabil că era prima dată când ea simţea ceva similar tandreţei pentru el.

-Aceasta s-a întâmplat cu trei ani în urmă, din câte înţeleg, îi spuse Leah lui Daniel când tăcerea se întinsese pentru prea mult timp, iar el o aprobă înclinând din cap.

-Aţi fost certaţi de atunci?

-Nu, îşi scutură el capul. Nu am vorbit vreo câteva luni, dar am revenit la normal după aceea... Mă rog, aproape la normal. Exista o oarecare încordare în interacţiunile noastre şi ştiam că aceasta nu va dispărea niciodată... Presupun că nu puteam uita ceea ce îmi spusese, iar ea nu mă putea ierta pentru că am dat-o la o parte... Cu toate acestea, chiar ironic, ca să spun aşa, mustăci Daniel, Biskane şi mama mea au fost cele mai bune prietene din momentul în care ne-am împăcat. Tensiunea exista doar între noi doi, între mine şi mama...

-Şi la aceasta s-a limitat disensiunea existentă între voi doi, întrebă locotenenta, iar, în acelaş timp, se aplecă în faţă şi îşi deschise geanta cu gesturi liniştite. Îşi scoase iPad-ul şi îl puse pe masă.

Daniel ezită o clipă, dar apoi decise să fie deschis pe cât posibil. Îşi scutură capul şi spuse:

-Nu, nu a fost... Aşa cum am spus, detective, mama mea era cumva victima aparenţelor. Când am împlinit şaisprezece ani, a decis că a venit şi vremea ei şi că avea nevoie de cineva. Aşa că a început să îşi arunce ochii prin jur. Nu am spus nimic atunci pentru că nu am considerat că aveam dreptul, dar ea se uita numai la bărbaţii care ştiau să arate o anumită... faţadă. Ştiţi genul, sunt sigur: haine bune, tunsoare la modă, dădeau impresia că aveau bani...

Atât Leah cât şi Mark îl aprobară. În cursul investigaţiilor lor, văzuseră acel tip şi nu numai o singură dată, atât la femei cât şi la bărbaţi.

-A găsit pe unul care s-a mutat cu noi destul de rapid, după părerea mea. Cam aşa în vreo două săptămâni... Apoi am înţeles de ce. Omul nu poseda de fapt decât câteva costume şi multă aroganţă. Nimic mai mult. De-abia fusese concediat, deşi el a înfrumuseţat povestea şi ne-a explicat că intenţiona să-şi deschidă propria lui afacere şi de aceea îşi părăsise vechiul loc de muncă. Mama mea se îndrăgostea relativ uşor de un bărbat care arăta bine şi care ştia cum să se îmbrace, dar nu era dornică să-i plătească şi cheltuielile. Ea intenţiona să găsească pe cineva care să-i plătească el cheltuielile ei. Aşa că, acea relaţie s-a stins destul de rapid.

Nici in alte două săptămâni, l-a dat pe individ afară din casă, iar eu nu a trebuit să spun nimic pentru a ajunge la acel rezultat.

-Au existat resentimente din partea lui? întrebă Leah.

-Cred că au existat unele resentimente, spuse Daniel cu reticenţă. Cam timp de un an după aceea am primit apeluri telefonice din partea lui ocazional, mai ales dacă individul băuse ceva înainte de a telefona. Obişnuia să ţipe şi să înjure. Până la urmă, mama a schimbat numărul de telefon şi apelurile au încetat.

-Cred că vreau numele lui complet, observă Leah şi îşi porni iPad-ul.

-Cred că se numea Iuri Grigoriev, răspunse el gânditor. Da, aşa se numea... Rus, desigur... Pentru o vreme ne-am temut că era implicat cu mafia rusă... ştiţi voi, cu toate filmele şi ştirile din presă, gesticulă el şi un zâmbet trist îi apăru pe buze.

Atât Leah cât şi Mark îi întoarseră zâmbetul. Uneori, imaginaţia putea să le joace feste destul de urâte oamenilor. Şi cu toate acestea, tot trebuiau să-l verifice pe acel Iuri, iar Leah îşi făcu o notă în iPad-ul ei.

-A renunţat să mai găsească pe careva? interveni Mark.

-Nu, nu a renunţat, dar nu a găsit pe cineva potrivit până acum vreun an... Poate puţin mai mult... Sau cel puţin asta crezuse ea la acea vreme. Cu o singură excepţie, acesta îndeplinea toate cerinţele ei aproape la perfecţie, explică Daniel şi îşi frecă mâinile, ceea ce era un semn de anxietate, după cum ştia Leah.

-Care era acea excepţie? îl întrebă Mark din nou.

-Avea o slujbă bună și mai și moștenise o grămadă de bani. Se îmbrăca cu foarte mult gust. Și, cu toate acestea, era scârțar. Când s-au mutat împreună, mama se așteptase ca el să plătească pentru tot și să o răsfețe, dar acel lucru nu s-a întâmplat. Trebuia să se lupte cu el pentru fiecare cent pe care reușea să-l obțină de la el. Și totuși, ea tot spera că se va însura cu ea, iar atunci ar fi avut acces la banii lui...

Daniel se ridică în picioare și se duse la răcitor unde își mai turnă un pahar cu apă. Îl bău acolo, chiar lângă răcitor, iar după ce a terminat, a strivit paharul de plastic în pumn și l-a aruncat în coșul de lângă răcitor.

Păru să ezite câteva momente și își netezi părul încet, ca pentru a câștiga ceva timp.

Leah simți că nu se simțea prea în largul său cu partea care urma și de aceea se decise să îi dea timpul necesar să își caute cuvintele cele mai potrivite. Nu vedea ce ar fi câștigat dacă l-ar fi grăbit să vorbească.

Bărbatul fusese destul de deschis cu ei, iar, dealtfel, ea îl citea ca pe o carte deschisă. Era un om direct, care spunea ceea ce gândea, chiar dacă din când în când simțea unele remușcări când trebuia să aducă la lumină unele lucruri neplăcute despre mama sa.

Daniel se întoarse la masă cu pași greoi și se așeză. Mersul acela agil pe care-l avusese la începutul întâlnirii, dispăruse de mult.

Își frecă din nou mâinile, iar apoi se uită direct în ochii locotenentei și spuse:

-Vreau să înțelegeți și să nu o judecați pe mama mea prea aspru... Credeți-mă, nu o merită. Dacă circumstanțele ar fi fost diferite..., ridică el din umeri neajutorat.

Reflectă cu ochii fixați pe peretele din spatele lui Leah, iar apoi continuă:

-Vreau să aveți un tablou clar asupra lucrurilor, detectivilor. Tatăl meu a cucerit-o pe mama cu o curte amețitoare în vara când aceasta a terminat liceul. Înainte de acel moment, bunicii mei îi restricționaseră ieșirile în mod sever și nu avusese niciodată voie să aibă vreun prieten... Mama nu avea nici cea mai mică noțiune despre lumea din jur... Era ca un fruct proaspăt copt, gata să fie cules... Iar tatăl meu a fost cel ce l-a cules..., observă el și se strâmbă cu supărare. S-au căsătorit în mai puțin de o lună, în ciuda opoziției bunicilor mei. Mama mea a avut o fire extrem de pasională și dramatică, iar aceasta s-a manifestat evident și în legătură cu marea ei iubire. Nimeni nu a putut să-i schimbe hotărârea... Bunicii mei au trebuit să cedeze și să accepte ca ea să se mărite pentru că se temeau să nu-și facă ea singură vreun rău. Oricum, deja trecuse de vârsta majoratului, așa că tot nu puteau face prea multe... Părinții mei au trăit împreună cam cinci ani, până în momentul în care ea a aflat că tata o înșelase cu absolut toate femeile din cercul lor de prieteni. Se culcase cu cele mai bune prietene ale ei, ba chiar și cu vreo două verișoare... Iar el începuse să calce strâmb imediat după ce se căsătoriseră... Vă puteți imagina că mama a fost... devastată... Faptul că o înșela era destul de rău, vedeți voi, spuse el, gesticulând exagerat cu mâinile, ceea ce era un semn evident de agitație. Mai rău a fost felul cum a aflat despre aceasta... Aveau o petrecere... Mama muncise din greu în bucătărie și cu decorările... Vruse că tata să fie mândru de ea... Una dintre femeile venite la petrecere s-a îmbătat, dar rău de tot... Își pierduse efectiv uzul rațiunii... Prea multă

vodka, presupun... Era furioasă pe tata. Acesta tocmai o
înlocuise cu o nouă cucerire, iar ea a dezvăluit totul în faţa
tuturor şi şi-a îndreptat degetul spre toate femeile prezente
la petrecere care avuseseră o relaţie amoroasă cu tatăl meu...
Mama a fost efectiv lividă. A fost şi jenată şi rănită şi umilită.
I-a cerut tatei să plece chiar în seara aceea... De fapt, i-a cerut
asta după ce a avut loc un spectacol imens, cu o mulţime
de vase sparte, urlete, jigniri, oameni daţi cu capul de pereţi
şi mult tras de păr... Fusese o petrecere destul de mare şi
erau mulţi oameni implicaţi... Femei ce trecuseră prin patul
tatălui meu... Bărbaţi care tocmai ce au aflat că fuseseră
înşelaţi... Cred că aveau cam treizeci de musafiri. Oricum,
până la urmă, vecinii au chemat poliţia să facă ordine şi să-i
liniştească... Toţi prietenii au abandonat-o după aceea... Deşi
nu ştiu dacă îi putea numi pe oamenii aceia prieteni... În fine,
el a obţinut toţi prietenii în urma divorţului, iar ea a avut
parte de propria ei răzbunare. A pretins să i se dea absolut tot
ce aveau în proprietate comună şi a şi reuşit să pună mâna pe
tot. Nu a lăsat nici măcar o lingură în urma ei.

-Asta ţi-a povestit mama ta? îl întrebă Mark curios. Ştia
el că părinţii divorţaţi nu spuneau niciodată tot adevărul.

-Nu, îşi scutură Daniel capul. Am auzit eu câteva lucruri
la vremea aceea. Mi s-au înregistrat în minte, chiar dacă pe
atunci nu le înţelegeam. Am întrebat-o mai târziu pe bunica
şi ea mi-a povestit totul. Povestea ei a fost şi mai urâtă decât
ce v-am povestit eu, dar bănuiesc că e de înţeles de ce...
Bineînţeles, mai târziu l-am confruntat pe tatăl meu în
timpul unei vacanţe pe care am petrecut-o acasă în Rusia, iar
el mi-a mărturisit tot... La vremea aceea era mai în vârstă şi
mai matur, deşi încă mai considera că era normal să-şi înşele

și noua nevastă, își scutură Daniel capul de parcă tot nu îi venea a crede. Oricum, ceea ce vreau să spun este că mama a muncit din greu să mă crească... A fost o mamă bună... Chiar foarte bună... M-a înțeles, m-a învățat să am grijă de mine însumi, mi-a sprijinit ambiția... În fapt, am ajuns aici unde am ajuns din cauză că m-a tot împuns să fac ceva cu viața mea... Dar a fost și singură. Timp de douăzeci de ani... Nu e chiar așa ușor pentru o femeie tânără... Acum voia și ea companie, pe cineva căruia să-i pese de ea...

-Iar bărbatul de care vorbeai, nu i-a oferit acest lucru mamei tale? îl întrebă Leah.

-Din ceea ce am auzit – pentru că mama mea i-a spus multe lucruri lui Biskane, vedeți voi, el îi oferea un fel de companie și era un iubit destul de bun, spuse Daniel și se înroși.

Leah își imagină că nu era ușor pentru un bărbat să vorbească de mama sa în acel context specific.

-Și cu toate acestea, lui nu-i păsa decât de el însuși și de banii lui. Dacă ea l-ar fi făcut să meargă la cumpărături cu ea, s-ar fi găsit în situația să plătească pentru tot la casă. El spunea ceva de genul că nu avea nevoie de mai mult de o roșie în seara aceea, de exemplu. O dată a scos-o la restaurant... Îmi amintesc că m-a sunat foarte entuziasmată. Se gândea că se schimbase, spuse el, iar un zâmbet plin de durere îi înflori pe buze. La sfârșitul cinei, individul i-a cerut chelnerului să aducă două note separate la masă și apoi i-a cerut mamei să-și plătească nota... De atunci, a evitat să mai iasă cu el la restaurant... Și vorba ceea, locuia în casa ei, pentru care ea plătea chiria și restul cheltuielilor..., le explică el cu amărăciune.

Da, se gândi Leah, tipul acela suna ca un adevărat înger. Exact genul de bărbat pe care să-l duci acasă la părinți și să-l prezinți mamei, iar apoi să planifici o nuntă mare cu el.

-Oricum, ea era singură, iar el îi oferea ceva companie, concluzionă el. Lui nu-i păsa că ea urla la el și îi făcea tot felul de reproșuri... Chiar a prezentat-o și familiei sale, iar mama și tatăl lui, precum și cele trei surori, toți păreau să o adore... uneori ea se gândea că ei tot insistau pentru ca relația dintre ei să continue pentru că George, așa se numește el, George Alder, nu avea un record nemaipomenit în ceea ce privea relațiile lui romantice. Fusese o dată căsătorit pentru jumătate de an când fusese tânăr, iar toate celelalte relații ale sale duraseră mai puțin de o lună...

Daniel se opri și privi în jos, analizându-și mâinile cu mare atenție. Tăcerea se întindea, iar tensiunea din încăpere îi producea mâncărimi pe piele lui Leah.

Tensiunea îi afecta pe toți, dar Mark fu primul care întrerupse tăcerea:

-Și ce s-a întâmplat mai apoi?

Daniel îl privi, ridică din umeri, dar numai după aceea replică:

-Au fost împreună numai câteva luni. Mama a fost implicată în toate întrunirile familiei Alder... De fapt așa a și început totul, adăugă el gânditor.

-Ce a început? întrebă Mark din nou nedumerit.

-Păi luase parte la câteva picnicuri, petreceri, Crăciun... știți voi... Iar ea a început să aibă sentimente pentru partenerul surorii celei mai mari a lui George... El a curtat-o discret... S-au întâlnit să vorbească un pic la o cafenea sau pentru o plimbare în parc... Desigur, el evita cu măiestrie toate locurile unde s-ar fi putut întâlni cu cunoştinţe... El îi povestea cât de nefericit era şi cât de dominatoare era Lydia. Femeia controla banii – ei bine, banii îi aparţineau ei, aşa că..., gesticulă Daniel pentru a se face cât mai bine înţeles.

Mark dădu din cap că a priceput, iar Leah surâse.

Daniel îşi continuă relatarea:

-Oricum, după o vreme, el a venit şi i-a spus că a decis să o părăsească pe Lydia, sora lui George, pentru că, de fapt, el o iubea pe mama, şi nu mai putea trăi fără ea... Până atunci, mama se îndrăgostise de-a binelea. El nu avea nici un ban, iar ei nici măcar nu îi păsa. Chiar credea că salariile lor îi va ajuta pe amândoi să trăiască destul de confortabil... A fost... chiar uluitor ca să spun aşa. Nu aş fi crezut niciodată că o voi auzi pe mama spunând aşa ceva, detectivilor, îşi scutură el capul.

Chipul lui arăta clar că lui nici acum nu îi venea să creadă acea schimbare radicală de opinie a mamei sale.

-Oricum, l-a crezut când i-a spus că dorea să fie cu ea, aşa că s-a dus direct acasă şi i-a cerut lui George să plece. I-a spus că relaţia lor s-a terminat.

-Şi cum a reacţionat George când a auzit că vrea ca ei să se despartă? îl întrebă Leah, înainte ca Mark să poată spune ceva şi avu satisfacţia să-i vadă gura strângându-i-se într-o linie subţire.

-Nu prea bine, la început, a recunoscut Daniel. Nu a crezut-o şi a refuzat să se mişte. Înţeleg că nu a făcut altceva decât să se tolănească pe canapea şi să înceapă să se uitea la ceva la televizor. Mama pur şi simplu a explodat... Avea un temperament vulcanic când cineva o călca pe nervi... S-a dus furioasă în dormitor şi în jumătate de oră i-a strâns toate lucrurile în genţi. Le-a târât afară din apartament şi le-a lăsat în holul clădirii. În tot acel timp, George a privit-o cu ochii mari, fără să-i vină să creadă. Mai apoi a început să țipe, mai apoi să implore, dar ea nu a dat înapoi defel... Mama i-a spus lui Biskane că în sfârșit se îndrăgostise cu adevărat din nou. Îi trebuiseră douăzeci de ani, dar până la urmă tot o făcuse... Era atât de îndrăgostită încât nu s-a gândit nici măcar o clipă la consecințele deciziilor ei, își scutură Daniel capul de parcă tot nu îi venea să creadă.

Leah putea simți că atitudinea mamei sale îl șocase și deduse că povestea nu se limita numai la atâta.

-Nu s-a oprit aici, nu-i așa? întrebă ea.

-Nu, nu s-a oprit, admise omul pe o voce obosită, iar apoi își frecă fruntea înainte de a continua. Gareth, așa se numește bărbatul, a început să o viziteze pe mama. Îi aducea flori și mici cadouri. O ducea la cumpărături...

Daniel se opri și își scutură capul din nou. Își închise ochii câteva secunde, iar apoi își fixă ochii pe Leah. Brusc, ochii lui păreau mai bătrâni și obosiți.

-Acesta i-a cumpărat tot ce își dorea ea. Dar, pentru aceasta, folosea banii Lydiei pentru că el nu avea prea mulți pe numele lui. Avea o slujbă, este adevărat, dar atât și nimic mai mult... Tot spunea că o va părăsi pe Lydia, dar mereu intervenea câte ceva. Mama știa că Lydia era bipolară și că o lua razna dacă lucrurile nu se întâmplau după cum voia ea și, într-un fel, înțelegea reticența lui Gareth de a-i spune adevărul. În același timp, îl dorea alături de ea... Biskane a încercat să discute rațional cu mama și a întrebat-o ce se va întâmpla dacă Gareth o va părăsi cu adevărat pe Lydia pentru că el nu va avea aceleași mijloace financiare, ceea ce însemna că toate cadourile și cumpărăturile și ieșirile lor se vor încheia... Mamei nu îi păsa. Bărbatul acela era ca o otravă pentru ea, iar eu nu mă puteam opri să nu mă gândesc mereu că ceea ce făcea ea nu era moral. Mama îi făcea acelei femei exact ce îi făcuseră altele ei... Iar acea femeie îi era cam ca o cumnată într-un fel. Mama trăise cu fratele ei atâta timp, trase el concluzia, iar apoi făcu o pauză.

Se holbă la peretele din fața lui și își linse buzele crăpate și uscate.

-Ai mai vrea niște apă, domnule? îl întrebă Mark politicos.

-Da, mulțumesc, îi replică Daniel și își frecă din nou fața cu palmele.

Mark se întoarse la masă cu un alt pahar umplut cu apă pe care i-l înmână lui Daniel. Abia sorbi omul din apă puțin, când telefonul lui mobil, pe care îl ținea în buzunarul pantalonilor, îi sună. Îl scoase și verifică numele de pe ecran.

-Este soția mea, le spuse el detectivilor. Pot să răspund?

-Da, desigur, îi spuse Leah, fluturându-și mâna.

-Bună, iubito, spuse Daniel, iar vocea îi sună foarte obosită în urechile lui Leah.

Polițista se întrebă oare ce gândea Biskane auzindu-i vocea.

-Cred că ne putem vedea să luăm prânzul, da, răspunse el la ceva ce-i spusese soția lui. Bine atunci, ne vedem într-o oră, încheie el conversația, iar apoi o privi pe Leah. Știu că reacția mea a fost cam nepoliticoasă față de voi când am stabilit întâlnirea cu soția mea, dar nu cred să avem nevoie de mai mult de o oră pentru ca să terminăm această discuție, spuse el, gesticulând, brusc nesigur de el însuși.

-Probabil că nu, admise Leah. Deci, ce s-a întâmplat după aceea?

-Ei bine, mama a început să spună că nu putea trăi fără el, lucru pe care de altfel l-a afirmat și acum două zile... Zile în șir treceau când nu se putea gândi la nimeni și la nimic altceva decât Gareth... Gareth tot îi promitea că îi va spune adevărul Lydiei și că se va muta cu mama, dar nu s-a întâmplat să o facă... Deși, Lydia a aflat. Cum, nu știu, dar acum o lună a venit la clădirea în care locuia mama și a... a făcut un spectacol interesant, ca să spunem așa. Nimeni nu îl va uita prea curând, vă garantez eu. A fost chemată și poliția... Femeia l-a atacat mai întâi pe omul de la recepție... L-a lovit cu geanta în cap în mod repetat... Am auzit că avea atât de multe lucruri în geanta aceea că se simțea de parcă era plină cu cărămizi... Iar apoi a așteptat-o afară pe mama... Mama nu venise încă de la muncă... Când aceasta a apărut, Lydia a urlat ca o lunatică și a lovit-o și pe mama. A încercat să-i scoată ochii... A numit-o în tot felul... Evident că a și avertizat-o să stea departe de partenerul ei... Știți, este chiar ironic. Gareth deja îi spusese mamei că decisese să-și continue relația cu Lydia și că nu mai putea fi cu ea. Decisese să se întoarcă înapoi la Lydia exact în dimineața aceea... Atât Biskane cât și eu ne cam așteptasem la așa ceva... Nu era genul de bărbat care putea trăi fără banii Lydiei.... Ea îl răsfăța... Femeia i-ar fi cumpărat și luna de pe cer dacă acesta i-ar fi cerut-o.

-Acela a fost finalul acelei aventuri de dragoste? îl întrebă Leah.

-Da, a fost, din câte știu eu... Știu că mama a plâns după el zile în șir și a avut și zile când nici măcar nu se putea da jos din pat... Ne temeam pentru că dădea semne de depresie profundă... Brusc, acum două zile, i-a spus lui Biskane că se va duce la o petrecere cu un tip pe care l-a cunoscut la începutul săptămânii. Nevasta mea a implorat-o să fie precaută pentru că mama nu știa prea multe despre acel bărbat. Se văzuseră numai de două ori înainte ca acesta să o fi invitat la petrecere. Mama însă i-a înnăbușit avertismentele lui Biskane și a asigurat-o că totul va fi bine. A spus... ceva de genul că viața ei s-a întors pe drumul corect din nou...

-Ai auzit ceva vești de la ea ieri? îl întrebă Mark.

Daniel își scutură capul.

-Ne-am celebrat aniversarea de o lună de la căsătorie la acest sfârșit de săptămână. Am plecat spre Cascada Niagara vineri și ne-am întors numai azi de dimineață. Nici unul dintre noi nu a fost în legătură cu careva înainte de dimineața aceasta... Așa am decis noi cu ceva timp în urmă... Cel puțin o dată pe lună să ne facem timp să fim doar noi doi, le explică el cu un zâmbet nostalgic pe buze, iar detectivii îi zâmbiră și ei.

Ideea de a petrece timp în izolare pentru a reînnoi legătura dintre ei, părea o soluție perfectă pentru Leah și aceasta începu să-și reevalueze opinia inițială despre căsătoria cuplului.

-Ei bine, spuse ea, dacă ne dai și numele lui Gareth, te putem lăsa în pace, trase ea concluzia.

Notă numele bărbatului exact lângă cel al Lydiei și își adună lucrurile. Mark se ridică și o porni spre ușă. După ce a pus mâna pe clanța ușii, se încruntă și își întoarse capul spre ei.

-Ne vei arăta drumul înapoi spre lift, domnule Alekseyev? întrebă el, iar între timp Leah pretinse că se uita după ceva prin geantă.

Aceasta nu dorea ca el să îi vadă surâsul.

-Desigur, se grăbi Daniel spre ușă și o deschise pentru ei. Este oricum politica companiei, le zâmbi el, dar zâmbetul nu i se oglindi și în ochi. Nu se permit vizitatori pe nici un etaj fără să fie însoțiți de un angajat.

-Probabil pentru că s-ar pierde, mormăi Mark, iar Daniel se uită spre el.

-Cred că ai dreptate, replică el, dar nu mai continuă acea linie de discuție.

Îi conduse la lift, iar după ce a apăsat butonul pentru parter, întrebă:

-Când pot să-mi văd mama?

-Oricând vrei, îi replică Leah pe un ton blând și îi atinse brațul. Cu toate acestea, poate că este mai bine dacă suni înainte de a veni să o vezi, adăugă ea. Înțelegi că trebuie să facem o autopsie, încercă ea să-l obișnuiască cu ideea.

Daniel își mută privirea dinspre ea, dar replică pe un ton dur:

-Înțeleg, detective, iar eu sunt de acord să faceți tot ce este necesar pentru a-l prinde pe cel ce a ucis-o pe mama mea.

CAPITOLUL 5 – CAFEA, PRĂJITURELE ȘI UN RAPORT DE AUTOPSIE

ÎN ACEEA DIMINEAȚĂ, Leah deschise ușa de la biroul ei nervoasă și, cu supărare, își aruncă pe masă geanta pe care nu o suporta defel. Dumnezeule, chiar ura să care geanta aceea cu ea peste tot, dar, din nefericire, nu se putea descurca fără ea.

Nu putea să pună prea multe lucruri în buzunarele mici ale pantalonilor ei de bumbac, iar valul de canicula care cocea orașul Toronto pentru a treia zi la rând nu îi permitea să poarte nimic altceva decât o bluziță subțire și pantaloni de in. Nici nu se punea problema să poată purta o jachetă.

Se trânti pe scaunul ei și își porni computerul. Își frecă ochii pentru a disloca nisipul pe care îl simțea sub pleoape, zgâriându-i globurile oculare.

Nu avusese prea mult succes să-și îndepărteze pânzele de păianjen din ochi și din creier cu dușul ei din acea dimineață.

Știa că era țâfnoasă la ora aceea, dar nu putea să se abțină. Trecuseră trei zile de când găsiseră victima și deja lucraseră mai multe ore peste program, iar cu toate acestea, nu obținuseră nici un fel de rezultate pozitive în ciuda eforturilor pe care le făcuseră cu toții până atunci.

Leah deschise raportul medicului legist pe ecran şi începu să-l citească din nou. Avea suficient timp să îl mai revadă o dată din moment ce echipa ei nu sosise încă la secţie.

Detectivii nu ar fi trebuit să fie acolo înainte de ora opt şi ea mai avea încă patruzeci şi cinci de minute la dispoziţie până atunci.

Medicul legist îi predase raportul autopsiei cu o zi înainte, iar mintea lui Leah mai era încă uluită de tot ce citise în el. Mai mult decât atât, era foarte dezamăgită de ea însăşi şi de percepţiile ei empatice.

Ar fi fost mult mai uşor dacă ar fi reuşit să afle numele criminalului atunci când atingea un cadavru, dar lucrurile nu stăteau chiar aşa. Nu putea să vadă decât unele dintre cele mai persistente gânduri şi sentimente ale victimei. Putea citi vibraţiile ce defineau acea persoană, dar nimic mai mult. Doar foarte rar era în stare să simtă mai mult decât atât.

Poate că dacă şi-ar fi rafinat darul, ar fi fost în stare să citească mai mult, se gândi ea cu amărăciune, iar buzele i se încreţiră şi o încruntare i se formă între sprâncene.

Distrată, înhăţă o prăjiturică dintr-unul din coşurile pe care le umpluse din nou cu o zi înainte. O ronţăi absentă şi se gândi că oricum fusese prea hotărâtă să lase moştenirea ereditară în urmă şi de aceea nu gândise cu mai multă claritate la vremea aceea.

Când îşi dăduse seama că darul ei ar fi ajutat-o până la urmă şi în profesiunea aleasă, era mult prea târziu ca să facă ceva. Nu mai avea timp să treacă prin toată instrucţia şi condiţionarea necesare pe care ar fi trebuit să le facă atunci când era copil şi adolescentă.

Mai rău decât atât, de data aceasta, nu reuşise nici măcar să perceapă lucrurile mai importante, se mustră pe sine însăşi cu supărare când parcurse din nou raportul în grabă. Cum ar fi fost faptul că Klavdiya era însărcinată în trei luni atunci când fusese ucisă sau că poliţia ar fi trebuit să caute cel puţin trei bărbaţi.

Testele ADN dovediseră că cel puţin trei bărbaţi fuseseră prezenţi la locul crimei, deşi profilele lor nu erau complete.

Cei trei bărbaţi lăsaseră în urmă doar urme infime ale codului lor genetic, dar cel puţin, tot au lăsat ceva în urmă. Dacă i-ar fi găsit, ar fi avut suficiente dovezi criminalistice pentru a-i reţine şi închide.

Victima fusese violată în mod repetat, dar medicul legist nu reuşise să găsească nici un fel de spermă în interiorul ei. Bărbaţii nu avuseseră curtoazia să-şi lase materialul genetic în urmă, se strâmbă ea dezgustată.

Lui Leah nu-i plăceau criminalii care planificau totul dinainte şi îi făceau ei slujba mai dificilă, iar faţă de cei pe care trebuia să-i prindă acum avea o animozitate puternică. Brutalitatea lor îl şocase şi pe asistentul medicului legist.

Urmele pe care tehnicienii reuşiseră să le analizeze veneau din pielea colectată de sub unghiile Klavdiyei şi din urmele de salivă reziduală colectată dintr-una din muşcăturile de pe sânul ei drept. Făptaşul avusese grijă să-şi şteargă saliva după aceea, dar dinţii îi intraseră destul de adânc în piele, iar o parte din urmele de salivă rămăseseră încrustate în rană.

În afară de urmele de ADN care dovedeau prezența a cel puțin trei bărbați la scena crimei, doctorul legist mai indicase că trei lame de cuțit au fost implicate în înjunghierea sistematică a victimei.

El analizase adâncimea și forma rănilor, precum și unghiurile la care acele lame penetraseră trupul femeii și toate analizele demonstraseră că trei cuțite diferite contribuiseră la mozaicul de tăieturi împrăștiate peste tot pe corpul Klavdiyei. Acesta chiar le furnizase și niște schițe pentru comparație în caz că ofițerii de poliție ar fi avut ocazia să confiște acele cuțitele.

Adâncimea rănilor provocate de cuțit demonstrase și că acestea fuseseră cauzate de oameni cu puteri diferite, iar în unele cazuri, chiar se observase că unul dintre făptași ezitase să-și înfigă cuțitul în corpul femeii. Raportul doctorului explica și cum ajunsese el la concluzia că acel atacator era stângaci și, în mod clar, foarte reticent în a provoca durere.

Trecând prin raportul medicului legist din nou, Leah aprecie faptul că acesta era succinct și la obiect. De fapt, Leah se așteptase la cel puțin atâta din partea Dr. Connelly. El niciodată nu divaga de la fapte și rareori oferea detectivilor orice fel de sugestii.

Medicul legist prefera narativul rece și precis al științei și nu considera că era cazul să le spună el ofițerilor de poliție ce ar fi trebuit să facă. Aceea era mereu o schimbare binevenită față de comportamentul altor medici legiști.

Satisfăcută că nu uitase nici un fel de detalii, Leah închise fişierul şi deschise lista cu oaspeţii domnului Papadopoulos, dar imediat după aceea îşi aruncă ochii la ceas şi observă că era deja 7:30. Ştia că acum putea găsi nişte cafea în bucătărioara diviziei detectivilor.

Brusc, plină de viaţă, se ridică de pe scaun şi îşi înhăţă ceaşca de pe birou. Ieşi în fugă pe uşă şi se grăbi spre bucătărie.

Într-adevăr, Nadine, femeia care se ocupa de curăţenie, deja pregătise filtrul de cafea. Femeia nu se zărea pe nicăieri, dar mirosul cafelei tari columbiene îi umplu nările lui Leah, iar pasul ei deveni şi mai vioi decât înainte.

Îşi făcu tabără lângă filtrul de cafea şi aşteptă ca ultimele picături să curgă în carafă. În acelaş timp, piciorul ei lovea în podea nerăbdător, iar degetele îi băteau darabana pe marginea ceştii.

Dimineţile îi erau alimentate cu cafea în mod obişnuit, iar căile sale neuronale aveau nevoie de o încărcătură periodică de cafeină dacă dorea să aibă rezultate.

Lichidul maroniu păru să picure enorm de mult timp. Leah mai bătu din picior puţin, apoi fluieră o melodie veselă, ba chiar numără batoanele de ciocolată aliniate pe masa unuia dintre ofiţeri, pe care o putea vedea prin panoul de sticlă al bucătăriei. Pentru o microsecundă, se gândi să se ducă şi să înşface un baton de ciocolată, dar bunul ei simţ prevală.

Şuieratul anunţând încheierea ciclului de fierbere a cafelei îi străpunse gândurile obsesive legate de ciocolată. Acel sunet mult iubit mai că îi aduse lacrimi în ochi. Cu toate acestea, Leah era o fată mare și avea un oarecare control asupra reacțiilor sale. Se mulțumi să își umple ceașca cu cafea până la buză, iar apoi se întoarse în biroul ei.

Acum pasul îi era mai potolit pentru că tot sorbea din lichidul fierbinte din când în când.

Lista cu musafirii domnului Papadopoulos se găsea tot pe ecran, iar când o văzu, ea pur și simplu căzu pe scaun cu un geamăt.

Deja intervievaseră marea parte a oamenilor de pe nenorocita aceea de listă ore în șir și tot mai aveau câțiva pe care trebuiau să-i investigheze.

Până în acel moment nu descoperiseră nimic util, iar investigația lor avansa cu pași de melc. Întâlniseră multe chipuri și priviri aruncate cu superioritate asupra lor, dar nu descoperiseră nimic care să îi îndrepte în direcția corectă.

Singurul lucru care aducea ceva lumină asupra cazului lor era o descriere vagă a bărbatului care o condusese pe Klavdiya în grădină.

Două matroane îi văzuse ieșind în grădină împreună, dar nu îl recunoscuseră pe bărbat. Au spus că în mod cert bărbatul nu făcea parte din cercul lor.

Acestea îl descriseseră, dar descrierea lor era vagă, în cel mai bun caz. Ar fi putut fi orice bărbat înalt și bine îmbrăcat cu un trup bine clădit.

Ofițerii îi întrebaseră pe ceilalți de pe listă dacă cunoșteau un bărbat care corespundea acelei descrieri, dar nici unul nu părea să fie sigur.

Leah se mai servi cu o altă prăjiturică și sorbi gânditoare din cafeaua ei. Era foarte sigură că nu întâlniseră pe nici unul dintre suspecți.

Poate că nu era ea expertă în citirea oamenilor așa cum era mama ei, de exemplu, dar tot ar fi simțit vreo vibrație care ar fi pus-o pe drumul cel bun. Nu percepuse însă nimic de acest gen.

Își ronțăi prăjiturica și începu să pregătească o nouă listă. Mai erau doar zece oameni rămași pe lista originală, așa că puse cinci pe lista pentru Anna și Josh, iar ceilalți pentru Mark și ea însăși. Îi păstră pe lista sa pe cei doi care nu se duseseră la petrecere și nici nu se obosiseră să își prezinte scuzele de rigoare față de gazda lor.

CAPITOLUL 6 – AXEL ESTE PRINS ÎN LINIA FOCULUI

LEAH ÎŞI BALANSĂ GEANTA pe umăr şi mormăi pe sub barbă. Îşi şterse sudoarea de pe frunte, iar apoi îşi aruncă ochii spre cer. ,*Tot nu se vede nici un nor pe linia orizontului, la naiba.*'

De ceva vreme deja, toată lumea se ruga să vină ploaia, dar vremea nu avea nici un gând să coopereze cu rugăciunile lor.

Era suficient să păşească afară din maşină şi pielea îi devenea lipicioasă imediat. Bluza i se lipise de spate, iar ea făcu efortul să o ignore.

Cu prudenţă, traversă strada spre cafeneaua unde îl trimisese pe Mark mai devreme pentru ca să comande cafea şi un prânz uşor pentru ei doi. Între timp, ea se dusese vis a vis ca să lase un cadou mic pentru mama sa. Era ziua de naştere a acesteia, iar ea nu ştia dacă ar fi avut timp pentru a-i face o vizită scurtă mai târziu.

Leah încercă din nou să împingă la o parte gândul că de fapt nu avea nici un chef să îşi vadă mama chiar atunci, dar acesta revenea în mintea ei cu încăpăţânare şi o necăjea.

Sătulă de cicălirea constantă a părinţilor ei privind vârsta pe care o avea şi faptul că lăsa oportunităţile oferite de viaţă să treacă pe lângă ea, ea găsea tot felul de pretexte pentru ca să nu îi viziteze. Orice fel de motiv era binevenit.

Oricum, extenuarea pe care o resimţea precum şi proasta ei dispoziţie nu prea se potriveau cu o seară în compania părinţilor ei. Ar fi fost o vizită cu scântei, iar ea avea deja destulă tensiune în viaţa ei în acel moment.

Norocul fusese de partea locotenentei pentru că recepţionista îi spusese că mama ei mai avea douăzeci de minute rămase din sesiunea de consiliere pe care o ţinea cu un pacient, şi o invitase să aştepte. Leah înşfăcă oportunitatea imediat şi îi refuză sugestia de a aştepta. În grabă, lăsă cadoul pe care îl adusese pe biroul de la recepţie şi o rugă pe femeie să-i prezinte mamei sale scuzele ei.

Când observase expresia uluită a recepţionistei, îi explicase că nu putea să rămână pentru că era în timpul programului. Nu îi mai dăduse ocazia să-i răspundă şi părăsise biroul pe cât de repede putuse.

Deschise uşa de la cafenea şi aerul răcoros din interior îi mângâie pielea încinsă. Leah respiră adânc. Acum, aceasta era o schimbare plăcută după aerul sufocant din stradă, care se agăţa de oameni, iar plămânii ei dansară de bucurie.

Leah privi în jur şi observă că Mark pusese mâna pe o masă într-un colţ unde nimeni nu i-ar fi deranjat. Îl felicită în gând şi merse să i se alăture.

Mark visa cu ochii deschişi când ea ajunse lângă el şi nu o văzu. În glumă, ea îşi flutură mâna prin faţa ochilor lui şi acesta tresări.

O roşeaţă uşoară îi coloră obrajii şi gâtul bărbatului, iar el sări în picioare. Leah îi surâse şi îi făcu semn să se aşeze înapoi pe scaun.

-Deci, care este meniul pentru prânzul meu? îl întrebă ea veselă, iar el o privi circumspect.

O Leah veselă reprezenta o contradicţie în termeni, în special când era obsedată de un caz şi nu avea nici o linie de anchetă. În acel moment, aceea era situaţia şi, din nefericire, realitatea lui.

El îi înmână sendvişul pe care îl cumpărase pentru ea şi spuse:

-Este somon. De obicei, asta comanzi...

-Excelent, Mark, îi întrerupse ea explicaţia cu exuberanţă. Este aceasta cafeaua mea? se interesă ea, arătând spre una dintre ceştile de pe masă.

-Da, răpunse el cu ezitare, aşteptând să vadă ce mai urma.

Nu avea încredere în ea când se comporta atât de necaracteristic. Leah era de obicei foarte zgârcită când era vorba să laude pe careva.

-Neagră, fără zahăr, se gândi el să adauge.

Leah îi mulţumi şi sorbi din ceaşca ei, ochii închizându-i-se de plăcere. Apoi despachetă sendvişul şi îl întrebă:

-Tu ai mâncat deja?

Mark dădu din cap că da. Fusese mort de foame când ajunsese la cafenea aşa că înfulecase un sendviş întreg în mai puţin de două minute. Trebuia să recunoască că acela fusese un record chiar şi pentru el.

Îi fusese atât de foame încât nici măcar nu îi trecuse prin minte să o aştepte pe Leah. Cu toate acestea, îşi scuză atitudinea. În fond, ea era cea care împinsese pauza lor de prânz atât de târziu.

Leah ridică din umeri şi muşcă delicat din sendvişul său. Mestecând liniştită, privi în jur. Mulţimea de la ora prânzului deja dispăruse, iar zgomotul din cafenea coborâse cu câţiva decibeli.

Ei îi convenea acel lucru. Mai aveau încă destul de muncă şi puteau începe să discute următorul pas chiar acolo în cafenea.

-Deci, spuse ea printre înghiţituri, mai avem un singur nume rămas pe lista noastră, iar apoi va trebui să le aruncăm o privire mai atentă acelor Alder şi acelui Grigoriev.

Mark începuse să dea din cap ca să-şi exprime acordul, dar apoi se opri.

-Grigoriev a decedat, se gândi el să o informeze.

Leah se îndreptă în scaun, îşi şterse gura cu un şerveţel, iar apoi îl întrebă:

-De unde ştii asta?

Mark se agită pe scaun sub privirea ei inchizitorială, dar mormăi:

-L-am verificat eu.

-Asta este bine... Ce te-a făcut să îl verifici? De obicei trebuie să te împing de la spate ca să faci ceva. Nu îţi stă în fire să iei iniţiativa, observă ea.

Mai apoi se gândi că probabil din cauza aceea ea fusese promovată înaintea lui. Bărbatul avea o vechime mai mare cu vreo doi ani decât ea în cadrul poliţiei şi, logic, el ar fi trebuit să fie cel avansat.

-Chestia aceea cu mafia, replică el, ţinându-şi ochii aţintiţi pe masă, pentru că nu se simţea dornic să vadă sarcasmul de pe chipul lui Leah.

Un zâmbet îi lumină faţa lui Leah. Acel lucru avea sens, cel puţin. Probabil că referinţa la mafie îi zgândărise lui Mark curiozitatea, iar acesta nu putea rezista la aşa ceva.

-În regulă, Mark, foarte bine ai făcut, îl şocă ea cu cuvintele ei, pentru că laudele ei erau extrem de rare. Cum a murit? întrebă ea.

Mark nu reacţionă la întrebarea ei imediat. Aprobarea ei îl prinsese nepregătit şi încă se mai gândea la cuvintele ei.

Ea îşi ridică sprânceana dreaptă, iar acel gest îl făcu să răspundă la repezeală.

-A fost ucis acum şase luni.

Leah aşteptă să i se dea mai multe informaţii, iar apoi oftă. Se vedea că trebuia să scoată informaţia de la el puţin câte puţin.

-Cum a fost ucis, Mark? îl întrebă ea cu răbdare.

Tonul ei avu efectul unui duş rece asupra lui Mark şi el înţelese, în sfârşit, că se presupunea să-i dea mai multe detalii.

-A fost înjunghiat într-o noapte pe Harbour Front. Nu au fost martori şi nici un fel de dovezi... Cazul este tot nerezolvat.

-Unde exact pe Harbour Front? îl întrebă Leah pe un ton tensionat.

Mai că era să-l plesnească de-a binelea. Răbdarea nu era una din calităţile ei cele mai puternice.

-În spatele clădirii cu expoziţia pentru câini... Nu-mi aduc aminte numele, îşi scutură el capul.

-Deci a fost înjunghiat la mai puțin de patruzeci de metri de apartamentul Klavdiyei și tu nici nu te-ai obosit să îmi menționezi acest lucru, observă Leah pe o voce care îl îngheță pe Mark până la oase.

-Nu... nu am făcut concxiunca, mărturisi el. Dar nu se putea ca ea să-l omoare, nu-i așa? întrebă el, iar ochii îi ieșiră din orbite, mai să-i sară de-a binelea din cap.

Mark era destul de isteț să înțeleagă cum se petreceau anumite lucruri și de ce.

Leah îl străpunse cu ochii. Nu, nu credea că victima lor s-ar fi obosit să-l ucidă pe bărbat. Detectiva își imagină că femeia a uitat de Iuri imediat după ce i-a dat papucii pentru că acesta nu mai prezenta nici un interes.

Cu toate acestea, locația crimei reprezenta o coincidență prea flagrantă, iar ea se simțea obligată să cerceteze și cazul acela.

-Bine, Mark, ascultă aici. Până ce îmi termin eu prânzul și îmi beau cafeaua, tu suni la secție și ceri ca dosarul legat de uciderea lui Iuri să-mi fie trimis la biroul meu. Îl vreau pe masa mea în după-masa aceasta. De asemenea, fie o suni pe Anna, fie îl suni pe Josh, și le ceri să adune toate informațiile posibile despre Lydia Alder și acel partener al ei, Gareth, dar și despre George Alder și tatăl său. Ai înțeles ce vreau? îl întrebă ea pe un ton de gheață.

Mark dădu din cap și începu să dea telefoane sub ochii ei reci. Detectivul încercă să-și mențină sângele rece, dar ușorul tremurat al degetelor îi trăda emoția.

Lui Leah i se strânse inima când îi observă starea de spirit, dar din păcate, din când în când, era necesar ca Mark să fie împins de la spate pentru a face lucrurile așa cum trebuia.

Locotenenta continuă să-și ronțăie sendvișul urmărindu-l pe detectivul care îi îndeplinea ordinele. Când termină și ultima îmbucătură, își șterse gura cu șervețelul pe care Mark îl lăsase pe partea ei de masă, iar apoi sorbi din cafea în timp ce își verifică notițele pe care și le făcuse pe iPad.

Ultimul nume de pe lista lor era Axel Arnett, unul dintre cei doi oameni care nu se obosise să onoreze petrecerea domnului Dimitri Papadopoulos cu prezența lor sau să se scuze măcar.

Primul, un domn Tremblay, fusese chemat înapoi la Montreal unde își avea afacerile, iar el fusese în așa mare grabă să ajungă acolo încât nu avusese timpul necesar să-l anunțe pe domnul Papadopoulos de plecarea sa.

Verificaseră și, într-adevăr, omul plecase cu două zile înainte de crimă și nu se mai întorsese după aceea.

Arnett locuia într-unul din condourile exclusive de pe malul lacului. Fie era pur și simplu ironic, coincidență sau soartă, dar clădirea sa nu se găsea prea departe de blocul une locuise Klavdiya sau de locul unde pieptul lui Iuri Grigoriev făcuse cunoștință cu capătul ascuțit al lamei unui cuțit.

Locotenta simțea o furnicare în degete din cauza nerăbdării când îi citi numele lui Arnett. Simțea că trebuia să se întâlnească cu el neapărat și încă cât mai curând posibil. Anxietatea îi crescu, la fel ca și dorința ei de a pleca imediat.

Așteptă ca Mark să-și încheie conversația telefonică, iar apoi îi făcu semn că era timpul să părăsească cafeneaua.

Când ieșiră din cafenea, avură senzația că au pășit în gura unui cuptor. Distanța până la mașina lui Leah era scurtă, dar căldura aproape că le-a lichefiat celulele din corp. Leah se aștepta să se topească în orice clipă și să se prelingă pe caldarâm.

Mai rău, neliniștea i se amplificase și îi gonea prin vene. Simțea un impuls puernic de a face cunoștință cu domnul Arnett cât mai curând posibil, iar ei îi displăcea acea senzație intensă.

Drumul cu mașina spre malul lacului a fost lipsită de evenimente, dar obositoare, iar răbdarea locotenentei se aproapia de capătul ei.

Mark îi tot arunca priviri furișe pentru a îi evalua dispoziția, iar atitudinea lui o călca pe nervi. Cu toate acestea, nu putea pur și simplu să-i ceară să nu se mai uite la ea or să înceteze să se agite ca un pui speriat.

Leah găsi un loc să își parcheze mașina la o distanță scurtă de clădire și înfruntă canicula și umiditatea ridicată cu un pas hotărât.

Nu se uită defel la Mark pentru că era încă supărată pe el. Se întâmpla rar ca indolența lui să pună în pericol rezolvarea unui caz, dar atitudinea lui tot o irita.

Mark o urmă în tăcere, cu ochii fixați pe pânza unei ambarcațiuni ce flirta cu orizontul. Faptul că știa că a făcut o greșeală serioasă îl apăsa și îl făcea să nu se simtă în largul lui în compania locotenentei.

SOMNUL PENTRU AXEL era cam ca o afacere de dragoste. Erau zile în care nu se mai sătura de dormit, iar altele în care nu știa cum să părăsească patul mai repede.

În ziua aceea, reușise să adoarmă numai la orele mici ale dimineții și încă mai dormea când omul de la recepție îl sună ca să-i spună că veniseră niște ofițeri de poliție și îl căutau pe el.

El se încruntă și se frecă la ochi. Își trecu limba peste dinți și se strâmbă.

Apoi chipul rotund al femeii cu ochi de pisică îi apăru în gând. Se simțise amenințat de ea și știa că avea și motive să se simtă astfel.

Percepuse ceva venind dinspre ea în dimineața aceea când poliția venise la locul crimei. Abilitățile ei nu-i fuseseră foarte clare în acel moment, dar știuse că trebuia să plece din apropierea ei imediat.

Se părea însă că nu se îndepărtase destul de repede, pentru că ea se găsea acum acolo, la bârlogul lui, se gândi el și se încruntă din nou.

Puțini oameni îi pătrundeau în spațiul lui personal. Cu un oftat, îi ceru omului de la recepție să îi lase să urce la apartamentul lui.

Nu putea să refuze să-i vadă. Suspiciunile lor ar fi crescut înzecit și el ar fi fost oricum chemat la secția de poliție pentru a fi intervievat. Nu-i stătea în fire să tragă de timp când ceva era inevitabil.

Axel știa că aveau nevoie de câteva minute pentru a ajunge la condoul lui așa că se folosi de acel timp pentru a-și peria dinții și a trage o pereche de pantaloni pe el.

Abia însfăcase o cămaşă când auzi ciocănitul în uşă şi se încruntă. I-ar fi plăcut să fi fost îmbrăcat mai adecvat când poliţiştii ar fi sosit. Hainele reprezentau o armură bună uneori. Cu cămaşa în mână, se îndreptă spre uşă şi o deschise.

Ochii lui Leah căzură pe pieptul afişat în faţa ei şi, timp de câteva secunde, nu făcu decât să se holbeze la el. Detectiva nu era defel fascinată de bărbaţii care îşi clădeau corpul cu religiozitate în sala de gimnastică, dar acest specimen era ceva deosebit şi nu îi fu uşor femeii să-şi ea ochii de la el.

Cu efort, se adună şi îşi ridică privirea spre ochii de cărbune care ardeau pe chipul colţuros încadrat de părul des de culoarea corbului.

Evident că observă imediat surâsul ironic ce se formase în colţul gurii bărbatului. Zâmbetul lui era uşor strâmb şi îi dădea senzaţia că râdea de ea. Femeia îşi îngustă ochii, iar buzele i se strânseră.

Bărbatul nu spuse nimic şi îşi feri ochii de ai ei cu grijă. Îşi aplecă capul cu un salut mut, iar apoi se dădu la o parte şi cu un gest îi invită în apartamentul lui.

Închise uşa în spatele lor, iar apoi, ca şi cum abia atunci se gândise la aşa ceva, îşi trase cămaşa pe el, dar nu se mai obosi să o şi încheie. Nu era ca şi cum nu le oferise deja un spectacol pe degeaba, iar el nu era un om de o modestie excesivă.

Axel îi conduse în camera lui de zi care avea un aspect aproape spartan. În afară de o canapea de piele, un fotoliu şi o măsuţă de cafea lipsită de orice zorzoane, nimic altceva nu se găsea la vedere. Până şi televizorul era montat pe peretele din partea opusa a canapelei, dar dacă nu te-ai fi uitat după el în mod deosebit, nu l-ai fi remarcat.

Se părea că omul nu avea nici un interes să-şi etaleze mijloacele financiare. Leah ştia că acesta avea un cont serios în bancă şi, pe lângă acei bani, mai avea încă câteva proprietăţi.

Detectivii se aşezară pe sofaua neagră de piele, deşi Leah nu prea era în largul ei cu ideea de a se aşeza acolo.

Întreaga scenă părea cumva ireală. Nici unul dintre ei nu spusese un cuvânt din momentul în care Axel deschisese uşa. Totul se desfăşurase în tăcere absolută.

Mark avea impresia că făcea parte din distribuţia de actori a unui film mut alb-negru, iar acel sentiment era cel puţin neliniştitor.

După ce ofiţerii se aşezară, Axel o porni spre bucătărie, şi abia după aceea vorbi pentru prima dată şi îi întrebă:

-Ce aţi vrea să beţi, detectivilor? Presupun că nu vreţi o bere sau un whiskey, din moment ce sânteţi încă în timpul programului, dar poate aţi vrea o băutură răcoritoare.

Sunetul vocii lui o făcu pe Leah să tresară. Ascultase apelul pe care poliţia îl primise pe linia de urgenţe pentru a-i anunţa de uciderea Klavdiyei. De fapt, îl ascultase de mai multe ori, aşa că ar fi recunoscut vocea de pe fir oricând. Nu era nici o îndoială că vocea pe care o auzise fusese vocea lui Axel.

Sări în picioare, pregătită să se ducă după el, şi atunci îi văzu spatele îndepărtându-se de ea. Din acel unghi, ea recunoscu şi silueta bărbatului pe care îl văzuse în grădina domnului Papadopoulos.

Acum înţelegea şi de ce nu perceuse nici o vibraţie din partea lui când le deschisese uşa. Nu percepuse nimic nici atunci în grădină, de altfel.

-Aş vrea să te întorci înapoi aici, spuse ea tare spre spatele lui. Nu avem nevoie de nici o băutură. Vrem doar să discutăm cu tine, adăugă ea şi se crispă când îşi dădu seama de tensiunea care se simţea în propria ei voce.

-Sunt sigur că vreţi, veni vocea lui din bucătărie.

Apoi, poliţiştii auziră zgomotele unor pahare care zdrăngăneau pe o tavă şi uşa frigiderului care se deschidea.

-Cred că de aceasta şi sânteţi aici, replică el mai tare.

Era posibil ca Mark să nu bage de seamă anumite amănunte din când în când, dar de data aceasta, intui că ceva nu era în regulă. Îşi părăsi şi el locul şi veni imediat lângă Leah, luând o poziţie defensivă lângă ea, iar acea mişcare a lui o făcu pe aceasta să zâmbească. Ofiţerul părea gata să o protejeze, iar inima i se înmuie faţă de el.

Leah îşi aminti că datorită unor astfel de momente îl plăcea şi chiar ţinea la el într-un fel. O fi avut Mark slăbiciunile lui, dar era loial şi se putea baza pe el atunci când era cu adevărat cazul.

Axel se întoarse cu o tavă mare pe care adunase pahare şi băuturi răcoritoare. Se opri chiar după ce trecu de cadrul uşii, surprins să îi vadă pe amândoi pregătiţi să sară pe el.

Privi de la un ofiţer la celălalt, iar buzele îi tresăriră. După câteva secunde, însă, izbucni într-un râs exploziv.

Reacţia lui îi ului pe ofiţeri, iar Mark îşi bombă pieptul şi îl întrebă pe un ton beligerant:

-Ce este atât de amuzant? Că eu unul nu îmi dau seama.

Axel se opri din râs, transferă tava numai într-o mână şi îşi şterse ochii cu cealaltă. Nu mai râsese atât de bine de ceva vreme.

Își scutură capul, iar apoi se îndreptă spre măsuța de cafea și puse tava pe ea. Se întoarse spre ei și spuse:

-Sânteți... Sunt doar surprins că nu ați scos și pistoalele să le îndreptați spre mine. Acesta era lucrul care lipsea, pocni el din degete. Chiar arăt ca lupul mare și rău? se interesă el privind spre Leah și nu fără sarcasm.

-Hai să ne așezăm, spuse ea pe un ton moale. Chiar avem unele întrebări pentru tine, iar tu ai de explicat câteva lucruri, domnule, adăugă ea pe un ton înghețat.

-Sunt la dispoziția ta, detective, replică el batjocoritor. Desigur, voi răspunde dacă pot, se gândi el să clarifice lucrurile, iar după ce își luă o cutie de suc de portocale de pe tavă, se tolăni în fotoliu.

Nu se obosi să se servească și cu un pahar, ci bău direct din cutie.

Detectivii se holbară la el, dar acel lucru nu îl deranjă defel. Spre mâhnirea ei, Leah nu simți nici un fel de tensiune în el, dar oricum nu putea percepe nimic.

Omul era ca o pagină albă pentru ea. Nu erau nici un fel de gânduri sau sentimente în care ea ar fi putut plonja, iar acel lucru o îngrijora.

Reticenți, detectivii luară din nou loc pe canapea. Locotenenta înșfăcă o coca cola de pe tavă și îi urmă exemplul lui Axel. Și ea alese să nu folosească un pahar și bău direct din cutie.

Lichidul rece îi alină gura și gâtul uscat, iar ea oftă mulțumită, închizând ochii câteva secunde. După aceea aruncă o privire rapidă spre cei doi bărbați, temându-se că aceștia au auzit-o.

Mark bea și el o coca cola și părea de asemenea extrem de satisfăcut. Expresia lui Axel rămăsese impenetrabilă.

-De ce ai fugit când te-am văzut la casa Papadopoulos? îl atacă ea direct.

-Nu știam că doreai să vorbești cu mine, detective, îi răspunse Axel fără să fie deranjat că era atât de directă. Și nu am fugit, se gândi el să sublinieze. Dacă îmi amintesc corect, și crede-mă, îmi amintesc foarte bine, doar am plecat și încă în pași de plimbare. Dacă ai fi dorit să îmi vorbești, puteai să o faci, observă el și sorbi din nou din cutia lui de suc, dar ochii îi rămăseseră fixați pe Leah.

În mintea lui, îl concediase deja pe Mark. Omul era probabil inteligent și poate că își cunoștea slujba, dar nu reprezenta nici un pericol pentru Axel. Mark nu avea nici un fel de puteri extrasenzoriale și nu avea nici cea mai mică idee de ce era Axel capabil.

Leah, pe de altă parte, reprezenta un pericol serios, într-adevăr. Axel ghicise că aceasta avea abilități puternice. Nu le rafinase ea încă, acel lucru era foarte probabil, dar știa să le folosească. Le simțise și în grădină când ea încercase să îi citească mintea și de asemenea, o simțise și cu câteva minute în urmă când i-a invitat pe polițiști în casa lui.

-Aceasta sună prea convenabil, remarcă ea cu acreală.

-Ce este convenabil, detective? întrebă el cu uimire.

Dacă ea avea dificultate în a-i citi lui mintea, același lucru i se întâmpla și lui cu mintea ei. El recunoscu că în fapt îi plăcea acel lucru, pentru că niciodată nu cunoscuse o femeie a cărei minți să nu o poată citi.

Devenea destul de enervant după o vreme să cunoști fiecare gând ce trecea prin mintea cuiva. Nu mai era nimic nou de descoperit și el ajunsese la concluzia că acel necunoscut avea o anumită atracție pentru el.

Axel avusese parte de destule femei în viața lui, dar în ultima vreme devenise extrem de nesatisfăcut cu viața lui romantică. În trecut, nu putuse să determine ce îl nemulțumea, dar acum, când devenise conștient că Leah nu era o carte deschisă pentru el, își dăduse seama că râvnea la așa ceva. Simțea nevoia să aibă ce avea toată lumea cu excepția lui: posibilitatea de a descoperi strat după strat din personalitatea unei femei și de a se bucura de fiecare nouă nuanță descoperită. Acel lucru era fascinant.

-Tu ești cel care ai sunat la linia de urgență, îl aduse Leah înapoi la subiect, trezindu-l din visare. Ți-am recunoscut vocea, domnule Arnett, se gândi ea să menționeze când îi observă sprânceana dreaptă ridicându-i-se. Dacă insiști, putem cere să se facă o comparație a vocii tale cu vocea din înregistrare, adăugă ea cu nonșalanță.

Axel pur și simplu îi alungă sugestia cu o ridicare din umeri. Știa că era inutil să nege că el a fost cel care a sunat la poliție. Orice test ar fi arătat că vocea sa se potrivea sută la sută cu vocea din înregistrarea pe care o avea poliția.

Se gândise la acel lucru înainte de a telefona la poliție să le spună despre crimă, dar nu putea să o lase pe femeia aceea să zacă acolo în grădină și să nu-i anunțe moartea. Era o chestiune de conștiință.

-Deci nu negi că ai sunat, luă Leah notă de gestul lui care o enervase. În regulă, atunci. Explică, spuse ea pe un ton aspru.

-Nu pot explica, replică Axel cu o voce liniștită.

-Oh, ba da, poți, replică ea cu o expresie dură pe chip.

Axel îşi analiză opţiunile şi îşi aruncă ochii spre Mark pentru o clipă. Observă că bărbatul era uimit de schimbul de replici dintre el şi locotenentă. Nu înţelegea ce se întâmpla şi avea sentimentul că nu surprindea un element important în discuţie.

-Nu ne-am prezentat, observă Axel şi nu fără o notă de sarcasm în voce.

Leah se simţi oarecum vinovată. Întotdeauna avea grijă să respecte procedura corectă în timpul interviurilor pe care le conducea, dar, cu toate acestea, de data aceasta nici măcar nu-i dăduse numele lor bărbatului.

-Eu sunt locotenent Leah MacKay, iar acesta este detectivul Mark Dion, arătă ea spre Mark.

Axel dădu din cap politicos şi observă:

-Nu cred că este necesar să vă dau numele meu. Deja ştiţi cine sunt din moment ce sânteţi aici.

Nu primi nici o replică la presupunea lui. Cei doi detectivi doar îl priveau şi tăcerea crescu şi deveni neliniştitoare.

Axel îşi consideră opţiunile din nou şi se apleacă în faţă, sprijinindu-şi coatele de genunchi. Apoi spuse:

-Îţi voi spune absolut totul, locotenente, dar numai ţie, adăugă el şi aruncă o privire apologetică către Mark. Îmi pare rău, detective, dar aceasta este o conversaţie pe care o voi avea numai cu locotenenta ta. Nu este pentru urechile tale.

Mark se încruntă şi se uită pe furiş la Leah. Aceasta îşi muşcă buza de jos câteva clipe, iar apoi spuse:

-Aceasta este foarte neortodox.

Axel doar ridică din umeri, iar apoi observă:

-Probabil că o fi. Mie unul nu-mi pasă. Dacă nu acceptați această condiție, nu voi spune absolut nimic. Desigur, puteți să mă acuzați de crimă, dar vă va fi foarte greu să o dovediți. Un apel telefonic poate fi explicat în nenumărate feluri, dar bănuiesc că ai vrea să auzi adevărul. Poți să știi adevărul, dar numai dacă discutăm singuri, își reiteră el poziția din nou pe o voce hotărâtă, iar Leah înțelese că nu exista altă cale să îl facă să vorbească.

Se părea că nu îl intimidau deloc, iar el oricum avea dreptul să nu spună absolut nimic dacă aceasta era alegerea lui.

Se întoarse spre Mark și îi spuse:

-Mark, de ce nu te duci să mai iei o gustare? Cred că sunt câteva cafenele și restaurante prin jur. Adu-mi mie nota de plată după aceea, mai adăugă ea cu un zâmbet. Te sun când termin aici.

-Dar, locotenente..., detectivul începu să protesteze, dar Leah îl opri cu un gest.

-Va fi în regulă, Mark. Acum, du-te, îl îndemnă ea pe detectiv să plece din apartament.

Axel îl privi plecând și surâse. Detectivul părea să fie reticent să își lase colega în urmă, iar ochii lui duri îi promiteau un ocean de durere lui Axel dacă i s-ar fi întâmplat ceva lui Leah.

CAPITOLUL 7 – O ALIANȚĂ TEMPORARĂ

ÎN MOMENTUL ÎN CARE ușa s-a închis în spatele lui Mark, Leah se întoarse spre Axel și efectiv lătră:

-Acum vorbește.

-Văd că aptitudinile tale de empat nu se extind și la atitudinea exterioară. Politețea nu pare să fie unul din punctele tale tari, remară el.

Leah păli din cauza mustrării mascate, dar repetă cu stocism:

-Vorbește.

Axel își trecu degetele prin părul des și, ridicându-se, se îndreptă spre fereastră. Privi spre lac fără să vadă de fapt absolut nimic și reflectă cum să înceapă discuția lor. Nu era o alegere ușoară.

Leah aproape că-și pierdu și ultima fărâmă de răbdare și se hotărâse să se repeadă la el, când el se întoarse spre ea și o privi gânditor.

-Nu cred că este cazul să ne mai ascundem pe după deget, locotenente. Eu știu ce ești tu, iar tu știi ce sunt eu, spuse el cu hotărâre, deși vocea lui era destul de liniștită.

-Da, ești un psihopat, replică ea, iar în ochii lui sclipi uluirea.

-Poftim? Ce ai spus? explodă el când în sfârşit îşi regăsi vocea.

Leah ridică din umeri şi îi explică fără să se gândească cum suna totul şi care ar fi fost consecinţele cuvintelor ei.

-Toate semnele sunt aici. Îţi lipseşte emoţia, nu ai nici un fel de empatie...

El o opri ridicându-şi mâna. Îşi scutură capul vehement, dar ea nu era sigură dacă el încerca să îi nege supoziţia sau nu putea crede că ea îl acuza atât de direct. Îl privi cu suspiciune în timp ce el îşi frecă fruntea şi apoi îşi masă tâmplele.

-Deci, începu el când îşi regăsi cuvintele, nu m-ai putut citi, iar acest lucru te-a făcut să tragi concluzia că sunt psihopat, încercă el să clarifice ce gândea ea.

-Nu ştiu ce vrei să spui, i-o întoarse ea, pretinzând ignoranţa, iar spatele i se încordă.

Voia să-şi muşte limba. Chestia aceea despre psihopatie pur şi simplu îi scăpase şi acum era furioasă pe ea însăşi.

Menţiunea pe care el o făcuse despre faptul că ea ar fi încercat să-i citească gândurile nu-i pică nici ea prea bine. O speria ideea că el ghicise cu atâta acurateţe ceea ce se întâmplase.

-Leah, începu el, dar acum ea îl opri copiindu-i gestul de mai devreme.

-Fie locotenent, fie locotenent MacKay. Nu sântem prieteni, Arnett, iar eu nu fraternizez cu suspecţii.

El dădu din cap că a înţeles şi îi rânji sarcastic.

-Înţeleg, *Locotenente*, spuse el. Ei bine, dă-mi voie să îţi liniştesc temerile atunci. Trebuie însă să îţi păstrezi mintea deschisă pentru că altfel nu vom ajunge nicăieri, o avertiză el.

-Doar dă-i drumul şi vorbeşte, Arnett, se răsti ea la el, iar ambele lui sprâncene i se ridicară pe frunte când îi auzi tonul.

-În regulă. Deci, *Locotenente*, sunt conştient că tu poţi citi mintea şi sentimentele oamenilor. Nu ştiu cât de bine o poţi face, dar de putut poţi, aşa că nu are nici un sens să mai negi, îi opri el tăgăduirea când ea deschise gura. Ai încercat să mă citeşti în ziua aceea în grădină şi nu ai reuşit. Eu am plecat pentru că m-am temut că ai fi putut să o faci dacă ai fi insistat. Oricum, faptul că am plecat, nu înseamnă că sunt implicat în crimă, o mustră el, iar ea îi aruncă o privire urâtă.

-Ce înseamnă toată aiureala asta despre citirea minţii oamenilor? Fie ai petrecut prea mult noaptea trecută şi nu eşti tu însuţi acum, ori nu eşti chiar întreg la minte, Arnett, observă ea şi nu fără ironie.

Şi cu toate acestea, era speriată. Nu ştia cum de putea el să fie atât de aproape de adevăr. Ea una nu făcuse nimic până atunci care să-l conducă la acea presupunere, şi totuşi, el părea să ştie totul.

Axel o analiză atent, iar apoi îşi scutură capul cu regret. Îşi înfipse mâinile în buzunarele de la pantaloni, iar apoi se întoarse spre fereastră din nou.

Leah încercă sentimentul că bărbatul pur şi simplu a încetat să-i mai acorde orice fel de atenţie şi îşi muşcă buza. Era zguduită bine şi nu ştia cum să reacţioneze.

Nu era ca şi cum s-ar fi confruntat cu acea situaţie în fiecare zi. Situaţia o înfurie şi căută cele mai muşcătoare cuvinte pe care ar fi putut să i le arunce.

Cu toate acestea, nu mai avu şansa să o facă pentru că el începu să vorbească din nou, deşi vocea îi suna obosită.

-Noi sântem la fel, tu şi eu... Sau aproape la fel. Tu poţi citi minţi şi sentimente, locotenente. Eu pot citi minţile oamenilor, dar nu prea sunt pe aceeaşi lungime de undă cu sentimentele lor, ridică el din umeri, ca şi cum acea carenţă a lui nu ar fi fost importantă. Dar am viziuni, adăugă el şi se întoarse spre ea. Nu este ceva plăcut, după cum poţi foarte bine să-ţi imaginezi, spuse el cu amărăciune.

Ea deschise gura să-i strivească presupunea că ea ar fi avut astfel de abilităţi, dar el îşi scutură capul cu îndărătnicie.

-Nu te mai obosi, spuse el. Care este rostul? îşi deschise el braţele.

Ea îşi abandonă intenţia şi, înclinându-şi capul uşor într-o parte, îl observă atent.

-Vrei să spui că ai avut o viziune cu crima şi de aceea ai sunat, avansă ea ideea.

-Da, exact aceasta vreau să spun, replică el pe un ton tăios. De fapt, totul a început în timp ce încă mai dormeam. Când m-am trezit, nu eram nici măcar sigur dacă am avut un coşmar sau o viziune, dar apoi am văzut continuarea evenimentelor în timp ce eram treaz, aşa că a trebuit să consider că era o viziune... Cunosc foarte bine casa şi grădina prietenului meu, aşa că le-am recunoscut şi, bineînţeles, mi-a fost foarte uşor să recunosc locul unde se găsea scena crimei, explică el şi îşi încrucişă braţele pe piept.

-De ce nu te-ai dus la petrecere? Ai fost invitat, se gândi ea să-l întrebe, ca şi cum nu era foarte convinsă că spunea adevărul.

-Nu am avut chef să merg, ridică el din umeri. Nici lui Dimitri și nici mie nu ne prea pasă de politețuri, așa că nu m-am obosit să îmi prezint scuzele de rigoare. Oricum, știam că vor fi acolo destui oameni care să compenseze pentru absența mea, observă el cu indiferență.

Leah îl privi fix cu ochii impasibili câteva secunde. I-ar fi plăcut să îi poată respinge relatarea evenimentelor, dar știa că abilități ca ale lui existau.

Chiar și în familia ei erau câțiva care aveau asemenea aptitudini și ea nu putea să nege validitatea afirmațiilor lui. Se gândi că poate ar fi fost mai bine să folosească ceea ce văzuse el, așa că încetă să mai pretindă că spusele lui nu erau decât baliverne.

-Îmi imaginez că ai văzut mai mult decât cadavrul pe pământ, avansă ea ideea.

El o aprobă dând din cap.

-Da, am văzut aproape totul. Vreau să spun că am văzut victima flirtând cu un bărbat bine clădit. După ce s-au tachinat puțin – eu nu am auzit exact ceea ce au spus, dar asta păreau să facă, au ieșit în grădină. S-au plimbat cu pași leneși până ce au ajuns aproape de celălalt capăt al grădinii, iar acolo el a prins-o de braț și a târât-o spre locul unde ai găsit-o. I-a rupt bluza – îmi amintesc că ea era efectiv obsedată de acea bluză. Era un fel de simbol pentru ea. Întruchipa absolut tot ce reușise să facă până atunci, explică el cu gesturi largi și se opri pentru o clipă.

Axel se întoarse la fotoliu și se așeză jos după ce înhăță o altă cutie de suc de pe tavă. Deschise cutia cu eficiență practicată și înghiți tot lichidul rapid.

Apoi privi înapoi spre Leah și spuse:

-Nu pot auzi ce spun oamenii în viziunile mele. Le văd doar buzele mişcându-se şi am o senzaţie generală despre ce se întâmplă. Aşa am ştiut că cei doi flirtau, de exemplu. Şi cu toate acestea, le pot citi gândurile, specifică el. Cum a fost amănuntul acela cu bluza... Fcmcia cra foartc ataşată dc bluza aceea. Chiar o iubea de-a binelea... La început, ea s-a supărat pentru că bărbatul i-a rupt bluza şi numai după aceea şi-a dat seama că se găsea în pericol..., îşi scutură el capul de parcă tot nu i-ar fi venit să creadă. Oricum, femeia a fost o mică luptătoare. S-a luptat cu individul acela şi, cine ştie, poate că ar fi reuşit şi să supravieţuiască, dar au mai apărut doi, continuă el cu regret.

Axel îi povesti fiecare detaliu oribil al crimei al cărui martor fusese şi numai când a epuizat toate faptele, s-a oprit.

Leah îl privi şi văzu semnele oboselii înscrise pe chipul lui. Linii fine îi apăruseră în jurul ochilor şi acelea nu se găsiseră acolo în după-masa aceea când ea şi Mark veniseră să-l vadă.

-Trebuie să fi fost cumplit să fii martor la aşa ceva şi să ştii că nu poţi face absolut nimic, observă ea pe o voce liniştită.

Axel o privi, iar apoi râse cu amărăciune.

-Nici măcar nu ai idee, spuse el şi îşi frecă faţa cu palmele înainte de a continua. Problema este că nu ştiu cum poţi folosi ceea ce ţi-am povestit. Da, ştiu că vei avea descrieri detaliate ale celor trei atacatori. Cel puţin atât este adevărat. Problema este că nu o să-i găseşti în cercul obişnuit al victimei. Erau plătiţi să o omoare, sublinie el.

-Eşti sigur de acest lucru, îi ceru ea confirmarea.

-Da, sunt, reafirmă el. Ţi-am spus că pot citi gândurile chiar dacă nu aud vorbele când am o viziune... După ce au ucis-o, unuia dintre ei, celui care a dus-o în colţul acela izolat, i-a trecut prin minte gândul că s-au distrat de minune şi au făcut şi treizeci de mii fiecare în acelaş timp... Cu toate acestea, unul dintre ei, cel slăbănog, nu părea atât de entuziasmat. Ştiu că a ezitat de fiecare dată când îi venea rândul să-şi înfigă cuţitul în femeia aceea.

Leah reflectă la cuvintele lui şi spuse:

-În regulă. Am descrierile lor generale, deşi aş vrea să lucrezi cu un artist pentru a obţine portrete detaliate. De asemenea, ştiu că cineva a plătit nouăzeci de mii pentru ca femeia să fie ucisă. Cred că aceasta ajută.

-Poate..., îşi exprimă Axel scepticismul. Ştii, ţi-am spus despre individul acela... Cum se gândea la bani şi la distracţie...

Leah dădu din cap şi se aplecă în faţă. Avea sentimentul că el avea ceva important de spus, dar nu ştia cum.

-Gândul suna cam aşa: '*Ea va fi satisfăcută cu ce a primit în schimbul plăţii de treizeci de mii de dolari de fiecare, iar noi ne-am şi distrat în acelaş timp*', îşi aminti Axel. Nu cred că victima le-ar fi plătit acei bani pentru a o viola şi tortura, observă el. O altă femeie trebuie să fi fost implicată.

-Corect, îşi exprimă Leah acordul şi apoi se încruntă, reflectând la cuvintele lui. Aceasta înseamnă că o altă femeie a plătit banii atunci când a comandat uciderea Klavdiyei. Considerând cum a cerut să fie executată crima, trebuie că a urât-o pe victimă enorm.

Axel o aprobă dând din cap şi se ridică.

-Am nevoie de ceva hrană, locotenente. Te-ar deranja dacă ne-am muta în bucătărie? o întrebă el.

Leah ezită. Era ieşit din comun să conducă un interviu în bucătărie în timp ce martorul lua o gustare, dar până la urmă, nimic din acel interviu nu urmase regulile, aşa că dădu din cap şi îl urmă.

-Ai vrea nişte bacon şi ouă? Mi-e prea foame ca să stau să fac altceva acum, îi explică el şi deschise frigiderul pentru a scoate ingredientele să prepare masa.

-Nu, mulţumesc, replică ea. Tocmai am luat prânzul înainte să vin aici.

-Înţeleg, spuse el pe un ton moale, iar vocea lui o făcu să se încrunte.

-Nu am vrut să spun nimic altceva decât am spus, Arnett. Tocmai am mâncat şi nu o să mănânc de două ori numai ca să îţi cruţ ţie sentimentele, sublinie ea.

El râse şi îşi scutură capul.

-Eşti prima empată pe care am cunoscut-o căreia nu îi pasă de sentimentele oamenilor. Eşti o contradicţie umblătoare, locotenente.

Ei nu-i prea plăcură cuvintele lui şi i-o întoarse cu arţag:

-Vom avea o colaborare de lucru, Arnett, nimic mai mult. Deşi va trebui să găsesc o cale pentru a folosi ce ai văzut şi ce ştii fără să aduc la iveală celelalte chestii. Oamenii vor spune că sântem duşi cu sorcova şi eu pot trăi foarte bine fără acea etichetă, îşi termină ea tirada, lovindu-l în mod repetat cu degetul în piept.

-Au, locotenente. Acela-i un deget cam osos şi doare când faci chestia asta, spuse el cu amuzament în voce şi îşi frecă locul unde ea îl împunsese.

Bărbatul puse o tigaie pe maşina de gătit şi aruncă baconul înăuntru pentru a o prăji, iar apoi se întoarse spre Leah din nou.

S-au evaluat unul pe altul câteva secunde, iar apoi bărbatul îi spuse:

-Acum, să nu-mi spui detective că nu te-ai gândit la mine deloc. Sunt convins că ai fost cât de cât intrigată când nu ai putut să-mi citeşti mintea.

-Am fost îngrijorată, nu intrigată, îl corectă ea. Eram convinsă că eşti un psihopat, îi reaminti ea.

-Oh, da, aşa ai spus, şopti el. Oricum, acum ştii care este adevărul, sublinie el.

-Şi? întrebă ea.

-Ei bine, eu unul sunt intrigat, mărturisi el.

-Dă-mi voie să repet din nou, spuse ea. Şi?

-Ţinând seama că de foarte multă vreme nu m-a mai intrigat nici o femeie, îţi dai seama că nu am nici o intenţie să las această şansă să treacă pur şi simplu pe lângă mine, îi replică el.

-Nu sunt interesată, i-o întoarse ea, pretinzând indiferenţa.

-Îţi cred oamenii minciunile de obicei? se miră el, neluându-şi ochii de pe ea.

Întrebarea lui îi zburli penele şi ea aproape că mârâi la el. Leah ştia foarte bine să-şi ascundă sentimentele reale şi, mai mult decât atât, minţea cu artă şi destul de bine. Observaţia lui pătrunzătoare o iritase pentru că ea era într-adevăr interesată de el şi îi displăcea faptul că el îşi dădea seama de aceasta.

Fusese fascinată când dăduse cu ochii de el pentru prima dată, chiar dacă nu avusese ocazia decât să zărească fugar un crâmpei din caracterul bărbatului ce se găsea sub acele trăsături frumoase. Dar acum că vorbise cu el și se găsise în prezența lui de ceva vreme, îi era și mai dificil să nu bage de seamă magnetismul lui.

-Nu știu despre ce vorbești. Gătește-ți... micul dejun, îi ordonă ea. Avem lucruri de făcut.

Axel mustăci și se întoarse spre mașina de gătit pentru a întoarce baconul. Cu toate acestea, nu uită să-i răspundă:

-Eu sunt civil, Locotenente, așa că nu trebuie să îți respect ordinele, îți amintești?

Iritarea lui Leah atinse o nouă culme și își imagină că a luat tigaia de pe mașina de gătit și l-a pocnit peste cap cu ea cu o lovitură răsunătoare. Acea fantezie o satisfăcu suficient de mult pentru ca tensiunea ei să scadă.

Axel, care era tot cu spatele la ea, surâse. Când o copleșea furia, femeia nu își mai putea proteja gândurile de el la fel de bine ca înainte, iar el reușise să citească ce gândea ea.

Micuța ei fantezie cu tigaia îl amuzase nespus. Mai mult decât atât, el îi aprecie și temperamentul bătăios.

Leah, pe de altă parte, nu era deloc capabilă să-i penetreze gândurile. Îi percepea amuzamentul, dar cu toate acestea, nu știa de ce se simțea el amuzat. Faptul că nu era în stare să-i citească sentimentele o frustra fără măsură.

Femeii nu îi plăcea când propriile ei limite o opreau să facă ceva și întotdeauna avea nevoie să facă altceva pentru a-și lua mintea de la un eșec.

-Voi da niște telefoane până ce îți termini tu de pregătit... prânzul, se hotărî ea să spună, nesigură de cum să-i numească masa. Îl voi trimite pe Mark la birou ca să verifice anumite lucruri, continuă ea, iar el ridică din umeri cu indiferență.

Pe el nu îl interesa ce făcea ea cu informația pe care i-o dăduse. Știa că ea nu va dezvălui cum a obținut acea informație pentru că altfel ar fi trebuit să mărturisească și faptul că ea credea în existența și validitatea percepției extrasenzoriale.

El nu credea că ea va face vreodată așa ceva. Nu era deloc ușor pentru o femeie să își păstreze o reputație bună în poliție, chiar dacă progresul adusese noi standarde în judecarea femeilor.

Și totuși, dacă ea ar fi recunoscut ceva ce unii oameni ar fi dat la o parte din cauza ignoranței, iar pe alții i-ar fi atras de parcă era o curiozitate, acea mărturisire ar fi pus capăt carierei ei, iar ea una își iubea profesia. Era prea implicată în ceea ce făcea pentru a nu-și proteja viața profesională indiferent de preț.

CAPITOLUL 8 – FEREȘTE-TE DE FEMEIA NELUATĂ ÎN SEAMĂ ȘI DE EGOUL RĂNIT AL UNUI BĂRBAT

Axel urmări interviul cu interes, dar ochii săi rămaseră fixați pe Leah. Pe el nu-l interesa defel să-l observe pe bărbatul masiv care tot încerca să găsească o cale ca să scape de acuzația de crimă.

Oricum, Leah se putea ocupa de arestat fără să aibă nevoie de ajutorul lui și în orice caz el îi putea auzi gândurile bărbatului.

El era mai interesat de atitudinea lui Leah din timpul interogatoriului și de abilitatea ei de a ascunde ce gândea sau ce simțea sub o mască fără expresie. Axel nu putea să își dea seama dacă locotenenta era frustrată sau dezamăgită.

Toată lumea se așteptase să fie foarte dificil să-l facă să vorbească pe bărbatul care o atrăsese pe Klavdiya în acea zonă izolată a grădinii. Cu toate acestea, toți se înșelaseră.

Bărbatul spunea absolut tot, dornic să ofere poliției toate detaliile posibile, sperând să obțină indulgență din partea judecătorului când cazul ar fi ajuns la tribunal.

Axel își scutură capul cu uluială. Chiar nu îi venea să creadă că omul spera la așa ceva. Nu numai că luase bani pentru a viola și ucide o femeie, dar chiar savurase fiecare tortură la care o supusese pe victimă.

Axel considera că nu era suficient ca arestatul să fie închis și cheia de la celula lui aruncată ulterior. În astfel de momente, el regreta că nu exista pedeapsa capitală în Canada.

El știa că Mark se găsea în cealaltă sală de interogatoriu și, împreună cu Anne, pe care Axel abia o întâlnise, îl chestiona pe unul din doi ceilalți bărbați care făceau parte din acel trio, și anume pe bărbatul slăbănog care păruse destul de reticent în a-și duce la îndeplinire sarcina în timpul nopții crimei.

Leah reușise să-i găsească pe cei trei bărbați fără prea multă dificultate. Deși numele acestora nu se găsiseră pe lista de oaspeți a lui Dimitri, ei fuseseră singurii oameni din Toronto care în ultimele două săptămâni depuseseră fiecare câte treizeci de mii dolari în bancă.

Axel își scutură capul. Câteodată nu-i venea să creadă că oamenii erau atât de proști.

Nu putea înțelege cum acei bărbați crezuseră că depozitarea unei sume atât de mari de bani nu va ridica nici un fel de întrebări. Mai mult decât atât, toți deschiseseră conturi și depozitaseră banii la aceeași bancă și în același timp.

Leah îi ridicase imediat și, chiar ironic, cel mai dur dintre ei nu știa cum să mărturisească totul cât mai repede. Ceilalți doi demonstrau ceva mai multă reținere totuși. Ei nu mărturiseau absolut nimic până ce nu li se prezenta vreo probă oarecare.

Capul lui Axel se întoarse brusc spre ușa încăperii în care se ținea interogatoriul când cineva bătu la ușă. Leah închise dosarul pe care îl avea deschis în fața sa pe masă și, luându-l cu ea, părăsi încăperea.

Axel se grăbi din postul lui de observație și i se alătură pe coridor exact la timp ca să-l audă pe ofițerul în uniformă spunând:

-Da, este aici și a cerut să vorbească cu acel bărbat, arătă el spre camera de interogatoriu cu bărbia.

Axel se încruntă și se uită la Leah. Aceasta reflectă la vestea primită, iar apoi, după ce i-a cerut ofițerului să aștepte câteva momente, se întoarse în încăperea în care ținuse interogatoriul.

Când ieşi din nou, îl găsi acolo pe Axel care se rezemase cu spatele de perete şi îşi încrucişase braţele pe piept. Ea îi vorbi direct ofiţerului, fără să îi arunce lui Axel nici o privire.

-Te rog, adu-l pe avocat aici. Îi voi anunţa şi pe ceilalţi.

Ofiţerul se întoarse înapoi în zona de recepţie, iar Leah lovi furioasă cu piciorul în podea. Era furioasă bistriţă, deşi chipul ei nu o arăta.

-Ce s-a întâmplat, locotenente? o abordă Axel.

-Au obţinut un avocat, spuse ea succint şi se îndreptă spre sala de interogare unde se găsea Mark cu unul dintre ceilalţi suspecţi.

-Cum aşa? o întrebă Axel. Nu l-am auzit pe nici unul dintre ei cerând un avocat, iar cel puţin individul pe care îl interogai tu a mărturisit deja o mulţime de lucruri, observă el.

-Nu crezi că ştiu asta? se întoarse ea furioasă spre el.

Acum îşi dădu el seama că era mai mult decât furioasă. Ochii ei de pisică aruncau pumnale, iar pielea îi era întinsă strâns peste pomeţii obrajilor.

-Nu ştiu cum de a ştiut cineva să le trimită un avocat, dar voi afla, spuse ea, iar tonul ei nu promitea nimic bun pentru vinovat.

-Cel puţin ai aflat cum de au ajuns la petrecerea lui Dimitri, observă Axel, încercând să-i schimbe dispoziţia. Dimitri nu va fi prea mulţumit când va afla că are asemenea oameni neloiali pe ştatul de plată şi că va trebui să-i schimbe pe toţi.

-Uite ce e, se opri Leah şi se întoarse spre el, iar ochii ei din nou nu reflectau nimic din ce gândea sau simţea. Cred că ar trebui să pleci acasă. Nu mai poţi face absolut nimic aici.

Axel încercă să spună ceva, dar ea îi atinse pieptul și șopti:

-Te rog.

El scrâșni din dinți, își luă ochii de la ea, dar după ce reflectă câteva secunde, se decise să-i respecte decizia. El știa că ea avea foarte multe lucruri de care trebuia să se ocupe chiar atunci și nu dorea să mai adauge și altele la povara ei.

Axel privi din nou spre ea, iar apoi spuse pe un ton aspru:

-Voi pleca acum, locotenente, dar știi unde să mă găsești.

Leah dădu din cap, iar apoi se grăbi spre încăperea de interogatoriu unde se afla Mark pentru a opri și interviul lui.

Nu dorea să se gândească la implicațiile cuvintelor lui Axel. Le împinse undeva în spatele minții pentru a le analiza mai târziu.

AXEL PRIVEA AFARĂ PE fereastră gânditor când auzi ciocănitul în ușă. Sprâncenele i se ridicară. Nimeni nu putea urca la apartamentul lui fără ca el să își dea aprobarea, iar recepția nu îl sunase pentru a-l anunța că avea vizitatori.

Se gândi să se ducă și să deschidă ușa, chiar dacă nu se simțea dornic să aibă vizitatori. Apoi ciocănitul deveni insistent și gândul că venise Leah să îl viziteze îi trecu prin minte.

Aceea era singura explicație. Era posibil ca omul de la recepție să-i fi permis lui Leah să vină sus dacă ea i-a arătat legitimația și i-a cerut să nu sune la apartament mai întâi.

Axel descuie uşa şi când întinse mâna să prindă clanţa şi să o deschidă, uşa îi fu trântită în cap cu forţă, iar el se pomeni azvârlit în peretele opus. Când capul i se lovi de perete, creierul lui suferi o a doua contuzie şi îşi pierdu cunoştinţa.

Axel îşi reveni la realitate când cineva îi aruncă apă rece peste faţă. Apa îi intră în gură, iar el o scuipă şi îşi deschise ochii. Lumina împrăştiată de becul de deasupra lui îi răni ochii şi el îi închise cu un geamăt.

-Oh, nu, nu vei leşina din nou, auzi el un strigăt, iar un pantof ascuţit îl lovi în coaste şi îl lăsă fără respiraţie pentru câteva clipe.

Încercă să vadă cine era în apartament cu el şi deschise ochii pe jumătate. Mintea îi era îneţoşată şi nu se putea concentra suficient pentru a-i citi gândurile atacatorului său.

Când încercă să se sprijine într-o mână pe podea pentru a se putea ridica în picioare, îşi dădu seama că era legat fedeleş, ca un curcan pentru Crăciun. Frânghia din jurul mâinilor şi picioarelor lui era strânsă şi nu cedă la eforturile lui.

Când Axel înjură cu încrâncenare, un râs maniacal îi acompanie cuvintele injurioase şi două mâini mici îi lipiră bandă adezivă peste gură.

-DU-TE ŞI ADU-L LA SECŢIE, îi ceru Leah lui Josh şi îşi încrucişă braţele pe birou.

Ochii ei albaştri-verzui aruncau fulgere şi Mark nu îndrăzni să-i întrerupă gândurile.

Din momentul în care se prezentase la secție avocatul pentru cei trei suspecți, Leah îi azvârlise pe toți ofițerii din subordinea ei într-o volbură de activități. Aceasta voia să știe cine îl anunțase pe avocat să vină la poliție pentru că cei trei bărbați refuzaseră să fie reprezentați de careva de la început.

Cum îi arestaseră chiar în apartamentul în care locuiau împreună și nimeni nu știa despre acel arest, singura explicație pe care Leah putuse să o găsească era că cineva din biroul diviziei lăsase informația să se strecoare în lumea din afara secției.

Le ceruse să verifice toate apelurile ce fuseseră făcute din biroul comun al diviziei ca să vadă dacă vreunul dintre ele se potrivea cu numerele de telefon ale oamenilor care se găseau pe lista suspecților.

Nu era atât de ușor să se verifice atât de multe apeluri, iar frustrarea lui Leah crescuse cu fiecare clipă ce trecuse. Toată lumea mergea pe coji de ouă în jurul locotenentei și evitau să o privească în ochi.

Știau că Leah se temea că apelul fusese făcut de la un telefon celular sau din afara clădirii, iar în acel caz, nu ar fi putut să-i dea de urmă și, evident, nu l-ar fi găsit pe cel ce dezvăluise informația. Mai mult de un caz ar fi putut fi în pericol.

Josh avusese norocul să descopere un apel ce fusese făcut la exact cinci minute după ce începuseră interogatoriile. Numărul de telefon ce fusese format era identic cu numărul de telefon celular al lui Gareth.

Acum Leah dorea să stea de vorbă cu Gareth. Ultima oară când vorbise cu el, acesta păruse deschis şi îşi exprimase tristeţea şi şocul când auzise că cineva o ucisese pe Klavdiya. În acelaş timp, ea simţise regret şi amărăciune din partea lui, dar şi că bărbatul avea egoul rănit.

Ea dorea să vorbească şi cu ofiţerul ce îşi trădase uniforma şi aceea înainte de a îi trimite dosarul la comisia de afaceri interne. Şeful cel mare aprobase interviul pentru că ştia că Leah tot mai trebuia să îşi rezolve cazul de omucidere.

Cum Josh se dusese să îl aducă pe Gareth la sediu şi ea ştia că probabil va mai trece o vreme până ce acesta se va întoarce, Leah se hotărâse să îşi înceapă investigaţia cu ofiţerul care făcuse acel apel.

Leah se gândise că ar fi fost mai nimerit să îl interogheze într-una din încăperile pentru interogatorii ca să îi arate că situaţia era serioasă. De asemenea, ea dorea ca acel interviu să aibă loc în prezenţa a doi alţi ofiţeri pentru ca să nu existe plângeri ulterioare. De aceea, îl invitase pe Mark şi un Sergent de la Divizie să o asiste în acel interviu.

CÂND LEAH INTRĂ ÎN sala de interogatoriu, tânărul ofiţer care aştepta ca să-i înceapă interviul, se ridică în picioare. Mâinile îi tremurau, iar chipul îi era cleios din cauza transpiraţiei, ceea ce demonstra că acesta era terifiat.

Leah îi făcu semn să stea jos, iar Mark şi Sergentul se aşezară lângă ea. Ea recită data şi numele oamenilor din încăpere pentru caseta video, iar apoi se aplecă uşor în faţă.

-Ştii de ce te găseşti în această încăpere? îl întrebă ea pe ofiţer.

Tânărul bărbat își scutură capul și își linse buzele. Mai apoi își ascunse mâinile în poală.

Leah deja remarcase că degetele îi tremurau vizibil, dar nu simțea nici un fel de compasiune pentru el.

-Îți amintești că i-ai telefonat lui Gareth Black acum trei ore?

Bărbatul privi de la un interogator la celălalt. Mormăi ceva pe sub barbă, dar ofițerii nu reușiră să-i înțeleagă cuvintele.

Leah îi percepea frica. Bărbatul nu își putea aduna gândurile și căuta instinctiv să găsească o cale de ieșire din situația aceea.

-Paul, spuse ea folosindu-i prenumele.

Vocea ei liniștită penetră ceața creată de panică a ofițerului și acesta își ridică privirea spre ea.

-Liniștește-te acum, este în regulă. Ai făcut o greșeală foarte gravă. Aceasta este adevărat. Acum încearcă să nu mai adaugi încă o greșeală la aceea, îl rugă ea, privindu-l drept în ochi.

Vocea ei îl liniști și anxietatea i se mai atenuă. Își șterse fața și respiră adânc.

-Vă voi spune totul, decise el brusc. Lydia, soția lui Gareth, este verișoara mea... Ea este... specială... Întotdeauna a avut o privire mai ciudată asupra lumii înconjurătoare... Crede că i se cuvine absolut totul și nimeni nu are dreptul să-i refuze ce dorește... Părinții ei au încurajat-o în această privință... probabil pentru că le era teamă de ea... Nu știu... Oricum, dacă ea percepe ceva ca fiind un atac la persoana sa... oricât de neimportant, atunci reacționează...

El se întoarse apoi spre Leah și i se adresă direct ei:

-Să fiu sincer, mi-e teamă de ea. Ştiu cât de rea putea să fie când eram copii... Părinţii mei i-au cerut unchiului să o ducă la un medic pentru tratament dacă nu doreau să o interneze într-un spital de boli mentale, dar el a refuzat... Acum, în urmă cu două zile, Gareth a venit la mine şi mi-a spus că ea a angajat trei bărbaţi să o bată pe o femeie care încercase să-l atragă pe el în patul ei... Doar să o bată... dar ei au exagerat şi au bătut-o pe acea femeie până ce au ucis-o... Eu l-am crezut... sau am vrut să-l cred, alese el să fie onest. Am vrut să-l cred pentru că mi-era teamă. Când mi-a cerut să-i sun dacă se va face vreo arestare în acel caz anume, mi-a spus şi că Lydia îmi va fi recunoscătoare că am ajutat-o. Dacă nu... El nu a specificat clar ce ar face Lydia, dar toată lumea din familie ştie de ce este capabilă... Este o femeie extrem de rea şi a reuşit să iasă neatinsă dintr-o mulţime de chestii de-a lungul timpului... Eu am un bebeluş, locotenente, spuse ofiţerul, iar ochii îi străluciră din cauza lacrimilor. Gareth mi-a spus să mă gândesc la fetiţa mea... O ştiu bine pe Lydia şi nu am vrut ca aceasta să-mi rănească copilul. Nu ar face-o chiar acum, dar probabil mâine sau poimâine... O dată a aşteptat chiar şi cinci ani pentru a se răzbuna...

-În regulă, Paul, înţeleg acest lucru, îi spuse Leah.

Şi chiar îl înţelegea şi simţea că întristarea sa profundă şi frica îi erau reale. Nu înţelegea însă de ce nu venise la ea de la început să-i spună când Gareth i-a cerut să îi dea informaţii, dar aceea era cu totul altă problemă.

-Spune-mi ce informaţie i-ai dat lui Gareth, i-a cerut ea pe o voce domoală.

LEAH, ANNE ŞI MARK mersera cu maşina cât de rapid posibil la adresa lui Axel. O maşină de intervenţie îi însoţea pentru că doreau să fie gata pentru orice s-ar fi întâmplat.

Când Leah a aflat că Gareth fusese informat despre implicarea lui Axel, ştiu imediat că numele lui Axel se găsea pe primul loc pe lista dedicată răzbunării a Lydiei. Aparent, aceasta ţinuse o astfel de listă de-a lungul ultimilor treizeci de ani.

După cum ştia toată lumea, Axel dăduse peste scena crimei în noaptea aceea şi îi văzuse pe atacatori chiar după ce o omorâseră pe femeie. Imediat după aceea a fugit să sune la poliţie.

Leah îi explicase şefului cel mare că Axel nu aşteptase la locul crimei pentru că acei bărbaţi erau încă acolo. El era singur şi nu ar fi putut să se lupte de unul singur cu trei bărbaţi înarmaţi cu cuţite.

Şeful îi acceptase explicaţia şi declaraţia scrisă a lui Axel. Relatarea lui urma să îi arunce pe cei trei bărbaţi în închisoare pentru tot restul vieţii lor.

Poliţiştii nu puteau fi foarte siguri că Lydia va acţiona atât de rapid după ce i-a aflat numele şi adresa, dar nu puteau lăsa nimic la voia întâmplării.

Tânărul ofiţer îi dăduse toate detaliile lui Gareth şi când aceştia vorbiseră cu el, Gareth mărturisise că deja îi spusese totul Lydiei.

De asemenea, el le-a spus că femeia avea şi o cale de-a intra fără probleme în clădirea lui Axel. Aceasta avea o prietenă care locuia acolo şi putea pretinde că se ducea să o viziteze oricând. Cei de la biroul de recepţie o cunoşteau şi nu i-ar fi pus întrebări în legătură cu scopul vizitei ei.

Gareth devenise foarte vorbăreţ când şi-a dat seama că nu mai avea nici o şansă să se întoarcă la viaţa de lux cu care se obişnuise. Omul avea multe lucruri de spus, dar Leah nu se obosi să stea şi să-l asculte. Îl lăsase pe Josh să conducă acel interviu şi ea îşi adunase echipa pentru a se duce acasă la Axel imediat.

Nu şi-au parcat maşinile când au ajuns în faţa clădirii lui. Pur şi simplu le-au lăsat în stradă. Au intrat în grabă în clădire, iar bărbatul de la recepţie imediat le deschise uşa de la lift când a văzut poliţiştii în uniformă. Nici măcar nu i-a mai întrebat încotro se duceau.

Când au ieşit din lift, Leah le-a semnalizat să fie tăcuţi şi toţi s-au îndreptat pe vârfuri spre uşa lui Axel. Ea îi conduse într-acolo şi s-a sprijinit de peretele de lângă uşă atunci când a observat că uşa lui Axel era larg deschisă.

Leah îşi flutură mâna către ofiţeri să rămână pe loc, iar ea îşi scoase pistolul din toc. Îl verifică să vadă dacă funcţiona corespunzător, iar apoi intră în apartament.

Mintea îi fu asaltată de o furtună de emoţii. Putea citi furie, frustrare, ură, anxietate şi triumf. Era o cacofonie de sentimente ce demonstrau dezechilibru emoţional şi o făceau pe Leah să creadă că Lydia nu se va opri numai pentru că îi va vedea pe poliţişti.

Când Paul le spusese despre starea emoţională specială a Lydiei, Leah crezuse că acesta exagerase pentru că voia să-şi explice acţiunile. Acum, înţelese că se înşelase în privinţa lui şi că aceea era într-adevăr o femeie în stare de orice.

Leah respiră profund şi intră în apartament. Auzi un strigăt înfundat venind dinspre camera de zi şi se îndreptă către acel sunet.

Când ajunse în camera de zi, îl văzu pe Axel legat fedeleș pe podea. Lydia se apleca deasupra lui și avea un cuțit în mâna dreaptă. Se părea că, de altfel, deja folosise cuțitul pe trupul lui Axel de câteva ori.

Leah nu era în stare să determine starea lui Axel de la acea distanță. Putea vedea urme de sânge pe brațele, picioarele și pieptul lui, dar nu avea cum să își dea seama cât de serioase îi erau rănile.

-Lydia, strigă ea la femeia care tocmai ridicase din nou cuțitul pentru a-l mai înfige în Axel încă o dată.

Lydia se întoarse spre ea cu un strigăt. Trăsăturile ei frumoase erau contorsionate din cauza furiei, iar dilatarea pupilelor arăta că depășise pragul înțelegerii normale.

-Pășește în spate, îi ordonă Leah.

Lydia se uită la ea, iar apoi își întoarse din nou privirea spre Axel. Cu un chicotit, se pregăti să înfigă lama cuțitului în Axel din nou.

-Pune cuțitul jos, repetă Leah cu mai multă autoritate, dar Lydiei nu îi păsă de avertismentul ei și ridică brațul pentru a putea vârî cuțitul cu și mai multă forță în trupul care zăcea la picioarele ei.

Leah nu își mai repetă avertismentul. O împușcă pe Lydia drept în mână, iar glontele îi traversă acesteia palma dintr-o parte într-alta.

Un urlet de durere erupse de pe buzele femeii și ea se încovrigă pe podea scâncind.

Femeia nu părea să înțeleagă ce se întâmplase, iar Leah îi citi gândurile înnebunite cu claritate. Lydia nu își amintea defel ce căuta și ce făcuse în apartamentul lui Axel. Ea știa numai că era rănită și că o durea.

Leah îl chemă pe Mark să o ia de acolo, iar ea se grăbi spre Axel.

EPILOG

CÂND LEAH INTRĂ ÎN apartamentul lui Axel, auzi zgomotul unui meci de fotbal la televizor și își scutură capul. Axel ar fi trebuit să fie în pat.

A trebuit să se lupte cu el ca să-l determine să rămână în spital timp de două zile, iar apoi ea cedase numai pentru că el îi promisese că se va odihni.

-Asta nu înseamnă că te odihnești, spuse ea pe un ton sec.

Axel își întoarse capul de la ecranul televizorului și îi surâse:

-Fotbalul este mereu relaxant pentru un bărbat, Leah, nu știai?

Leah își strânse buzele, dar nu se putea supăra cu adevărat pe el. După ce fusese înjunghiat de cinci ori și supraviețuise, avea dreptul să își petreacă timpul cu lucrurile care îi făceau plăcere.

Se îndreptă spre canapeaua unde stătea el întins și puse punga cu mâncare chinezească pe măsuța de cafea.

-Ți-am adus ceva pentru prânz, spuse ea și, fără ca măcar să-și dea seama de gestul ei, degetele ei îi dădură la o parte o șuviță de păr negru precum corbul de pe chipul lui.

Axel o privea cu ochi serioşi, iar apoi îi luă mâna într-a lui. Se uită la mâna care îi salvase viaţa, iar apoi îşi culcă obrazul în palma ei.

Leah se simţi ciudat. Se uită fix la faţa lui şi încercă să-i citească mintea pentru a vedea ce gândea, dar nu reuşi. Vedea doar mulţumirea înscrisă pe chipul lui, iar acela era singurul lucru de care putea fi sigură.

-Ai vrea să mănânci, străine? îl întrebă ea pe un ton blând.

El dădu din cap şi, în acelaş timp, îşi frecă nasul de palma ei, iar ea simţi cum şocuri electrice îi alergau în sus pe braţ. Ea încercă să se ridice şi amândoi se luptară pentru mâna ei în joacă.

Leah nu-şi putu înnăbuşi un râset vesel, iar apoi îl împinse cu blândeţe. El căzu pe spate şi spuse:

-Te vei întoarce, doar ştii.

Ea îl aprobă cu o mişcare a capului şi, zâmbind, se duse în bucătărie să aducă ce era nevoie pentru a împărţi mâncarea.

-DECI AI ÎNCHIS CAZUL? o întrebă Axel şi apoi îşi mai umplu gura cu nişte pui.

Leah dădu din cap, mestecă, iar apoi îi răspunse:

-De fapt, am închis două cazuri.

-Nu mai spune, zise Axel şi se îndreptă în şezut.

-Acel Iuri Gregoriev... Ai auzit despre el..., îl privi ea interogativ, iar Axel dădu din cap vioi pentru a-i arăta că da. Ei bine, Lydia l-a ucis şi pe el. Voia să o arestăm pe Klavdiya şi a încercat să planteze unele probe, dar ofiţerul care se ocupa de investigație nici măcar nu a privit în direcția Klavdiyei. De aceea, a decis Lydia că trebuia să o facă pe aceasta să plătească altfel.

-Înțeleg că ucigașii au intrat în casa lui Dimitri pentru că au plătit unele dintre gărzile lui. Ce nu înțeleg este de unde au știut ei că ea va fi acolo, se încruntă Axel.

-Foarte simplu. Tipul pe care Klavdiya abia îl întâlnise... fusese plătit de către George Adler să o agațe, să o vrăjească și să o invite la petrecere. Omul avea probleme financiare serioase și avea nevoie de fiecare cent pe care putea pune mâna, îi explică ea.

Axel își scutură capul de uluială. Îl știa pe acel om. Nu foarte bine, dar destul de bine. Nu s-ar fi așteptat niciodată ca el să aprobe o astfel de schemă.

-Deci ai închis dosarele, murmură el privind-o foarte atent.

-Da, spuse ea și își luă cutia de cola și sorbi din ea.

-Atunci nu mai ai nevoie de mine, observă el.

Ea își scutură capul, iar el simți ceva fremătându-i în inimă. Avea gustul regretului.

-Înțeleg, spuse el și își lăsă mâncarea pe masă. Scuză-mă, te rog, o clipă, continuă el și se ridică cu dificultate pentru a ieși pe balcon. Avea nevoie de aer proaspăt pentru că simțea cum i se contracta gâtul din cauza durerii.

-Voi veni cu tine, spuse ea. Îmi datorezi viața, dacă îți amintești, glumi ea. Asta înseamnă că trebuie să țin mereu un ochi asupra ta de acum încolo, mai adăugă ea.

El se întoarse spre ea şi pentru prima oară de când se întâlniseră, ea văzu emoţie în ochii lui. Axel îşi petrecu braţul sănătos în jurul ei şi o strivi la pieptul lui. Leah nu crezuse că mai avea atât de multă putere în trup după ce ce fusese înjunghiat de atâtea ori şi sângerase atât de mult.

UN IMIGRANT

ROXANA NASTASE

CAPITOLUL 1 – FELIAT CA UN CURCAN DE ZIUA RECUNOȘTINȚEI

'*Proastă mișcare, măi, Victore,*' îi trecu lui Victor prin minte, iar ochii săi albaștri, tăioși, cercetară umbrele înconjurătoare.

Neliniștea îi palpita în piept, și, fără să își dea seama, își frecă degetele între ele. Îi ardea buza după o țigară și încă rău de tot. Luase hotărârea să se lase de fumat, dar iată că voința îi era pusă la încercare din nou. Nu era ușor să te lași de fumat în profesia sa.

Un presentiment neplăcut îl măcina de când acceptase întâlnirea cu așa numitul informator la Grădina Muzicală. Privirea îi alunecă peste dumbravă încă o dată.

'*Nu-i un loc prea inteligent pentru o întâlnire clandestină,*' mustăci el, privind în jur cu teamă. '*În special, nu atât de aproape de miezul nopții și nu la Sarabandă,*' Victor își scutură capul, nemulțumit de lipsa sa de prevedere. '*Ar fi trebuit să insist să ne vedem la Preludiu sau Minuete,*' își repetă el pentru a zecea oară pe ziua aceea.

Impunătoare în lumina zilei, Sarabanda arăta sumbră în timpul nopții. Lumina lunii, anemică, abia penetrând norii denși și greoi, nu-i era de nici un ajutor.

Meteorologul de serviciu anunțase ploaie din nou, dar Victor renunțase să se mai bazeze pe acuratețea buletinului meteo de ceva vreme. De trei zile, canalul meteo tot anunța furtuni cu fulgere și tunete, dar orașul încă nu văzuse o picătură de ploaie și nu auzise nici măcar un tunet. Călcând pe urmele celei mai fierbinți veri înregistrate vreodată, acel septembrie târziu era sufocant, iar lumea s-ar fi bucurat de ceva ploaie.

Victor se sprijini de cel mai apropiat copac și își verifică buzunarul unde își ascunsese un recorder. Știa că sursei sale nu i-ar fi plăcut să afle că intenționa să-i înregistreze povestirea, dar lui Victor nu-i păsa absolut deloc. În fond, plătea pentru informația oferită, iar dacă plătea, atunci înțelegea să beneficieze pe deplin de ea și să o folosească după cum dorea el.

Neliniștit, stătea cu ochii în patru și urechile ciulite. Știa că din cauza nerăbdării sale de a rezolva cazul nu luase în calcul anumite măsuri de siguranță elementare. Acum, trebuia să compenseze cumva pentru lipsa sa de prevedere, dacă dorea să-și păstreze pielea intactă.

'*Doar o simplă greșeală, și gata te și găsești cu un pas mai aproape de mormânt. Ulciorul nu va merge mereu la apă, Victore,*' reflectă el. '*Sunt mult prea bătrân să risc prostește. La naiba, sunt prea bătrân pentru toată aiureala asta,*' se admonestă el, cu o clipă numai înainte de auzi un trosnet undeva în dreapta sa.

Nici nu întoarse bine capul spre locul de unde venise zgomotul, că un braț puternic îi și înfipse un cuțit în spate. Victor gemu și căzu buștean la pământ. Victor era un bărbat zdravăn, înalt de peste 1,80 și cântărind în jur de 100 kg, iar căderea lui s-a simțit ca un mic cutremur în mica dumbravă.

'*Acum chiar sunt terminat,*' reflectă el când durerea îi invadă creierul și îi clocoti în piept și în abdomen. '*Feliat exact ca un curcan de Ziua Recunoștinței,*' observă el cu amărăciune.

Degetele i se strânseră în frunzele de pe pământ și când îi ajunse la urechi sunetul unor pași îndepărtându-se, gratitudinea îl invadă. Cel puțin, nu se grăbea nimeni să se asigure că a fost într-adevăr ucis, gândi el, apoi își pierdu cunoștința.

LEAH SE STRÂNSE MAI bine lângă Axel, ca și cum ar fi vrut să fure o parte din căldura lui, deși era destul de cald în noaptea aceea, chiar dacă ușa de la balcon rămăsese deschisă. Brațele lui o înconjurau, iar capul lui se odihnea pe creștetul capului ei. Din când în când, Axel își trecea absent buzele peste părul ei.

Leah se simțea comfortabil, prețuită și, destul de ciudat, protejată. '*Ce naiba! Doar nu am nevoie de protecție, nu-i așa?*' se întrebă ea, împinsă de la spate de o vagă mândrie feministă.

Leah pierduse socoteala serilor și nopților pe care le petrecuse cu Axel. Zilele se adunaseră în săptămâni, iar săptămânile în luni. Ei bine, cam două sau trei luni, plus sau minus o săptămână sau două.

Leah nu dădea nici o atenție filmului de la televizor - era mult mai interesată de mireasma și căldura lui Axel. Închise ochii, respirând adânc, lăsând mirosul lui s-o învăluie, mulțumită că se găsea în brațele lui.

Gândurile lui Axel nu o copleșeau. Acum acest lucru i se părea odihnitor, chiar dacă la început, pentru o scurtă vreme, o deranjase că nu îi putea citi mintea.

Era o schimbare radicală pentru ea să nu poată desluși un gând oarecare în mintea bărbatului cu care se întâlnea. Destul de des, în decursul întâlnirilor cu prietenii sporadici pe care-i avusese, acele gânduri reușiseră să-i strice buna dispoziție.

Cu Axel, necunoscutul era pur și simplu înviorător. Trebuia să facă eforturi să ghicească ce dorea Axel pentru că nu putea știi ce gândea el când o privea. Din cauza acestui efort, era mereu alertă și, ca urmare, devenise din ce în ce mai apropiată de el.

În ciuda acțiunii de pe ecranul televizorului și a exploziilor care răbufneau prin difuzoare, Leah adormi în brațele lui Axel, cu capul pe pieptul lui. Degetele i se împletiseră în cămașa bărbatului, ca și cum ar fi vrut să se lipească și mai mult de el, iar Axel surâse, lăsându-se ușor pe spate pentru a-i vedea chipul.

Axel îi doborâse zidurile de apărare ale lui Leah unul câte unul și nu-i fusese deloc ușor. Nu pentru prima dată se întrebă dacă nu ar trebui să-i mulțumească acelei femei nebune care îl înjunghiase pentru că, după acel eveniment, Leah a avut grijă de el și treptat a început să țină la el, iar pentru el asta era ceea ce conta.

Din nou, Axel îşi sprijini bărbia pe creştetul lui Leah, şi deşi Leah îl amuza ochii i se întoarseră la film. Ea fusese cea care alesese acel film sângeros şi zgomotos, iar cu toate acestea, adormise.

Respiraţia ei echilibrată îl relaxă şi pe el, iar Axel îi mângâie braţul şi umărul cu atingeri tandre. Mintea începu să-i rătăcească, domolită, lipsită de orice tensiune.

Brusc, bărbatul respiră convulsiv, iar braţele i strânseră puternic în jurul trupului lui Leah, care se trezi cu o grimasă de durere pe buze.

-Ce s-a întâmplat, Axel? îl întrebă ea când ochii îi întâlniră privirea fixă a bărbatului.

Axel părea să se holbeze la un punct fix în spaţiu.

-Ce s-a întâmplat? întrebă ea din nou, iar de data aceasta, îl şi zgudui pentru a se asigura că Axel îi va da atenţie.

Axel clipi şi o privi confuz un moment, iar apoi îşi petrecu degetele peste obrazul ei cu tandreţe.

-Trebuie să plecăm acum, Leah, spuse el cu tristeţe.

-Să plecăm unde? întrebă ea, iar ochii săi îi trădau confuzia. Ce s-a întâmplat?

-Cineva s-ar putea să moară, replică Axel brusc pe un ton rece.

Ochii lui Leah se rotunjiră, iar buzele i se depărtară uşor din cauza surprizei.

-Acum? îl întrebă ea în şoaptă.

Axel se mulţumi numai să aprobe cu o înclinare a capului.

CAPITOLUL 2 – SOARTEI ÎI PLACE O GLUMĂ BUNĂ

Se părea că de data aceasta, meteorologul de serviciu nu s-a mai înşelat. Fulgerul lumină cerul, iar ploaia biciui chipul lui Victor, care era pe jumătate îngropat în frunzele împrăştiate pe pământul dumbravei.

Gemând sub ploaia rece, Victor începu să se miște şi deschise ochii cu efort. Durerea îl asalta de peste tot, dar cu toate acestea, îşi simțea spatele amorțit, ceea ce i se păru ciudat.

'*Cât de potrivit. Voi muri biciut de ploaie,*' mormăi el cinic, încercând să privească în jur, dar descoperi că privirea îi era încețoșată. '*Cerc complet, hmm?*'

Victor îşi amintea tot ce-i povestise mama sa în legătură cu naşterea lui. Victor îşi făcuse intrarea în lume într-un sat mic din Transilvania la sfârşitul lunii septembrie.

'*Mda, încă cinci zile şi mi-aş fi sărbătorit ziua de naştere,*' făcu el haz de sine.

Plouase amarnic în noaptea când a apărut el pe lume. Maică-sa mai că nu a reuşit să ajungă la noul spital comunal.

Pe vremea aceea, spitalele se găseau în oraşele mari, în metropole şi capitalele de judeţe. Micul spital comunal reprezenta un proiect pilot, care nu fusese foarte bine gândit, din păcate.

Dacă era să se ia după cele spuse de maică-sa, Victor nu păruse foarte mulțumit de ambianța spitalului și cu o determinare înnăscută – aceeași determinare care îl va ajuta mai târziu să treacă prin multe încercări de-a lungul vieții, bebelușul și-a făcut nemulțumirea cunoscută țipând din toți rărunchii.

Urletele lui s-au auzit dincolo de pereții secției de maternitate improvizată și le-au făcut pe cele două surori medicale de serviciu să se crispeze. Băiatul avea plămâni buni.

La acea vreme, nu i-a trecut prin minte că numele său va intra în cartea de istorie a micului pâlc de sătuce. Victor a devenit o celebritate în toată regula – primul prunc născut în noul spital construit la poalele muntelui.

'*Oare astea sunt tâmpeniile la care se gândesc oamenii când sunt gata să dea colțul?*' se minună Victor, flexându-și degetele numai ca să se asigure că era încă în viață.

Apoi, Victor își scutură capul. El era un bărbat de acțiune și nu îi stătea în fire să se dea bătut.

Încercă să se miște, dar valurile durerii i se propagară rapid prin tot corpul. Își încleștă dinții, și un șuierat lung îi scăpă de pe buze.

'*Trebuie numai să mă mai odihnesc o clipă,*' trase el concluzia, când durerea i se mai ostoi. '*Apoi mă voi putea mișca, cu siguranță,*' mormăi el cu determinare.

Indiferent de celelalte caracteristici ale sale, Victor era în primul rând un bărbat hotărât. Când lua o hotărâre, nu-și mai schimba părerea prea ușor și urma cu încăpățânare același fir, chiar dacă finalul nu se dovedea a fi unul fericit. Acum decisese că va trăi, așa că, fără îndoială, va supraviețui.

Îşi închise ochii şi îşi strânse pumnii. Se va odihni numai o clipă, iar apoi va încerca din nou să se mişte.

Între timp, avea timp să-şi analizeze viaţa. Nu avusese timp pentru aşa ceva în ultimii douăzeci şi doi de ani. Mai întâi mersese la facultate, iar apoi emigrase... O viaţă de om...

Venise în sfârşit vremea să privească în urmă şi să mediteze serios la tot ce-a făcut în viaţă şi unde a ajuns. Oricum, nu era ca şi cum ar fi putut să se mişte din acel loc ori să facă altceva pe moment.

Viaţa lui Victor urmase o cale predictibilă în primii săi optsprezece ani de viaţă. Victor nu fusese niciodată un elev foarte sârguincios, dar era inteligent şi, mai mult decât atât, avea o memorie foarte bună.

Era capabil să iasă din orice situaţie cu ajutorul cuvintelor. Nu se simţea vinovat defel când era nevoit să mintă, ba chiar minţea cu atâta convingere şi cu un chip atât de senin, încât oamenii credeau absolut tot ceea ce spunea.

În clasă, profesorii evitau să-i pună întrebări. Încercaseră ei la început, dar şi-au învăţat lecţia destul de rapid.

Victor avea un dar mai deosebit – vorbea repede şi în cercuri, astfel că toată lumea, inclusiv profesorii, deveneau confuzi. Nimeni nu mai ştia care era răspunsul corect după aceea.

Nu puţini profesori s-au găsit ulterior în situaţia de a căuta un răspuns în manuale după ce au avut plăcerea să discute un anumit subiect cu el. Ajungeau să se îndoiască de propriile lor cunoştinţe.

Oricum, nu era ca şi cum ar fi putut să-l facă să repete anul. Politica vremii era clară – nici un copil nu trebuia lăsat repetent.

Așa că Victor a promovat an după an, iar în marea parte a timpului, cu note bune. Nu pentru că muncea din greu, ci pentru că pur și simplu absorbea informația ca un burete când participa la ore. Această aptitudine l-a ajutat să fie admis și în liceu.

În iarna celui de-al treisprezecelea an, lucrurile s-au schimbat, cel puțin la suprafață. Schimbarea a venit cu răsunetul revoluției, când noi posibilități apărură.

Trecerea de la socialism la capitalism a început, iar Victor a simțit că cel din urmă putea creea sau îngropa un om. Văzuse destule filme pe video – acea invenție fantastică, care îi ostoise fantezia în ultimii doi ani, astfel că avea o oarecare idee despre ce se mai întâmpla prin lume.

Pusese deja ochiii pe câteva afaceri posibile, iar inima îi era și ea angajată bine în acele prospecte. Cu toate acestea, uitase un lucru important –avea, de asemenea, și o mamă foarte încăpățânată. Doar Victor îi semăna ei, până la urmă.

Ca majoritatea oamenilor care trăiau la țară și lucrau pământul, Maria Dobrotă avea un singur vis – ca fiul ei să facă o facultate și să obțină o diplomă.

După cum se obișnuia să se spună la țară, Maria își dorea ca băiatul ei să devină *domn*. Nu pentru că s-ar fi rușinat cu munca ei, ci pentru că munca de țăran era grea și i-ar fi rupt băiatului spinarea, iar ea dorea ca unicul său fiu să aibă parte de ceva mai bun.

Femeia a refuzat cu hotărâre să asculte cuvintele profesorilor lui, care o sfătuiră să-l trimită la o școală de meserii pentru că liceul era mult prea scump. Băiatul ar fi trebuit să meargă și să trăiască în capitala județului, iar aceea însemna bani pentru cămin și cantină.

S-a luptat cu ei când Victor al ei a terminat şcoala generală şi a trecut examenul pentru prima treaptă de liceu, şi s-a luptat cu ei şi când a luat examenul de admitere pentru a doua treaptă de liceu.

Era mai mult decât decisă să se lupte cu ei din nou acum şi s-a hotărât să plătească pentru meditaţii numai ca să fie sigură că fiul ei va deveni inginer. Sunetul acelui cuvânt în urechi o îmbăta de mândrie.

'*Oh, mamă, mamă,*' Victor reflectă cu tandreţe. Ea întotdeauna văzuse numai binele din el şi mereu l-a împuns să devină cineva.

Victor a încercat să-i schimbe părerea. I-a explicat că timpurile s-au schimbat, iar un inginer nu ar fi avut acelaşi prestigiu ca un om de afaceri, dar maică-sa era de neurnit.

Maria Dobrotă nu ştia nimic despre afaceri. Dar ştia că fiul verişoarei sale era inginer şi toată lumea îl respecta, chiar dacă nimeni nu ştia precis cu ce se ocupa.

Îşi dorea ca fiul ei să se bucure de acelaşi respect. Visa cu ochii deschişi la ziua când le va povesti oamenilor despre fiul ei, inginerul, cu mândrie.

Victor nu a avut nici o şansă să scape de soarta ce-i fusese decisă. A fost potcovit cu un profesor universitar pentru meditaţii în schimbul unei hălci bune din venitul părinţilor lui şi din bunurile lor agricole.

Tatăl lui Victor mai mormăia din când în când, dar, în casa lor, maică-sa conducea totul cu un pumn de fier şi ce spunea ea era sfânt. Bărbatul îşi agăţase pantalonii în cui în ziua când a luat-o de nevastă, deşi era mai înalt decât nevastă-sa cu mai mult de un cap.

Victor a blestemat orele de meditații, iar profesorul a scrâșnit din dinți cu determinare. Chiar dacă Victor îl exaspera, și-a dat toată silința să-l facă pe Victor să învețe algebră, analiză matematică și geometrie. Din fericire, lui Victor îi plăcea matematica.

După ce primele două luni de meditații la matematică au trecut, lui Victor i-a fost prezentat un alt profesor universitar care acceptase să-l mediteze la fizică, unul dintre subiectele care îi displăceau lui Victor cel mai mult. Dacă ar fi fost întrebat ceva din istorie sau literatură, ar fi știut totul despre acel subiect.

În propria lui apărare, bietul om nu a știut la ce se înhăma și făcuse pur și simplu o greșeală de calcul. Nu se gândise ce presupunea avantajul de a avea un student de la țară, care i-ar fi furnizat bunurile pe care nu le putea găsi în oraș la un preț rezonabil.

Nu prevăzuse nici că ar fi trebuit să acopere o bună parte din materie. Elevul său petrecuse anii de școală chiulind de la orele de fizică sau pur și simplu înnebunindu-i pe profesorii săi de fizică când se afla în clasă. Probabil, Victor petrecuse cel mult câteva minute cu manualul de fizică de-a lungul anilor.

Culmea ironiei, Victor a trecut examenul de admitere la Institutul Politehnic și a devenit student. Și-a găsit numele undeva pe la mijlocul listei cu admiși, dar numele lui era înscris pe listă.

Cu excepția mamei sale, toată lumea și-a scuturat capul cu neîncredere la auzul veștilor. Nici măcar Victor nu crezuse că ar fi fost posibil să stăpânească geometria și fizica destul de bine pentru a fi admis în facultate.

Meditatorii lui îşi adăugară performanţa lui la portofoliile lor. Dacă au reuşit ei să-l înveţe suficient de mult pentru a fi admis la facultate, atunci puteau să mediteze pe oricine.

'Evident că intenţionau să profite de pe urma acelui succes,' reflectă Victor. *'Aş fi făcut şi eu acelaşi lucru, în fond,'* recunoscu el.

Victor încercă să dea din umeri, dar focul durerii i se propagă prin corp, trezind la viaţă terminaţii nervoase pe care ar fi preferat să le ştie adormite. Încă o dată, scrâşni din dinţi.

Ca să uite de durere, Victor se întoarse la trecut. Oricum nu era capabil să se ridice de-acolo şi să se ducă altundeva. Onest cu sine însuşi, admise că nu ar fi fost în stare nici măcar să se târască şi că, de fapt, rămăsese blocat în dumbravă.

În ciuda revoluţiei, timpuri grele urmau să vină. Aparent, totul s-a schimbat peste noapte. Valorile au fost răsturnate, iar politica şi-a arătat chipul hidos. Un tip chiar a spus pe postul naţional de televiziune că erau necesari cam douăzeci şi cinci de ani pentru ca lucrurile să se îndrepte. Nu că Victor ar fi crezut în astfel de profeţii făcute ad-hoc. Ştia că întotdeauna totul depindea de oameni.

Preţurile aveau tendinţa să crească continuu. Uitaseră să mai şi coboare. Fiecare dimineaţă aducea câţiva bănuţi în plus la preţul pâinii şi laptelui. Mulţi îşi pierdeau somnul gândindu-se la asta.

'Nu şi mama,' zâmbi el, amintindu-şi de acel an.

Maică-sa era în al nouălea cer şi nici că îi păsa de preţuri. Mergea ţanţoşă pe strada principală şi acosta lumea fără urmă de ezitare. Era plină de poveşti privind succesul fiului său.

Destul de curând, sătui să tot audă despre geniul lui Victor, oamenii au învăţat să o ocolească. Ori de câte ori se loveau de ea, fugeau repede la colţul străzii sau îşi aminteau de vizite pe care trebuiau să le facă chiar în acel moment.

Cu toate acestea, unii nu erau destul de iuţi de picior şi erau obligaţi să asculte din nou şi din nou povestirile ei legate de marea realizare a lui Victor. Evident că oamenii zâmbeau şi dădeau din cap aprobator, dar în gând îşi treceau în revistă cele mai suculente înjurături pe care le ştiau.

Trăgând adânc în piept mirosul frunzelor umede, Victor îşi aduse aminte că el pe vremea aceea nu avea nici un fel de griji. Chiar a petrecut şi o vară minunată înainte de primul său an de studenţie.

Maică-sa a decretat că băiatul a muncit suficient de mult şi merita cea mai bună vacanţă posibilă înainte de-a merge la facultate pentru a se pregăti pentru cariera vieţii sale. Era, în fond, ultima sa vară în care se putea bucura de fiecare zi fără nici o grijă pe umeri.

De asemenea, femeia exulta de fericire şi pentru că revoluţia pusese capăt stagiului militar obligatoriu. Astfel, Victor al ei nu mai era în situaţia de a-şi sacrifica un an din viaţă pentru a-l dărui milităriei.

În ciuda durerii resimţite, buzele lui Victor se arcuiră într-un surâs. Încă îşi mai amintea de acea vară.

Eforturile mamei sale îi dăruiseră o lună de vacanţă extraordinară şi piperată la mare. În acel an, avusese ocazia să vadă marea pentru prima dată şi aceasta l-a fascinat. Nu suficient ca să-l facă să uite de munţii lui, dar destul de mult ca să-l facă să viseze la ea din când în când.

La acea vreme, tatăl lui Victor a încercat să îi explice soției sale că totul era prea mult pentru ei. Nu câştigau destui bani şi deja îşi cheltuiseră cea mai mare parte a economiilor strânse cu meditaţiile lui Victor. În toamnă, trebuiau să plătească pentru cămin, cantină şi cărţile băiatului... Erau multe lucruri care trebuiau luate în considerare.

Victor nu s-ar fi calificat pentru bursă socială, iar cu recordul său şcolar, nimeni nu i-ar fi dat alt tip de bursă. Băiatul niciodată nu vânase notele mari.

Acum, la aproape patruzeci de ani, Victor înţelegea îngrijorarea tatălui său. Atunci, însă, fusese mai mult decât fericit să o aibă pe mamă-sa de partea lui.

Femeia pur şi simplu şi-a astupat urechile şi nu a vrut să audă nimic din ce spunea tatăl său. Ea ştia numai un lucru: băiatul ei avea nevoie de relaxare şi de o recompensă potrivită pentru reuşita sa. De aceea, i-a dat lui Victor destui bani ca să-i ajungă pentru o lună întreagă petrecută la mare.

Ea una era fericită. Acum, se considera deja mamă de inginer, de parcă Victor ar fi trecut deja prin cei cinci ani de facultate şi ar fi avut examenul de licenţă în buzunar.

Acea vacanţă i-a deschis larg orizontul lui Victor. Aflat pentru prima dată departe de aripa protectoare a mamei sale, Victor a văzut cam ce însemna viaţa. Anii petrecuţi în cămin în timpul liceului nu reuşiseră să-l pregătească atât de mult precum acea vacanţă.

Victor a pierdut un sfert din banii săi pentru vacanţă în prima noapte petrecută pe plajă. Se alăturase unui grup de tineri mai în vârstă ca el, care l-au introdus frumuseţii unui joc de cărţi pe care nu-l mai jucase înainte — poker. Jocul l-a vrăjit pur şi simplu.

Au urmat alte două nopți de pierderi, dar a strâns din dinți cu înverșunare și a perseverat. Mintea sa ascuțită l-a ajutat să absoarbă fiecare regulă și fiecare mișcare.

A patra noapte i-a adus premiul cel mare, iar din acel moment nu s-a mai uitat înapoi. Învățase ceva care îl va ajuta să pună mâncare pe masă și un acoperiș deasupra capului ori de câte ori viața l-ar fi trântit la pământ.

Degetele lui Victor îndepărtară frunzele. Își puse capul pe brațele îndoite, iar un surâs îi încolți în colțul gurii.

Își amintea în detaliu surpriza părinților lui când a încetat să le mai ceară să-i trimită bani. Când a început să le și trimită el bani acasă, au fost mai mult decât uluiți.

Victor încă își mai putea aminti mândria tatălui său când i-a spus că și-a găsit o slujbă. Evident că omul nu avea nici o idee că slujba lui Victor era să le golească buzunarele oamenilor cu bani jucând poker.

Dar cel puțin, jucând poker a reușit să plătească pentru cei cinci ani de cămin, pentru cantină, manuale și toate celelalte cărți pe care și le dorea. Îi plăcea să citească, iar cu banii pe care-i câștiga, putea să-și cumpere acum toate cărțile la care altă dată doar jinduise.

Victor oftă, privind fix în noapte, iar mulțumirea îi sclipi în ochi. Cel puțin a reușit să-l facă fericit pe bătrânul său tată o dată în viață.

Brusc, îi ajunse la urechi ecoul unor pași iuți venind dinspre direcția grădinii Gigue. Trepidând, Victor își ridică capul și se uită fix, fără să clipească, în noapte.

Anxietatea și teama îl încolțiră, iar el împinse cu putere în palmele proptite pe pâmant ca să se poată mișca. Instantaneu, durerea îi radie peste tot spatele, dar, cu determinare, scrâșnind din dinți, continuă să se târască sub un copac. Se simțea de parcă s-ar fi mișcat prin molasă. Fiecare centimetru cucerit îi aducea din ce în ce mai multă sudoare și durere.

'*Cel puțin sunt încă în viață,*' reflectă Victor. '*Dar nu pentru multă vreme dacă nu mă mișc de pe nenorocita asta de cărare,*' mormăi el și împinse mai tare în brațe, strângând din dinți pentru a-și amuți gemetele.

-A căzut undeva pe aici, o voce puternică de bărbat străpunse liniștea.

-Ești sigur? Nu văd pe nimeni, îi replică o voce joasă, dar care clar aparținea unei femei. Îndoiala era evidentă în vocea ei.

Victor se opri și încercă să devină una cu pământul. Știa că acum se găsea în umbră și ei nu-l puteau vedea.

-Îl aud, spuse femeia cu entuziasm, iar Victor se strâmbă.

'*Cum naiba mă poți auzi?*' se întrebă el, iar ochii i se măriră de uluire. Degetele-i săpară în solul dumbravei, ca și cum ar fi vrut să se ancoreze acolo.

'*Nu spun nici o iotă,*' gândi el febril. '*Nu mi-am pierdut mințile într-atât încât să vorbesc fără să-mi dau seama, nu-i așa?*'

-Da, îl aud și eu, replică vocea bărbatului. Și-a păstrat umorul așa că probabil starea lui nu e foarte proastă, remarcă el ironic.

Sprâncenele lui Victor i se ridicară pe frunte. '*Cine naiba sunt oamenii ăstia? Mai mult decât atât, ce naiba vor de la mine?*'

-Nu aud pe nimeni altcineva în jur, spuse femeia. Scoate-ți lanterna, spuse ea poruncitor.

'*Parcă ar fi un sergent major,*' mustăci Victor, ascultând cu mare atenție la fiecare sunet pe care cei doi îl făceau.

CAPITOLUL 3 – UNEORI DUMNEZEU ÎȚI PUNE MÂNA ÎN CAP

VICTOR RENUNȚĂ SĂ MAI facă pe mortul în păpușoi când lumina lanternei mătură peste el. Nu-i cunoștea pe cei doi oameni, dar oricum nu existau decât două opțiuni viabile — aceștia fie veniseră să-l salveze, fie să-l termine. Nu exista o a treia posibilitate.

Își ridică capul și scrâșnind din dinți se întoarse spre lumină. Lanterna îl orbi si de data aceasta nu-și putu opri un geamăt.

-E acolo, spuse bărbatul, si se grăbi spre el pentru a îngenunchea lângă Victor. Hei, amice, mai ești cu noi? întrebă el, iar Victor îi simți zâmbetul din voce.

Victor mârâi și dădu din cap scurt. Nu știa dacă mai avea voce sau nu. Ochii lui cercetară chipul bărbatului și, satisfăcut că nu l-a mai văzut niciodată înainte, își lăsă fruntea să-i cadă din nou pe brațele îndoite și închise ochii.

-Este încă în viață? se auzi vocea femeii.

-Da, este. Ce ar trebui să facem acum? întrebă bărbatul, iscând curiozitatea lui Victor.

'*De ce oare îi cere ei părerea?*' se gândi el, iar câteva clipe după aceea, râsul bărbatului umplu aerul.

-Pentru că ea este şefa acum, bărbatul replică cu umor.

Cuvintele lui îl şocară pe Victor şi acesta pur şi simplu îngheţă, ochii lui fixându-se pe Axel. Nici măcar nu putea clipi.

-Uite ce-ai făcut acum, Axel, îşi admonestă femeia însoţitorul. L-ai înspăimântat.

-Va supravieţui, răspunse Axel pe o voce pragmatică, iar Victor avu impresia distinctă că bărbatul a ridicat din umeri cu nonşalanţă.

-Cine sunteţi voi, oameni buni? Victor mormăi, incapabil să-şi mai ţină gura închisă nici măcar pentru un moment.

Avea senzaţia că a aterizat într-o dimensiune bizară. De data aceasta, era sigur că nu a spus nimic cu voce tare.

Mâna rece a femeii îi îndepărtă părul de pe frunte, alinându-i febra care îi creştea.

-Sunt Leah MacKay. Sunt detectiv, iar acesta este prietenul meu, Axel Arnett, replică ea pe o voce blândă. Voi chema o ambulanţă pentru tine, continuă ea.

Femeia încercă să se ridice, dar degetele lui Victor i se încleştară pe încheietura mâinii cu o putere surprinzătoare.

-Nu chema poliţia, mormăi Victor.

Îşi muşcă buzele. Mişcarea bruscă îi eliberase mii de săgeţi dureroase de-a lungul şirei spinării şi bazinului.

Arnett izbucni într-un râs viguros. Sunetul râsului său îl zgârie pe Victor pe nervi şi dacă ar fi avut suficientă putere, l-ar fi pus pe bărbat la pământ cu un pumn bine plasat.

-Îmi pare rău, amice, poliţia e deja aici, îi explică Axel vesel, ceea ce îl făcu pe Victor să strângă din dinţi din nou.

Cu blândețe, Leah îi desprinse degetele de pe încheietura mâinii ei și își scoase telefonul celular din buzunar. Formă 911 și îi explică operatorului cine era și că avea nevoie de o ambulanță și de echipa sa specială la grădina Sarabanda.

Învins, Victor oftă și-și puse capul pe brațe din nou. O dată, vazuse la televizor o reclamă cu un mic hârciog care tot încerca să iasă dintr-o gaură din pământ numai pentru ca să fie lovit cu un ciocan în cap de fiecare dată. Acum, el era acel hârciog. Pierduse controlul asupra vieții lui. *'Eh, nu e ca și cum ar fi pentru prima dată'*, mustăci el.

Axel Arnett se aplecă de-asupra lui și îi șopti:

-Totul va fi bine, nu-ți fă griji. Ea e cea mai bună.

-De-asta mi-era și teamă, mormăi Victor, făcându-l pe Axel să râdă pe înfundate.

Lui Axel îi plăcea bărbatul și era satisfăcut că ajunseseră la el în timp util. Spera că va supraviețui.

Axel își dăduse seama că Victor era un bărbat puternic și conta pe constituția lui. Nu părea să fie un om care putea fi doborât cu ușurință.

ÎN MAI PUȚIN DE CINCISPREZECE minute, locul colcăia cu oameni. Se părea că detectiva, Leah MacKay, avea destulă influență.

Doi paramedici l-au tot consultat până ce Victor a simțit dorința de a-i pocni zdravăn peste cap și în mod repetat. Doar se afla deja doborât la pământ, așa că nu era necesar ca cei doi să își dea atât de mult silința pentru a-l termina.

În ciuda consultului, paramedicii nu îndepărtaseră cuțitul, care rămăsese înfipt în spatele lui, iar pentru aceea Victor îi mulțumi lui Dumnezeu.

Îi era teamă că dacă i-ar fi scos cuțitul din spate, și-ar fi pierdut cunoștința și simțea că era imperativ să-și păstreze facultățile mentale în funcțiune. Mai mult decât atât, se îndoia că scoaterea cuțitului ar fi fost o idee prea bună.

După ce paramedicii au terminat cu examinarea lui, s-au pregătit să îl ia de-acolo. L-au pus cu fața în jos pe brancarda pe care o aduseseră cu ei, și l-au securizat cât de bine au putut.

Leah, care până atunci își făcuse de treabă lătrând ordine în stânga și în dreapta, se apropie de ei cu pași mari.

-Deci, ce spuneți? O să fie bine?

Unul din paramedici dădu din cap afirmativ, dar celălalt, o femeie, doar ridică din umeri.

-Nu știm încă, specifică femeia. Vor trebui să-l examineze la camera de urgențe, dar va supraviețui până ce va ajunge acolo, explică ea pe un ton sec.

Leah dădu din cap că a înțeles, iar apoi i se adresă lui:

-Înainte de a pleca, da-mi numele tău și arată-mi din nou unde exact este locul unde ai fost atacat.

Victor își fixă ochii de un albastru întunecat pe chipul ei. Reflectă la întrebările ei câteva clipe, dar știa că va trebui să-i dea răspunsuri cinstite până la urmă.

-Victor Dobrotă, se prezentă el pe o voce ușor răgușită.

Leah spuse numele pe litere în timp ce îl nota, iar el aprobă maniera în care l-a scris.

-Și exact unde erai când ai fost înjunghiat? repetă ea întrebarea precedentă.

Victor arătă spre marginea dumbravei.

-Chiar acolo, cred. Poate câţiva paşi mai în umbră, pentru că nu doream să fiu văzut. Nu că asta mi-a făcut vreun mare bine, mormăi el, vizibil supărat, în mare parte pe el însuşi.

Leah îi zâmbi. Înţelegea mânia lui şi îl compătimea pentru ce i se întâmplase.

-În regulă, Victor. Acum, du-te la spital şi voi veni să te văd acolo după ceva vreme. Este bine aşa?

Victor aprobă cu o mişcare scurtă a capului, iar apoi îşi propti capul pe braţul drept, închizând ochii. Nu era el o violetă ofilită, dar, cu toate acestea, evenimentele nopţii îl storseseră de puteri.

VICTOR A SCRÂŞNIT DIN dinţi când l-au mutat de pe targă pe patul de la CT-scan. A scâşnit din dinţi ceva mai mult când l-au mutat din nou în sala de operaţii.

După ce l-au anesteziat, scrâşnitul s-a oprit. A întâmpinat cu bucurie întunericul, deşi nici jumătate de oră mai devreme se străduise din greu să rămână conştient.

Două ore mai târziu, Victor a deschis ochii încet şi s-a regăsit într-o rezervă din secţia de terapie intensivă.

'*Mda, cam era şi timpul să vizitez unul din aceste locuri,*' se gândi el cu sarcasm.

Nu mai fusese niciodată în spital, deşi preocupările lui de-a lungul vieţii de adult ar fi garantat-o de câteva ori.

Victor avusese destule zgaibe şi răni de-a lungul copilăriei şi mai târziu când era adolescent. Era el lumina ochilor mamei sale, dar aceasta nu însemna că Maria Dobrotă era genul care să-l menajeze sau să-l răsfeţe. Mai mult decât atât, mamă-sa nu-i iubea pe doctori prea mult.

Mai târziu în viaţă, a învăţat să nu lase nimic să îl doboare. Deseori şi-a ignorat vânătăile sau loviturile şi nici măcar vreo câteva contuzii nu l-au făcut să-şi oprească activităţile.

Victor privi în jur cu curiozitate vie şi văzu că al doilea pat al salonului era gol. Încercă să ridice capul să vadă încăperea mai bine, dar un val de greaţă i se ridică în gât. Renunţă şi-şi lăsă capul să cadă cu zgomot pe pernă, ceea ce-i făcu ochii să i se rostogolească în cap.

Îşi simţea gura uscată şi-şi trecu limba peste dinţi, dar nu reuşi să scape de senzaţia de uscăciune. Gâtul îl durea şi instinctiv simţi nevoia să tuşească. Cu toate acestea, nu avea puterea să o facă.

Când uşa se deschise, îşi ridică capul să vadă cine a intrat în cameră şi gemu. Mai întâi încercă să-şi mişte braţul drept, dar ceva îl ţinea pe loc şi o uşoară panică i se strecură de-a lungul şirei spinării.

-Lasă-mă să te ajut, veni o voce melodioasă, urmată de paşi repezi, înnăbuşiţi de tălpile cauciucate ale pantofilor pe care-i purta sora medicală.

Aproape se aşteptase să vadă un chip angelic care să se potrivească cu vocea. Când femeia îi apăru în raza vizuală, mai că tresări. Sora medicală era urâtă ca păcatul, dar cu toate acestea, ochii ei îl încălziră până în străfundurile sufletului.

Mâna ei răcoroasă îi atinse mai întâi fruntea, iar apoi, femeia îi zâmbi.

-Ridic patul doar un pic, ca să nu mai fie nevoie să ridici capul, da? îi spuse ea, iar Victor clipi.

Nu credea că ar fi putut să-şi miște capul fără ca valul de greață să se întoarcă.

-Este posibil să simți ceva greață și uscăciune a gurii pentru o vreme, îi explică ea. Este efectul secundar al anesteziei, dar va trece curând, îl asigură ea.

-Mulțumesc, se simți el obligat să spună, iar vocea îi sună răgușită.

Sora medicală îl bătu ușor pe piept și-i zâmbi din nou.

-Mai odihnește-te încă puțin pentru o vreme. Poliția va veni curând să discute cu tine. Dacă ai nevoie de ceva, gesticulă ea, de exemplu apă sau gheață, doar spune-mi. Vezi butonul acesta de aici? îi arătă ea un buton la care ar fi putut ajunge cu mâna sa stângă. Dacă îl apeși cineva va veni la tine imediat.

-Mulțumesc, spuse el din nou, iar ochii lui o urmăriră până ce a părăsit încăperea.

După ce ușa s-a închis în urma ei, Victor s-a relaxat ușor. Gândindu-se la tot ce urma să se întâmple mai târziu, se decise să mai doarmă un pic. Obosit, adormi în câteva secunde, fără să aibă vreme să mai reflecteze la nimic altceva.

CAPITOLUL 4 – DAREA DE SEAMĂ

VICTOR SE TREZI LA 7:30 când o altă soră medicală intră în rezerva sa de terapie intensivă pentru a-i verifica tensiunea și febra. Când a dat cu ochii de ea, pupilele i s-au dilatat, mulțumit de ce avea în fața ochilor.

'Asta este o frumusețe, pe bune,' bărbatul din el zâmbi, interesul fiindu-i ațâțat.

Apoi femeia a deschis gura, iar el a tresărit. Vocea ei atingea note foarte ridicate, ceea ce îl călca pe nervii deja întinși la maximum.

-Suntem bine în dimineața aceasta, hmm? spuse ea cu veselie, iar Victor simți imediat nevoia să-i astupe gura cu ceva ca să o amuțească.

Femeia îi verifică febra și tensiunea, dar în tot acel timp, gura nu-i tăcu nici măcar o clipă. Victor simți începutul unei dureri puternice de cap pulsându-i în creier.

Fericită ca o ciocârlie, ea continuă să ciripească.

-Nu mai avem febră atât de mare ca înainte. Tensiunea este aproape de normal. Da, suntem bine, spuse ea în continuare.

'Noi... noi...' Victor mormăi în barbă și se încruntă.

Femeia îi vorbea de parcă ar fi fost un om redus mental. Bărbatul nu-şi putea aduce aminte când i s-a întâmplat ca cineva să-i fi vorbit în acel fel ultima oară, dar era mai mult ca sigur că nimeni nu a îndrăznit aşa ceva în ultimii săi treizeci şi cinci de ani.

Nerăbdător să o vadă plecată, a întrebat-o abrupt:

-Când va veni doctorul?

-Probabil într-o oră sau cam aşa ceva, îl mângâie ea uşor pe braţ, iar apoi îşi făcu de lucru cu perfuzia câteva minute. Vom fi cuminţi până atunci, nu-i aşa?

-Nu ştiu ce ai tu de gând să faci, se răsti el la ea cu răutate, dar eu intenţionez să recuperez din somnul pierdut.

Ochii femeii se rotunjiră auzind tonul vocii lui. Uimită pentru o clipă, ea rămase pironită în acelaşi loc, incapabilă să se mişte, apoi, îşi scutură capul, şi replică:

-Atunci te las. Dacă ai nevoie de ceva, nu trebuie decât să mă chemi, iar eu voi veni de îndată, încercă ea să-i zâmbească, dar veselia îi dispăruse din ochi.

El dădu scurt din cap, numai ca să o vadă că iese din încăpere. Începuse de altfel să se întrebe dacă femeia nu avea cumva de gând să ducă la bun sfârşit acţiunea începută de atacatorul lui. Nu exista nici o îndoială că se afla pe calea cea bună. Acum capul îi pulsa de durere, iar ochii îi ardeau.

'*Prea devreme în amărâta asta de dimineaţă să ascult la trăncăneala ta,*' se gândi el.

Ofensată, sora medicală părăsi încăperea cu paşi ţepeni, iar mersul şi ţinuta ei îi aminteau de o mătură.

Victor își dădea seama că o supărase, dar nu concepea să admită ca cineva să-l trateze diferit numai pentru că fusese rănit. Fusese el înjunghiat în spate, era adevărat, dar creierul încă îi funcționa.

Mai mult decât atât, Victor niciodată nu petrecuse dimineața cu nimeni de când avusese proasta inspirație de a petrece o scurtă vacanță cu o femeie, în urmă cu vreo zece ani. Mai avea încă coșmaruri ori de câte ori își amintea de acea vacanță.

Victor era obișnuit numai cu propria sa companie înainte de amiază și nu avea nevoie de mai mult de atât. Nu se obosea nici măcar să pornească radioul înainte de a-și fi băut cafeaua și a-și fi luat micul dejun. Îi displăcea cel mai mic zgomot dimineața la prima oră.

Își închise ochii din nou. Se îndoia că va mai adormi, dar trebuia să-și adune gândurile.

Victor își aducea aminte de detectiva care l-a găsit la Sarabandă și știa că aceasta se va întoarce curând pentru a-i pune întrebări. Nu știa cât de mult să dezvăluie din ceea ce știa, mai ales că nu avea suficiente dovezi pentru a-și susține ipotezele.

Mai mult decât atât, se mândrea că întotdeauna termina ceea ce începea. Se temea că dacă ar fi oferit poliției informația pe care o deținea, polițiștii l-ar fi înlăturat din investigație.

În ciuda acelui gând neplăcut, se îndoia totuși că ar fi fost capabil să-și continue propria investigație în zilele următoare, ba chiar mai mult, în următoarele două săptămâni şi nu-şi dorea să audă că altcineva a murit pentru că el nu fusese capabil să acţioneze. Lista victimelor era deja destul de extinsă.

'*Asta este o dilemă*,' reflectă el, iar apoi începu să bată darabana cu degetele pe piept, fără să-şi dea seama de preocuparea sa.

Brusc, Victor îşi aminti de conversaţia ciudată pe care o avusese cu detectiva şi prietenul ei în timpul nopţii. Nu-i venea să creadă că cei doi i-au auzit gândurile, dar era convins că nu spusese acele lucruri cu voce tare.

Poziţia lui vis-a-vis de existenţa puterilor paranormale fusese mereu echivocă. Nu-şi petrecuse prea mult timp gândindu-se la aşa ceva, dar nici nu putea afirma că nu credea faptul că unii oameni deţineau anumite puteri speciale.

'*Probabil ţine de puterea de concentrare a fiecăruia*,' medită el ridicând din umeri. '*Oricum, dacă într-adevăr detectiva aceea este capabilă să citească mintea oamenilor, atunci nu are nici o importanţă dacă vreau eu să dezvălui ceva sau nu. Oricum va afla tot ce vreau să ascund.*'

Un surâs îi apăru pe buze când imaginea tatălui său îi apăru brusc în minte. Bătrânul Dobrotă nu avea puteri paranormale, dar mereu ghicea ce a făcut Victor sau ce intenţiona să facă.

Dorul din piept îl făcu să-şi strângă pumnii. În cincisprezece ani, îşi vizitase părinţii numai de şase ori şi nu reuşise niciodată să-i convingă să vină să-l viziteze.

Cel puţin învăţaseră să converseze pe Skype. Victor chicoti când îşi aminti de discuţiile ce aveau loc între părinţii lui în timpul primelor conversaţii cu ei pe Skype. La vremea aceea, avea dorinţa să-şi smulgă părul din cap, dar acum, găsea acele discuţii amuzante.

Fără să-şi dea seama, Victor aţipi cu un zâmbet pe buze.

LEAH, URMATĂ DE AXEL, intră în salonul de terapie intensivă. Ştia că de fapt încălca procedura permiţându-i lui Axel să vină cu ea, dar intenţiona să clarifice totul cu şeful poliţiei mai târziu.

Oricum, poliţia se afla deja pe punctul de a-l angaja pe Axel pe poziţia de consultant. Diploma lui în psihologie, precum şi ajutorul său într-un caz anterior, în care 'citise' comportamentul persoanelor implicate, pavaseră calea spre acceptarea lui în serviciul poliţiei.

Datorită 'ajutorului lui ca psiholog', reuşiseră să prindă persoana vinovată şi să exonereze inocenţii într-o perioadă foarte scurtă de timp.

Evident că şeful poliţiei nu era la curent cu faptul că Axel deja ştiuse care era adevărul. În timpul uneia din viziunile lui, îl văzuse pe vinovat luându-i viaţa victimei. 'Determinase' restul pentru că pur şi simplu citise gândurile indivizilor implicaţi.

'Dar desigur, nu am putea să-i spunem asta şefului,' Leah mustăci. 'Şeful şi-ar ieşi din pepeni de-a binelea dacă ar auzi aşa ceva.'

Leah nu-l putea lua pe Mark, subordonatul ei, cu ea la spital. Se temea că Victor va divulga ceva din ce se întâmplase cu o seară înainte când ajunseseră la locul atacului și ultimul lucru pe care și-l dorea ea era ca anumite idei să încolțească în mintea lui Mark.

Deja Mark demonstra anumite semne de gelozie bizare vis a vis de Axel. Și nu pentru că ar fi avut el vreun interes în Leah.

Nici nu au închis bine ușa în spatele lor, că Victor se și trezi, privindu-i fix cu precauție.

'*Acesta e un bărbat care are instincte foarte bune,*' îi trecu prin minte lui Leah. '*Mă întreb unde și cum de și le-a șlefuit atât de bine.*'

"Bună dimineața," l-a salutat ea cu un zâmbet în colțul buzelor.

Axel pretinse a-și ridica o pălărie imaginară în fața lui Victor și îi zâmbi.

-Bună dimineața, replică Victor, iar vocea lui îi trădă oboseala.

-Știu că este devreme și că ai nevoie de mai mult timp ca să-ți revi, se scuză Leah după ce aruncă o privire la ceasul de la mână. Am vrut însă să te prindem și pe tine și pe doctor în același timp și știu că doctorul tău ar trebui să facă runda saloanelor cam pe la ora asta, ridică ea din umeri.

-De ce-ai vorbi tu cu doctorul meu? o întrebă Victor pe un ton dur.

Ochii i se îngustaseră de neplăcere. Niciodată nu suferise oamenii care credeau că pot interveni în viața lui, iar intenția detectivei îl zgândăra mai mult decât în mod obișnuit.

-Trebuie să avem grijă de tine, replică ea pe un ton calm, aparent nefiind ofensată de mânia lui. Dacă îți amintești, cineva a tăiat o feliuță din tine seara trecută.

-Bineînțeles că îmi amintesc, mârâi el. Doar sunt prizonier în acest pat de spital, nu-i așa? Nu este ceva ușor de uitat, mormăi el în continuare, iar mânia îi fulgeră în ochi.

Axel mai că rânji când observă sclipirile din ochii albaștri ai bărbatului. Victor nu era un bărbat domesticit și nu suferea cu ușurință ordinele.

-Ești un lup singuratic, nu-i așa?

Întrebarea părăsise gura lui Axel înainte ca el să-și fi dat seama că vorbește. Atât Leah cât și Victor se holbară la el, uimiți peste măsură.

-Ignorați-mă, îi invită Axel cu o ridicare a indiferentă a umerilor. Mi se mai întâmplă uneori să-mi meargă gura fără mine.

-Oricum, oftă Leah dându-și ochii peste cap, hai să ne întoarcem la oile noastre.

Buzele lui Axel zvâcniră și gestul lui îl făcu pe Victor să surâdă, de asemenea.

-Foarte bine, detective, ce vrei să știi? întrebă el.

-Ce s-a întâmplat aseară, de exemplu, spuse Leah îndreptându-și spatele.

-E imposibil să nu fi văzut ce s-a întâmplat aseară, îi replică Victor pe un ton sec. După cum ai remarcat deja, cineva a încercat să mă facă feliuțe.

-Da, aceasta a fost foarte clar, replică ea cu răbdare. Dar de ce? Aceasta-i întrebarea, nu-i așa?

Victor ridică din umeri și nu simți nimic mai mult decât o ușoară durere. *'Cel puțin au medicație bună contra durerii pe-aici,'* reflectă el.

-Nu te juca de-a inocentul, Victor, se răsti ea. Știi de ce.

Victor își îngustă ochii și o reevaluă pe detectivă. Leah MacKay nu arăta deloc rău, dar mai mult decât atât, avea o șiră a spinării de oțel. Privirea ei trecea prin zidul lui protectiv și aceasta nu-i surâdea deloc.

'Cât de mult ar trebui să mărturisesc?' Victor căzu pe gânduri, nefiind sigur de ce ar trebui să facă.

-Absolut totul, Victor, remarcă Axel pe un ton sfătos.

Mânios, Victor ridică ochii săi albaștri întunecați spre el, iar Axel remarcă tumultul furtunos din pupilele lui.

-Tu chiar îmi citești gândurile, îl acuză Victor. La fel și ea, spuse el, cu un gest mânios spre Leah.

Netulburat de furia lui Victor, Axel doar ridică din umeri.

-Am crezut că deja am stabilit aceasta seara trecută.

-Atunci de ce să vă mai obosiți să-mi puneți întrebări? replică Victor, iar vocea îi tremura de supărare.

-Pentru că așa este politicos, replică Leah cu blândețe. Aș prefera ca tu să-mi spui cum stau lucrurile. Nu-mi place să invadez gândurile nimănui.

-Ha! o sfidă Victor cu neîncredere.

Până în clipa aceea, nici unul dintre ei nu făcuse nimic altceva decât să-i sondeze mintea.

-Nu, Leah spune adevărul. Nu-i place să tragă cu ochiul în mintea altuia, îi explică Axel. Eu, pe de altă parte, nu am asemenea remușcări. Dacă vreau să aflu un lucru, atunci fac tot posibilul să-l aflu, dădu el din umeri cu indiferenţă. Ştii cum este, în fond. Noi doi suntem acelaşi soi de oameni, explică el, fluturându-şi mâna între ei doi.

-Nu aş spune asta, replică Victor înfierbântat. Eu unul nu pot să-ţi citesc mintea ta afurisită.

-Nu, nu poţi. Dar eu vorbeam despre genul de oameni care suntem. Şi tu eşti un om capabil să facă absolut tot ce este necesar pentru a obţine ceea ce vrea, elaboră Axel.

-Hmm, nu te înşeli, răspunse Victor gânditor. Sunt in stare să fac absolut tot ceea ce este necesar...

Victor îşi coborî privirea, aparent extrem de interesat de liniile palmei sale. Leah îi aruncă o privire întrebătoare lui Axel, iar el îi făcu semn să aibă răbdare.

Axel se îndreptă spre colţul încăperii şi se întoarse cu scaunul pe care-l văzuse acolo mai devreme. Îl aşeză lângă patul lui Victor şi o invită pe Leah să ia loc. El rămase în picioare lângă ea, mâna sa odihnindu-se pe spătarul scaunului.

Victor renunţase să pretindă că ar avea un interes profund în citirea propriei palme şi îi urmărea mişcările cu coada ochiului. Când Leah scoase un carnet şi un pix din geantă, Victor decise să înceapă să vorbească.

-Bine, voi vorbi, anunţă el, dar apoi nu mai spuse nimic, ci aşteptă să i se pună întrebări.

Axel rânji când îi înţelese intenţia. Îşi scutură capul şi, cu o mişcare a mâinii, îl invită să vorbească.

Victor mai că mârâi, dar până la urmă se supuse. Nu era ca şi cum ar fi putut ascunde ceva de cei doi.

-Am avut o întâlnire acolo cu un tip. A spus că are nişte informaţii importante într-unul din cazurile la care lucrez.

-Ce fel de muncă faci? întrebă Leah.

-Sunt investigator privat. De asemenea preiau cazuri de la companiile de asigurări. De fapt, în mare parte a timpului, lucrez pentru companiile de asigurări, își corectă el răspunsul.

-Înțeleg, murmură Leah. Ce fel de caz ai acum?

-O companie a trebuit să plătească un număr de polițe de asigurare de viață a căror clauză pentru accident face ca suma de plătit să crească de zece ori. Poate nimeni nu ar fi băgat de seamă nimic pentru că accidentele au avut loc la intervale variate, dar au avut un audit planificat, iar auditorul a fost intrigat de câteva coincidențe.

-De ce? Oamenii mor în accidente, nu-i așa? Exista vreo legătură între asigurați sau ce? întrebă Leah.

Nu înțelegea de ce se făcea atâta vâlvă dacă morțile nu fuseseră legate una de cealaltă.

-Nu, nu a fost așa, dădu Victor din mână. Omul a observat că polițele fuseseră cumpărate prin același broker. Același tip de poliță, aceleași dispoziții... Polița nu plătește suma asigurată dacă asiguratul decedează din cauza unei boli sau din cauze naturale în timpul primilor doi ani de acoperire. Plătește numai echivalentul primelor plătite de către deținătorul poliței plus zece procente. Cu toate acestea, în cazul unui accident, dispoziția privind cei doi ani nu se mai aplică. Când compania m-a chemat, deja plătiseră pentru șapte polițe care fuseseră cumpărate doar de câteva luni, iar expertul cu auditul continua să sape. Un tip cu tulburare obsesiv compulsivă (TOC), foarte meticulos. L-am întâlnit, spuse Victor gesticulând.

-Și ce vor să faci? întrebă Leah.

-Ei bine, situația nu este atât de simplă, replică Victor. Tipul cu auditul, cunoaște un alt tip care se ocupă cu același lucru la altă companie de asigurări. Bineînțeles, discutăm despre companii mici, preciză Victor ridicând din umeri. Nu cred că cineva ar îndrăzni să se joace astfel cu una dintre companiile mari. Oricum, auditorul de la prima companie l-a rugat pe prietenul lui să verifice polițele emise prin intermediul aceluiași broker. Evident, au găsit cinci, și asta numai pentru anul trecut. Toate persoanele asigurate au decedat în accidente, și toate în mai puțin de șase luni după cumpărarea poliței.

-Despre ce fel de accidente discutăm? interveni Axel pentru prima dată.

-Diverse, își flutură Victor mâna. De la accidente de mașină la electrocutare, căderi pe scări, înnecare, poți alege ce vrei.

-Și ei ți-au cerut să investighezi accidentele? întrebă Leah pentru a avea o imagine mai clară a situației.

-Cel puțin unele dintre ele. Sunt unul singur și nu aș putea sub nici o formă să verific fiecare nenorocit de accident, ridică Victor din umeri. De asemenea, mi-au cerut să anchetez brokerul. Tocmai găsisem un tip dornic să-mi dea informații despre el și de aceea mă aflam în dumbravă seara trecută.

-Cine este tipul? Ai vreun nume? întrebă Leah.

-Da, este unul dintre agenții de asigurări care lucrează pentru brokerul de care v-am spus. Acest agent nu dorea să discute cu mine la lumina zilei sau la telefon. A insistat ca discuția noastră să nu poată fi urmărită sub nici o formă.

-În regulă, dă-mi numele, insistă Leah. Şi dă-mi şi numele brokerului principal.

-Numele informatorului meu este Lars Gunther, iar numele brokerului principal este Paul Smidgen.

-Vorbeşti serios? rânji Axel, amuzat de imaginea iscată de cele două nume.

-Axel, îl apostrofă Leah, dar Victor se mulţumi numai să dea din cap.

Leah îşi scutură capul, iar apoi scoase telefonul mobil din geantă.

-Îl sun pe Mark. Îi voi cere să-l verifice pe informator şi să-l aducă la secţia de poliţie. Le voi cere Annei şi lui Josh să adune informaţii despre domnul Smidgen, le spuse Leah şi părăsi încăperea.

Axel se tolăni pe scaunul pe care Leah tocmai îl eliberase şi îl întrebă pe Victor:

-Cum de ai devenit investigator privat?

Victor se mulţumi să dea din umeri, dar nu se grăbi să ofere nici un fel de informaţie de bună voie.

-Haide, nu fi atât de meschin. Spune-mi câte ceva! Sunt sigur că eşti un bărbat cu o poveste foarte interesantă, remarcă Axel.

CAPITOLUL 5 – AXEL ESTE CURIOS

VICTOR PUR ŞI SIMPLU se holbă la el. Omul reacţiona ca şi cum ar fi fost cei mai buni amici, şi încă de ani de zile, iar el unul nu înţelegea de ce.

Victor ştia că nu era posibil ca el să fi avut nimic care l-ar fi interesat pe Axel. De-a lungul ultimilor cincisprezece ani, nu întâlnise pe nimeni care să-i fi oferit prietenia fără a-i cere ceva în schimb.

Axel îşi întoarse palmele în sus, implorând să i se spună ceva. Lumina jucăuşă din ochii lui îl făcu pe Victor să râdă şi să-şi lase cinismul la o parte pentru un moment.

-Ce vrei să ştii? îl întrebă Victor, bucuros că măcar Axel se gândise să pună întrebări în loc de a-i scotoci gândurile pentru a obţine răspunsuri.

-Ce te-a făcut să devii investigator?

Victor dădu din umeri, iar apoi replică:

-Sunt imigrant, doar ştii.

-Cel puţin jumătate din ţara asta este, spuse Axel cu un semn indiferent al mâinii pentru a arăta că problema nu era deloc importantă.

-Ei bine, unii sunt a doua sau a treia generaţie, menţionă Victor. Presupun că o dată cu trecerea timpului totul devine mai uşor. Dar când am venit aici, am sosit cu anumite aşteptări şi m-am găsit într-o situaţie complet diferită.

-Ce vrei să spui? se încruntă Axel neînţelegând.

-Un văr de-al meu a imigrat aici cam cu cinci sau şase ani înaintea mea, iar el s-a lăudat acasă.

-Cu ce?

-Cu viaţa lui, munca şi casa pe care o avea, replică Victor gânditor. Mama mea este genul de femeie care întotdeauna ţinteşte cât mai sus. Dorea ca şi eu să am acel tip de viaţă. Câştigam destul cât să trăiesc acasă, dar eram departe de ceea ce văru-meu spusese că realizase aici. Aşa că maică-mea m-a împuns să emigrez şi eu, explică el. Şi nu i-a fost uşor, poţi fi sigur.

-Deci ce s-a întâmplat când ai venit? îl împulsionă Axel pe Victor să continue, chipul său trădându-i atât curiozitatea cât şi nerăbdarea să audă tot.

Axel se aplecă în faţă, sprijinindu-şi coatele pe genunchi şi punându-şi capul în mâini.

-Ei bine, când am ajuns aici, situaţia era departe de ceea ce spusese el. El şi soţia lui locuiau în Quebec. Tot acolo sunt şi acum. Vărul meu era inginer în ţară, iar soţia lui era cercetătoare şi încă o cercetătoare foarte bine văzută. Amândoi au crezut că vor lucra în domenii similare când au ajuns aici, dar... Experienţa şi studiile lor nu au contat deloc, vezi tu... Aici, el lucrează în port – muncă fizică, ştii tu. Este hamal în port. Iar nevastă-sa face curat în camere la un hotel. Casa despre care le-a povestit tuturor de acasă nici măcar nu-i aparţine. El a închiriat numai un apartament mic în casa respectivă. Absolut tot ce le-a spus părinţilor şi prietenilor lui de acasă erau numai minciuni. Din experienţă proprie, pot să îţi spun că cei mai mulţi oameni aflaţi în astfel de circumstanţe mint. Sunt şi excepţii desigur, dar mult prea puţine.

-Dar de ce? se rotunjiră ochii lui Axel.

-Să fiu al naibii dacă ştiu de ce, replică Victor. Poate nu vor să mărturisească că nu au avut succes... Oricum, verii mei ar fi putut avea o viaţă mai bună dacă ar fi mers din nou la şcoală, dar văru-meu nu se simte capabil să treacă din nou prin facultate, iar nevastă-sa este prinsă şi cu copiii, de asemenea. În cea mai parte a timpului este mult prea al naibii de obosită ca să-i mai pese de ceva.

-Dar tu? Te-ai întors la şcoală?

Ochii lui Victor se rotunjiră de surpriză, iar apoi bărbatul izbucni în râs. Nu se opri până ce nu-i apărură lacrimi în ochi.

-Ce-i atât de amuzant? îi întrebă Leah întorcându-se în salon.

Axel se ridică imediat şi-i oferi din nou scaunul.

Victor îşi scutură capul, apoi îşi şterse lacrimile şi replică:

-Nu am vrut să merg la facultate nici măcar prima dată. Şi aveam optsprezece ani la vremea aceea. Imaginează-ţi că nu m-aş fi dus a doua oară. Prefer să acţionez, nu să stau într-o sală de clasă. Chiar şi cursurile pentru a deveni investigator privat mi-au pus răbdarea la încercare.

Nu mai spuse nimic timp de câteva secunde. Pur şi simplu se uită în zare gânditor. Leah şi Axel îl priviră cu diferite grade de curiozitate.

-Sunt un bărbat puternic, iar munca nu a reprezentat niciodată o problemă pentru mine, indiferent cât de dificilă a fost, spuse el întorcându-și privirea spre ei și fluturându-și mâna, ca și cum ar fi vrut să alunge orice fel de neînțelegere.

-Este posibil să fi avut o viață mai ușoară acasă? Poate că da, cine știe...

Își trecu degetele prin părul aspru negru, iar apoi se uită la ei interogativ.

-Știți ce este dificil la început? Să te trezești și să știi că trebuie să ieși pe stradă și să vorbești o altă limbă. Și să știi că nu poți auzi nici măcar o înjurătură neaoșă... Știți voi, ca atunci când traversezi strada și un șofer te înjură... E diferit în limba mea – cumva mai colorat, explică el gânditor. Și de multe ori îmi este dor de vechii prieteni. Nu este ușor să-ți faci prieteni ca cei pe care i-ai avut din copilărie, își scutură el capul. Iar apoi este atmosfera... O cultură diferită, un alt ritm... Desigur, alt tip de oameni...

Observând simpatia înnotând în ochii lui Leah și interesul de pe chipul lui Axel, se simți stânjenit și decise să-și alunge nostalgia.

-În fine, am încercat mai multe lucruri, spuse el și își scutură capul. Nu mi-am găsit locul. Am muncit în domeniul silviculturii în Quebec, în exploatarea petrolului în Alberta. Am mers până și la pescuit în Alaska pentru o vreme. Nefiind legat de nevastă și copii, nu e dificil să îți câștigi pâinea și să și pui bani deoparte în același timp, dădu el din umeri. Nu am obsesia de a poseda lucruri materiale, ca haine și altele de acest gen, și oricum nu beau în nesimțire.

Am văzut mulți bărbați risipind pe băutură banii câștigați din greu... În plus, am un talent special, menționă el, aruncând o privire ascuțită către detectivă.

-Și anume? întrebă ea dulce, chiar dacă ochii îi sclipiră.

Leah avea senzația că era vorba de ceva ce nu era chiar în litera legii, dar nu dorea să-l sperie înainte ca el să fi spus tot.

-Acum nu te agita prea tare, locotenente, își aminti Victor gradul ei din cele spuse în timpul nopții precedente. Este destul de legal. Am jucat poker în State. Știi și tu, campionate, gesticulă el. Am câștigat destui bani să trimit acasă la părinți pentru ca să poată avea o viață comfortabilă și să poată angaja oameni care să le muncească pământul și să aibă grijă de animale. Am avut destui bani ca să-mi cumpăr o casă în Toronto și am rămas cu suficienți bani economisiți. Din punct de vedere financiar, stau foarte bine, dădu el din umeri.

-Pe bune? întrebă Axel, iar chipul i se lumină cu interes.

-Tu citești mințile oamenilor, observă Victor pe un ton sec. Eu le citesc chipurile și ticurile nervoase. Chestia asta ajută enorm în astfel de competiții.

-Și cu toate acestea, te găsești aici, în Toronto, și lucrezi ca investigator, remarcă Axel.

-M-am plictisit să joc poker. Simțeam nevoia să fac ceva mai excitant, ridică Victor din umeri.

Axel râse. Simțise că Victor este un bărbat interesant, chiar din momentul în care l-a văzut în viziunea pe care o avusese în noaptea precedentă.

-Ei bine, noaptea trecută a fost destul de excitantă, remarcă Leah pe o voce seacă.

-Un pic prea excitantă pentru ca să fie pe gustul meu, admise Victor, strângându-și pumnii furios.

Se mai întâlnise el cu moartea în trecut, dar această ultimă întâlnire îl zguduise profund. O lumină metalică îi apăru în ochi când își aminti din nou de cele ce i se întâmplaseră în cursul nopții.

-Oh, oh, murmură Axel. Cineva se gândește la răzbunare, șopti el în urechea lui Leah.

-Tu nu te-ai gândi dacă ai fi în locul meu? îl întrebă Victor, demonstrându-le că încă avea un auz destul de bun.

Axel se mulțumi să ridice din umeri. Nu dorea să pună gaz pe foc și să incite și mai mult emoțiile negative ale bărbatului.

Brusc, soneria telefonului lui Leah izbucni în încăpere și îi făcu pe toți să tresară.

CAPITOLUL 6 – UN JUCĂTOR ESTE ELIMINAT DIN JOC

ATÂT AXEL CÂT ŞI VICTOR ascultară cu atenţie la răspunsurile monosilabice ale lui Leah. Aceasta răspunsese la telefon, dar nu părăsise rezerva. Se îndreptase spre fereastră şi se oprise acolo.

Lui Victor nu-i plăcea că nu îi putea vedea faţa. Detectiva se întorsese cu spatele la cameră şi privea afară pe fereastră.

Şi cu toate acestea, linia rigidă a umerilor săi arăta că nu-i plăcea ceea ce auzea. Victor putea să audă numai replicile ei.

-Bine, Mark. Cheamă echipa criminalistică şi medicul legist... Cred că Dr. Connelly este de serviciu, ceea ce este bine. El este un om metodic... Nu ştiu dacă pot veni acolo suficient de repede, dar sună-mă şi anunţă-mă dacă ai terminat cu toate cele la faţa locului ca să nu fac drumul degeaba.

Mai ascultă un pic la ce-i spunea Mark, iar apoi îi răspunse:

-Am înţeles. Trimite poliţişti în uniformă să pună întrebări prin jur, poate careva a văzut sau auzit ceva. Oricum, nu e nevoie să-ţi spun eu cum să-ţi faci treaba.

Axel se îndreptă spre ea alene şi o prinse de mână când simţi că era necăjită. Leah îi strânse degetele şi, fără să se mai obosească să spună la revedere, încheie conversaţia închizând telefonul.

Leah rămase pe loc câteva secunde, cu capul plecat, iar apoi se întoarse lângă patul lui Victor.

Citindu întrebarea din ochii bărbatului, îi spuse:

-Informatorul tău este mort. A fost probabil ucis după ce a părăsit casa aseară pentru a se întâlni cu tine, aşa că nu a fost el persoana care te-a atacat. Evident, aceasta este numai ceea ce crede Mark, zise ea ridicând din umeri fără să-şi implice opiniile pe moment. Vom vedea ce va spune medicul legist.

-Păcat de el, remarcă Victor cu regret. Era un om tânăr, mult mai tânăr decât mine, explică el, gesticulând cu mâna stângă. Nu mi s-a părut că ar fi un individ insensibil, cinic, îşi scutură el capul.

Timp de câteva secunde, Victor nu mai spuse nimic. Pur şi simplu se uită în zare, iar Leah nu-l împunse de la spate să spună ceva. Axel nu se simţea constrâns de nimic să nu-i citească mintea lui Victor şi îi simţi tristeţea.

-Era doar un om prins într-o situaţie neplăcută, spuse Victor, iar apoi se opri din nou.

Îşi ridică privirea spre ei şi observă că îl priveau cu confuzie. Se gândi că ar trebui să le explice ce voia să spună ca să priceapă.

-Înţeleg că brokerul i-a avansat banii pentru cursuri şi examenul de certificare. În consecinţă, Gunther trebuia să lucreze pentru el. Nu putea părăsi firma ca să lucreze pentru un alt agent sau pentru el însuşi... Din ceea ce am văzut,

Gunther nu prea părea a fi în largul său în ceea ce privea afacerea lui Smidgen. De aceea și acceptase să vorbească cu mine în primul rând, clarifică el.

Victor își coborî ochii asupra propriei palme din nou. Din când în când, liniile palmei sale și harta pe care o creeau îl fascinau.

Nu știa ce să creadă sau dacă într-adevăr exista ceva științific ori o explicație rațională pentru cititul în palmă. Dar, o dată, când era copil, s-a dus la târg cu părinții și o țigancă i-a spus că va avea o viață lungă.

Aparent, linia vieții din palma sa se tot continua și nu dispărea. Pur și simplu se contopea cu liniile din jurul încheieturii.

Dacă ar fi fost s-o creadă pe țiganca aceea, va supraviețui din nou și de data aceasta. Absolut tot ce i-a spus, ori aproape tot, s-a dovedit a fi real.

Aceasta văzuse că va vagabonda prin lume și că nu se va opri într-un anume loc pentru multă vreme. De asemenea, îi prezisese că nu-și va găsi pacea decât târziu în viață. De fapt, încă o mai căuta.

Pierdut în gândurile sale, Victor nu-și dădu seama că tăcerea se întindea în încăperea care era permeată de o tensiune acută. Leah se aplecă și îi atinse mâna. Victor se întoarse la momentul prezent tresărind.

-Îmi cer scuze, detective. M-am pierdut în propriile mele gânduri pentru o clipă, replică el ursuz. Mi se mai întâmplă din când în când. Pune-o pe seama moștenirii mele genetice, spuse el dând indiferent din umeri.

-Ai un accent foarte vag, remarcă Axel. Nu aș fi ghicit că ești român, spuse el cu o clătinare a capului.

-Şi cum vorbesc românii? întrebă Victor pe o voce certăreață.

Era sătul şi dezgustat de stereotipurile pe care le tot auzise în ultimii cincisprezece ani.

-Nu am intenționat să insult în nici un fel, replică Axel, ridicându-şi mâinile ca să arate că nu se gândea să-l ridiculizeze. Cu toate acestea, marea parte a românilor au un accent specific. Am un prieten român şi când ne-am cunoscut am crezut că era de fapt rus, explică el şi după aceea observă încruntarea de pe chipul lui Victor. Repet, nu vreau să crezi că nu îi respect pe români. Eşti un pic cam sensibil în ceea ce priveşte subiectul ăsta, amice, trase Axel concluzia şi clătină din cap.

-Mda, un pic, mârâi Victor fără a privi spre vreunul dintre ei.

Apoi îşi închise gura pentru că nu dorea să se plângă sub nici o formă. Oricum, de-a lungul timpului, învățase că nu ajuta la nimic.

Leah îi atinse mâna cu înțelegere şi Victor îşi ridică ochii spre ea. Nu ştia dacă îi surâdea ce vedea în ochii ei sau nu. El nu avea nevoie de compasiunea sau mila nimănui. De fapt, ura să fie compătimit sau să fie obiectul milei oamenilor.

Uşa se deschise şi Victor îşi întoarse ochii în direcția aceea. Un doctor intră în rezervă cu un zâmbet pe buze. Omul nu părea destul de în vârstă pentru a fi medic, dar Victor ştia că aparențele de cele mai multe ori induceau oamenii în eroare.

-Bună dimineața, îi salută doctorul pe toți cu o voce plină de veselie.

Leah se ridică pentru a-l întâmpina pe doctor și, împreună cu Axel, îl salută.

-Înțeleg că ți-a scăzut febra, spuse omul verificând fișa. Da, și tensiunea e deja aproape de normal. O să vreau să îți verific rana acum. Probabil voi doi ar trebui să ieșiți pentru câteva momente și să vă întoarceți mai târziu, i se adresă el lui Leah și Axel.

Victor își scutură capul și dădu din mână pentru a arăta că lui nu-i păsa oricum dacă erau prezenți sau nu.

-Pot să stea. Nu este ca și cum nu ar știi ce mi s-a întâmplat, spuse el pe o voce ursuză.

Doctorul ridică din umeri cu indiferență. Pentru el cu siguranță nu avea nici o importanță dacă cei doi erau de față la consult.

-Cum dorești. Acum întoarce-te pe burtă, te rog, și lasă-mă să-ți văd rana.

Cu mult efort și cu gemete înnăbușite, Victor își schimbă poziția în pat. Din fericire, Axel sări imediat să-l ajute, iar cu ajutorul lui totul se dovedi mult mai ușor decât se așteptase.

'*Ce naiba? Sunt mai neputincios decât un prunc nou născut,*' reflectă Victor cu amărăciune.

-Ai răbdare să treacă ceva timp, șopti Axel încurajator în urechea lui.

-Dispari din capul meu, Victor se răsti la el, iar Axel râse.

Doctorul îi aruncă o privire lui Victor, iar apoi se uită spre Axel întrebător. Nu înțelegea despre ce vorbeau cei doi. Își scutură capul și se întoarse la verificarea rănii lui Victor.

-Pare în regulă, spuse el după ce îi bandajă rana din nou.

Se îndreptă apoi și continuă:

-Aş vrea să te ţin în spital pentru încă o noapte ca să mă asigur că totul merge bine. Este în regulă? Desigur, nu vei fi capabil să faci prea multe lucruri timp de vreo două sau trei săptămâni. Vei avea nevoie de ajutor, dar sunt convins că vei găsi ajutor, concluzionă el, privind direct în ochii lui Victor.

Victor nici nu aprobă nici nu dezminţi presupunerea doctorului, ci replică:

- Da, ar fi nemaipomenit să fiu externat.

Doctorul plecă şi după ce uşa se închise în urma lui, Leah îl întrebă pe Victor:

-Ai pe cineva să te ajute?

Victor ridică din umeri, dar îi răspunse:

-Trăiesc singur.

-O prietenă ceva? întrebă Axel.

-Mă mai întâlnesc cu câte o femeie din când în când, dar niciodată aceeaşi, aşa că nu, nu am nici o prietenă. Nu am găsit încă o femeie destul de interesantă să mi-o doresc ca iubită, ridică Victor din umeri. Probabil că nu voi găsi niciodată. Sunt un lup singuratic doar, ţi-aminteşti? îi replică el lui Axel cu un rânjet.

Câteva clipe, nici unul nu spuse nimic. Apoi, brusc, ochii lui Victor aproape ieşiră din orbite. Îşi pocni fruntea cu palma şi exclamă:

-Oh, Dumnezeule. Am uitat! Cum naiba am putut uita?

CAPITOLUL 7 – SURPRIZE DIN PLIN

-CE-I? CE ESTE? ÎNTREBĂ Axel pe o voce excitată.

Era atât de curios încât pur şi simplu uitase să arunce vreo privire în gândurile lui Victor.

-Mâine la 3:35 după-masă, vine o femeie din România. Nu am întâlnit-o niciodată, dar maică-mea a insistat să-i ofer un loc unde să locuiască vreo câteva luni până ce îşi găseşte o slujbă şi poate închiria un apartament, explică Victor în grabă. Este cea mai mică fiică a uneia dintre prietenele mamei mele din timpul şcolii care s-a măritat şi s-a mutat la Sibiu. De-aia nu o cunosc.

-Asta-i bine, spuse Axel. Nu e bine? întrebă el când Victor se încruntă. Ar putea să te ajute în timpul săptămânilor următoare, observă el.

-Nu cred. Nu o cunosc şi nici ea nu mă cunoaşte pe mine. Ştiu numai că a divorţat cu câţiva ani în urmă şi că are doi copii mici. Asta-mi lipsea, spuse el sarcastic. Şi cum naiba se presupune că mă duc să îi iau de la aeroport ca să-i aduc acasă? Şi evident, nu pot să-i las în aeroport, nu-i aşa?

Pe măsură ce vorbea agitat, Victor se încingea din ce în ce mai rău.

Leah îi mângâie braţul şi încercă să-l calmeze.

-Sunt sigură că există soluţii.

Victor se mulţumi să se încrunte la ea. '*Unde? Că eu nu văd nici una. Maică-mea îmi va lua capul.*'

Axel zâmbi. Acum că îi fusese satisfăcută curiozitatea nu mai avea nici o dificultate în a se strecura în mintea lui Victor din nou.

-Te voi ajuta eu, nu te îngrijora, îl asigură el pe Victor.

Victor se uită la el de parcă îi crescuseră coarne. Experienţa îl învăţase că oamenii nu-şi ofereau niciodată ajutorul – încercau numai să profite de pe urma celorlalţi.

-Nu mai fi atât de neîncrezător, îl admonestă Axel. Ai un pic de credinţă. Nu ştiu ce fel de oameni ai întâlnit pînă acum, dar nu toată lumea vrea să profite de tine sau să te doboare la pământ. Mâine, te ducem acasă, iar apoi mă duc la aeroport să o primesc pe prietena ta şi să o aduc la tine acasă, îi explică el.

-Nu e prietena mea, spuse Victor printre dinţi. Şi de ce-ai face asta? Ce câştigi din chestia asta?

Axel dădu din cap mustrător, iar apoi repetă ce spusese mai devreme:

-Eşti un cinic, Victore. Vreau doar să te ajut. Nu ştiu de ce, dar îmi placi.

Victor îşi îngustă ochii, iar acum fu rândul lui Leah să izbucnească în râs. Victor o privi întrebător.

-Nu fii atât de îngrijorat. Axel chiar vrea doar să te ajute. Îşi permite, are timp s-o facă. Nu cred că ai avut timp să mergi la cumpărături să iei mâncare şi restul lucrurilor necesare, spuse ea pe o voce întrebătoare.

Auzindu-i cuvintele, Victor se strâmbă şi-şi pocni fruntea din nou. Pupilele sale întunecate îi reflectau mâhnirea.

'Alt lucru la care trebuie să mă gândesc acum. Mereu apare câte ceva,' reflectă el caustic.

-Nu, mă gândeam să o fac mâine dimineaţă, înainte de sosirea lor, mărturisi el. Nici măcar nu ştiu câtă engleză vorbeşte femeia şi dacă este capabilă să meargă la cumpărături ea însăşi, îşi scutură el capul cu amărăciune.

Ştia că oricum nu va fi uşor pentru ea, dar dacă nu cunoştea limba, atunci obstacolele erau şi mai mari. Oportunităţile pentru nevorbitorii de limba engleză erau aproape inexistente.

-Am încercat să o conving să nu vină aici, ştii... Dar nu am avut posibilitatea să vorbesc direct cu ea, iar maică-mea mi-a spus că a refuzat să-şi reconsidere decizia. Pur şi simplu s-a hotărât să emigreze şi ăsta a fost finalul discuţiei, explică el. Probabil că dorea să scape de trecutul său sau de fostul soţ... Nu ştiu, continuă el pe o voce gânditoare.

-Fiind mama a doi copii mici nu înseamnă că este neajutorată, îi explică Leah. S-ar putea ca femeia să te surprindă. Femeile sunt rezistente. Uneori, sunt mult mai rezistente decât bărbaţii.

'Mă îndoiesc,' gândi Victor, iar apoi îi aruncă o privire lui Axel, aducându-şi aminte de obiceiul bărbatului de a-i citi gândurile.

Şi într-adevăr, Axel asta şi făcuse. Strălucirea obraznică din ochii lui îi spuse lui Victor absolut tot ce dorea să ştie.

Axel se mulţumi să râdă, iar apoi îl asigură pe Victor:

-Ei bine, nu trebuie să-ţi faci griji. Vei face o listă, iar eu voi merge la cumpărături pentru tine înainte de a merge la aeroport.

Victor se uită fix la el, iar apoi spuse:

-Ştii, voiam să cumpăr unele lucruri de la magazinul românesc ca să nu se simtă chiar atât de înstrăinaţi aici...

-Pot să merg şi acolo, îşi flutură Axel mâna pentru a-i îndepărta îngrijorarea. Tu numai fă lista şi scrie-mi unde trebuie să merg. Dacă magazinul are un website, e şi mai uşor. Pot să obţin coordonatele de pe Internet.

Când observă privirea speculativă a lui Victor, se simţi obligat să-şi explice motivele. *'Omul ăsta este ca Toma Necredinciosul,'* concluzionă el.

-Într-un fel, ţi-am salvat viaţa noaptea trecută, Victor. Aşa cum mi-a spus o dată amabila detectivă prezentă aici, îmi eşti dator cu viaţa ta, iar eu nu pot să te pierd din vedere. Trebuie să mă asigur că eşti pe calea de vindecare şi că efortul meu de a te salva nu a fost inutil, îi făcu el cu ochiul lui Victor.

Leah râse pleznindu-i braţul.

-Oh, tu, diavole. Ce am spus eu avea cu totul alt înţeles şi o ştii foarte bine.

-Ei bine, evident că sper şi eu că înţelesul era altul, spuse Axel pe un ton sec, pretinzând că a fost ofensat. Normal că nu am pentru el aceleaşi sentimente pe care le am pentru tine, spuse el foarte la obiect.

Apoi, se aplecă spre Leah şi buzele lui le atinse pe ale ei cu tandreţe. Îşi trecu degetele peste una dintre şuviţele ei de păr, iar ea oftă uşor.

Victor mai că se uită cruciş fiind martor la dulcegăriile dintre cei doi. Atât Leah cât şi Axel îi simţiră starea de spirit şi se întoarseră spre el. Amândoi izbucniră în râs pe seama lui, iar Victor mai că mârâi.

CAPITOLUL 8 – ELEMENTE DE BAZĂ ÎN MUNCA UNUI POLIȚIST

LEAH PĂȘI CU HOTĂRÂRE în sala largă care adăpostea birourile detectivilor. Câțiva oameni își ridicară privirea spre ea când auziră cadența hotărâtă a pașilor ei fermi.

Ochii lor îi urmăriră progresul locotenentei prin încăpere cu curiozitate. Mersul ei arăta că era preocupată și că gândurile îi erau implicate într-o analiză complexă.

În momentul în care își aruncă ochii înspre ei, brusc, toți deveniră foarte activi. Fiecare își găsi ceva de făcut.

Locotenentei îi displăcea lenea și-și făcuse părerile foarte bine cunoscute în trecut și fără nici un fel de timiditate. Nimeni nu-și dorea să fie subiectul mâniei ei.

Leah făcu un semn către echipa ei specială, iar Anna, Mark și Josh imediat se ridicară de pe scaune. Își adunară notele și se grăbiră să o urmeze în biroul ei.

Leah își aruncă geanta pe masă și se așeză pe scaunul ei cu un oftat ușor. Epuizarea începea să-și spună cuvântul. Nu mai dormise din seara precedentă când ațipise în brațele lui Axel.

Ştia că Axel nu dormise deloc, dar, cu toate acestea, tot nu se întorsese acasă să tragă un pui de somn după cum s-ar fi aşteptat. Omul acela pur şi simplu o uimea. Îi spusese că trebuie să se ducă la întâlnirea lunară cu contabilul său şi că i se va alătura după vreo câteva ceasuri. Nici măcar nu-i trecuse prin minte că ar fi trebuit să se odihnească.

-Noapte grea, şefa? gura lui Mark se pomeni a vorbi fără el.

Mark nici măcar nu se gândise la cele spuse şi când şi-a dat seama ce i-a ieşit din gură, se strâmbă. Ochii lui Leah îl fulgerară, iar inima i se făcu mică cât un purice când observă că Leah părea gata să-i ia capul.

Doar Mark ştia foarte bine că nu era o idee bună să o enerveze când era extenuată. În ciuda iritării, Leah decise să nu reacţioneze. Observase că Mark avea remuşcări deja şi, pe deasupra, era şi foarte îngrijorat.

-Deci ce ştim până acum? îl întrebă ea.

Mark oftă uşurat când şi-a dat seama că a scăpat ca prin urechile acului de limba ei ascuţită. Apoi, foarte dornic să-şi răscumpere greşeala, începu să-i explice ce date au reuşit să adune până atunci.

-Dr. Connelly nu ne-a spus mai nimic despre cadavru. Ştii cum este el, spuse Mark, ridicând din sprâncene.

Medicul legist nu se hazarda niciodată să prezinte cauza decesului înainte de a fi terminat autopsia unui cadavru. Dacă cineva ar fi insistat să i se dea orice fel de informaţie, atunci ar fi mustrat persoana respectivă pe un ton răstit.

-Totuşi, continuă Mark, măcar a menţionat că tipul a fost înjunghiat, probabil în jur de unsprezece sau doisprezece în timpul nopţii. A fost înjunghiat în spate. Acelaşi mondus operandi ca în cazul lui Dobrotă, dar în cazul lui Gunther, cuțitul a fost scos din rană, iar în consecință, omul a sângerat până a murit.

-Ar fi supraviețuit dacă ar fi avut parte de atenție medicală imediată? întrebă Leah cu mâhnire.

Leah se întreba de ce Axel nu a perceput și moartea lui Lars Gunther în viziunea pe care o avusese. Ea intuia că Axel împărtășea într-un fel o conexiune ciudată, dar profundă, cu Victor, deși nici măcar Axel nu-și putea explica de ce.

Mark negă scuturându-și capul.

-Medicul legist spune că nu ar fi supraviețuit. Hemoragia a fost excesivă și rapidă. Este posibil ca lama cuțitului să fi lovit artera. Hemoragia a durat numai câteva minute.

-Înțeleg că nu l-ai găsit acasă, spuse Leah pe un ton interogativ.

-Nu, își scutură el capul. Tocmai ajunsesem la el acasă când m-a sunat Anna. Echipa care încă cerceta Grădina Muzicală l-a găsit în spatele unuia dintre copacii din cercul format de acei sequoia roșiatici din Allemande. Credem că a fost înjunghiat puțin înainte ca Dobrotă să fi fost atacat.

-Ați găsit orice fel de evidență criminalistică? întrebă Leah, ochii trecându-i de la unul la altul, așteptând răspunsuri.

Anna își scutură capul nefiind sigură de ce ar fi putut spune. Își aruncă privirea asupra notițelor sale, deși știa foarte bine ce scrisese acolo.

-Nu s-au găsit amprente plantare, cu siguranță, începu ea. Nu a plouat de ceva vreme mai înainte de noaptea trecută, iar crima a avut loc înainte ca ploaia să înceapă. O dată ce a început să plouă, absolut toate celelalte urme au fost obliterate.

-Nu s-au găsit amprente nici pe cuțit, dar echipa criminalistică ne-a spus că au găsit o a treia urmă de ADN. Tipul s-a tăiat cu certitudine când a folosit cuțitul, contribui și Josh cu ceva.

-Și presupun că nu au fost nici un fel de martori, observă Leah cu mâhnire.

-De fapt, interveni Mark, aplecându-se în față pe scaun, există unul, un individ fără adăpost. Și-a stabilit reședința lângă Centrul Comunitar de pe Queen's Quay West, chiar vis a vis de strada Bathurst, explică el pe îndelete, însoțindu-și cuvintele cu gesturi largi. Omul a zis că acela este locul lui obișnuit pe timpul nopții, chiar dacă alții au încercat să i-l fure de câteva ori în trecut. Știi cum este cu locurile acestea bune, dădu el din umeri. Un loc râvnit scoate la iveală ce este mai rău în oameni.

-Are vreun scop trăncăneala asta a ta? întrebă Leah pe un ton sec, prea obosită să-i asculte povestirea întortocheată.

Mark roși până în vârful urechilor. Chiar era ceva în neregulă cu el pe ziua aceea. Aparent, nu știa când să-și țină gura închisă.

-Omul fără adăpost nu l-a văzut pe Dobrotă. Probabil pentru că acesta a intrat în grădină pe partea cealaltă, pe la Gigue. Dar l-a văzut pe Gunther. L-a observat când a coborât din tramvai la stația de la strada Bathurst. Chiar mi l-a descris. Gunther a fost un bărbat mare și ar fi fost imposibil să nu îl vadă. L-a urmărit cu privirea când a intrat în grădină. Se gândise că omul era nebun să meargă acolo în timpul nopții, mai ales că părea să-i fie teamă și tot arunca priviri fugare în spate. Când Gunther a intrat în Allemande, l-a pierdut din vedere. Nici cinci minute mai târziu, un alt bărbat a ieșit fugind din grădină. A traversat strada pe roșu și s-a urcat într-o mașină parcată vis a vis. Nu a reușit să-i vadă chipul mai deloc, dar a zis că era un bărbat blond, scund și masiv. Cu toate acestea, aparent se mișca destul de rapid, nu uită Mark să menționeze.

-Deci tipul fără adăpost nu a observat nimic distinctiv? îl întrebă Leah ca să se asigure că Mark nu a uitat nimic.

Mark își scutură capul și își întoarse palmele în sus exprimându-și dezamăgirea.

-În regulă, acceptă Leah înfrângerea. Avem alt fel de informații despre Smidgen? se întoarse ea spre Anna și Josh.

-Nu prea multe pe moment, se strâmbă Josh. Știm că și-a început afacerea acum cinci ani și are pe statul de plată alți cinci agenți care lucrează pentru el, toți cu certificate în regulă. El a plătit pentru licențele lor, așa că agenții nu pot lucra pe cont propriu sau pentru altcineva. Smidgen nu se implică în afaceri cu marile companii de asigurări, ci numai cu companiile mai mici. Știm că este de asemenea implicat în brokeraj financiar. Știi despre ce e vorba. Mijlocește afacerea între cei au nevoie să împrumute bani și cei ce au bani de dat cu împrumut. Este de asemenea implicat în planificare financiară și ceva afaceri ipotecare...

-Un tip foarte ocupat, observă Leah cu sarcasm.

Anna aprobă dând din cap.

-Da, este, şi am impresia că este implicat în nişte afaceri foarte dubioase. Mă gândeam sa-i cer expertului nostru în contabilitate criminalistică să arunce o privire peste afacerile lui.

-Bine, dar pe şest. Nu vreau să ştic că c cercetat înainte de vreme, o avertiză Leah.

-Şi trebuie să notăm, interveni Josh, că Smidgen e scund, masiv şi blond. Păcat că tipul ăla fără adăpost nu este capabil să facă o identificare clară a bărbatului pe care l-a văzut aseară, îşi scutură el capul cu mâhnire.

Leah îi aprobă cuvintele. Nici ei nu-i surâdea lipsa lor de noroc. Ridică din umeri şi apoi îşi porni iPad-ul.

-Am aici o listă cu nişte accidente pe care vreau să le verificaţi. Nu veţi reuşi să le investigaţi pe toate voi înşivă şi, de aceea, trebuie să chemaţi şi alţi colegi să vă ajute. Începeţi de la finalul listei, se asigură ea să menţioneze. Dobrotă a cercetat deja primele şapte accidente şi a adunat o mulţime de informaţii. Voi obţine datele de la el mâine. Nu are nici un sens să-i duplicăm munca, le explică Leah.

Trimise lista Annei prin email, iar apoi o atenţionă că i-a trimis-o. După aceea, Leah se întoarse spre Mark.

-Aici am datele de contact ale unui auditor de reclamaţii de asigurări. Vreau să discuţi cu el. Cere-i să-ţi explice întreaga situaţie. Informează-l că Dobrotă este încă în viaţă, dar că poliţia va prelua ancheta din cauza situaţiei în care se găseşte Dobrotă. Auditorul acesta îţi va prezenta un alt auditor de la altă companie. Discută şi cu acela. Josh, tu îl vei însoţi pe Mark, se întoarse ea spre Josh. Anna se va ocupa de lucruri aici, la sediu, iar voi doi vă veţi ocupa de această linie de anchetă, spuse ea şi se ridică.

-Încotro, şefa? întrebă Mark înainte să apuce să se auto-cenzureze, iar apoi îşi închise ochii şi îşi scutură capul.

Leah pur şi simplu izbucni în râs de data aceasta.

-Ai o zi foarte proastă, Mark, nu-i aşa?

Îşi adună apoi lucrurile de pe birou şi-şi însoţi oamenii la uşă.

-Trebuie să merg să vorbesc cu şeful cel mare. Am nevoie de Arnett în această anchetă, spuse ea.

Cu colţul ochiului îi observă încruntarea lui Mark.

-Care e problema cu tine şi cu Axel? se decise ea să-l întrebe în sfârşit.

Curiozitatea o măcina de ceva vreme deja şi se cam săturase să tot ocolească subiectul.

-De ce îl displaci atât de mult?

-Nu-l displac, mormăi Mark, dar nu îndrăzni să se uite la ea. Pur şi simplu cred că ne putem face treaba şi fără el. La o adică, el nu este poliţist şi nu ştie nimic despre munca în poliţie, mormăi el.

-Hai, Mark, interveni Josh, bătându-şi colegul pe umăr. Arnett ar fi o resursă serioasă pentru echipa noastră. Îţi aminteşti cum l-a descoperit pe tipul ăla?

-Da, spuse Mark cu neplăcere. Dar e ceva cu el... nu ştiu.

Sprâncenele lui Leah i se ridicară pe frunte. Ştia că Mark era inteligent, dar nu chiar într-atât de inteligent. Nu-şi imaginase că va ghici ce fel de aptitudini avea Axel.

-Oricum, ridică Mark din umeri, el *este* într-adevăr o resursă valoroasă pentru echipa noastră. Nu ar trebui să mă plâng.

Cu un surâs în colţul gurii, Leah părăsi biroul şi se îndreptă spre scări cu paşi mari şi grăbiţi.

În urma ei, detectivii de pe etaj se relaxară. Patru dintre ei se adunară și începură să-l bârfească pe unul dintre polițiștii în uniformă, iar râsetele lor umplură aerul.

CAPITOLUL 9 – FIECARE SAC ÎȘI ARE PETECUL

AXEL SE GRĂBI SĂ INTRE în terminalul de sosiri de la Aeroportul Pearson, cărând o bucată de carton în mână. Nu că ar fi avut nevoie de ea și, de altfel, îi și spusese asta lui Victor. Cu toate acestea, Victor insistase.

Victor știa că Axel ar fi fost capabil să pătrundă în mințile oamenilor ce coborau din avion și că le-ar fi citit gândurie până ce ar fi găsit-o pe femeia pe care o aștepta.

'*Da, nu ar fi fost un efort prea mare să citesc câteva gânduri ici colea,*' făcu Axel haz de necaz amintindu-și de discuția cu Victor.

Victor știa că nu ar fi fost cine știe ce efort pentru pentru Axel să navigheze printre gândurile călătorilor, dar i-a explicat că Liliana ar fi fost deja destul de îngrijorată și nu ar mai fi avut nevoie și de șocul oferit de o întâlnire neortodoxă cu Axel. Femeia sosea într-o țară nouă și era pe cale de a locui în aceeași casă cu un bărbat pe care nu l-a mai întâlnit niciodată înainte. Probabil că era terifiată neștiind la ce să se aștepte.

Victor nu vorbise cu ea nici măcar o singură dată. Mama lui Victor avea mereu diverse scuze pregătite ori de câte ori Victor îi cerea să o invite pe Liliana la una din conversaţiile lor pe Skype.

Victor nu era prea sigur ce să creadă despre acest lucru, dar cu siguranţă nu-i plăcea. Avea un presentiment neplăcut despre întregul aranjament, dar, cu toate acestea, nu ar fi putut să-i refuze cererea mamei sale. Maică-sa formulase totul în aşa fel încât i-a lăsat impresia că ar fi comis o crimă capitală dacă nu ar fi acceptat să o ajute pe fiica prietenei sale.

Când i-a cerut o poză de-a femeii ca măcar să o poată recunoaşte, mama-sa i-a spus că nu trebuia decât să-i scrie numele pe o bucată de hârtie şi să ţină hârtia sus la aeroport. Liliana îl va găsi.

Victor ajunsese la concluzia că femeia arăta îngrozitor. Se cutremura ori de câte ori se gândea că va trebui să o vadă zi de zi timp de câteva luni. El ştia că Lilianei îi vor trebui cel puţin două sau trei luni pentru a-şi găsi o slujbă şi pentru a se muta din casa lui. Nu-şi făcea nici un fel de iluzii.

Dar indiferent de cât de urâtă ar fi fost, Victor nu considera că femeia ar fi meritat să treacă prin şocul de a fi acostată de un bărbat necunoscut care-i ştia identitatea doar uitându-se la ea.

Axel a cedat până la urmă. A înţeles motivele lui Victor destul de bine, chiar dacă nu se simţea prea comfortabil să stea în aeroport cu o bucată de carton în mână.

Axel îşi aruncă ochii pe tabloul de sosiri şi răsuflă uşurat. Avionul aterizase numai cu zece minute în urmă. Cu siguranţă, Liliana mai trebuia să treacă prin vamă, aşa că Axel mai avea de aşteptat câteva minute.

Axel se temuse că nu va ajunge la timp. Avusese de alergat într-o mulţime de locuri în dimineaţa aceea, iar traficul nu cooperase cu el deloc. A rămas blocat în trafic de două ori pe ziua aceea.

Dimineaţă, s-a îndreptat spre spital şi l-a luat pe pe Victor. L-a condus acasă, după cum îi promisese cu o zi înainte.

Oricum, Axel nu avea nimic altceva mai important de făcut. Leah încă se ocupa de finalizarea hârţogăriei care era necesară pentru ca Axel să poată lucra cu ea la caz.

Leah îi spusese că era posibil ca totul să mai dureze câteva zile, dar el nu mai putea de nerăbdare. Abia aştepta să savureze fiecare clipă petrecută în compania ei, precum şi urmărind procesele ei de gândire.

Dar, cu toate acestea, întârzierea aceea îi oferea şansa să se ocupe de Victor. Nu că n-ar fi făcut-o oricum.

Lui Axel îi plăcea bărbatul suficient de mult pentru a-i căuta compania. Se vedea pe sine în Victor, mai puţin cinismul. Adânc în sufletul său, Axel ştia că ei doi erau la fel de înrudiţi ca fraţii.

Oamenii începură să iasă de pe poarta de sosiri şi mişcarea îl trezi din visare. Îşi lăsă reflecţiile deoparte, şi ridică cartonul, simţindu-se ridicol ţinându-l în mâini. O privire aruncată în jur îi arătă că mai erau câţiva şoferi care aveau cartoane similare în mâini şi se încruntă.

'Redus la rolul de şofer, hmm?'

Curând uită de îndoielile sale. Gândurile aleatorii pe care le culegea de ici colea erau mult prea amuzante. Axel nu-şi refuza niciodată plăcerea de a se adăpa de la o astfel de sursă de divertisment.

Victor îl întrebase cum de îi înțelegea gândurile, pentru că deși el uneori gândea în engleză, totuși în marea parte a timpului gândea în română. Axel nu avusese nici o explicație clară pentru el.

Nu era sigur, dar presupunea că gândurile reprezentau fluxuri de energie, iar mintea lui interpreta acea energie. Era capabil să înțeleagă un gând în orice limbă, dar dacă cineva i-ar fi vorbit în orice altă limbă decât engleză sau franceză, nu ar fi înțeles nimic.

Axel se pierduse atât de mult în gândurile unei femei frumoase, blondă și înaltă, care îi evalua pe toți bărbații din terminal în termeni plini de culoare, încât nu remarcase că o altă femeie cu păr castaniu îl privea fix.

Femeia împingea un cărucior în care stivuise câteva valize. Doi copii mici se țineau cu mânuțele agățați de haina ei, speriați că s-ar fi pierdut în mulțime.

Axel o remarcă numai când femeia se opri în fața lui și îl întrebă ceva în limba română. Din tot ce i se spusese, singurul lucru pe care l-a înțeles a fost numele lui Victor. Își scutură capul confuz, iar apoi îi arătă semnul.

-Tu ești Liliana Rogoz? o întrebă el, desigur în limba engleză.

Femeia aprobă dând din cap și spuse din nou ceva în limba ei, dar cum Axel era prea ocupat să-i analizeze înfățișarea, uită să îi citească mintea.

-Îmi pare rău, replică Axel. Chiar nu înțeleg limba română. Tu vorbești cumva engleza?

-Da, desigur, replică ea în engleză după o scurtă ezitare. Am crezut că încă mai vorbești limba română. Mama ta spunea că vorbește cu tine in română, spuse ea, cu o ușoară încruntare.

Axel îi zâmbi și-și scutură capul din nou.

-Eu nu sunt Victor, o informă el și ea icni ușor.

Axel își ridică mâna și o liniști spunând pe un ton calm:

-Acum nu e cazul să te temi. Sunt de fapt un prieten de-al lui Victor. El a avut... cum să spun... un accident acum două zile și, din păcate, este blocat în casă. M-a trimis să vă iau de la aeroport și să vă duc cu mașina la el acasă. Este în regulă?

Ea aprobă dând din cap cu ezitare. Cu toate acestea, nu era prea convinsă că ar fi fost cazul să-l creadă și să plece cu el.

Axel observă că ochii ei mari de culoarea ciocolatei se rotunjiseră și imediat îi percepu teama. Puse cartonul sub braț și își ridică mâinile, cu palmele în sus.

-Uite, știu că probabil ți-e teamă să mergi cu mine și, în fond, ai dreptate. Într-adevăr este o idee foarte bună să șovăi când vine vorba de a pleca undeva cu un bărbat pe care nu l-ai mai întâlnit niciodată înainte. Dar dă-mi voie să subliniez faptul că nici pe Victor nu l-ai mai văzut înainte. Știu că măcar atât mi-a spus când am discutat despre sosirea ta aici.

-Da, este adevărat, admise ea. Am rugat-o pe mama lui Victor să aranjeze o discuție cu el pe Skype ca să putem discuta și pune la punct anumite lucruri, dar ea mi-a tot spus că fiul el nu reușea să găsească un moment liber pentru a avea o conversație cu mine, își scutură ea capul, iar neîncrederea îi străluci în ochi.

-Interesant, exclamă Axel, iar ochii îi luciră cu zburdălnicie.

-Ce este așa de interesant? își aplecă ea capul într-o parte, semn că era confuză.

-Mamă-sa i-a spus lui Victor același lucru despre tine, ori de câte ori acesta îi cerea să aranjeze o conversație cu tine, menționă Axel, iar apoi, incapabil să se mai abțină, începu să râdă.

-Înțeleg... Mă întreb oare de ce, se minună Liliana. Nu pot să spun că nu am observat că mama lui este o femeie șireată... Și asta de fiecare dată când o vizitam... Părinții mei s-au mutat înapoi în satul de origine al mamei mele după ce s-au pensionat, înțelegi. Mama moștenise ceva pământ, gesticulă ea. Dar oricum, nu aș fi crezut că ar fi fost atât de intrigantă, totuși.

-Mami, băiețelul trase ferm de haina ei. Când ajungem acasă?

Liliana se aplecă spre el și își trecu degetele prin părul lui.

-Curând, pui, curând, îl alină ea.

-Uite aici, am o idee cum să facem ca să nu te mai temi, interveni Axel, ochii lui trecându-i pe toți trei în revistă.

Copiii erau la fel de obosiți ca și mama lor. Călătoria de cincisprezece ore îi epuizase. Liliana avea cearcăne sub ochi și chipul îi era palid.

-O sun pe prietena mea. Este polițistă. Ea va vorbi cu dispeceratul de la poliție și le va spune să te transfere la numărul ei de telefon când vei suna. Ea va garanta pentru mine, bine?

Liliana se gândi câteva clipe şi aprobă ideea lui cu o înclinare scurtă din cap. Cel puţin propunerea lui îi oferea ceva siguranţă şi aceasta era ceva mai mult decât nimic. Altfel, nu ar fi avut altceva de făcut decât să ia un taxi, dar problema era că nici măcar nu avea o adresă pentru a ajunge la Victor acasă.

Axel puse cartonul cu numele ei peste valizele stivuite în cărucior şi o sună pe Leah.

-Bună, iubito, spuse el cu tandreţe când Leah îi răspunse la apel. I-am găsit pe Liliana şi pe prunci la aeroport, dar ea cam pare să ezite să vină cu mine... Da, are dreptate, desigur, ştiu asta... Ei bine, mă gândeam. Poate poţi tu suna la dispeceratul poliţiei să le spui că Liliana îi va suna în câteva minute. Ar trebui să fie capabili să-i transfere apelul la numărul tău. Sunt sigur că vei putea să-i potoleşti orice temeri ar avea... În regulă. Vom aştepta câteva minute şi vom suna... Desigur, nu de pe telefonul meu. O voi pune să sune de pe unul din telefoanele cu plată ca să se asigure că nu e nimic necurat la mijloc... Da, bineînţeles... Ah, da, eşti acolo? Asta mă bucură. Atunci ne vedem acolo, îşi încheie Axel conversaţia cu un zâmbet larg.

Puse telefonul mobil înapoi în buzunarul său şi îi conduse pe cei trei la un rând de scaune.

-Hai, să stăm jos câteva momente. Să-i dăm lui Leah timpul necesar să sune la dispecerat mai întâi. Apoi îi vei suna tu şi le vei cere să te transfere la ea. Apropo, ea este locotenent Leah MacKay, îi spuse el Lilianei dând din cap, după ce au aşezat copiii pe scaunele de lângă telefoanele cu plată. Aţi vrea ceva de băut între timp? Sunt câteva locuri aici de unde aş putea cumpăra ceva. Dar nu voi cumpăra nimic de mâncare. Leah este pe drum spre casa lui Victor şi a cumpărat deja o cutie de pui şi câteva alte lucruri, le explică el de ce nu dorea să le cumpere nimic de mâncare.

-Putem să bem ceva, mama? întrebă fata.

Axel îi zâmbi. Copila îi semăna mamei sale leit. Deşi copiii erau gemeni, băiatul avea părul întunecat la culoare şi nu îi semăna mamei sale nici la pigmentul pielii. Liliana şi fiica sa erau blonde, în timp ce băiatul era brunet. Băiatul îi amintea lui Axel de Victor şi Axel se strădui să-şi oprească râsul.

-Am nişte dolari canadieni cu mine, spuse Liliana deschizându-şi geanta.

Ochii ei cercetară interiorul genţii uriaşe. O cumpărase special pentru călătoria aceea ca să poată pune cât mai multe lucruri în interior. Partea proastă era că nu putea găsi absolut nimic fără să caute în geantă câteva minute.

Axel îi opri căutările atingându-i mâna cu blândeţe.

-Nu este nevoie, crede-mă. Va fi plăcerea mea să cumpăr băuturile. Voi merge acolo, arătă el spre un magazin chiar vis a vis de ei, unde ea putea să stea cu ochii pe el.

Liliana aprobă dând din cap cu ezitare şi se aşeză lângă copii. Ea continuă să-l urmărească cu privirea pe Axel, chiar dacă se aplecase să şoptească câteva cuvinte copiilor.

Axel cumpără trei cutii de suc şi o sticlă de apă. Îşi imaginase că Liliana va prefera apa.

-Uite aici, spuse el când se întoarse şi îi dădu câte o cutie de suc la fiecare copil.

Copiii smulseră cutiile din mâna lui şi el râse amuzat. Liliana se încruntă când văzu reacţia lor, dar Axel gesticulă că nu era important.

-Cred că şi eu aş fi la fel de însetat ca şi ei după un zbor atât de lung, spuse el cu blândeţe. Ai de ales între suc şi apă, îi arătă el cutia de suc şi sticla de apă.

-Apă, mulţumesc, replică ea, luând sticla cu apă din mâna lui.

Axel o privi în timp ce ea bău cu poftă. Apoi îşi aruncă privirea la ceasul de la mână şi spuse:

-Cred că poţi suna la 911 acum, îi indică el telefoanele cu plată din apropiere. Eu voi sta aici cu căruciorul, se oferi el când îi remarcă ezitarea. Ah, da, probabil vei avea nevoie de acestea, îi dădu el câteva monezi. Este posibil să-ţi fie returnate la finalul apelului, dar îţi vor fi necesare ca să suni, dădu el din umeri. Nu prea ştiu exact, să fiu sincer. Nu am folosit niciodată un telefon cu plată, mărturisi el.

Ea dădu din cap şi luă monezile. Luând copiii cu ea, se îndreptă spre primul telefon disponibil.

Axel o urmări cu privirea câteva clipe, iar apoi se tolăni într-unul din scaune. Fusese pe drumuri aproape toată ziua şi începuse să-l cuprindă oboseala.

Liliana vorbi cam patru sau cinci minute la telefon, dar Axel nu se obosi să-i citească gândurile. Ştia ce urma Leah să-i spună şi el presupuse că după discuţia cu Leah, Liliana se va simţi mai în siguranţă cu el.

-Deci presupun că totul e în regulă acum, remarcă el când ea se întoarse.

-Da este, spuse ea domol, iar Axel remarcă din nou cât de gutural îi era vocea.

-Atunci, hai să mergem. Eu iau căruciorul, iar tu iei copiii. Va trebui să mergem jos în parcare, spuse el pe un ton practic şi împingând căruciorul, îi conduse spre lift.

-MI-E TEAMĂ CĂ M-AM dovedit a fi o impoziție serioasă atât pentru tine cât și pentru prietenul tău, locotenente, observă Victor, care se lăsase pe spate într-un fotoliu.

Nu mai suporta să zacă în pat și, în ciuda lipsei de comfort, prefera fotoliul. Cel puțin nu se simțea complet inutil stând tolănit în fotoliu.

Leah stătea în picioare lângă fereastră și privea strada. De acolo, îi aruncă o privire încruntată lui Victor.

-Fii serios! Nici unul dintre noi nu te consideră o impoziție. Cred că-ți dai seama că nu am fi făcut nimic dacă nu am fi vrut, flutură ea din mână.

-Ați făcut mai mult decât s-ar fi așteptat oricine, sublinie el, iar ochii îi deveniră gânditori.

Leah își scutură capul, iar privirea îi baleie asupra bărbatului. Victor se hotărâse să nu o primească pe Liliana în trening, iar acum purta o pereche de blugi negri și un tricou alb care i se potriveau perfect. Barba ușor crescută îi dădea aerul de băiat rău, dar Leah nu avea nici cea mai mică îndoială că de fapt asta și era.

Victor își încrucișase brațele peste stomac, dar, cu toate acestea, Leah tot putea să-i vadă musculatura abdomenului. Era un bărbat care avea o condiție fizică foarte bună, iar Leah presupuse că Victor fie făcea gimnastică zilnic, fie depunea efort într-o muncă fizică în mod regulat.

Sunetul unei mașini oprindu-se pe aleea din fața casei îi atrase atenția la fereastră din nou. Leah își aruncă ochii pe fereastră exact când Axel ieșea din mașină. Acesta ocoli capota cu pași grăbiți și apoi deschise ușile pasagerilor.

O femeie înaltă de aproximativ 1.70 coborî din maşină strângând o geantă uriaşă în ambele mâini. Părul ei des castaniu era încolăcit într-un coc la ceafă. Când femeia s-a întors cu faţa spre casă, buzele lui Leah se arcuiră într-un zâmbet şi aceasta îi aruncă o privire speculativă lui Victor.

-Ce este? întrebă el cu nervozitate în voce, ceea ce demonstra că nu avea deloc încredere în zâmbetul ei de pisică. Ce ai văzut?

-Ei bine, spuse ea tărăgănat, mi-e teamă că vei avea o mare supriză.

-Ce vrei să spui? se interesă Victor, simţind cum neliniştea i se strecura în suflet.

Locotenenta se mulţumi să ridice din umeri.

-Nu vreau să-ţi stric surpriza. Oricum, vei vedea despre ce este vorba destul de curând.

Leah se îndreptă alene spre hol, în timp ce Victor scrâşni din dinţi. Niciodată nu îi plăcuseră surprizele, iar de data aceasta avea un presentiment neplăcut legat de surpriza pe care maică-sa i-o pregătise.

-NU-ŢI FĂ NICI UN FEL de griji în legătură cu restul valizelor. Le aduc eu înăuntru, vocea calmă a lui Axel veni din hol.

Victor blestemă faptul că nu era capabil să meargă în hol să vadă ce se întâmpla. Cu toate acestea, ştia că dacă dorea să-şi revină rapid, atunci trebuia să facă cât mai puţină mişcare pentru o vreme. Trebuia să-i dea timp corpului său să se refacă. Şi ca să meargă la baie necesita foarte mult efort şi sudoare din partea lui.

-Ştii cumva în ce camere ar trebui să pun valizele? vorbi Axel din nou, adresându-i întrebarea lui Leah.

-Nu, nu m-am gândit să îl întreb, replică ea. Cred că nu ar fi o problemă să aducem totul înăuntru mai întâi şi să le lăsăm aici în hol pe moment. Vedem noi unde trebuie duse după aceea.

Victor decise să se ridice, chiar dacă era nu numai dificil, dar şi dureros. Cu un mare efort, abia reuşise să-şi ridice fundul câţiva centimetri de pe fotoliu când Leah intră în cameră cu copiii şi Liliana în urma ei.

-Ce crezi că faci? îl admonestă Leah, ochii ei fulgerându-l cu mânie. Stai jos, idiotule. Sunt sigură că nimeni nu se va supăra dacă te prezinţi stând în fotoliu, continuă ea, grăbindu-se spre el şi împingându-l uşor ca să se aşeze.

Victor căzu în fotoliu imediat. Icni şi se încruntă la Leah, dar trebui să recunoască faptul că efortul de a se ridica îl extenuase deja. Altfel Leah nu ar fi fost capabilă să-l împingă cu atât de puţin efort dacă aceea ar fi fost una din zilele lui bune.

-Vroiam să vă arăt camerele, mormăi el.

-Poţi să-mi spui mie, iar eu îi voi spune lui Axel, replică ea cu încăpăţânare. Nu este necesar să te ridici pentru atâta lucru. Dă-mi voie să te prezint oaspeţilor tăi, spuse ea şi acelaşi zâmbet pisicesc îi apăru pe buze.

'*Asta nu e o femeie cu care să te joci,*' Victor trase concluzia, recunoscând valoarea zâmbetului ei. Acel zâmbet avea puterea de a produce frisoane.

-Şi să nu cumva să uiţi asta, îi şopti Leah, aplecându-se peste el, astfel dovedindu-i că nici ea nu se dădea la o parte şi nici nu-i era jenă să citească mintea cuiva dacă aşa avea ea chef.

Lui Leah nu-i păsă de încruntarea lui. Se îndreptă, buzele fremătându-i din cauza veseliei, iar apoi se retrase din raza lui vizuală.

Gesticulă spre uşă şi spuse:

-Aceştia sunt musafirii tăi, Liliana Rogoz şi cei doi copii minunaţi ai săi.

Victor, care continuase să se uite la Leah, îşi îngustă ochii, cu o clipă numai înainte de a-şi întoarce capul spre uşă. Avea senzaţia că poliţista făcea haz de el şi nu înţelegea de ce.

Când ochii îi căzură pe femeia din cadrul uşii, respiraţia i se opri în piept, iar gura i se uscă.

Femeia nu arăta ca nici una dintre femeile cu care ieşea el în mod obişnuit. Şi cu toate acestea, când ochii lui se fixară pe chipul ei, dar mai ales pe ochii ei mari şi calzi de culoarea ciocolatei, se pomeni că era incapabil să spună ceva.

Zâmbetul Lilianei se stinse când remarcă cu câtă atenţie o cerceta Victor. Când după un minut sau mai mult bărbatul tot nu spusese nimic, neliniştea ei crescu şi degetele începură să-i tremure.

-Înţeleg că acum nu este momentul potrivit pentru tine să ai musafiri, spuse ea, iar vocea ei guturală provocă scântei în ochii lui Victor.

'*Mda, acum sunt complet prins în laţ. Oh, mamă, ştiai tu că femeia asta o să-mi pice cu tronc rău de tot,*' Victor reflectă, şi-şi scutură capul făcând haz de sine însuşi.

Leah se aplecă deasupra lui din nou şi-i spuse şoptit:

-Chestia asta li se întâmplă tuturor mai devreme sau mai târziu. Prinde puţin curaj, nu fii laş ca un pui de găină, râse ea.

După aceea se îndreptă şi spuse:

-Văd că Victor a fost lovit cu leuca în cap pentru moment, dar pot să vă asigur că absolut totul este bine. În ceea ce priveşte sănătatea, îşi va reveni complet în vreo două săptămâni, dacă nu se forţează să facă anumite lucruri. Între timp, îşi întoarse ea privirea spre Victor, ce cameră ai ales pentru Liliana?

-Dormitoarele sunt la etaj. Cel de-al doilea de pe stânga este al ei, iar cel de-al treilea este pentru copii, reuşi Victor să-şi înnăbuşe teama din suflet pentru ca să răspundă.

I se adresase lui Leah, dar apoi îşi întoarse ochii spre Liliana. Pe o voce răguşită adăugă:

-Nu mă obosisem să cumpăr mobilă pentru acel dormitor înainte, ceea ce a fost binevenit acum. Am pus două paturi de o persoană, o masă, scaune pentru copii şi două biblioteci. Nu am încredere în paturile suprapuse când e vorba de copii atât de mici ca ai tăi, aşa că... Oricum, în afară de asta nu am ştiut de ce altceva ar fi avut nevoie, mărturisi el. Nu am avut niciodată ocazia să interacţionez cu copiii prea mult, spuse el strâmbându-se.

-Sunt sigură că totul este perfect. Vom încerca să nu te deranjăm prea mult, îţi promit, Liliana îl asigură în grabă, cu toate că era departe de a fi sigură că cei doi copii nu-l vor deranja.

El îi alungă cuvintele cu o fluturare a mâinii.

-Sunt sigur că nu va fi nici o problemă. Apropo, am o menajeră. Vine numai lunea, este adevărat, dar a făcut deja paturile și sper că nu a uitat și a lăsat prosoape în băi. Toate camerele vin cu baie proprie. Dacă a uitat de prosoape, uită-te în dulapul de lenjerie. Este chiar vis a vis de dormitorul tău, îi explică el.

Liliana se mulțumi să dea din cap, apoi își coborî privirea la podea, nemaiștiind ce altceva să spună. Cu toate acestea, copiii continuară să-l studieze foarte atent.

Victor avea sentimentul că se afla sub microscop. Încercă să le zâmbească, dar se îndoia că a reușit mai mult decât un rânjet.

-Bun, atunci, spuse Leah pe o voce vioaie, bătând din palme. Hai, să ducem valizele sus în camerele voastre. Presupun că vreți să vă spălați pe mâini, pentru că vom mânca în câteva minute. Pui prăjit după bucătăria sudistă. Este delicios, spuse ea cu entuziasm. Desigur, dacă nu ești vegetarian, se strâmbă ea brusc, consternată că nu s-a gândit la această posibilitate mai înainte.

Victor știa că Leah ar fi putut extrage acea informație din mintea Lilianei dacă ar fi dorit, fără să fie nevoită să întrebe. Văzându-i însă reacția, începu să creadă în cuvintele lui Axel din ziua precedentă, cum că Leah era o persoană politicoasă și nu invada gândurile altora. Evident, când îi convenea. Numai cu câteva minute în urmă îi citise gândurile lui Victor fără nici un fel de jenă.

Liliana își scutură capul, iar un zâmbet ascuns îi răsări în colțul gurii. Îi plăcea felul de-a fi al lui Leah.

-Nu, nu suntem vegetarieni, așa că puiul ar fi nemaipomenit, mulțumesc.

-Totul a fost adus înăuntru, remarcă Axel intrând în cameră. Acum trebuie doar să-mi spuneți unde să mut valizele.

-Oh, ai făcut deja mult prea mult, se grăbi Liliana să spună și o ușoară roșeață îi acoperi obrajii. Le voi muta eu.

-Ha, o sfidă Axel. Atunci chiar că m-aș simți insultat, să știi. Crede-mă, exercițiul îmi face bine.

-Atunci, dă-mi voie să te conduc la camerele lor, îi replică Leah. Tu va trebui să vii cu noi să ne spui in ce cameră să lăsăm fiecare valiză, i se adresă Leah Lilianei.

Privirea intensă a lui Victor îi ținuse ochii Lilianei prizonieri, iar cuvintele lui Leah o aduseră pe Liliana înapoi cu picioarele pe pământ. Liliana și Victor se priveau unul pe celălalt ca și cum ar fi fost implicați într-un duel bizar.

Axel își scutură capul și râse. Apoi, îi făcu cu ochiul lui Victor și părăsi încăperea.

CAPITOLUL 10 – O DIMINEAȚĂ INCOMODĂ

CHIAR DACĂ TRECUSE doar puțin de ora șapte dimineața, Victor nu dormea când s-a auzit un ciocănit ușor la ușa sa. Tocmai încerca să-și estimeze puterile, întrebându-se dacă era cazul să se dea jos din pat sau dacă ar fi trebuit să mai aștepte o vreme.

-Intră, spuse el, făcând efortul de a se ridica în șezut.

Ușa se deschise, exact când încerca să-și înnăbușe gemetele de durere. Lui Victor îi displăcea să arate orice fel de slăbiciune și în special când se afla în fața unei femei. Știa că doar vanitatea îl împingea să reacționeze astfel, dar faptul că era conștient de acest lucru nu însemna că simțea vreun impuls să se schimbe.

Liliana nu intră în camera lui, ci își vârî doar capul cu timiditate prin deschizătura ușii, iar ochii ei ciocolatii îl măsurară de sus până jos.

-Sper că nu te-am trezit din somn, spuse ea pe un ton coborât, în același timp fixindu-și privirea pe pieptul lui.

Cearceaful care îl acoperea îi alunecase în jos și acum i se odihnea pe talie. Liliana nu îndrăznea să-și coboare privirea mai jos de abdomenul lui.

-Nu, nu m-ai sculat. Eram deja sculat după cum vezi, replică el în grabă și, fără să vrea, arătă cu mâna spre partea inferioară a abdomenului său.

Când își dădu seama ce gest făcuse, Victor se strâmbă. *'Dumnezeu știe ce mai crede acum,'* mustăci el.

-Mă gândeam să pregătesc micul dejun și voiam numai să te întreb ce ai prefera să mănânci, îi explică ea de ce a îndrăznit să vină la el în cameră.

-Orice te gândești să pregătești este bun și pentru mine, răspunse el fluturându-și mâna cu indiferență. Singurul lucru asupra căruia trebuie să insist este cafeaua, îi explică el. Întotdeauna am nevoie de cafea la prima oră dimineața. Cu cât este mai tare, cu atât este mai bine.

-Și eu la fel, îi răspunse ea, iar buzele i se arcuiră într-un zâmbet. Deja am pus cafeaua la făcut. Vrei să îți aduc micul dejun aici? Presupun că așa ar fi cel mai bine, spuse ea gânditoare, privirea alunecându-i peste trupul lui încă o dată, iar Victor își simți pielea în flăcări când ochii ei îi colindară corpul.

-Nu, nu este nevoie, replică el pe o voce și mai coborâtă. Voi veni eu jos în bucătărie. Trebuie numai să ai răbdare vreo zece sau cincisprezece minute, spuse el, iar apoi se încruntă gânditor. Nu știu încă cât de repede mă pot mișca și de cât timp am nevoie să ajung în bucătărie, strecură el cuvintele printre dinți.

-Te pot ajuta, se oferi ea, deși se îndoia că ar fi fost în stare să-i susțină greutatea.

'Da, sigur,' gândi el. *'Îmi și imaginez cum o vei lua la goană urlând imediat ce ies de sub cearceaful ăsta.'*

-Mă descurc eu, nu-ţi fă griji, îi făcu el semn să plece. Voi fi acolo curând, îi mai spuse el pe un ton care clar implica că era cazul să iasă din cameră în acel moment.

-Bine, atunci, îi acceptă ea decizia. Apropo, am discutat cu copiii şi le-am explicat că trebuie să fie cuminţi şi să nu te deranjeze, se gândi ea să menţioneze. Mă cam îndoiesc că vor putea să fie cuminţi tot timpul, dar le voi mai aduce aminte de această regulă din când în când. Vom încerca să te deranjăm pe cât de puţin posibil, îi promise ea.

-Lasă copiii în pace, îi ceru el pe o voce care interzicea orice argument. Nu sunt atât de sensibil şi, oricum, nu intenţionez să dorm toată ziua bună ziua, chiar dacă acum nu sunt capabil să mă mişc prea mult. Există şi o curte închisă în spate. Poţi să-i laşi să se joace acolo. Nimeni nu poate intra în curte, iar copiii nu pot ieşi în stradă. Gardul este suficient de înalt, îi explică el.

După aceea mai reflectă asupra acelei idei puţin mai mult, fixând cearceaful cu privirea. După câteva secunde, îşi ridică din nou ochii spre ea.

-Poate ar trebui să le luăm o minge sau ceva. Nu m-am gândit la asta, din păcate, mormăi el, scuturându-şi capul necăjit.

Era supărat pe sine însuşi că-i scăpase aşa ceva din vedere. Se mândrea că avea capacitatea de a prevedea lucrurile şi planifica detaliile, dar de data aceasta eşuase.

-Mulţumesc, replică Liliana cu un zâmbet recunoscător.

Nu se aşteptase ea la prea multe din partea lui când s-a decis să-i accepte ospitalitatea pentru o vreme. De fapt, mama ei fusese cea care insistase să accepte invitaţia de a locui în casa lui Victor pentru un timp la început.

Într-un fel, maică-sa avusese totuşi dreptate. Liliana putea economisi din bani dacă nu era nevoită să plătească pentru o cameră la hotel. Oricum nu avusese posibilitatea să refuze pentru că mama ei o implicase şi pe mama lui Victor în procesul de convingere şi astfel Lilianei i-a fost imposibil să nu accepte invitaţia. Femeia aceea avea un talent deosebit de a epuiza omul cu argumentele sale.

Liliana chiar se temuse că Victor nu-i va suporta copiii. Ştia că este burlac, iar aceea însemna că nu era sub nici o formă obişnuit cu felul de a se comporta al copiilor.

Când ajunseseră în acel punct al discuţiei, Liliana deja intrase în cameră complet, iar ochii lui Victor o măsurară cu atenţie. Nu era deloc o femeie slabă, dar arăta destul de incitant cu şoldurile ei generoase şi sânii ei rotunzi.

'*La naiba, nu o să fie deloc uşor să trăiesc cu ea în aceeaşi casă,*' gândi Victor. Chiar era de prost gust să jinduiască după musafira sa. Nu se făcea. '*Pe deasupra, mai este şi mamă, pentru numele lui Dumnezeu,*' se admonestă el însuşi.

O clipă mai târziu, Victor rânji. Observase cu amuzament că Liliana îşi împletise părul în grabă, iar acum, coada îi era strâmbă şi-i atârna peste umărul drept.

Liliana nu se obosise să se machieze în dimineaţa aceea şi arăta mult mai tânără decât cei douăzeci şi opt de ani ai săi, cât îi spusese maică-sa că are.

Apoi, femeia deschise gura şi-i spuse:

-O să ies eu astăzi în oraş şi o să le cumpăr o minge.

Afirmaţia ei îl smulse din reflecţiile sale. Încruntat, Victor mai că mârâi la ea.

-Ţi-ai pierdut minţile? strigă el. Nici măcar nu ştii unde te afli şi vrei să ieşi şi să te pierzi în oraş?

Uimită, Liliana ridică din sprâncene. Chiar nu se aşteptase ca el să se înfurie pentru atâta lucru. Părea un bărbat destul de indiferent şi nu-şi imaginase că i-ar fi păsat în vreun fel sau altul dacă ea ar fi decis să iasă în oraş.

-Te asigur că mă pot descurca singură, îi replică ea cu semeţie. Nu e ca şi cum te-am avut alături până acum ca să ai grijă să nu cumva să mă pierd, se răsti ea la el, punându-şi mâinile pe şolduri.

Victor uită complet de cearceaful care îl acoperea şi îşi îndreptă poziţia în pat, chiar dacă durerea îl împungea la fiecare mişcare. Încercă să o intimideze cu privirea sa dură, dar aparent tentativa lui nu avu nici un fel de succes. Fie femeia se baza pe faptul că Victor nu se putea mişca suficient de repede ca să o prindă dacă asta îi era intenţia, fie nu îi păsa de mânia lui.

-Ascultă la mine acum şi fii fată deşteaptă. Nu te găseşti acasă la tine, în oraşul tău, unde cunoşti împrejurimile. Acesta este un oraş mare. Până şi cineva care a petrecut mai mulţi ani în acest oraş se poate pierde. Fii deşteaptă şi stai în casă până una alta. Vedem noi mai încolo ce putem face, îi spuse el.

Victor îşi ridică mâna să-i oprească comentariile când observă că era pe cale de a deschide gura din nou să-l contrazică.

-Nu am deloc intenţia să-ţi vorbesc de sus, dar trebuie să mă asculţi în situaţia asta. Da, în câteva zile, după ce ai avut şansa să vezi cartierul cât de cât, vei fi capabilă să faci orice doreşti. Sunt sigur că atunci îţi vei găsi calea înapoi spre casă, chiar dacă te vei rătăci. Dar nu astăzi, cu siguranţă, spuse el printre dinţi, supărat că era nevoit să-i explice atât de detaliat un concept atât de simplu. Dacă nu-ți plac surprizele, te sfătuiesc să ieşi din cameră acum pentru că voi da cearceaful la o parte, îşi încheie el discursul pe o voce răutăcioasă, sătul să-şi tot explice intenţiile şi acţiunile.

Liliana se înroşi şi aceasta îl încântă. Se vedea clar pe chipul ei că se înfuriase, dar nu îl mai contrazise, ci doar se întoarse şi se îndreptă spre uşă cu paşi apăsaţi.

Victor rânji când femeia trânti uşa în urma ei, dar apoi, amintindu-şi că venise timpul să se dea jos din pat, deveni serios. Nu se bucura defel ştiind că trupul îi va fi innundat de durerea aceea orbitoare din nou.

IN MOMENTUL ÎN CARE Victor pătrunse în bucătărie, avu impresia că a pătruns într-o altă lume. Liliana nu se zărea nicăieri, dar cei doi gemeni ai ei fuseseră extrem de ocupaţi şi deja făcuseră bucătăria praf.

Victor îşi scutură capul, ca şi cum nu-i venea să-şi creadă ochilor, şi un rânjet larg îi apăru pe buze. Se părea că în bucătărie se purtase un adevărat război cu mâncarea, iar acum, încăperea, pe care el şi-o amintea imaculată şi ordonată, era acoperită cu bucăţi de pâine, de şuncă şi ouă. Laptele care fusese vărsat pe podea nu era decât cireaşa de pe tort. Victor se văzu nevoit să calce cu mare atenţie ca să nu alunece pe podeaua umedă.

Părul fetiţei era decorat cu bucăţi de şuncă, dar se părea că fata reprezenta un oponent de temut, chiar dacă era micuţă. Fratele ei nu scăpase neatins. Micuţa diavoliţă, care, în fapt, arăta ca un înger inocent, îi turnase laptele în capul fratelui ei, iar hainele acestuia purtau urmele omletei de pe farfuria ei.

Copiii nu îl observaseră şi continuau să se certe din cauza unor ofense imaginare. Fiind singurul copil la părinţi, Victor nu avusese experienţa unor astfel de certuri, dar îşi văzuse prietenii deseori războindu-se cu fraţii şi surorile lor.

Victor îşi scutură din nou capul şi abia stăpânindu-şi râsul, se decise să intervină între cei doi copii.

-Unde s-a dus mama voastră?

Auzindu-i vocea profundă, cei doi copii mai că săriră în sus de surprindere. Amândoi îşi ridicară ochii rotunjiţi de uimire spre el, iar apoi, ca şi când ar fi împărtăşit aceleaşi gânduri, se uitară în jur la dezordinea pe care o făcuseră.

-Oh, oh, amândoi spuseră în acelaşi timp, iar apoi se priviră din nou cu teamă.

-Unde este mama voastră, măi copii? întrebă Victor din nou, un zâmbet fluturându-i uşor pe buze.

-Oh, Dumnezeule, vocea Lilianei veni din spatele lui. *Oh, Dumnezeule*, repetă ea, apăsând pe fiecare silabă ca şi cum nu ar fi fost în stare să-şi găsească cuvintele.

El îşi întoarse capul spre ea şi observă că faţa îi devenise deja albă ca hârtia. Cu toate acestea, nici o secundă mai târziu, chipul îi deveni stacojiu, iar ochii îi fulgerau de furie mocnită.

-Îmi cer scuze pentru copiii mei, Victor. Nu ştiu, spuse ea rapid, dar apoi nu mai putu să continue şi trebui să se oprească ca să-şi înghită nodul din gât, iar lacrimi nevărsate îi luceau în ochi. Nu știu cum de au putut face așa ceva când le-am explicat foarte clar că trebuie să fie extrem de cuminți, spuse ea în continuare pe o voce tremurătoare.

Chiar dacă vocea îi tremura, femeia tot reuși să-și prezinte scuzele, iar acum părea pregătită de bătălie.

La cuvintele ei, copiii deja înghețaseră. Privirile le fugeau peste tot, dar Victor observă că o ocoleau cu grijă pe mama lor.

Victor oftă profund și se mișcă încet spre scaun, atent să nu calce pe mâncarea de pe podea. '*Doamne, mă simt atât de bătrân,*' se gândi el, pășind cu mare grijă ca nu cumva să-și zguduie ceva înlăuntrul corpului său.

Durerea venea și trecea în valuri. Victor decisese să nu mai continue să ia calmantele prescrise. Știa că era o decizie înțeleaptă, dar, evident, trebuia să plătească și prețul pentru asta.

Liliana se grăbi să-l ajute, dar el îi scutură mâna de pe brațul său imediat ce își dădu seama care îi era intenția. Se aruncă pe un scaun și icni la contactul cu scaunul, iar apoi se întoarse spre ea și o privi cu duritate. Cu toate că se simțea încă rușinată de comportamentul copiilor, femeia îi înfruntă ochii cu privirea ei.

-Ascultă, începu el să-i explice. În primul rând, nu vreau nici un fel de ajutor. Trebuie să fiu capabil să funcționez fără să am nevoie de ajutorul altcuiva. În ziua în care nu o să mai fiu în stare să mă mișc prin mijloace proprii, atunci vei putea să mă îngropi, mormăi el. În al doilea rând, sunt copii. Nu sunt absurd. Nu mă pot aștepta să nu se miște, să nu facă zgomot sau să nu facă mizerie. Da, se pare că sunt un pic mai sălbatici decât aș fi crezut, dar și ce dacă? Nu mă deranjează defel, continuă el cu sinceritate. '*Am făcut chestii mai groaznice decât ce-au făcut ei aici,*' își aminti el. În fond, tu ești cea care trebuie să facă curat în urma lor, rânji el la ea și ridică din umeri cu indiferență.

Ea își dădu ochii peste cap, dar colțurile gurii i se ridicară într-un surâs. Părea ușurată că Victor nu a explodat pe loc văzând starea bucătăriei, care într-adevăr era ceva ce nu se mai văzuse.

-Nu, replică ea pe un ton sever, ei vor face curat. Veți curăți totul, m-ați auzit, iar apoi veți merge să vă spălați și să vă schimbați.

Liliana se și încruntă la copii pentru a-i face să înțeleagă că nu era de glumă, iar ei începură să adune mâncarea de pe podea imediat.

-Ești tare răutăcioasă, știi asta, Victor îi spuse în engleză pentru ca să nu fie înțeles de copii.

Cu toate acestea, copiii își întoarseră ochii curioși spre el imediat. Uimit când le simți privirile, el se uită la Liliana interogativ.

-Copiii înțeleg engleza, Victor, oftă ea. Nu i-aș fi adus aici fără să mă asigur că vorbesc limba, măcar un pic, baza, știi tu. Dar se pare că au aptitudini foarte bune pentru limbi străine, ridică ea din umeri. Au învățat mult mai mult decât m-am așteptat. Oricum, trebuie să știi că vorbind în engleză nu înseamnă că ei nu vor înțelege ce spui.

-Înțeleg, replică eI gânditor, măsurându-i pe cei doi copii cu privirea. Mi-ai promis niște cafea, dacă îmi amintesc corect, se întoarse el spre ea din nou, gata să schimbe subiectul discuției.

-Desigur, spuse ea şi se grăbi spre dulap ca să scoată o ceaşcă pentru el.

Liliana petrecuse câteva ore în dimineaţa aceea familiarizându-se cu ce se găsea la parterul casei. Nu se uitase în sertarele din birou sau din sufragerie, dar verificase toate dulapurile din bucătărie şi cămara.

Liliana îi turnă cafeaua fierbinte în ceaşcă şi i-o aduse la masă.

-Bei cafeaua cu zahăr sau lapte?

Victor îşi scutură capul, dar nu se uită la ea. Era preocupat să vadă cum era vremea. Se părea că era din nou o zi caldă, în ciuda faptului că se apropiau de finalul lunii septembrie.

-Liliana, îşi întoarse el privirea spre ea, te-ar deranja dacă mi-ai duce cafeaua şi mâncarea la masa de pe terasă?

Liliana îşi scutură capul şi imediat îi luă ceaşca de cafea să i-o ducă afară.

-Îţi voi pune mâncarea pe o farfurie imediat. Mă gândisem să aştept până ce cobori înainte de a o pune pe farfurie şi se pare că a fost o decizie înţeleaptă. Altfel, şi mâncarea ta ar fi fost pe podea alături de restul, observă ea cu un mormăit.

Desigur, nu pierdu ocazia să mai arunce nişte priviri ucigătoare copiilor. Cu toate acestea, copiii păreau să fie destul de inteligenţi să nu se uite spre ea.

Victor doar râse şi o urmă afară prin uşile franţuzeşti. Când păşea acum, mai simţea doar o uşoară slăbiciune şi era recunoscător că nu avea probleme mai mari decât atât. Era adevărat că încă îl chinuia durerea, dar lui îi fusese teamă că va fi prea slăbit să stea în picioare.

Liliana aşeză ceaşca de cafea pe masa mare de pe terasă şi-şi întoarse privirile spre el. Victor mergea încet ca şi cum s-ar fi temut că şi-ar fi putut disloca ceva înăuntrul trupului. Când ajunse la masă, se aşeză cu grijă pe un scaun, iar Liliana observă că durerea marcase linii vizibile pe chipul lui.

-Eşti sigur că eşti în regulă? îl întrebă ea îngrijorată.

Avea impresia că Victor era pe punctul de a se prăbuşi pe jos, iar ea se temea că nu ar fi avut puterea să-l ridice. Era mult mai înalt decât ea şi era departe de a fi un bărbat slăbănog.

El se mulţumi să dea afirmativ din cap şi scrâşni din dinţi. Se părea că excursia lui în jos pe scări îi epuizase puterile destul de mult în dimineaţa aceea.

-Aş vrea să te rog ceva, îşi ridică el privirea spre ea. Aş face-o eu însumi, dar sunt deja terminat.

-Nu-ţi fă griji, doar spune-mi de ce ai nevoie, replică ea pe o voce nerăbdătoare, aruncând o privire fugară spre casă.

Gândurile Lilianei erau tot la bucătărie şi la dezastrul pe care îl făcuseră pruncii ei în dimineaţa aceea. Dorea să cureţe totul cât mai repede posibil.

Era adevărat că Victor nu spusese nimic pe moment, dar se cam îndoia că nu se supărase defel din cauza a ceea ce Maria şi Lucian făcuseră. Oricine şi-ar fi pierdut cumpătul văzând aşa ceva.

-Cred că mi-am lăsat telefonul mobil, bricheta şi ţigările pe noptieră în camera mea, replică el.

Neplăcerea scânteie în ochii femeii pentru o clipă atunci când Victor menţionă ţigările. Nu durase mai mult de o secundă, e adevărat, iar ea a încercat să-şi ascundă dezgustul, dar Victor remarcase deja fiorul de neplăcere al femeii.

-Nu-ţi place fumatul, îi ghici el gândurile pe o voce seacă.

Ea își scutură capul rapid, dar se asigură să adauge:

-Cu toate acestea, este treaba ta, nu a mea.

El se mulțumi numai să ridice din umeri, ca și cum nu ar fi contat pentru el în nici un fel dacă ei îi plăceau sau îi displăceau obiceiurile lui. Dar până la urmă tot nu putu să-și țină gura închisă și remarcă:

-Ei bine, sunt pe cale de a mă lăsa de fumat, așa că nu te agita prea tare. Mai mult decât atât, nu voi fuma în casă unde sunt copiii, evident, așa că nu trebuie să te îngrijorezi în ceea ce privește fumul de țigară. Dar, *chiar acum*, în acest moment, am nevoie de o țigară. S-ar putea să mai îmi ia gândurile de la durere, mormăi el și încercă să-și găsească o poziție mai comodă în scaun.

După câteva clipe însă renunță și, icnind, se ridică, împingând cu palmele în suprafața mesei cu toată puterea. Liliana îi privea acțiunile uimită.

După ce reuși să se ridice, se mută în cealaltă parte a terasei, pe care o aranjase sub forma unui salon, cu o sofa de colț, câteva fotolii, o otomană și o masă joasă.

-Cred că o să stau aici, spuse el, tolănindu-se pe sofaua capitonată.

Într-adevăr, acolo se simțea mai comfortabil decât fusese în scaunul pe care tocmai îl părăsise. Pe sofa, putea să-și ajusteze poziția corpului, astfel nefiind obligat să stea într-o poziție prea rigidă.

Liliana dădu din cap și-i aduse ceașca de cafea de pe cealaltă masă și o puse pe măsuța joasă din fața lui.

-Îți voi aduce lucrurile de sus, iar când mă întorc îți aduc și mâncarea. Desigur, între timp îi voi trimite pe copii în camera lor pentru a medita la comportamentul lor, îl asigură ea.

Simțea nevoia să-i demonstreze că își lua responsabilitățile în serios, dar el o întrerupse.

-Nu-i pedepsi pentru atâta lucru, își flutură el mâna. Gândește-te că au suferit destul stând pe scaune de-al lungul zborului, iar acum se mai găsesc și într-un loc nou. Cred că este normal să fie un pic indisciplinați. Poți să le dai voie să iasă afară și să se joace, îi spuse el. Oh, acum îmi amintesc, spuse el, iar chipul i se lumină. Am un set de badminton cu tot ce trebuie. Nu vom instala fileul acum, dar pot să se joace și fără el. Dacă mergi jos la subsol, vei găsi camera pentru activități recreative. Setul de badminton ar trebui să se găsească pe unul dintre rafturile din dreapta, îi explică el.

-Nu știu ce să zic, spuse ea ezitant.

-Ce nu știi? o întrebă el pe o voce certăreață.

Nu-i plăcea defel direcția gândurilor Lilianei. Era convins că deja se gândea la eventualele probleme ce ar puteau apărea.

-Copiii ar putea rupe o rachetă sau...

-Și ce dacă? Sunt patru în set, așa că nu e mare scofală. Nu te mai îngrijora pentru absolut orice. Nu este ca și cum ar fi sfârșitul lumii. Nu e ca și cum rachetele acelea sunt moștenire de familie sau ceva similar, pentru Dumnezeu, tună el. Dacă stau și mă gândesc bine, nu cred că le-am folosit nici măcar o dată. Nici nu-mi mai amintesc de ce le-am cumpărat, dădu Victor din umeri cu indiferență.

-Dacă chiar nu te deranjează, spuse ea din nou cu ezitare.

Ştia că pruncii aveau nevoie de o ocupaţie activă. Stătuseră închişi în interior pentru prea multă vreme, iar rezultatele inactivităţii se puteau vedea în bucătărie. Aveau nevoie de o activitate care să le consume din energia acumulată.

-Nu mă deranjează. Nu sunt un risipitor, dar nici nu mă ataşez prea tare de lucruri, îi explică el.

Liliana doar dădu rapid din cap, iar apoi se întoarse în casă. Vocea ei joasă îi ajunse la urechi când li se adresă copiilor.

Victor rânji când copiii urlară de bucurie. Probabil că Liliana le spusese despre setul de badminton.

Brusc, copiii ţâşnniră afară din casă. Mai aveau încă mâncare în păr, iar hainele lor tot murdare erau, dar aceasta nu îi opri să se arunce pe el şi să-şi exprime recunoştinţa într-o manieră foarte zgomotoasă şi energică.

Victor bombăni şi îşi muşcă buza de jos pentru a-şi acoperi geamătul la fulgerele de durere pe care le resimţi în urma atacului lor viguros.

-Bine, bine. Destul cu asta acum. Mergeţi în casă să vă spălaţi, iar apoi vă puteţi juca, spuse el şi încercă să le desfacă mâinile pe care copiii le încleştaseră pe coapsele lui.

Se părea că, din păcate, pe moment, puterea lui nu era pe măsura puterilor lor cumulate. Fiecare copil se agăţase cu toată puterea de una dintre coapsele lui şi nu mai voia să-i dea drumul.

Când Liliana se întoarse pe terasă cu lucrurile lui, îl găsi pe Victor încruntat, dar şi resemnat în acelaşi timp.

-Ești bine? se grăbi ea spre el. Maria, Lucian, dați-i drumul acum, strigă ea la copii, dar cei doi copii se prefăcură că nu i-au auzit cuvintele.

Liliana puse lucrurile lui Victor pe masă lângă ceașca lui de cafea, iar apoi încercă să le desfacă degetele și brațele copiilor de pe picioarele lui. În tot acest timp, continuă să-și ceară scuze, iar Victor își închise ochii și-și scutură capul deznădăjduit.

-E suficient deja, se răsti el, când nu mai putu suporta să o audă scuzându-se.

Ochii ei se rotunjiră din cauza surprizei și se fixară pe chipul lui.

-Încetează cu scuzele astea, mormăi el. M-am săturat să te tot aud cerându-ți scuze tot timpul.

Cuvintle lui o șocară pe Liliana într-atât de mult încât nu-și găsi cuvintele să-i răspundă. Din fericire, izbucnirea lui Victor avu un efect secundar, pe care el unul îl îmbrățișă din toată inima. Cei doi drăcușori îi eliberară picioarele în sfârșit, iar el respiră ușurat.

.

CAPITOLUL 11 – CU PAȘI DE MELC

VICTOR TOCMAI ÎȘI TERMINASE de mâncat porția de ouă cu șuncă când copiii se întoarseră din nou în curte. Chipurile și hainele lor nu mai purtau urmele războiului pe care-l purtaseră mai devreme.

Victor observă de asemenea că Liliana găsise setul de badminton. Fiecare copil ducea câte o rachetă în mână și amândoi ciripeau ca două coțofene vesele. Era evident că abia așteptau să se joace, iar Victor își râse în barbă.

Copiii țopăiră jos de pe terasă, iar la indicația fetiței, se opriră undeva în mijlocul curții. Cu un ochi critic, Maria măsură distanța dintre ei și Victor. Își încreți năsucul ca un năsturel, iar buzele lui Victor tremurară de râs.

'*Probabil că le-a făcut mama lor morală,*' medită Victor cu amuzament, foarte atent la ce făceau gemenii.

Se îndoia că Liliana ar fi fost genul de femeie care să dea prea mare atenție la cuvintele lui sau care să pună prea multă bază pe indicațiile care i se dădeau. Oricum, nu era ca și cum Victor se așteptase ca femeia să-i îmbrățișeze opiniile cu dragă inimă.

După ce s-a asigurat că se aflau la suficientă depărtare de el, fetița s-a întors să evalueze și distanța până la rondelele de flori. După câteva momente, păru să fie satisfăcută de poziția lor pentru că-l anunță pe fratele său că se puteau juca acolo.

Iarăși buzele lui Victor tremurară cu umor. Fetița era la fel de înfiptă și autoritară ca și mama sa. Într-adevăr, îl cam înnebunise Liliana cu scuzele pe care le tot murmura, dar asta nu însemna că el nu simțise că avea de fapt o voință de fier, chiar dacă părea o femeie delicată.

Victor își aprinse o țigară și sorbi din cafea, continuând să-i privească pe copiii care se jucau. Pe neașteptate, telefonul său mobil sună și sunetul soneriei îl făcu să tresară. Părea să vină din neant.

-Dobrotă, răspunse el scurt, vocea sunându-i aproape nepoliticos.

-Văd că nu pari să fi în toane mai bune, râse Axel.

-Nu, nu sunt, admise Victor cu un mârâit. '*Ca și cum tu ai fi dacă ai fi în locul meu*,' strânse el din dinți.

-Apropo, suntem pe drum spre tine. Și când spun *suntem*, înseamnă că nu numai Leah și eu venim, îl avertiză el pe Victor. Unul dintre oamenii ei ne va însoți, de asemenea. Este în regulă? îl întrebă Axel pe o voce plină de considerație.

În ciuda întrebării lui, amândoi știau că pusese întrebarea doar de ochii lumii. Dacă se găseau deja pe drum spre casa lui, nimic nu ar fi contat, indiferent de ce ar fi spus Victor.

-Nu e ca și cum mi-ar păsa, Victor răspunse cu indiferență.

Nu-i prea plăcea lui să aibă de-a face cu poliția în mod regulat, dar știa că acum nu avea de ales. Și oricum, se decisese să accepte totul cu cât mai mult calm.

-Bine de știut, bătrâne, râse Axel. Apropo, tipul care vine cu noi nu este la curent cu talentele mele sau ale lui Leah, așa că vezi, fii atent să nu ne dai de gol, îl avertiză el pe Victor pe un ton serios, pentru o clipă uitând de maniera lui relaxată de zi cu zi.

-Am priceput, replică Victor și, nepoliticos, deconectă legătura.

Apoi se gândi mai bine și îi trimise un mesaj lui Axel pe telefon, cerându-i să cumpere o minge pentru copii. Victor nu prea ardea de nerăbdare să mai aibă o discuție în contradictoriu cu Liliana legată de o posibilă ieșire în oraș și de aceea se gândise să anihileze orice posibil argument din partea ei.

Satisfăcut că a rezolvat și problema aceea, își ridică ceașca de cafea și sorbi din nou, oftând mulțumit.

-Mai vrei cafea? îl întrebă Liliana.

Ochii lui Victor se îngustară. Femeia se găsea chiar acolo lângă el, aproape atingându-l.

'Nici măcar nu i-am auzit pașii, la naiba. Oare de când se află aici?' se întrebă el, nemulțumit cu sine însuși. 'Ai început să-ți pierzi puterea de concentrare, Victore,' se admonestă el.

Victor privi spre ea suspicios, dar nu văzu nici un semn că i-ar fi auzit conversația telefonică. Femeia doar aștepta cu carafa de cafea în mână răbdătoare.

-Da, te rog, spuse el. Dar nu ești obligată să mă servești tot timpul, se gândi el să menționeze cu întârziere.

Nu i se părea corect ca ea să-i satisfacă fiecare moft pe care l-ar fi avut. Invitaţia pe care le-o făcuse Lilianei şi copiilor de a sta la el în casă nu venea cu obligaţii, chiar dacă ideea nu fusese a lui, ci mama lui îl convinsese să facă 'oferta' în primul rând.

El unul nu s-ar fi gândit la aşa ceva. Desigur, ar fi ajutat-o pe Liliana să-şi găsească un apartament la sosire şi i-ar fi oferit sfaturi pentru a-i face tranziţia mai uşoară, dar nu ar fi mers atât de departe încât să o aducă în apropierea lui, oferindu-i camere în casa sa.

-Nu aş face-o dacă ai fi în stare s-o faci tu însuţi, replică Liliana sec, fără să arate că i-ar fi păsat că Victor se comporta ca un urs. Pe moment, însă, nu eşti capabil, remarcă ea pragmatic.

Cât timp îi vorbise, ochii ei rămăseseră fixaţi pe chipul lui. Liliana simţea că era imperativ să facă efortul de a-i arăta că nu o putea speria sau îndepărta. Îi mai turnă nişte cafea în ceaşcă aplecându-se deasupra lui.

-Te-ar deranja dacă aş sta aici un pic? întrebă ea, după ce a terminat de turnat cafeaua şi s-a îndreptat.

-Fă ce vrei. Poţi sta oriunde vrei, dădu el din umeri şi-şi flutură mâna în jur, iar o încruntare uşoară îi apăru între sprâncene. Să nu cumva să uit, Leah, Axel şi un alt detectiv sunt pe drum încoace, îi spuse el.

-Atunci ar trebui să iau copiii înăuntru, Liliana murmură, întorcându-şi privirile spre copiii care se jucau în curte.

Nu prea dorea să-i cheme în casă şi să le strice bucuria. Ştia că nu se poate să fi fost uşor pentru ei să lase totul în urmă şi să se mute într-o altă ţară.

La început, când le-a explicat intenţiile ei, copiii i-au pus diverse întrebări, dorind să ştie când vor putea să-şi vadă prietenii şi bunicii din nou. Dar cu cât s-a apropiat ziua plecării, întrebările s-au oprit, iar Liliana era îngrijorată acum pentru că brusc nu mai ştia ce gândeau cei doi gemeni.

-Nu din cauza noastră, clarifică Victor situaţia. *Noi* vom merge în casă dacă va fi necesar. Cred că vremea asta caldă nu va ţine prea mult timp, continuă el, iar vocea lui trăda faptul că gândurile îi erau în altă parte.

Îşi înclină capul spre soare, bucurându-se de mângâierile fierbinţi ale razelor de soare pe chipul său neras. Nu se bărbierise de câteva zile, dar nu era pentru prima dată când i se întâmpla aşa ceva, aşa că nu îl deranja prea mult.

-Lasă-i să se distreze afară un pic mai mult, concluzionă el, lăsându-se şi mai mult pe spate pe sofa.

-Bine, atunci. Ar trebui să mai fac nişte cafea dacă vin detectivii, nu-i aşa? îl privi ea interogativ.

-Dacă vrei, da, de ce nu? Sunt sigur că ar vrea să bea nişte cafea. Dar dacă ai alte planuri...

-Nu, nu am, îşi scutură ea capul.

Liliana nu avea nici un fel de planuri pentru acea zi. Încă mai suferea de pe urma călătoriei şi a schimbării de fus orar şi nu îşi putea organiza ideile.

Victor nu corespundea defel aşteptărilor ei, iar accidentul pe care acesta îl suferise făcea ca situaţia să fie complet diferită faţă de cea la care se aşteptase iniţial. Omul se oferise să îi găzduiască pe ea şi pe copii, aşa că nu-i putea întoarce spatele când el avea nevoie de ea, oricât de mult încerca el să o îndepărteze.

Lilianei i-ar fi plăcut să hoinărească prin oraş pentru o vreme, dar se gândea că ar fi fost mai bine să evite un scandal imens cu Victor. Bărbatul fusese extrem de insistent ca ea să rămână acasă atunci când îi menţionase mai devreme că ar fi vrut să iasă în oraş.

-Le-am promis părinţilor mei să-i sun imediat după sosire, spuse ea, iar nesiguranţa i se reflectă clar în voce. Dar nu ştiu cum să fac să-i sun. Sunt sigură că sunt deja îngrijoraţi pentru că ştiau la ce oră trebuia să aterizeze avionul. Au trecut deja mai multe ore de la sosirea noastră.

-Foloseşte telefonul meu, răspuse Victor împingând telefonul mobil spre ea. Nu uita să formezi 011 înaintea numărului, o sfătui el. Şi când eu nu sunt disponibil, există un alt telefon în casă. Îl poţi folosi şi pe acela, continuă el, lăsându-se şi mai mult pe spate şi închizând ochii, bucurându-se de jocul razelor de soare pe chipul lui.

-Cât va costa? întrebă ea muşcându-şi buza inferioară.

Venise cu ceva bani la ea, dar nu cu foarte mulţi, şi trebuia să se asigure că îi vor ajunge până ce va găsi o slujbă.

Victor deschise ochii imediat şi se încruntă la ea.

-Doar n-o să-ţi iau banii, mormăi el. Oricum, am un plan special, minţi el, dând din mână. Poţi să-i suni pe ai tăi când vrei fără să-ţi faci probleme, îi alungă el temerile.

Liliana se uită la el cu coada ochiului. Ceva din ţinuta lui îi spunea că bărbatul o minţea de îngheţau apele, dar nu prea se făcea să-l numească mincinos pe faţă.

Liliana oftă. Trebuia să-şi sune părinţii – probabil erau deja îngrijoraţi. Cum nu avea altă alternativă, luă telefonul lui şi formă numărul, aşezându-se într-unul din fotoliile din apropierea lui Victor.

Victor se minună că nu se dusese în casă să vorbească la telefon cu ai ei ca să nu-i audă el conversația, dar nu se agită prea tare și nici nu reflectă prea mult asupra subiectului. Nu era ca și cum ar fi fost ceva suficient de important pentru el.

CÂND DETECTIVII ȘI Axel sosiră, Victor era tot tolănit pe sofaua de pe terasă privindu-i pe gemeni ciondănindu-se. Un zâmbet îi încolțise în colțul gurii. Spre marea lui surpriză, îi făcea plăcere să-i vadă jucându-se și certându-se.

Nu avusese chef să se miște deloc, iar ca urmare, acum nu mai simțea decât o durere surdă. Probabil pentru că întreg corpul îi era amorțit complet din cauză că rămăsese în aceeași poziție vreme îndelungată.

Leah și Liliana pășiră mai întâi afară din casă, convesând în surdină. Axel și un alt bărbat pe care Victor nu-l mai întâlnise niciodată înainte, ieșiră abia după aceea. Axel se îndreptă direct spre Victor și-l împunse cu cotul, iar acesta se strâmbă.

-Văd că ai mai multă culoare în obraji, Axel remarcă cu un surâs pe buze. Scuze, dar trebuie să mă ocup de ceva anume, spuse el, ridicând o pungă de la Toys R Us.

Mai întâi, îi arătă lui Victor ce se găsea în pungă, iar Victor îi aprobă alegerea. Apoi, Axel se îndreptă hotărât spre cei doi frați care iar erau pe punctul de a se lua la harță.

-Tu nu ai atins fluturele, Maria spuse printre dinți și dădu din picior iritată.

Își pusese pumnii pe șolduri și se uita cu un aer amenințător la fratele ei, încercând să-l intimideze, dar Lucian părea departe de a fi intimidat.

-Nu, nu, nu, cântă el. Nu eu am greşit. Tu nu ai prins fluturele, specifică el, şi o împunse cu un deget în piept.

Ochii Mariei se îngustară primejdios. Când Axel a ajuns la ei, Maria era deja pregătită să sară pe fratele ei, iar grimasa de pe chipul ei deveni şi mai feroce. Axel îşi scutură capul şi râse.

-Hei, hei, aşilor, nu este cazul să vă luaţi la bătaie. V-am adus daruri, interveni el, scuturând punga pe care o avea în mână.

Ultimele sale cuvinte le atraseră atenţia şi cei doi copii se întoarseră spre el în aceeaşi secundă de parcă ar fi fost traşi pe aţă. Reacţiile lor similare îl amuzau pe Axel enorm.

Remarcase astfel de răspunsuri simultane noaptea precedentă. Era adevărat că cei doi copii nu prea arătau a gemeni, dar reacţionau la fel ca orice pereche de gemeni pe care o văzuse până atunci.

-Victor mi-a spus că aveţi nevoie de o minge, spuse el şi, fără să mai tragă de timp, deschise punga şi scoase o minge roşu cu alb.

Ovaţiile care au urmat după aceea erau asurzitoare.

-Înţeleg că vă place, remarcă Axel pe un ton sec. Însă auzul meu nu va mai fi niciodată acelaşi, se gândi el să menţioneze, iar copiii îi surâseră diavoleşte.

Lucian smulse mingea din mâna lui, aruncând racheta de badminton la pământ. Maria icni, surprinsă neplăcut de grosolănia lui.

-Mama îţi va pune pielea pe băţ, strigă ea la el şi imediat ridică racheta de jos. Nici măcar nu i-ai mulţumit domnului Axel pentru minge, sublinie ea.

-Doar Axel, fără domnul, interveni Axel şi-i zburli părul castaniu al fetiţei.

Părul fetiţei părea identic cu părul mamei sale în culoare şi desime, dar ea îl purta scurt, tăiat în scări şi ciufulit. Şuviţele se simţeau ca mătasea sub degetele lui Axel, căruia îi plăcea textura.

-Dă-mi mie rachetele. Le voi duce la masă acolo, arătă el cu degetul mare în spate spre locul unde se aflau adulţii, adunaţi în jurul unei mese joase în colţul organizat ca un salon.

Fetiţa îi mulţumi foarte politicoasă, după cum o învăţase mama sa, iar apoi, fugi să se joace cu fratele ei cu mingea. Axel se întoarse la ceilalţi cu paşi mari, în acelaşi timp scuturându-şi capul cu amuzament.

-Copiii aştia sunt ceva deosebit, se gândi el să menţioneze când ajunse la masă.

Victor se mulţumi să dea din cap scurt. Era de acord cu Axel pe deplin. Copiii erau nişte mici diavoli, deşi educaţia pe care Liliana le-o făcuse cu încăpăţânare era clar vizibilă.

-Ar fi trebuit să ne gândim şi la nişte jocuri, menţionă Axel. Copiii se plictisesc uşor, îi explică el.

-Am jocuri în camera de activităţi recreative, replică Victor pe un ton dur.

Nu ştia de ce, dar nu-i plăcea ideea ca Axel să preia controlul. Copiii erau musafirii lui până la urmă.

Axel îi aruncă o privire scurtă, iar apoi îşi scutură capul pentru a-l face să înţeleagă că nu era corect în presupunerile sale. Ca răspuns, Victor se încruntă la el. Pur şi simplu ura faptul că Axel îşi lua libertatea de a se plimba prin mintea lui ori de câte ori avea chef.

Liliana se aplecă deasupra lui Victor şi îl întrebă:

-Mai vrei cafea?

-Da, dacă mai este cafea, da, mulţumesc, dădu el din cap, iar brusc ochii i se pironiră pe decolteul ei, care se găsea chiar în faţa privirii lui. Ar fi fost dificil să nu-l vadă pentru că Liliana purta un tricou cu răscroiala foarte joasă.

'*Are nişte sâni fantastici,*' gândi el, iar apoi îşi scutură capul de necaz. Nu era treaba lui să-i remarce sânii.

Axel râse şi toţi se întoarseră spre el plini de curiozitate. Leah îşi scutură capul la el mustrător, iar Victor mai că mârâi când înţelese că Axel îşi luase iarăşi libertatea de a mai face o scurtă excursie prin gândurile sale.

Dându-şi seama că Victor se holba la sânii ei, Liliana se înroşi violent, iar apoi se îndreptă imediat. Jenată, aproape că scăpă carafa din mână, dar până la urmă, reuşi să toarne cafeaua în ceaşca lui Victor, vărsând numai câteva picături pe masă, pe care le şterse imediat cu un şerveţel.

-Este aproape unsprezece, remarcă ea. Ce părere aveţi de nişte sendvişuri?

-Ţi-am spus că nu este treaba ta să mă serveşti, se răsti Victor la ea.

-Nu te serveam pe tine, îi răspunse ea pe un ton arogant.

Liliana îşi puse mâna stângă pe şold, iar o scânteie de supărare îi luci în ochi. Se uită fix la el, încercând să-l intimideze şi rebeliunea îi jucă în ochi.

Victor nu-şi imaginase că acei ochi catifelaţi ar fi putut deveni duri ca oţelul şi atitudinea ei îl surprinse.

'*Ei bine, se pare că se poate. E cazul să ţin minte – niciodată să nu subestimez o femeie.*'

Lilianei nu-i plăcea înțelesul cuvintelor lui Victor, iar aceasta nu era prima dată când îi spunea acest lucru. Bărbatul îi dădea clar impresia că încerca din toate puterile să o țină cât mai la distanță de el. Liliana nu înțelegea de ce Victor se străduia atât de mult, pentru că știa că acțiunile ei nu aveau nici un fel de motive ulterioare în fond.

-Trebuie să le dau prânzul copiilor, așa că o să pregătesc mâncarea oricum. Mai mult decât atât, avem musafiri în casă, dacă tu nu ai remarcat încă, replică ea mânioasă.

-Ei nu sunt musafiri, se întunecă el la chip. Au venit aici cu o treabă, continuă el printre dinți.

-Să înțeleg că ești împotrivă să le ofer niște sendvișuri? se răsti ea, deja sătulă de răspunsurile lui evazive și dorind să-l audă spunând clar ce dorea.

Ceilalți trei urmăreau discuția dintre ei doi cu interes. Privirile lor alergau de la Liliana la Victor în același ritm cu replicile lor.

Liliana se simțise prost la început din cauza audienței, dar până la urmă decisese că dacă lui Victor nu-i păsa că ceilalți trei le auzeau discuția, atunci nici ei nu trebuia să-i pese.

Ea una știa că atunci când îți intra cineva în casă, gazda trebuia să pună ceva pe masă.

-Desigur că nu mă deranjează, replică el. Mă gândeam numai că nu este cazul să te deranjezi dacă aveai alte lucruri de făcut, preciză el pe un ton ursuz.

-Atunci poate ar fi cazul să nu mai presupui ce vreau *eu* să fac sau ce planuri mi-am făcut, îi replică ea cu neplăcere.

Își scutură de asemenea capul pentru a da mai multă greutate cuvintelor ei, iar ochii îi străluceau din cauza iritării.

-*Eu* sunt cea care decide atunci când este vorba de acțiunile mele, sublinie ea.

-O să țin minte, nici o grijă, mormă el și practic o concedie fără să-i mai arunce nici măcar o privire.

Liliana traversă terasa cu spatele drept, ținând una dintre mâinile ei strânsă în pumn pe lângă corp. Victor îi urmări mersul furios cu colțul ochiului.

Axel surâse, clătinându-și capul. Când vârful ascuțit al ghetei lui Leah îl pocni în fluierul piciorului, își întoarse ochii întrebători spre ea.

-Ce e? întrebă el gesticulând.

Leah se mulțumi să-și scuture capul la el încă o dată, pentru a-i indica că nu era cazul să-l tot incite pe Victor să reacționeze. Era adevărat că Victor era rănit pe moment, dar bărbatul nu lăsa impresia că va suporta interferența lui Axel prea multă vreme.

Axel nu era prost. Putea și el să vadă, la fel de bine ca și Leah, că Victor nu aprecia incursiunile pe care și le tot permitea Axel în mintea lui, dar cu toate acestea, se părea că lui Axel nu-i prea păsa cât de nemulțumit era Victor.

Leah era de partea lui Victor pentru că îi înțelegea foarte bine reacția. Nimănui nu i-ar fi plăcut să aibă mintea explorată tot timpul. Era o încălcare flagrantă a vieții private, iar acel lucru era de neiertat.

-Hai, să ne apucăm de lucru, spuse ea. Timpul zboară și noi nici măcar nu am început, preciză ea, arătând cu înțeles spre ceasul de la mâna ei. Deci Mark, spune-ne exact ce ai aflat. Victor trebuie să audă absolut totul ca să ne poată ajuta, îi explică ea cu răbdare subordonatului său.

Nu era prima dată când fusese nevoită să facă acel lucru în acea dimineaţă. Deja îi explicase situaţia lui Mark de doi ori mai înainte.

Mark putea să fie la fel de încăpăţânat ca un măgar atunci când o dorea. Acum, lui Mark nu-i plăcea că Victor era implicat în munca lor, deşi omul nu insistase defel să fie implicat în investigaţie. Leah decisese să-l includă pe Victor în anchetă pentru că, oricum, deja începuse să lucreze la acel caz, iar ajutorul lui se putea dovedi valoros.

După cum se şi aştepta, Mark se încruntă. Cu toate acestea, îşi porni iPad-ul şi deschise dosarul pe care îl pregătise pentru întâlnirea aceea.

-Am continuat cu cele şapte cazuri pe care le-ai anchetat deja, spuse el aruncând o privire spre Victor. După cum ai sugerat şi tu, primele două accidente nu au adus nici un fel de lumină asupra cazului. Într-adevăr, nimeni nu ar putea dovedi că acelea au fost crime şi nu accidente. Fără martori şi fără nici un fel de evidenţă criminalistică ar fi dificil de construit un caz, dădu el din umeri, iar gura i se strânse cu duritate într-o linie subţire.

-Dacă am fi ştiut unde să ne uităm atunci când acele accidente s-au produs, explică Leah pe o voce apologetică, poate am fi găsit ceva să ne susţină teoria. În ambele cazuri, ofiţerii chemaţi la faţa locului nu au avut nici un fel de motiv să suspecteze crima, îşi ridică ea mâinile cu palmele în sus.

-Ştiu, aprobă Victor dând din cap. Am verificat şi eu ambele cazuri şi dacă nu aş fi ştiut că ceva era în neregulă din cauza celorlalte cazuri, nici eu nu aş fi suspectat nimic. De aceea le-am pus deoparte şi am decis să mă ocup de celelalte, explică el.

-Mda, următoarele trei cazuri pe care le-ai investigat promit mult, într-adevăr, Mark aprobă şi el. Nu ştiu cum de poliţiştii nu au văzut evidenţa ce o aveau în faţa ochilor. În special în cazul cu varza, spuse el şi se cutremură. Ah, înfiorătoare cale de-a muri, mormăi el.

Victor îşi amintea de acel caz foarte bine. Ar fi fost şi dificil să-l uite. Se presupunea că femeia, care avea doar treizeci şi cinci de ani, îşi tăiase venele în timp ce încerca să înfigă un cuţit mare de bucătărie într-o varză. Făcea conserve pentru iarnă la vremea aceea.

Teoria era că nu a nimerit varza, iar cuţitul i-a penetrat încheietura mâinii cu care ţinea varza în loc. Fusese o afacere foarte sângeroasă.

Soţul ei declarase că a găsit-o pe podea într-o baltă de sânge când se întorsese acasă, iar cuţitul era tot înfipt în încheietura ei în acel moment. Poliţiştii care s-au deplasat la scena faptei nu au chestionat deloc inocenţa bărbatului. Au considerat cazul gata rezolvat.

-Cum de a putut medicul legist să ignore celelalte vânătăi de pe braţele ei, nimeni nu poate înţelege, declară Mark. Din fericire, încă mai avem pozele de dinainte de autopsie, iar vânătăile apar în poze şi ne spun întreaga poveste.

-Dar ar trebui să fie ceva mai mult decât numai vânătăile, Victor spuse pe o voce încăpăţânată. Ştiu că femeia a fost ucisă, şi mai ştiu si că banii de asigurare au fost încasaţi, îşi ridică el mâinile brusc cu palmele în sus. Dar trebuie să fie mai mult decât atât, insistă el şi îşi scutură capul. Este ceva ce nu am descoperit încă, din păcate. Brokerul cu siguranţă a primit o parte din banii obţinuţi de pe asigurare pentru că altfel nu ar avea nici un sens să fie implicat, iar el e implicat, cu certitudine. A vândut prea multe polițe de acest gen, pentru a nu fi implicat. Deci este corect să presupunem că are și el de câștigat din această afacere. Acum problema care se pune este cum putea el să-l oblige pe soț să plătească în acest caz. O dată ce bărbatul a fost exonerat, nimeni nu ar mai fi aruncat o privire în direcția lui a doua oară. Dacă soțul a fost chiar el ucigașul, în fapt. Este posibil ca altcineva să-l fi ajutat. Iar crima nu este o afacere ieftină.

Mark îi aruncă o privire, iar triumful îi jucă în ochi. Era adevărat că Dobrotă a început ancheta, dar proprii lor oameni reușiseră să descopere punctul focal.

'*Doamne, cât de tânăr și cât de fraier este,*' Victor reflectă, luând notă de satisfacția care lucea în ochii detectivului. '*Ca și cum ar conta cine și ce a găsit. Aș fi crezut că ceea ce contează este să oprim aceste crime.*'

Victor mai că își rostogoli ochii în cap, dar simți zâmbetul amuzat al lui Axel și se opri. Se încruntă la el, dar Axel își ridică mâinile și râse.

-N-am făcut-o de data asta, spuse el, convins că Victor îi va înțelege cuvintele.

Evident, Victor îi înțelese sensul cuvintelor. Își imagină că Axel știa ce gândise pentru că îi văzuse expresia de pe față.

Deși nu prinsese ce dorea Axel să spună, sprâncenele lui Mark i se ridicară pe frunte. Declarația lui Axel nu făcea nici un sens in contextul discuției pentru că nu credea că Axel ar fi mărturisit vreo crimă. Nu-i plăcea omul, dar se vedea nevoit să recunoască că ar fi putut spune orice despre Axel, dar nu că era idiot.

-Deci? îl îmboldi Victor pe Mark.

Mark se uită la el chiorâş, nepricepând ce voia de la el, iar Victor oftă. Îşi aruncă privirea spre Leah, aproape implorând-o din ochi să facă ceva şi să preia conducerea discuţiei.

-Mark, continuă cu relatarea, spuse ea. Ce conexiune am descoperit? Haide, spune-ne. Nu vezi că toată lumea aşteaptă? îl îmboldi ea pe Mark să continue cu prezentarea faptelor.

-Oh, da, tânărul detectiv se înroşi uşor. Anna i-a cerut contabilului nostru criminalist – un adevărat guru în domeniu, să arunce o privire la afacerea brokerului. Desigur, pe baza a ceea ce putem verifica fără ca să fie necesar să cerem un mandat de căutare, explică el.

Victor nu se putu opri să observe că şi mâinile lui Mark purtau o conversaţie secundară.

-Oricum, continuă Mark, acest guru al nostru a reuşit să determine că Smidgen face afaceri numai cu un singur individ în ceea ce priveşte brokerajul financiar. Aparent, acest individ oferă împrumuturi pe care, de regulă, le cere înapoiate într-o lună şi la care aplică o anumită dobândă. Acum, mai interesant decât atât..., spuse Mark şi apoi făcu o pauză pentru efect.

Victor ridică din sprâncene când Mark continuă să tacă fără să mai adauge nimic şi un rânjet îi apăru pe buze. Victor presupuse că Mark avea doar puţin peste treizeci de ani, dar cu toate acestea se comporta ca un bărbat care abia trecuse de douăzeci de ani.

Leah îşi râse în barbă pentru că îl cunoştea bine pe Mark. Lucraseră împreună timp de mai mulţi ani deja şi se obişnuise cu toate idiosincraziile lui.

Acum, văzând jocul emoțiilor de pe fața lui Victor, putea să-l reevalueze pe Mark cu ochi noi, iar acțiunile lui o amuzau la fel de mult cum o amuzaseră și în trecut.

Victor înțelegea că Mark își oprise relatarea pentru a da mai multă importanță vorbelor sale. Cu toate acestea, polițistul nu mai continuă după cum ar fi fost de așteptat.

Victor își ridică privirea la cer ca și cum ar fi implorat intervenția divină. Axel zâmbi când îi văzu reacția și decise să intervină el însuși.

-Ce-i așa de interesant, Mark? întrebă el.

Mark se strâmbă. El se așteptase ca investigatorul de asigurări să-i ceară să continue. Mark simțea nevoia să-l audă spunând *te rog*.

-Se pare că Gunther într-adevăr avea unele informații pentru domnul Dobrotă, mormăi el.

CAPITOLUL 12 – BĂTĂLII PE TOATE FRONTURILE

-HAI SĂ UITĂM DE TOATE aceste formalități, îi întinse Victor o ramură de măslin lui Mark. Mi te poți adresa pe numele de Victor, așa cum face toată lumea aici, îl invită el.

Vocea îi suna destul de plăcut. Până și umbra unui zâmbet îi apăru pe buze, chiar dacă zâmbetul nu-i atinse și ochii.

Mark se uită la el dintr-o parte și își încreți nasul cu neplăcere, semn că nu aprecia de fel gestul de bunăvoință al lui Victor.

'*Crede că mă poate aiuri, hmm,*' Mark mustăci cu neplăcere. '*Nu pe mine. Nu poți să mă cumperi cu atât de puțin.*'

Victor îi interpretă privirea în mod corect și ridică din umeri. '*Ca și cum mi-ar și păsa.*'

Leah se mulțumi numai să-și scuture capul, un semnal clar pentru Mark că ar trebui să-și revizuiască comportamentul. Era obosită și sătulă de resentimentele lui juvenile, mai întâi împotriva lui Axel, iar acum împotriva lui Victor.

Mark pretinse că nu i-a văzut gestul. '*Nu-mi poate face nici un fel de morală atâta timp cât eu nu văd,*' se gândi el copilărește.

-Mi-e foame, Maria trase de mâneca lui Victor.

Victor se strâmbă, dar se întoarse spre ea. Era a doua oară pe ziua aceea când cineva se apropia de el fără ca el să audă sau să simtă ceva.

Pe neașteptate, un zâmbet îi apăru pe buze. Chipul copilei era înroșit din cauza eforturilor pe care le făcuse și, desigur, câteva urme de negreală îi pătau albul cremos al pielii.

-Mama ta ar trebui să apară într-un minut. A spus că va face niște sendvișuri. Poate că ar trebui să mergeți înăuntru și să vă spălați pe mâini și pe față ca să puteți mânca, da? îi replică el pe o voce blândă.

-Bine atunci, spuse ea și chemându-și fratele, alergă în casă prin ușile franțuzești.

Băiatul lăsă mingea în urmă și o urmă ca vântul. Devenea din ce în ce mai evident că Maria era de fapt liderul dintre cei doi copii.

-Ești bun cu copiii, observă Leah, iar un zâmbet jucăuș îi apăru pe buze.

Victor nu spuse nimic, ci doar mormăi. Refuza clar să se gândească la astfel de lucruri și, în special, într-un context legat de copiii Lilianei. Nu că s-ar fi gândit vreodată în viață la copii.

Chiar în acel moment, Liliana ieși din casă cu o tavă cu boluri și farfurii. Ochii lui Victor se opriră pe ea automat și omul se încruntă.

El trăise cu impresia că fusese foarte clar. Îi spusese fără nici un fel de ambiguitate că nu trebuia să se obosească să facă atâtea lucruri.

-M-am gândit că o supă cu găluşte ar merge foarte bine cu sendvişurile, le explică ea tuturor, un zâmbet calm încreţindu-i colţul ochilor.

Liliana avu mare grijă să evite ochii lui Victor. Îi remarcase încruntarea în momentul în care ieşise pe terasă şi nu se simţea în stare să-i ţină piept dacă ar fi fost atrasă într-o nouă discuţie cu el.

Liliana chiar se întreba ce se întâmpla de fapt. Dacă stătea să se gândească, nu locuise în casa lui nici măcar douăzeci şi patru de ore, dar deja ei doi avuseseră o serie de dezacorduri şi fără nici un fel de motiv, până la urmă.

Liliana era şi ea furioasă pe el. Ea refuza să accepte faptul că cineva nu i-ar oferi prânzul unui musafir, chiar dacă acel oaspete îi venise în casă cu afaceri.

Ea nu putea concepe că viaţa într-o ţară străină ar fi putut să-l schimbe pe Victor într-atât de mult. Mama lui era o gazdă extrem de atentă, iar Liliana era convinsă că femeia l-a învăţat şi pe el să fie la fel.

Liliana puse tava pe masă şi aşeză câte un bol de supă în faţa fiecăruia dintre ei. Apoi, aşeză platoul cu sendvişuri în mijlocul mesei şi alături de el puse teancul de farfurii în aşa fel încât fiecare să se poată servi. Puse, de asemenea, nişte şerveţele în mijloc, iar apoi aşeză lingurile pe şerveţele.

-Dacă aveţi nevoie de altceva, trebuie doar să-mi spuneţi. Este cumva o problemă dacă eu şi copiii mâncăm la masa de acolo? se uită ea spre Victor, arătând spre cealaltă masă de pe terasă.

-Nu, nu este o problemă, îi răspunse el pe un ton brusc, printre dinţii strânşi.

Era clar că Victor încerca să nu ridice vocea la ea din nou, dar, cu toate acestea, ochii lui continuau să îi arunce săgeţi. O furie mocnită lucea în pupilele lui, iar furia aceea o îngrijora într-o oarecare măsură.

-Mulţumesc, răspuse ea politicos, hotărâtă să nu-i lase mânia să-i determine acţiunile. Unde sunt copiii? întrebă ea pe un ton uşor mai ridicat decât înainte când îşi dădu seama că cei doi nu erau în curte unde îi lăsase.

Ochii i se măriseră, iar aceea demonstra că era cu adevărat speriată. Liliana era îngrijorată că ceva li se întâmplase şi nimeni nu remarcase nimic pentru că erau ocupaţi cu alte lucruri.

-Nu i-ai văzut? Doar ce au trecut pe lângă tine când au fugit în casă, se minună Victor, iar uluirea îi străluci în privire. Tocmai ce au intrat să se spele pe mâini şi pe faţă. Le este foame şi îşi vor prânzul, menţionă el.

-Oh, bine atunci, replică Liliana uşurată. Atunci mă duc să le aduc şi lor mâncarea afară. Mulţumesc, spuse ea şi porni în grabă spre casă cu paşi hotărâţi.

Victor oftă. Uitase cât de politicoşi erau oamenii din zona lui de origine.

Şi cu toate acestea, nu se simţea bine că femeia tot îi mulţumea când , în realitate, el nu făcea absolut nimic. Singurul lucru la care era bun pentru moment era să zacă undeva, ca o masă informă, incapabil să mişte mai mult de un muşchi.

-Oooh, supă cu găluşte, exclamă Mark, cu ochii fixaţi pe bol.

Înșfăcă una din linguri și atacă supa din bolul lui, iar ochii i se rotunjiră din cauza entuziasmului.

-Ai mai mâncat supă din asta? îl întrebă Victor pe un ton ușor arțăgos, în același timp ridicându-și sprânceana stângă ironic.

Mark își scutură capul și, apoi, băgă lingura plină cu lichidul auriu în gură.

-Atunci de ce naiba ești atât de entuziasmat? nu își mai putu ține Victor gura închisă. Este posibil să fie oribilă din câte știi tu, comentă el sarcastic.

Mark se opri un moment, șocat de cuvintele lui Victor, dar apoi dădu din umeri.

-Pentru că mi-e foame. Dar acum că am și gustat supa pot să spun că e gustoasă. Încearc-o și tu, îl invită el pe Victor pe o voce entuziastă, fluturând lingura.

Victor se strâmbă și încercă să evite picăturile de lichid care zburau de pe lingura lui Mark. Iritarea lui vis a vis de bărbat creștea exponențial și devenea din ce în ce mai evidentă.

Victor își dădu ochii peste cap, oftă din nou și replică:

-Știu ce gust are supa de găluște. Îmi imaginez că este bună. Liliana nu ar fi putut să dea greș cu ea chiar dacă ar fi încercat. Și oricum, de regulă, femeile din regiunea de unde provine ea știu să gătească, menționă el, luându-și și el lingura de pe masă.

Umplându-și lingura cu supă, o duse la gură. Într-adevăr avea gust bun și el dădu din cap cu satisfacție.

-Mă rog, marea parte a femeilor, îşi revizui el afirmaţia, gânditor. Am o mătuşă, ştiţi. Oricât de mult a încercat femeia – şi a încercat, nimeni nu poate nega că nu s-a străduit, nici măcar câinele nu-i mânca mâncarea, îşi scutură el capul cu regret, în timp ce Axel râdea ca un nebun.

-Pe bune? Nici măcar câinele? întrebă Axel de parcă nu-i venea să-şi creadă urechilor.

-Pe bune. La ei în casă, unchiul meu găteşte. Vezi tu, unchiul meu este un om care apreciază o mâncare bună, aşa că a trebuit să înveţe cum s-o facă, a explicat Victor pe un ton sec.

-Supa asta e bună, într-adevăr, spuse Mark arătând cu lingura spre bolul din faţa lui, fără să pară a se adresa cuiva specific. Păcat că-mi plac femeile blonde, mormăi el, dar în ciuda murmurului său, Victor îl auzi foarte bine.

Se aplecă peste masă, fără a da nici o atenţie durerii ascuţite din partea de jos a abdomenului, şi îţi aţinti privirea drept în ochii lui Mark.

-Nici măcar să nu te gândeşti, îl avertiză el printre dinţi, iar ochii îi deveniră duri şi ameninţători.

Axel o împunse cu cotul pe Leah, iar ea dădu din cap aproape imperceptibil. Desigur că remarcase comportamentul teritorial al lui Victor. Ar fi fost şi dificil să nu îl observe. Nu era cazul ca Axel să se obosească să-i atragă atenţia.

Ea observă, de asemenea, că Mark pur şi simplu îngheţase, mâna cu lingura oprindu-i-se aproape de gură. Leah abia reuşi să-şi stăpânească râsul, iar pentru a-l acoperi, tuşi de câteva ori.

-Ne spuneai despre ce avea Gunther pentru Victor, Leah interveni plină de tact, sperând să oprească scânteile dintre cei doi.

Nu că s-ar fi așteptat ca Mark să se ia la bătaie cu Victor, dar nu era atât de sigură de ce ar fi putut aduce temperamentul volatil al lui Victor. Omul părea destul de furios și gata să reacționeze. Empata din ea simțea că bărbatul se lupta amarnic cu impulsul de a-l pocni pe detectiv.

-Ah, da, sări Mark imediat pe șansa de a schimba subiectul de discuție. Este posibil ca Gunther să fi avut ceva cu el când a venit la locul de întânire cu tine, îi spuse el lui Victor. Este posibil ca ucigașul să fi luat informația cu el după ce l-a ucis. Am găsit în buzunarul de la haina lui Gunther o bucățică ruptă dintr-un fel de plic făcut din hartie tare, care cu siguranță provine dintr-un plic folosit pentru un disc. Evident era îmbibată cu sânge. Oricum, omul avea un alt disc la el acasă. Echipa criminalistică aproape că a trecut peste el fără să-l vadă. Gunther îl lipise sub masa lui din birou. Sunt tot felul de tranzacții pe acel disc și totul este foarte bine organizat. A scris absolut totul: număr de poliță de asigurări, suma asigurată, suma împrumutului și data la care împrumutul trebuia să fie plătit. Sunt convins că există urme electronice pentru toate acestea, concluzionă el, iar după aceea se mai servi cu supă, oftând mulțumit.

-Putem folosi dosarul pentru a determina cât a luat fiecare, menționă Leah, gustând și ea din supă, iar ochii i se închiseră de plăcere. Liliana chiar știe să gătească, spuse ea.

-Ești un ticălos norocos, interveni și Axel, iar apoi râse când Victor mai că mârâi la el.

-Acum trebuie să determinăm cum a fost ucis fiecare, spuse Mark, fluturând mâna cu care ținea lingura, ceea ce îl făcu pe Victor să-și încrucișeze ochii încă o dată. Și desigur, cine a comis crimele, mai adăugă detectivul.

-Mai mult decât atât, trebuie să prevenim alte crime, Leah sublinie. Le-am cerut celor două companii de asigurări să verifice și să ne dea totalul polițelor de acest gen care au fost vândute în ultimele șase luni. Plecăm de la premisa că toate crimele au loc în mai puțin de șase luni și sperăm să nu ne înșelăm, explică ea, iar apoi se servi cu un sendviș. Dar să mă gândesc că ei ar avea răbdarea să aștepte o perioadă mai lungă de timp..., își scutură ea capul cu îngrijorare. Imaginează-ți că în acel caz nu vom reuși niciodată să închidem această anchetă, continuă ea cu neplăcere.

-Acesta este un punct de plecare bun, aprobă Victor. Poate că ar trebui să discutați cu cei doi specialiști de reclamații cu care am discutat eu. Este imposibil ca ei să nu cunoască alți auditori ca ei în oraș, oameni care lucrează pentru companii mici. Și atunci puteți lua legătura și cu ceilalți. Ei pot verifica dacă așa ceva s-a întâmplat și în cazul polițelor de asigurări vândute de alte companii de asigurări, propuse Victor și toată lumea, inclusiv Mark aprobă.

-Da, este o idee bună, spuse Leah după ce înghiți bucata de sendviș pe care o mesteca. Ar trebui să-i cerem Annei să îi contacteze, se întoarse ea spre Mark.

Mark imediat se întinse să-și ia telefonul mobil. Nu avu însă timp să formeze numărul Annei pentru că telefonul lui Leah sună și ea răspunse. Cu o încruntătură serioasă pe față, Leah ascultă câteva momente, iar apoi se uită la ceas.

-Bine, voi ajunge acolo în vreo treizeci de minute, în funcție de trafic. Păstrează ofițerii la fața locului și cere să fie trimisă echipa criminalistică să examineze scena, ordonă ea și deconectă apelul.

-Avem un nou 'accident', spuse ea, dar chipul ei nu se destinse defel. Aceeași încruntătură îi marca fața.

Își îndesă telefonul înapoi în geantă și-și scutură capul, iar supărarea îi era clar înscrisă pe chip. Apoi se întoarse spre Victor și-i spuse:

-Atunci când am găsit dosarul acela acasă la Gunther, am verificat să vedem care dintre asigurați mai era în viață și am făcut o listă cu numele oamenilor. Acea listă a fost circulată prin toate secțiile de poliție. Am considerat că măcar așa, dacă ar fi avut loc vreun alt accident, ofițerii nu-l vor nota în rapoarte doar ca un accident și ne vor chema. Ceea ce au și făcut. Unul dintre asigurați tocmai a avut un 'accident', încheie ea pe o voce obosită.

-Mi-era teamă de asta, îi răspuse Victor scuturându-și capul, iar buzele îi deveniră o linie subțire dură.

-Trebuie să mergem, le spuse Leah celorlalți doi, pregătită să se ridice și să plece. Își luase deja geanta în poală.

-Bine, bine, lasă-mă numai să-mi termin supa, mormăi Axel nemulțumit. Nu mai mult de două minute. Sunt sigur că nimic nu se va schimba în următoarele două minute, spuse el cu hotărâre și își scufundă lingura în supă din nou.

Mark îi susținu propunerea scuturându-și capul viguros, arătând și el că nu dorea să plece. Apoi începu să-și mănânce supa cu viteză, de parcă ar fi fost ultima lui zi pe pământ.

Leah şi Victor schimbară priviri amuzante. Ştiau că cineva murise, dar ştiau şi că trebuiau să păstreze distanţa şi să se pregătească pentru ce urma să vină.

CAPITOLUL 13 – NEMULȚUMIRI LA LOCUL CRIMEI

LEAH NU-ȘI PUTU CREDE ochilor când păși în casa victimei urmată de Axel și Mark. Mai mulți ofițeri de poliție se plimbau prin jur, fără nici cea mai mică grijă că ar fi putut distruge dovezi importante. Se învârteau prin casă de parcă se găseau în zona cu restaurante de la mall.

Detectiva abia se stăpâni să nu ofteze, dar ochii i se îngustară amarnic și aruncară săgeți în dreapta și în stânga. Mâinile i se strânseră în pumni atât de tare încât unghiile îi zgâriau pielea de pe palme.

Leah cercetă în jur să găsească persoana responsabilă pentru acea flagrantă încălcare a procedurii, gata să o facă bucățele. Ceea ce se întâmplase nu era numai o violare a regulilor și o lipsă de respect față de ordinele pe care ea le dăduse, dar era și o lipsă totală de respect față de propria lor uniformă.

Leah intră tropăind în casă fără să-și ascundă furia. Nici nu ajunsese bine la mijlocul holului că tăcerea se lăsă în jur.

Axel şi Mark o urmau îndeaproape. Amândoi îi împărtăşeau indignarea şi uimirea. Nu era ca şi cum ofiţerii nu fuseseră preveniţi şi nu ştiau că era posibil să aibă o crimă în mâinile lor.

Axel mustăci, iar buzele i se arcuiră într-un rânjet sardonic. Remarcase deja reacţia ofiţerilor de poliţie în uniformă când dăduseră cu ochii de Leah. Ochii li se umpluseră de panică.

Ceea ce nu putea el înţelege sub nici o formă era cum de nu s-au gândit că Leah va veni la faţa locului. Fusese doar notificată despre 'accident', iar ea îi informase că va sosi acolo curând.

Starea locului crimei îl supăra şi pe Axel, dar acest lucru nu îl oprea să nu se amuze probând gândurile unuia sau altuia. Era mai mult decât edificator să vadă nişte bărbaţi atât de bine făcuţi înspăimântaţi de o mână de femeie.

Leah se opri numai după ce intră în bucătărie. Acolo, un detectiv vorbea cu medicul legist, fără să fie conştient că Leah ajunsese deja la locul crimei şi că se găsea la o distanţă destul de mică de el, astfel auzindu-i cuvintele foarte bine.

-Ei, oricine poate vedea că a fost un accident, dar ştii cum sunt femeile. Ele întotdeauna trebuie să facă din ţânţar armăsar, spuse el cu ironie muşcătoare.

-Eşti sigur, Mike? îl întrebă Leah pe un ton înşelător de calm, când se opri chiar în spatele lui.

Când cuvintele ei îi ajunseră la urechi, ofiţerul se strâmbă şi se întoarse spre ea. Gura îi era strânsă de neplăcere, iar consternarea i se citea pe faţă. Nu era tocmai încântat că detectiva auzise ce a spus.

Mike deja avea o reputaţie mai specială printre colegii săi. Toată lumea ştia care îi erau opiniile în legătură cu colegele sale poliţiste.

Fusese deja admonestat de câteva ori pentru punctele lui de vedere misogine şi ultimul lucru pe care şi-l dorea era să fie din nou admonestat pentru ultima lui remarcă. Nu ducea lipsa unei noi note negative în dosarul său. Din cauza raportelor anterioare ce fuseseră ataşate la dosarul său, nu obţinuse nici o promovare de-a lungul ultimilor trei ani.

-Detectiv Leah MacKay, murmură el cu neplăcere.

Dar cu toate că era neplăcut surprins, tot nu se putu controla şi, ca de fiecare dată când se găsea în prezenţa ei, ochii săi măturară peste trupul femeii fără grabă. Faptul că avea o nevastă acasă nu însemna că era şi orb.

Privirea lui era clar privirea unui bărbat ce analiza fizic o femeie, iar lui Axel nu îi conveni deloc. Avansă cu paşi apăsaţi până ce ajunse să stea umăr la umăr cu Leah.

Ochii lui negri precum cărbunele deveniseră duri într-o secundă, iar Axel îl privi pe celălalt bărbat fix, fără să clipească. Lucirea metalică din ochii lui Axel, precum şi poziţia sa beligerantă, îl avertiza pe ofiţer că ar fi fost mai bine să facă un pas înapoi şi să înceteze să o analizeze pe Leah, evident, dacă punea oarece preţ pe propria-i piele.

Axel era un bărbat mare, atât în înălţime cât şi în construcţie, iar ţinuta lui era ameninţătoare. Mike înţelese imediat că trebuia să-şi reconsidere acţiunile şi să o trateze pe locotenentă cu politeţe. Dădu din cap, ochii săi exprimând scuzele de rigoare, ceea ce îl satisfăcu pe Axel.

Inima lui Mike se strânsese de iritare. Ura faptul că era obligat să dea înapoi în fața lui Arnett. Mike era și el un bărbat destul de mare, dar Arnett, pe care îl întâlnise în trecut, era mult mai înalt, iar ceva în prezența lui îl făcea întotdeauna pe ofițer să transpire.

Mike niciodată nu înțelesese de ce îi era atât de teamă de Arnett, dar prefera să îl ocolească de la distanță. I se părea că ar fi fost mai înțelept și întotdeauna se comporta prudent în peajma lui Axel. La o adică nimeni nu putea spune că Mike nu avea inteligența necesară și nu știa să adopte cea mai bună cale de acțiune, mai ales când era vorba de protejarea propriei sale persoane.

După ce l-a cunoscut cu adevărat pe Axel, Leah niciodată nu a considerat că bărbatul ar putea reprezenta o amenințare pentru careva, dar trebuia să admită că omul avea o prezență destul de impozantă. Și cu toate acestea, el niciodată nu-și folosise mărimea să o impresioneze sau să o intimideze.

Leah pretinse că nu a observat jocul de putere dintre cei doi bărbați și spuse pe un ton egal:

-Deci, Mike, înțeleg că ai impresia că exagerez numai pentru că femeile sunt predispuse să facă din țânțar armăsar.

Mike se strâmbă. Putea deja auzi predica pe care șeful cel mare urma să i-o țină în momentul când va auzi despre cuvintele ce i-au scăpat din gură. De data aceasta, probabil că nu va mai scăpa numai cu o admonestare. I se spusese să aibă grijă de ce scoate pe gură pentru că dacă nu, va suporta consecințele.

Își trecu degetele prin părul scurt, respirând adânc. Se gândi să liniștească apele cumva și încercă să-și explice cuvintele.

-Nu asta am vrut să spun. Am vrut doar să arăt că situația de aici, spuse el arătând înspre cadavrul de pe podea, nu ar putea fi considerată altceva decât un accident.

-Și de ce crezi asta? întrebă Leah, privindu-l insistent, într-o manieră ce-i producea ofițerului furnicături sub piele.

-Individul a murit din cauza unei obstrucționări a căilor respiratorii. Mai specific, a murit pentru că probabil și-a înghițit prânzul cu prea multă lăcomie și un os i s-a oprit în gâtlej, explică detectivul, indicând din nou spre corpul victimei cu mâna.

Victima, un bărbat masiv, căzuse lângă masă, cu degetele curbate în apropierea gâtului, de parcă ar fi încercat să-și deschidă gâtlejul cu unghiile, dar nu a mai reușit să o facă în timp util.

-Înțeleg, murmură Leah. Și cu toate acestea, aș vrea să văd eu însămi cum stau lucrurile, replică ea pe un ton dulceag, iar tonul vocii ei avu darul de-a aduce broboane de sudoare pe fruntea ofițerului.

Omul avea o presimțire neplăcută. Locotenenta era prea liniștită și nu părea să se teamă că ar fi făcut o greșeală. Cunoscând-o pe locotenentă foarte bine, aceasta putea să însemne un singur lucru – el era cel care făcuse eroarea. Mai mult decât atât, nici măcar nu se obosise să păstreze locul crimei intact pentru că nu suspectase că ar fi ceva în neregulă.

'*Dacă asta este într-adevăr o crimă, atunci am încurcat-o rău de tot,*' mai că gemu el. Admonestarea venită din partea şefului cel mare părea să devină o certitudine din ce în ce mai întunecată.

Simpatizând cu el, deşi ştia că omul nu o merita, Axel îl bătu pe umăr şi-şi scutură capul cu regret. Buzele i se strânseseră într-o linie subţire, aspră, de parcă l-ar fi compătimit pe detectiv.

Gestul lui Axel îl şocă pe ofiţer pentru o secundă, dar apoi acesta îşi încleştă pumnii. Nu avea nevoie de mila lui. Se trase la o parte, pentru ca Axel să nu-l mai poată atinge. Axel se mulţumi doar să dea din umeri, indiferent faţă de comportamentul detectivului.

-Doctore, înţeleg că omul a decedat din cauza unei obstrucţii a căilor respiratorii, Leah se aşeză pe vine lângă medicul legist, care încă mai verifica cadavrul. În afară de aceasta, mai vezi altceva? întrebă ea, ochii ei cercetând braţele victimei.

Se părea că victima prefera să-şi ia prânzul la bustul gol. Se putea presupune că a adoptat acea ţinută pentru că vărsa mâncare pe el. Leah observă urmele de mâncare de pe pieptul şi abdomenul lui. Petele alcătuiau o hartă bizară.

Dar nu acelea prezentau interes pentru ea. Ochii ei alunecară peste pete în căutarea a ceva mai important.

Tatuurile de pe armele vânjoase ale bărbatului o fascinară pe Leah. Acestea se învârteau în jurul bicepşilor impresionanţi, se urcau pe umerii bărbatului, iar apoi coborau pe pieptul lui.

-Tatuurile vor face căutarea mai dificilă dar nu imposibilă. Tot voi putea vedea dacă există vânătăi pe braţe. Dar mai curând i-aş verifica spatele gâtului şi obrajii, dacă tu crezi că aceasta este o crimă, legistul explică atunci când îi remarcă fascinaţia cu tatuurile victimei.

Leah îi aruncă o privire interogativă, iar medicul legist se decise să-i explice mai pe larg.

-Vezi tu, trebuie să fi fost ţinut pentru a-i putea înfige osul acela pe gât. Dar oricine a făcut asta, ar fi trebuit să-i ţină atât gura deschisă cât şi capul nemişcat. Cel puţin doi bărbaţi puternici ar fi fost necesari pentru aceasta, notă el doar în trecere. Oricum, presupun că trebuie să fi existat puncte de presiune aici, pe ambii obraji şi la ceafă, pe gâtul lui.

-Cu barba aceea nu se poate vedea nimic, remarcă Mark, scuturându-şi capul cu neplăcere.

-Va trebui să-l bărbierim, asta e adevărat, medicul legist aprobă dând din cap. Dar acum că am terminat cu partea din faţă a corpului şi am făcut deja toate pozele necesare, mă gândesc să-l întorc pe burtă. Apoi, voi putea verifica partea din spate a gâtului.

-Bine, fă-o, fu de acord Leah, ba chiar îl ajută să întoarcă acel munte de om pe burtă.

Doctorul îndepărtă părul neîngrijit de pe gâtul omului şi, evident, găsi semnele care arătau că o mână mare pusese presiune pe ceafa bărbatului.

-Ei bine, este crimă într-adevăr, oftă medicul legist.

Cuvintele lui îl îngheţară pe Mike câteva secunde. Apoi, bărbatul îşi masă ceafa cu gesturi nervoase.

Axel nu-şi putu opri curiozitatea şi făcu o scurtă incursiune în mintea lui Mike. Citi noianul de înjurături care trecură prin mintea detectivului şi îşi dădu ochii peste cap.

Era însă mulţumit că cel puţin detectivul nu a spus nimic cu voce tare. Axel nu ar fi apreciat un asemenea limbaj în prezenţa lui Leah.

-În regulă, se îndreptă Leah. Anunţă-mă când ai terminat autopsia, doctore, îl rugă ea pe legist.

Doctorul dădu din cap că o va anunţa, iar apoi le semnală tehnicienilor de la morgă să pună cadavrul într-un sac de plastic. Leah privi procedura gânditoare, iar apoi se întoarse spre Mike.

-Cred că soţia este beneficiara poliţiei lui, dacă îmi amintesc corect. Ştii cumva unde este?

Mike arătă spre curtea din spate, iar în acelaşi timp îşi trecu degetele prin păr ciufulindu-l. Chipul său arăta semne de oboseală şi brusc părea înfrânt. Obrajii îi erau palizi, iar strălucirea din ochi i se stinsese. Avu nevoie de câteva momente ca să-şi găsească cuvintele.

-Este afară în curte cu o poliţistă în uniformă. Plângea şi se văieta...

-A spus ceva? îl întrebă Leah, deşi ştia că îi va pune şi ea întrebări soţiei victimei.

-Numai că a aşezat prânzul pe masă şi că el a insistat să bea bere, dar nu mai aveau nici o sticlă în casă. Se pare că a ameninţat-o şi a trimis-o să-i cumpere câteva sticle de bere. A lipsit cam cincisprezece minute. Când s-a întors, bărbatul era pe podea, deja mort, iar ea şi-a pierdut controlul câteva minute, șocată să-l găsească așa. Abia după aceea s-a gândit să sune la 911, recită Mike întreaga poveste pe o voce fără inflexiuni.

Tot nu-și revenise după ce a auzit verdictul medicului legist. Inima i se făcuse cât un purice așteptând reproșurile lui Leah.

-Înțeleg, spuse Leah. Mă duc afară să vorbesc cu soția. Adu aici echipa criminalistică să cerceteze bucătăria. Nu cred că se mai poate găsi ceva folositor în restul casei acum, dar măcar bucătăria nu a fost vandalizată, spuse ea pe un ton sec, iar apoi se îndreptă cu pași mari spre ușa din spate care, aparent, dădea spre curte.

CAPITOLUL 14 – TEORIE ȘI REALITATE

-DECI ACUM ȘTIM CĂ AU avut nevoie de trei bărbați puternici pentru această ultimă crimă, își termină Leah explicația.

Apoi se aplecă și se servi cu una dintre feliile de prăjitură pe care Liliana le lăsase pe masă. Era deja a treia felie pe care o mânca, dar pur și simplu nu se putea sătura. Combinația dintre gemul de caise, umplutura de nucă și glazura de ciocolată era de nerezistat.

Cu douăzeci de minute înainte, Liliana venise pe terasă și le adusese prăjiturile pe un platou. Leah o invitase să stea cu ei, dar ea îi refuzase invitația de a rămâne pe terasă.

Mai întâi, îi privise pe copiii care se jucau cu mingea în curte, iar apoi i-a aruncat o privire chiorâșă lui Victor pentru câteva secunde. Săgețile otrăvite pe care ochii ei i le-a aruncat bărbatului nu au rămas neobservate de ceilalți din jurul mesei.

Privirea ei spunea clar că îl găsea complet nesatisfăcător și că, în opinia ei, nu i-ar fi stricat câteva cuvinte de morală. După aceea, cu buzele strânse și capul sus, și-a îndreptat umerii și s-a îndreptat cu pași leneși spre ușile franțuzești care dădeau spre casă.

Ochii albaştri ai lui Victor se întunecaseră, o lumină periculoasă sclipind în pupilele sale negre, iar buzele i se strânseseră într-o linie subţire.

Nimeni nu se îndoia că ceva se întâmplase între cei doi. Era clar că nici unul nu era mulţumit de comportamentul celuilalt.

Curiozitatea lui Leah crescuse pe moment, dar totuşi nu a vrut să pună întrebări indiscrete şi s-a oprit din a citi mintea Lilianei sau a lui Victor. Îşi imagina că Victor le-ar fi spus despre ce era vorba dacă ar fi dorit ca ei să ştie ce se întâmpla.

Oricum, nu mai devreme de dimineaţa aceea, Leah îl avertizase pe Axel să nu mai vâneze gândurile lui Victor. Dictatul ei îi cam stricase dispoziţia lui Axel pentru o vreme, dar omul şi-a revenit destul de repede. Faptul că Axel nu era genul de om care să lase lucrurile să îl necăjească pentru mult timp era unul din calităţile sale care îi plăceau cel mai mult lui Leah.

-Ce spuneai? o întrebă Victor pe Leah, pretinzând că nu ştia la încotro se îndreptau gândurile poliţistei.

De fapt, auzise el destul de bine ce spusese Leah, dar nu era dificil să citească curiozitatea crescândă din ochii ei, iar Victor nu se simţea în stare să intre în detalii despre ce se întâmplase între el şi Liliana în acea dimineaţă. Nici măcar el nu ştia ce să mai creadă despre ultima lor discuţie.

-Am spus că trei oameni puternici trebuie să fi fost implicaţi în aşa numitul accident, repetă Leah cu răbdare, deşi simţi nevoia să-şi flexeze degetele.

Axel zâmbi. Îi ghicise jocul lui Victor și suspecta că și Leah îl înțelesese. Dar cu toate acestea, ea nu dorea să-l facă pe Victor să se simtă incomfortabil, așa că accepta să joace după cum vroia el.

Doar Mark își strâmbă gura. Mark era încă ambivalent față de Victor. Nu era prea convins că prezența lui Victor în anchetă era de dorit, chiar dacă bărbatul le oferise niște idei bune. El considera că Victor era civil, iar în opinia sa, civilii nu ar fi trebuit să fie implicați în acțiunile poliției.

-Asta înseamnă că avem brokerul, cămătarul și cel puțin încă trei oameni implicați în această afacere, mustăci Victor. Dar știi ce mă întreb eu? spuse el și se apleacă să ia o prăjitură.

Așteptase suficient de mult timp înainte să se servească și, din păcate, și voința lui avea limite. Prăjiturile acelea reprezentau desertul lui favorit și le dusese lipsa. Maică-sa îl învățase cu ele de când era mic, iar el nu mai avusese parte de nici măcar o bucățică de când își vizitase casa natală ultima oară, iar aceasta se întâmplase cu ani în urmă.

Fusese mult prea ocupat și din cauza asta nu își mai luase o vacanță de patru ani. Petrecuse acei ani organizându-și o nouă viață în Toronto. Cumpărase casa, făcuse cursurile pentru a obține certificatul de investigator privat, iar apoi își construise clientela.

'*Mda, a cam venit timpul să-mi iau o vacanță, cu siguranță,*' mustăci el. '*Probabil că o voi face la vară.*'

Mușcă dintr-o prăjitură, iar când savoarea îi explodă pe limbă aproape că oftă de fericire.

-Ce-i? îl întrebă Mark nerăbdător, privind prăjiturile cu suspiciune.

După suspiciunea cu care se uita Mark la prăjituri, ai fi putut crede că cine știe ce substanță ilegală adăugase Liliana în compoziția lor.

Mark avea o slăbiciune pentru dulciuri, dar, în același timp, era și sclav al obiceiurilor și lucrurilor cunoscute. Nu simțea impulsul să încerce lucruri noi. În acel moment, nu înțelegea de ce toată lumea se agita atât de mult cu acele prăjituri.

Leah și Axel deja ronțăiseră vreo trei sau patru bucăți fiecare. Victor abia luase o bucată, era adevărat, dar ochii îi alunecaseră spre platoul cu prăjituri constant în ultimele douăzeci de minute. Iar dacă Mark ar fi fost să se ghideze după expresia de pe chipul lui Victor, prăjiturile acelea erau cu adevărat ceva deosebit.

Acest lucru îl determină pe Mark să încerce și el una. *'Doar n-o să mor până la urmă,'* reflectă el filozofic, iar apoi, precaut, alese cea mai mică bucată de pe platou și și-o îndesă în gură.

Abia atunci a înțeles și el de ce ceilalți erau atât de prinși de acele prăjituri. Mestecă rapid, mormăind cu încântare, și înhăță încă o bucată imediat.

Ceilalți trei îl priveau cu amuzament, iar Victor își scutură capul. *'Oare chiar am fost vreodată atât de tânăr?'* se întrebă el și nu pentru prima oară în preajma lui Mark. Nu-și putea aduce aminte. Viața lui abundase în evenimente și experiențe de tot soiul, iar el, inerent, pierduse ceva din sine însuși de-a lungul drumului.

-Spuneai? îl invită Axel pe Victor să vorbească, nesimțind nevoia să fie martor la lăcomia lui Mark.

-Ei bine, mă întreb cum de a ştiut nevastă-sa unde să se ducă. De unde a ştiut cu cine să vorbească. Nu-l văd pe broker să-şi facă reclamă la acest segment al afacerii sale prin mijloace convenţionale, doar ştii şi tu, îşi flutură el mâna cu nerăbdare.

-Asta-i o întrebare foarte bună, replică Leah. Şi eu m-am întrebat acelaşi lucru.

-Probabil că ar trebui să-i verifici şi pe ceilalţi, propuse Victor. Beneficiarii celorlalte poliţe, specifică el. Trebuie să fie un denominator comun pe undeva.

-Şi dacă nu este? interveni Mark morocănos, vorbind cu gura plină.

Deja îi verificase pe câţiva dintre ei şi nu găsise nimic în comun. Nu credea că altcineva ar fi putut descoperi ceva dacă el nu reuşise.

-Nu, trebuie să fie ceva undeva, îl contrazise Victor cu încăpăţânare. Altfel nu are sens, îşi scutură el capul. Ce ştiţi despre nevasta ultimei victime? se întoarse el spre Leah.

-Femeia este casnică. Merge la biserică în fiecare duminică şi are un grup de prieteni cu care îşi petrece timpul. Soţul fusese şofer de camion şi era pe drumuri mai tot timpul, citi Leah din notiţele ei. Dar, destul de interesant, spuse ea ridicându-şi ochii spre Victor, unii dintre vecini au menţionat că au auzit scandaluri serioase în casa lor, ori de câte ori bărbatul venea acasă.

-Atunci cum se face că nu le-a raportat nimeni? o întrebă Victor cu o privire plină de îndoială.

Cunoştea foarte bine legea din Ontario şi nu îşi putea imagina că poliţia ar fi stat deoparte fără să acţioneze defel, permiţându-i astfel unui bărbat să-şi abuzeze nevasta.

-Vecinii spun că individul era de genul huligan şi le era teamă de el. După părerea lor, chiar dacă l-ar fi arestat poliţia, acesta tot s-ar fi întors înapoi după o vreme şi le era frică. Se gândeau că se va răzbuna pe ei, ridică Leah din umeri. Se mai întâmplă câteodată, doar ştii şi tu, observă ea.

-Da, acesta ar putea reprezenta un motiv destul de rezonabil, aprobă Victor dând din cap. Au spus de la ce porneau scandalurile acelea? întrebă el, iar curiozitatea i se citea clar pe chip şi-i strălucea şi în ochi.

-Individul a crezut că... hai să spunem că nevastă-sa se distra cu alţi bărbaţi când el era plecat, explică Leah cu un surâs diavolesc pe buze.

-Şi avea dreptate să presupună asta? continuă Victor să întrebe.

-Oh, da, răspunse Axel, şi dădu din sprâncene privindu-l pe Victor.

-Cum de ştii asta? îl întrebă Mark, uitându-se la Axel chiorâş.

Mark ştia foarte bine că atunci când au discutat cu femeia, nimeni nu a menţionat nici un fel de afaceri amoroase clandestine. Şi-ar fi amintit dacă ar fi fost cazul.

Axel dădu din umeri şi, spre neplăcerea lui Mark, îi făcu cu ochiul.

-Era clar ca buna ziua. Era scris pe faţa ei, Mark. Nu era deloc dificil de văzut, replică el cu convingere.

Victor îşi muşcă buza de jos ca să nu izbucnească în râs. Îşi imagina cum de 'citise' Axel chipul femeii.

-Atunci, poate că ar trebui să-i căutaţi pe aceşti alţi bărbaţi, cine ştie, propuse Victor deschizându-şi braţele. Unul dintre ei poate să fie conexiunea pe care o căutaţi. Oricum, nu aveţi nimic de pierdut, sublinie el.

-Doar timp, mormăi Mark. Este o pierdere de timp să căutăm nişte bărbaţi inexistenţi numai pentru că Axel *'i-a citit femeii expresia facială,'* adăugă el pe o voce certăreaţă.

-Nu, nu este, îi replică Leah pe un ton liniştit, dar hotărât. Sună-l pe Josh şi cere-i să verifice cum stă situaţia, îi ordonă ea detectivului.

Mark îşi făcu gura pungă, dar nu putea refuza un ordin direct de la superiorul său. Oricum, era recunoscător că cel puţin Leah nu-i ceruse lui să investigheze. Planurile lui nu implicau munca peste program.

Formă numărul lui Josh şi, în acelaşi timp, profită să mai ia încă o bucată de prăjitură şi să şi-o îndese în gură. Devenise dependent de ele deja.

Leah îşi scutură capul şi se uită urât la el. Mark se grăbi să mestece şi să înghită. Brusc îşi aduse aminte că nu-i plăcea lui Leah să vadă pe careva vorbind cu gura plină.

Maria şi Lucian alergară pe lângă ei râzând. Maria îi spuse ceva fratelui ei, dar Leah nu-i înţelese cuvintele pentru că fetiţa vorbise în română. Copiii alergară în casă, dar cu toate acestea râsetele lor tot se mai auzeau pe terasă.

-Mă gândeam să obţin un mandat de cercetare atât pentru broker cât şi pentru cămătar, se întoarse Leah spre Victor.

-Pe baza a ce? o întrebă Victor pe o voce foarte practică.

-Pe baza zvonurilor, replică ea ridicând din umeri cu indiferenţă. Pe baza a ceea ce ne-ai spus tu. Ştii că avem cauză probabilă, explică ea.

-Poate că aveţi. Dar asta ar însemna să vă arătaţi cărţile, cred, explică Victor. Mă îndoiesc că este o mişcare bună, îşi scutură el capul. Poate că ar trebui să încercaţi ceva diferit mai întâi, spuse el abia audibil, părând uşor preocupat de altceva.

-Ce? îl întrebă Leah, aplecându-se spre el pentru a-l auzi mai bine.

Leah era aşezată în fotoliul de vis a vis de Victor şi dacă acesta vorbea abia şoptit, ea nu-l putea auzi.

-Mă întrebam şi eu, ştii, spuse el, întorcându-şi privirea spre ea. Dacă acei oameni nu aveau nici o idee că erau asiguraţi?

-Ei, acum, asta este o idee, sări Axel în discuţie, foarte interesat de noua direcţie indicată de către Victor.

Până şi Mark îşi termină discuţia cu Josh imediat pentru a asculta ce avea Victor de spus. Nu se făcea să fie lăsat de-o parte.

-De ce crezi asta? îl întrebă Leah, frecându-şi mâinile, ca şi cum ar fi presimţit că şi mai multă muncă îi va fi aruncată în poală.

-Ei bine, m-am interesat în jur zilele acestea, ca să spun aşa. Ştii şi tu că nu e ca şi cum aş putea face prea multe fiind închis în casă şi nefiind capabil să mă mişc după cum aş vrea, îşi deschise el braţele.

Victor le arătă laptopul pe care-l lăsase pe masă, iar apoi continuă:

-Am verificat care e piaţa şi care sunt preţurile pentru asigurările de viaţă. De asemenea, am citit câteva studii şi am verificat statistici, ştiţi ce vreau să spun, gesticulă el. Doar aşa, ca să am o idee cât mai clară, ridică el din umeri.

Victor nu mai simţea acele dureri ascuţite la fiecare mişcare, iar acum compensa pentru toate ceasurile în care nu a putut face altceva decât să stea nemişcat. Atlfel, era un bărbat destul de economic cu gesturile sale.

-Şi am descoperit ceva interesant, spuse Victor pe o voce egală. Oamenii între optsprezece şi patruzeci, hai să spunem, chiar patruzeci şi cinci, înclină spre un alt gen de asigurare de viaţă, nu aceasta, îşi scutură el capul cu convingere.

Privi spre fiecare dintre ei şi observă confuzia de pe chipul lui Mark, dar şi curiozitatea de pe faţa lui Axel. Numai Leah păstra o expresie neutră. Victor se decise să le explice mai pe larg ce voia să spună.

-Da, aceasta este o poliţă garantată, dar în mare parte fie oamenii foarte în vârstă ori oamenii cu probleme medicale caută acest tip de acoperire. Vezi tu, poliţa aceasta vine cu prime mai ridicate, dar se continuă până la finalul vieţii persoanei asigurate şi nu se cer nici un fel de teste medicale... Hai, să-i luăm pe oamenii pe care i-am investigat eu înainte ca voi să vă începeţi ancheta, i se adresă el lui Leah direct.

Leah nu părea să arate a fi foarte interesată de ceea ce spunea el, dar nici nu părea să fi fost plictisită. Aceasta îl încurajă să continue în dezvoltarea teoriei sale.

-Nu cred că vreunul dintre ei avea peste patruzeci şi cinci de ani sau avea probleme medicale. Nici unul dintre ei nu putea fi inclus într-una dintre aceste două categorii. Deci, întrebarea care se pune este de ce ar fi ales această asigurare anume dacă ar fi avut alte opțiuni, opțiuni mai bune, vreau să spun, spuse el.

Victor își scutură capul și-și flutură mâna. Era clar că el decisese deja că avea răspunsul corect.

-Nu, nu cred că acei oameni au ales această poliță de asigurare ei înșiși. Nici măcar nu cred că erau conștienți că erau asigurați, Victor își mai scutură capul încă o dată.

Leah și Mark se uitau fix la el. Se părea că aveau nevoie de puțin mai multe explicații.

-Ar trebui să verificați cu unii dintre oamenii care sunt încă în viață și au o poliță de asigurare pe viața lor, indică el. O să vedeți că am dreptate, dădu el din cap din nou. Acestea ar trebui să fie două direcții de anchetă importante pentru investigație, cred eu. Mai întâi trebuie să aflați dacă știau că au o poliță de asigurare pe viața lor. Dacă nu știau, atunci ar trebui chestionați beneficiarii. Iar apoi, veți afla cum de au știut beneficiarii unde să meargă ca să cumpere o astfel de poliță și, mult mai important, fără ca persoana asigurată să fie prezentă. Cel puțin, vă vor oferi unele informații dacă vor vedea că sunt pe cale de a fi arestați pentru fraudă cu asigurări.

Acum, toți păreau confuzi. Victor admise că probabil nici unul dintre ei nu știa cum funcționa industria asigurărilor.

-Din câte am observat eu, le explică el, astfel de polițe nu sunt eliberate decât în prezența persoanei asigurate și numai cu semnătura acelei persoane pe contract. Desigur, atunci când veți descoperi cum au reușit acei oameni să cumpere asigurare pe capul altcuiva fără ca acel cineva să știe acest lucru, atunci veți afla cum de au știut ei cu cine să vorbească pentru ca persoana asigurată să fie ucisă. Absolut tot restul va fi floare la ureche, sublinie Victor.

Apoi, se lăsă mai pe spate, căutând o poziție mai comfortabilă pe sofa. Era pe calea vindecării, dar tot mai avea unele dureri când și când.

Câteva momente, Leah păru să se gândească la cele spuse de el, iar apoi aprobă dând din cap. Părerea lui avea merit.

-Ai dreptate aici, Victor. Cred că dacă ne concentrăm investigația pe oamenii care sunt încă în viață, putem probabil să ne încheiem investigația mai rapid și să îi arestăm și pe criminali și pe instigatorii la crimă, își exprimă ea acordul.

-Desigur, dacă vreun alt '*accident*' are loc, tot va trebui să-l investigăm, menționă Axel.

Nu suporta ideea ca cineva care a plănuit o crimă să scape nepedepsit și să mai și profite de pe urma crimei sale.

Victor aprobă spusele lui Axel, iar apoi alese o altă bucată de prăjitură.

Maria și Lucian ieșiră din casă din nou, de data aceasta având rachetele de badminton în mâini. Se apropiară de Victor cu pași ezitanți.

-Ne-am plictisit. Am jucat cărți și Monopoly, deși nu este deloc amuzant să jucăm doar în doi, Maria menționă. Vrem să ne jucăm badminton, dar mami a spus că ne trebuie aprobarea ta, explică ea.

Victor îi ciufuli părul și aprobă cu o mișcare a capului.

-Da, desigur că vă puteți juca badminton dacă vreți. Nu este necesar ca de fiecare dată să veniți la mine să mă întrebați. V-am dat rachetele de tot, așa că sunt ale voastre acum. Nu eu sunt cel care trebuie să aprobe sau nu ce vreţi să faceţi. Doar ce spune mama voastră contează. Dacă ea vă dă voie să jucaţi badminton sau să ieşiţi în curte la joacă, evident că puteţi. Permisiunea mea nu este necesară absolut deloc, le explică el pe îndelete pe un ton practic.

Ambii copii se uitară la el dintr-o parte, ca şi cum nu l-ar fi crezut, iar el îşi încreţi buzele.

-Acum ce mai este? întrebă el, iar de data aceasta nerăbdarea i se simţi în voce.

-Nimic, spuse Maria repede. Ne vom juca acolo, îi arătă ea spre celălalt capăt al curţii, iar apoi copiii fugiră într-acolo.

-Mor de curiozitate aici, spuse Axel după ce copiii nu-l mai puteau auzi. Se întâmplă ceva şi trebuie să ştiu ce, aproape îl imploră el pe Victor.

-Vrei să spui că încă nu ai aflat? îl întrebă Victor pe un ton sec.

Axel îşi scutură capul viguros şi-i aruncă o privire lui Leah.

-Nu, am promis, vezi tu, îşi mişcă el sprâncenele, iar apoi îşi înclină capul spre Leah pentru a clarifica afirmaţia.

Mark îl privi dintr-o parte. Nu înţelegea la ce se referea omul, dar avu sentimentul că ar fi fost important să prindă sensul cuvintelor lui.

-Înţeleg, murmură Victor. Ei bine, pentru că ai fost atât de plin de consideraţie, îţi voi spune, deşi nu îmi face nici o plăcere. Ştii că nu m-am putut mişca cu uşurinţă în ultimele câteva zile. Aşa că am rugat-o pe Liliana să răspundă la telefon dacă nu eram eu prezent. Azi dimineaţă, în timp ce făceam duş, a sunat maică-mea, le explică el, uitându-se în zare.

Ceva clar îl făcea pe Victor să nu se simtă în largul lui, iar Axel se aplecă în față, punându-și coatele pe genunchi. Își sprijini capul în palme, foarte atent la Victor.

-Azi am împlinit patruzeci de ani, mărturisi Victor, iar ceilalți trei exclamară surprinși.

-Pramatie ce ești! Și nu ai spus nimic, sări Axel în picioare.

În entuziasmul său, îl plesni pe Victor peste umăr destul de tare ca să-l facă să geamă. Ceilalți doi se strâmbară când ecoul plesniturii le ajunse la urechi.

-Scuze, se strâmbă Axel. Nu am avut intenția să te nenorocesc, râse el, oarecum mortificat din cauza lipsei lui de atenție. Am vrut numai să te felicit, îi explică el lui Victor.

-Mulțumesc, presupun, replică Victor pe un ton sec, iar un zâmbet apăru pe buzele lui Leah. Oricum, azi dimineață maică-mea a sunat să mă felicite. A vorbit cu Liliana, desigur, și i-a spus că este aniversarea mea de patruzeci de ani azi, se strâmbă el. Imediat, cuvintele mamei mele i-au pus în cap ideea că ar trebui să celebrăm. Ceea ce în traducerea ei înseamnă că trebuie să facă un tort și să gătească un festin adevărat, își dădu el ochii peste cap. Desigur, i-am interzis s-o facă.

-De ce? îl întrebă Leah pe un ton blând, înlănțuindu-și degetele.

-Pentru că nu am angajat-o pe post de menajeră în casa mea, de-aia, se răsti Victor la ea.

-Ah, înțeleg acum, spuse Axel. Ți-e teamă că va crede că o vei lăsa să locuiască aici numai dacă se va ocupa de anumite lucruri, dădu el din cap.

-Mă tem că exact asta şi crede, replică Victor, dând din mână cu nerăbdare.

-De aceea nu te-a crezut fata când ai spus că nu eşti în poziţia de a aproba sau interzice ceva, concluzionă Mark.

-Probabil, mormăi Victor, simţindu-se copleşit de întrebările lor.

-Oricum, interveni Axel, intenţionând să direcţioneze discuţia înapoi la aniversarea lui Victor. Este aniversarea ta de patruzeci de ani, omule, trebuie să o sărbătoreşti.

-Poate că da, replică Victor gânditor. Mă gândeam să-i sui pe toţi în maşină şi să-i duc la Harbourfront. Aşa pe la cinci sau cinci şi jumătate... Să rezerv o masă la Irish Pub acolo, de exemplu... Să ne plimbăm apoi pe promenadă, spuse el cu ezitare, iar apoi se uită la Axel în căutare de alte idei. Nu au ieşit din casa asta de când au sosit şi ard de nerăbdare să vadă oraşul, mai spuse el întorcându-şi mâinile cu palmele în sus.

-Nu-i deloc o idee rea, Victor, prietene, îi aprobă Axel planurile. Dar ştii ce ar fi şi mai bine de atât? rânji el.

-Văd că nu mai poţi de nerăbdare să-mi spui, aşa că..., spuse Victor pe un ton sec şi-şi deschise braţele.

-Invită-ne pe noi toţi. Vom sărbători împreună. Suntem prieteni, până la urmă, îi aruncă Axel o privire plină de înţeles lui Victor. Şi dacă ai alţi prieteni...

-Nu pot spune că am, îşi scutură Victor capul. Am câţiva amici ici colea, dar nu sunt apropiat de cei din Toronto.

-Bine atunci, îi acceptă Axel răspunsul. Atunci invită-ne pe noi. Şi după ce terminăm de mâncat la Irish Pub şi am făcut plimbarea aia de care vorbeai, putem să mergem la mine acasă. Am un condo chiar acolo pe Harbourfront.

Putem bea ceva, mai facem conversaţie, evident despre cu totul altceva, nu despre investigaţia asta, continuă Axel privindu-l întrebător pe Victor.

-De ce nu? acceptă Victor propunerea lui Axel. Hai, s-o facem. Sânteţi de acord să veniţi, da? privi Victor la ceilalţi doi.

Mark îşi întoarse capul şi pretinse că-i privea pe copiii care se jucau.

- Vorbeam şi cu tine, Mark, spuse Victor.

Uluit, Mark îşi îndreptă imediat privirea înapoi spre el.

-M-ai invita şi pe mine, spuse el pe un ton sec, dar ochii îi ieşeau deja din orbite de uluire.

-Da, râse, Victor. Te invit şi pe tine. Eşti liber? Ne întâlnim acolo, la Pub, la cinci şi jumătate.

O umbră de regret trecu peste chipul lui Mark şi acesta îşi scutură capul.

-Am o întâlnire, mărturisi el.

-Interesant, fluieră Axel. Cine e persoana?

-Axel, îl admonestă Leah uşor.

-Ce e? Doar întrebam şi eu, protestă el.

-Adu-o cu tine, îi replică Victor lui Mark pe acelaşi ton.

Mark aruncă o privire fugară spre Leah, şi atât Victor cât şi Axel şoptiră la unison:

-Oh, oh.

Leah mustăci şi îl întrebă pe Mark pe un ton insistent:

-Cine este de eşti atât de evaziv?

Mark înghiţi cu greu şi îşi coborî privirea, atitudinea lui amintindu-i lui Leah de un copil prins cu degetele în borcanul de dulceaţă.

CAPITOLUL 15 – ADEVĂRURI ȘI DEZAMĂGIRI

COBORÂRĂ CU TOȚII DIN mașină într-o liniște relativă. Atmosfera dintre adulți rămăsese destul de încordată din momentul în care Victor îi anunțase că vor ieși în seara aceea.

Imediat după ce au ieșit din mașină, Liliana a și prins mâna lui Lucian într-a ei. Era Maria mai extrovertită și mai îndrăzneață, dar fetița o asculta atunci când îi spunea să nu plece de lângă ea.

Liliana putea întotdeauna să conteze pe ea că-i va rămâne alături. Fiul său era cel care o îngrijora pentru că în mod sigur ar fi luat-o la picior și s-ar fi pierdut pe undeva.

Aparent, băiatul avea o problemă serioasă cu auzul. Din ce văzuse Liliana de-a lungul vieții ei, cea mai mare parte a băieților și bărbaților împărtășeau acea problemă.

Cu toate acestea, Victor i-a observat gestul și, imediat după ce a încuiat ușile de la mașină, și-a întins brațul și a prins el fetița de mână. Mâna ei se simțea ciudat în a lui. Degetele ei se curbaseră în jurul degetului lui cel mare și gestul ei îl făcu să surâdă.

Apoi, Victor preluă conducerea şi îi conduse pe drumul spre restaurantul irlandez. Restaurantul era situat pe marginea lacului şi era foarte cunoscut atât pentru bucătăria excelentă şi copioasă, dar şi pentru vederea la lac.

După ce a reflectat serios, Victor a rezervat o masă pentru cinci şi jumătate seara pentru că dorea ca detectivii să aibă suficient timp să ajungă acasă şi să se schimbe.

Şi Mark îi acceptase invitaţia până la urmă. S-a agitat el un pic la început, dar s-a lăsat convins în cele din urmă. Nu a uitat însă să sublinieze faptul că trebuia să se ducă să-şi ia prietena mai înainte de a sosi la restaurant.

Victor nu a uitat însă că omul nu-i acceptase invitaţia graţios, iar acel gând îl măcina, deşi încerca să nu ia reticenţa lui Mark ca fiind un atac personal. Îşi dăduse seama că de fapt Mark păruse mult mai îngrijorat că Leah o va întâlni pe prietena lui.

Dar cu toate acestea, interesant era faptul că bărbatul nu cedase presiunii, ba chiar a refuzat clar să dezvăluie identitatea femeii cu care se vedea.

Victor observase schimbul de priviri dintre Leah şi Axel. Era clar că lui Axel i-ar fi făcut o mare plăcere să extragă informaţia din capul detectivului, dar locotenenta îi interzisese să-i citească mintea omului, iar Leah părea să fie foarte severă când îşi punea mintea.

Liliana îl privise şi ea ciudat pe Victor când acesta o informase despre rezervarea pe care o făcuse la restaurant. Victor s-a întrebat de câteva ori dacă nu ar fi fost mai înţelept să fi discutat cu ea înainte de a telefona pentru a face rezervarea. Probabil că ar fi trebuit să o invite la restaurant în loc să-i spună că vor ieși în oraș, dar acum era deja mult prea târziu ca să mai schimbe ceva.

Oricum, întâmplarea a făcut că i-a spus despre planurile lui în fața copiilor, iar ei imediat au trecut de partea lui. Practic, aceștia au urlat de plăcere pentru că, în sfârșit, aveau și ei ocazia de a ieși din casă.

Dată fiind situația, Liliana nu a mai avut de ales și nu i-a putut refuza invitația, așa cum ar fi dorit, dacă ar fi fost să se ia după expresia feței ei. Dar privirea neagră pe care i-a aruncat-o lui Victor l-a lăsat pe acesta să înțeleagă fără urmă de îndoială ce părere avea despre maniera în care manevrase situația.

De fapt, Victor nu fusese mânat de nici un fel de motive ulterioare sau, cel puțin, nu era conștient să fi avut asemenea motive. Nici măcar pentru o clipă nu-i trecuse prin minte că dacă i-ar fi spus Lilianei de ieșirea la restaurant în fața copiilor, aceasta nu l-ar fi putut refuza și ar fi trebuit să accepte.

Dar deși știa că nu avusese intenția să o pună în situația de a nu putea să-l refuze, tot îl necăjea ideea că nu s-a comportat tocmai corect față de ea. Cu toate acestea, nici nu putea spune că regreta ceea ce făcuse, pentru că, până la urmă, totul ieșise după cum își dorise el.

Și de altfel, nu considera că i-ar fi folosit la ceva să-și ceară scuze. *'La ce bun să-ți mai ceri scuze după ce deja ai făcut ceva?'* Victor era un om foarte practic și nu-și risipea timpul cu ceva ce părea fără sens.

Pe drum spre restaurant, atât Liliana cât şi copiii îşi tot întorceau capetele în toate părţile şi se uitau peste tot. De data aceasta, ziua de naştere a lui Victor căzuse într-o sâmbătă, iar Harbourfront era înţesat de oamenii care voiau să profite pe deplin de temperaturile atipice de care se bucurase oraşul în acel an.

Temperatura coborâse cu câteva grade a doua zi după ce Liliana aterizase în Toronto, dar diferenţa era nesemnificativă. În mod obişnuit, temperatura era mult mai coborâtă în regiunea de unde proveneau ei. Chiar şi cei doi copii purtau numai tricouri peste blugi.

-Luci, uite acolo, strigă Maria, întorcându-şi capul spre fratele ei. Vapoare. Mami, putem merge cu vaporul, mai că sări ea în sus, iar Victor surâse.

-Nu ştiu, spuse Liliana ezitând. Va trebui să vedem. Nici nu ştiu dacă sunt pentru public sau...

-Sunt pentru public, o întrerupse Victor. Ne vom interesa, da? privi el în jos spre Maria. Acum mergem să luăm cina. După aceea, vom merge la chioşcurile acelea şi vedem cum stau lucrurile, îi promise el, iar copila îl recompensă cu un zâmbet uriaş.

Se strecurară cu oarece dificultate printre grupurile de oameni şi, în final, reuşiră să ajungă la restaurant. Câţiva oameni aşteptau în faţa tinerei care aşeza clienţii la mese şi Victor îşi făcu loc cu coatele până ce ajunse în faţa ei.

-Am o rezervare sub numele de Victor Dobrotă.

-Oh, desigur, tânăra îi zâmbi, arătându-i un şirag de dinţi albi. Unii dintre prietenii dumneavoastră au sosit deja şi vă aşteaptă la masă, îl informă ea.

Luând două meniuri de pe masă, îi invită să o însoţească cu un gest larg.

-Aţi spus că doriţi o masă afară pe terasă, chiar lângă apă, spuse ea pe un ton uşor interogativ, iar Victor aprobă cu o mişcare a capului.

Continuând să zâmbească, femeia începu să se strecoare printre rândurile de mese până ce ajunseră la masa pe care o rezervase Victor. Acesta observă că, de fapt, două mese mari fuseseră unite pentru a-i acomoda pe toţi.

Leah şi Axel erau deja aşezaţi la masă, iar Axel se ridică imediat ce Leah i-a şoptit că Victor era acolo. Au schimbat câteva cuvinte, iar apoi bărbaţii s-au aşezat, după ce copiii şi Liliana şi-au ales scaunele.

Spre surpriza Lilianei, Maria anunţase că ea dorea să stea lângă Victor. Pentru ca să nu fie lăsat deoparte, Lucian alesese să se aşeze între Maria şi Axel. Simţindu-se foarte expusă, Liliana trebui să accepte scaunul de lângă Victor şi îi evită privirea când el îi ţinu scaunul să ia loc. Spera ca Victor să nu îşi dea seama ce gândea ea despre acel aranjament.

Abia luaseră loc că ospătăriţa şi apăru la masa lor cu un carnet în mână.

-Aţi vrea să comandaţi acum sau aţi prefera să-i aşteptaţi şi pe ceilalţi prieteni ai dumneavoastră? îi întrebă ea, privirea ei măturând scaunele rămase goale.

Victor se uită la fiecare şi, cu excepţia copiilor care păreau dornici să termine cina cât mai repede posibil, ca să poată merge după aceea la chioşcurile de unde se puteau cumpăra bilete pentru croazierele pe vapoare, toată lumea decise să aştepte ca Mark şi prietena lui să ajungă acolo înainte să comande.

-Mai aşteptăm câteva minute, o informă el pe chelneriţă, iar apoi râse când geamătul Mariei îi ajunse la urechi.

După ce chelneriţa a plecat, se întoarse spre fetiţă şi îi vorbi în engleză pentru a nu fi nepoliticos faţă de Leah şi Axel.

-Nu te îngrijora. Vom avea destul timp la dispoziţie să vorbim cu oamenii cu vapoarele, dacă mai sunt încă deschişi la această oră. Dacă nu sunt, ne întoarcem mâine, o asigură el, dar fetiţa se îmbufnă şi-şi încrucişă braţele peste piept.

-Am auzit cuvântul '*vapor*'? se interesă Axel.

-Da, vor să facă o croazieră, îi explică Victor. Vom verifica la chioşcurile de acolo, spuse el arătând cu bărbia în direcţia chioşcurilor ce vindeau bilete pentru croaziere şi care se aliniau de-a lungul ţărmului. Probabil că ar trebui să o facem acum, cât îl mai aşteptăm pe Mark, propuse el gânditor.

-Nu este nevoie, îşi scutură Axel capul, iar cuvintele lui le atrase imediat atenţia copiilor. Leah şi cu mine am decis să îţi oferim această sticlă de whiskey cadou de ziua ta, spuse el şi scoase o cutie cu o sticlă de whiskey dintr-o pungă pe care o pusese la piciorul mesei. Sticla aceasta vine împreună cu o croazieră pe yachtul meu mâine dimineaţă, spuse Axel mişcându-şi sprâncenele şi făcându-i pe adulţi să zâmbească.

La cuvintele lui, copiii au început să strige de bucurie pe voci foarte ridicate, iar chipul Lilianei se înroşi puternic. Faţa femeii ardea de ruşine pentru că oamenii de la celelalte mese se întorseseră spre ei şi îşi scuturau capul cu dezaprobare.

-Nu ar trebui să-ți pese, îi șopti Victor la ureche mai întâi, iar apoi se întoarse spre copii. Foarte bine, spuse el, vom accepta cadoul lui Axel și vom merge într-o croazieră pe lac mâine. Dar nu mai ovaționăm acum, da? Se pare că mamei voastre nu îi place, le făcu el cu ochiul și copiii râseră.

-Va trebui să vă îmbrăcați mai bine mâine, din păcate. Se pare că temperatura va mai scădea ușor în următoarele câteva zile, le explică Leah copiilor. Am fi aranjat croaziera pentru mai încolo, când se presupune că temperatura va crește din nou, îi spuse ea Lilianei pe un ton apologetic, dar avem mult de lucru la cazul în curs și chiar nu știu cum va fi vremea weekendul viitor.

-Și ce dacă? îi replică Lucian, încrețindu-și nasul. Nouă nu ne pasă dacă este frig, spuse el pe un ton hotărât.

-Cât de mult este până mâine? decise Maria să-l întrebe pe Victor, iar el își dădu ochii peste cap.

-Destul de mult. Ai timp să îți mănânci cina și să dormi bine la noapte, îi replică el pe un ton uscat.

-Tu nu vorbești cu noi cum vorbesc alți oameni, observă fetița, încrețindu-și nasul.

-Și ce vrea să însemne asta? o întrebă el ursuz.

Victor știa foarte bine că nu avea nici un fel de experiență privind comportamentul față de copii, dar, până în acel moment, păstrase iluzia că nu s-a descurcat prea rău cu ei.

-Ca și cum suntem prea mici și nu pricepem nimic, replică ea, dând viguros din cap.

-Ah, deci de fapt nu te deranjează felul în care îți vorbesc, pricepu Victor cum stăteau lucrurile.

Maria își scutură capul, iar apoi îl bătu pe mână încurajator.

-Nu, deloc. Vorbește-ne la fel în continuare, îi ordonă ea pe un ton serios.

Apoi fetița anunță cu seninătate:

-Celălalt bărbat e aici.

-Mark? întrebă Leah și-și întoarse capul spre promenadă, când văzu încotro privea Maria.

Se așteptase ca Mark să vină dinspre stradă și tocmai de aceea alesese acel scaun. Vrusese să-l poată vedea imediat când ar fi sosit. Când îl descoperi în mulțime, la câțiva metri depărtare numai, ochii i se lărgiră de mirare și icni.

-Oh, nu, nu a făcut asta, șopti ea, iar vocea ei arăta clar că nu-i venea să-și creadă ochilor.

-Ce s-a întâmplat, iubita mea? întrebă Axel. Oh, acela este Mark împreună cu prietena lui, spuse el când dădu cu ochii de bărbat.

Mark se plimba alene pe promenadă, iar degetele sale îi erau înlănțuite cu degetele unei femei înalte și mlădioase. Vântul zburlea părul des și movaliu al femeii, iar ea râdea din cauza a ceva ce-i spunea Mark.

-O știi? o întrebă Axel pe Leah, deși ochii lui rămăseseră fixați pe cei doi.

Se părea că Mark și prietena lui nu se prea grăbeau să ajungă la restaurant. Nu-și grăbiră pașii deloc și păreau adânciți într-o conversație amuzantă.

-Știi cazul Klavdya, își întoarse Leah capul spre el interogativ.

Axel dădu din cap, cu un surâs pe buze.

-Ar fi dificil să-l uit, iubita mea, nu crezi? spuse el tărăgănat, iar apoi se întoarse spre ceilalţi. Atunci ne-am întâlnit noi doi, în timp ce Leah ancheta acel caz, menţionă el. Acum spune-mi tu, se adresă el lui Victor cu un ton poruncitor, ce bărbat ar uita aşa ceva?

Victor se mulţumi să dea din umeri, nefiind prea dornic să-şi împărtăşească opinia. Nu fusese niciodată în poziţia în care era Axel ca să ştie despre ce vorbea acesta.

-În fine, interveni Leah în discuţie, accentuând cuvintele, fiul Klavdyei lucrează pentru o companie de jocuri video sau cam aşa ceva, spuse ea ridicând din umeri cu indiferenţă. Ei bine, femeia care îl însoţeşte pe Mark acum este recepţionista care lucrează pentru aceeaşi companie, explică ea, înclinând capul în direcţia cuplului. Am întâlnit-o când ne-am dus să-i punem întrebări lui Aleksey despre mama sa.

-Oh, înţeleg, murmură Liliana. Şi regulamentul interzice ca ei să se împrietenească? întrebă ea.

-Sper că nu, izbucni Axel în râs. Altfel, noi doi am fi într-o încurcătură serioasă, spuse el, fluturându-şi degetul între el şi Leah.

-Oh, taci din gură, îl plesni ea peste braţ. Nu este vorba despre aşa ceva, se întoarse ea spre Liliana. Dar îmi aduc perfect aminte că femeia aceea nu părea dornică să-i acorde lui Mark nici măcar o secundă din timpul ei. L-a tratat de parcă... de parcă nici nu ar fi existat. Sunt doar surprinsă că el... hai, să spunem, că a vrăjit-o până la urmă, explică ea.

-Ah, acum înţeleg cum stă treaba, râse Victor. Poate că omul are talente ascunse, cine ştie? spuse el ridicând din umeri, ochii săi continuând să urmărească cuplul.

Privirea lui trecu peste cei doi bărbați din spatele lui Mark și a prietenei sale. Ceva parcă îl forța să-i privească.

Razele apusului roșiatic se reflectau pe scalpul strălucitor al unui dintre ei. Dar cei doi bărbați păreau adânciți într-o discuție și Victor renunță să-i mai privească.

Mark și prietena lui dispărură din vedere, iar Victor, după ce mai trecu în revistă mulțimea de oameni încă o dată, doar ca să fie sigur, își întoarse atenția la musafirii săi de la masă.

Câteva clipe mai târziu, cuplul a fost condus la masa lor, iar Mark, care devenise deja foarte stacojiu, le-o prezentă pe prietena lui Jen. Cei doi s-au așezat la masă, în hohotele de râs ale lui Axel. Chipul stânjenit al lui Mark stârni râsul tuturor celor de la masă, ori cel puțin câteva zâmbete ironice.

Leah îi ceru lui Axel să se oprească din râs și propuse ca fiecare să citească meniul pentru a da comanda. Chelnerița își tot ațintea ochii pe ei de ceva vreme și le tot arunca săgeți.

-Unde e cadoul tău? îl întrebă Lucian pe Mark, iar omul îl privi cu ochii mari.

Liliana icni, iar mâna îi zbură la gât din cauza mortificării. Ochii ei îl străpunseră pe băiețel, dar el pretinse că nu observa absolut nimic.

Victor se aplecă peste capul Mariei și-i șopti lui Lucian:

-Aici cadourile nu sunt obligatorii, puștiule, așa că lasă bietul om să respire. Eu, unul, consider că prezența lui aici este cadoul lui pentru mine, se gândi el să adauge.

Lucian se uită chiorâș la Mark și ridică din umeri. Cu siguranță el nu-l va invita la aniversarea zilei lui de naștere.

Victor citi gândurile copilului în ochii săi, iar un surâs îi apăru pe buze. Băiatul era încă la vârsta când cadourile contau cel mai mult. Victor încă putea să-și mai amintească de acei ani.

Abia își deschisese meniul să aleagă ce dorea să comande pentru cină, când simți un frison la ceafă. Ochii i se îngustară și-și ridică privirea, ațintind-o spre malul lacului.

Se părea că se înmulțise numărul de oameni care ieșiseră să se plimbe pe malul lacului în acea seară. În ciuda mulțimii, lui Victor i se păru că a văzut creștetul lucitor al omului pe care îl remarcase în spatele lui Mark mai devreme, dar nu putea fi sigur. Sprâncenele i se încrețiră, iar gura i se strânse într-o linie dură.

-Este vreo problemă, prietene? șopti Axel peste capetele copiilor, pe o voce menită să nu provoace nici cea mai mică alarmă.

-Nu știu încă, replică Victor pe aceeși voce calmă.

Capul dispăru complet și el ridică din umeri. Nu știa dacă exista vreo amenințare, dar avea presentimentul că ceva era în neregulă și se hotărî să fie mai atent de atunci încolo.

-N-A MURIT, ȘEFULE, doar îți spun, bărbatul cu craniul strălucitor spuse în telefonul celular pe care îl avea la ureche. Mai mult ca sigur Smidgen a omorât pe altcineva, explică el.

-Omul acela trebuie să moară cu orice preț. Poliția poate obține oricând un mandat de cercetare pe baza zvonurilor. Fără el, nu mai există nici un fel de bază pentru un astfel de mandat. Ultimul lucru de care avem nevoie acum este să vină poliția să amușine în jurul afacerii noastre, Tom, replică vocea dură de la celălalt capăt al liniei.

-Mă voi ocupa de asta în seara aceasta, șefule, promise bărbatul, iar apoi deconectă linia.

CAPITOLUL 16 – O TENTATIVĂ LA CRIMĂ ȘI O OMUCIDERE

CÂND S-AU ÎNTORS ÎNAPOI acasă, Liliana era extenuată. Cina de la Irish Pub se întinsese și fusese plină de haz, dar, de asemenea, s-au spus unele lucruri care i-au deschis ochii într-o manieră brutală.

Crezuse că va veni în Canada și-și va găsi de lucru curând. *'Doar mi-au cerut să am anumite studii și experiență.'* Acum, spre necazul ei, aflase că nici studiile și nici experiența ei nu contau.

Dacă numai Victor i-ar fi spus aceasta, atunci ar mai fi avut o fărâmă de speranță. Nu-l înțelegea nici pe el și nici acțiunile lui, dar avea sentimentul acut că bărbatul fusese împotriva sosirii ei în țară încă de la început.

Dar, cu toate acestea, și Jen susținuse opiniile lui Victor. Se părea că și ea imigrase cu câțiva ani în urmă și avea câteva povestiri de spus.

Jen arăta ca o adolescentă, iar Liliana a fost șocată să afle că fata avea deja douăzeci și șapte de ani, fiind numai cu un an mai tânără decât ea. Numele ei era Jana, dar prietenii pe care și-i făcuse în Toronto o strigau Jen, așa că a început și ea să se prezinte sub numele de Jen.

Jen provenea din Serbia. Şi ea crezuse că-şi va găsi aici o slujbă în domeniul ei când venise, dar nu a reuşit.

Începuse apoi să lucreze pentru compania de jocuri video, ca recepţionistă, şi studia să devină parajuristă, o profesie complet diferită faţă de cea pentru care se educase în ţara ei. Mai avea doar o sesiune înainte să termine cursurile şi să-şi obţină diploma.

Povestea lui Jen o deprimase pe Liliana. Acum înţelegea că va trebui să se întoarcă înapoi la şcoală dacă dorea să găsească de lucru în domeniul ei de pregătire sau dacă dorea să găsească o slujbă bună, cel puţin.

'*Cum naiba o să merg la şcoală şi o să am grijă şi de copii în acelaşi timp, dacă nu am o slujbă?*'

Era într-adevăr o dilemă. Era conştientă că nu avea suficienţi bani să se susţină pe ea şi pe copii pentru o perioadă îndelungată de timp.

La finalul cinei, chelneriţa venise şi-i oferise un şoc suplimentar când a întrebat dacă doreau note de plată separate, iar pentru un moment, Liliana uitase să respire. Privirea ei înspăimântată se îndreptase spre Victor. Chelneriţa o năucise atât de tare încât nu a mai fost în stare să-şi regăsească vocea pentru a-şi exprima îngrijorarea.

Luase cu ea ceva bani în seara aceea, dar se îndoia că suma aceea ar fi fost suficientă să acopere ceea ce copiii şi ea comandaseră. Se gândise numai să aibă ceva bani în geantă în caz că vreunul dintre copii ar fi văzut şi dorit ceva în timpul plimbării.

Gândul că cineva ar fi invitat-o la restaurant pentru ca apoi să-i ceară să-şi plătească partea la finalul cinei, nu-i trecuse nici măcar pentru o secundă prin minte. Astfel de lucruri nu se întâmplau niciodată acasă.

Din fericire, Victor i-a cerut chelneriţei să-i aducă lui nota de plată. A fost foarte clar că nu era nevoie de note de plată separate, iar că ceilalţi erau musafirii lui. Liliana a răsuflat de uşurare.

Mark l-a privit cu neîncredere câteva clipe, dar Leah şi Axel păreau să-l cunoască şi să-l înţeleagă pe Victor mai bine, aşa că nu au avut nici o reacţie la cuvintele lui.

Jen doar i-a zâmbit lui Victor şi i-a spus:

-Oh, şi când te gândeşti că era cât pe ce să-i refuz invitaţia lui Mark la cină. Nu ştiam că voi obţine o masă gratis din chestia asta, vezi tu. Iau salariul curând, dar până atunci trebuie să-mi supraveghez cheltuielile, menţionă ea.

-Nu ţi-aş fi cerut să plăteşti, se întoarse Mark spre ea cu ochi duri, ceea ce era în sine interesant de văzut, pentru că, de regulă, Mark lăsa impresia că nu era nimic altceva decât un ursuleţ de pluş.

Dar, cu toate acestea, uneori, Mark era pur şi simplu sătul de felul în care Jen îl desconsidera. De fapt, nu o invitase niciodată undeva pentru ca apoi să-i ceară să-şi plătească partea, aşa că nu înţelegea ce ar fi împins-o să spună aşa ceva.

Dacă nu ar fi fost atât de îndrăgostit de ea deja, şi-ar fi aruncat privirea în jur şi ar fi căutat nişte cuceriri mai uşoare. Jen era o adevărată bătaie de cap uneori. '*Să fiu sincer, mai tot timpul.'* Profesia lui cerea extrem de mult de la el, iar din cauza asta Mark ar fi preferat o relație care ar fi implicat numai un pic de tachinare și ceva sex din când în când.

Gândurile îi erau scrise clar pe chipul lui. Axel și Leah preferară să admire lacul, dar Liliana încă își mai amintea cum Jen își mușcase buza inferioară, rușinată de cuvintele ei.

Da, luată per total, fusese o seară foarte interesantă, petrecută cu oameni captivanți. După cină, s-au plimbat vreo oră, iar apoi au petrecut cam două ore în condoul lui Axel, unde copiii au și adormit de fapt. Victor și Axel au trebuit să-i care înapoi la mașină.

Liliana oftă profund, iar Victor îi aruncă o privire după ce opri mașina. Ochii i se perindară pe fața ei și îi observară cearcănele mari de sub ochi.

-Ești obosită? întrebă el cu un surâs ciudat pe buze.

-Epuizată, replică ea pe o voce seacă.

El râse scurt, iar apoi o înghionti blând cu degetul mare sub bărbie.

-Ei bine, vei merge la culcare acum și mâine dimineață te vei simți mai bine.

Victor coborî din mașină și deschise portiera din spate. Se aplecă înăuntru și îl ridică pe Lucian în brațe.

-Îl iau eu pe băiat. Este mai greu decât Maria, spuse el îndreptându-se și întorcându-se spre Liliana. Dacă ești prea obosită, și cred că ești, poți aștepta aici. Voi veni înapoi după aceea să iau fata, îi spuse el.

-Nu ți-aș putea cere să faci atât de multe, începu ea să spună, dar el o întrerupse.

-Ba da, poți. Așteaptă aici și o să mă întorc într-o clipă, îi replică el ursuz, iar apoi o porni spre ușa de la intrare cu pași mari.

Își sprijini genunchiul de tocul ușii și îl propti pe băiat pe coapsa sa. Apoi, scoase cheia din buzunar, descuie ușa și intră în casă, grăbindu-se în sus pe scări.

Când ajunse în camera copiilor, aprinse lumina, apăsând cu cotul pe întrerupător. Lucian nici măcar nu se mișcă, iar Victor surâse.

După o privire rapidă în jur, așeză băiatul pe patul pe care îl judecă ca fiind al lui. Își imagină că patul cu mai mulți ursuleți de pluș îi aparținea Mariei.

Când se întoarse jos, Liliana se sprijinea de mașină, cu ochii închiși. Ceva similar tandreței jucă înlăuntrul sufletului său, dar împinse sentimentul la o parte cu hotărâre, considerând că nu era cazul să înceapă să-și piardă timpul cu asemenea lucruri fără sens.

Victor își puse mâna pe umărul Lilianei, iar ea deschise ochii imediat. Privirea ei grea, catifelată, îi fură respirația pentru o clipă și Victor se strădui să-și regăsească vocea.

Îi înmână cheile de la mașină Lilianei, iar apoi îi spuse:

-După ce o scot pe Maria din mașină, închide portiera și apasă butonul acesta de aici, da?

Liliana dădu din cap, iar Victor se aplecă peste Maria și o adună în brațe. *'Mda, am avut dreptate. Spre deosebire de fratele ei, este la fel de ușoară ca un fulg.'*

Cu o mişcare a capului îi indică Lilianei să închidă uşile, iar ea se grăbi să-i urmeze instrucţiunile. După aceea, femeia apăsă butonul pe care i-l arătase el. Auzind sunetul ce indica blocarea portierelor, Victor aprobă satisfăcut cu o mişcare a capului, iar apoi o invită pe Liliana să-l preceadă în casă.

În camera copiilor, o aşeză pe fetiţă pe patul ei şi apoi se îndreptă, aruncându-i o privire Lilianei, care se oprise în uşă.

-Cred că pot dormi o noapte şi fără să se dezbrace. Hai, numai să le scoatem pantofii, propuse el, iar în câteva secunde, îi şi scoase pantofii Mariei.

Între timp, Liliana îi scoase pantofii lui Lucian şi îl acoperi cu pătura. Îi sărută fruntea, apoi veni la Maria, îi îndepărtă părul de pe frunte, o sărută şi pe ea, iar apoi trase pătura peste umerii ei.

Amândoi părăsiră încăperea, Liliana stingând lumina când ieşi din cameră. Nu închise uşa complet, ci o lăsă întredeschisă.

Victor o privi câteva clipe, îşi trecu mâna prin păr ciufulindu-l, iar apoi spuse abrupt:

-Noapte bună.

Nu mai aşteptă să-i audă răspunsul, ci se grăbi spre propriul lui dormitor şi închise uşa fără zgomot în spatele lui. Îi era teamă să nu cumva să tempteze soarta.

Liliana doar îşi scutură capul privind cu confuzie în urma lui, iar apoi se îndreptă şi ea spre dormitorul ei ca să se culce.

DEGETELE TREMURĂTOARE ale Lilianei atinseră clanța ușii și femeia era pe punctul de a intra în dormitorul lui Victor, când ușa se deschise brusc făcând-o să tresară. Avu timp numai să vadă pumnul lui Victor îndreptându-se spre fața ei, și imediat își deschise gura, gata să-și exprime șocul printr-un urlet.

La jumătatea drumului spre țintă, pumnul lui Victor se desfăcu și palma lui mare îi acoperi Lilianei gura, asigurându-se că nu mai putea scoate nici un sunet. Mâna lui îi acoperea jumătate din față.

-Șșt, șopti el în urechea ei. Este în regulă. Am crezut că erai altcineva. Evident că nu am de gând să te lovesc. Ce faci aici? o întrebă el, în șoaptă, iar apoi își luă palma de pe fața ei.

-Cred că am auzit pe careva intrând în casă prin ușile franțuzești, șopti și ea la rândul ei.

Cu toate că nu o putea vedea bine în întuneric, Victor o simțea tremurând lângă trupul lui.

-Ai auzul bun, șopti el din nou. Uite, ia telefonul meu mobil, spuse el și-i înmână telefonul pe care îl pusese în buzunarul pantalonilor când se dăduse jos din pat și-și trăsese pantalonii de trening pe el.

-Ia copiii și ascundeți-vă în dulapul de perete din al patrulea dormitor, acela de este gol. Sună la 911 și spune-le să se grăbească. Dă-le adresa mea, strada Geraniums 24, M4P 2A5. Acum, du-te, îi ceru el poruncitor și o împinse de lângă el, rămânând apoi pe loc pentru a-i asculta pașii tăcuți îndreptându-se spre camera copiilor.

După aceea, Victor o porni în jos pe scări precaut, ciulindu-şi urechile ca să audă cel mai mic zgomot ce venea dinspre parter. Auzise culisarea uşilor franţuzeşti mai devreme pentru că se găseau chiar sub dormitorul lui şi el cunoştca foarte bine zgomotele ce se auzeau în mod normal în timpul nopţii. Acela nu era unul dintre sunetele cu care urechile lui se obişnuiseră.

Dar, cu toate acestea, Victor nu ştia câţi oameni intraseră în casă şi ce intenţii aveau, deşi se îndoia că veniseră să-i ureze de bine cu ocazia aniversării sale.

Ajunse la ultima treaptă de jos a scării fără să întâlnească pe nimeni. Era mulţumit că măcar trupul său îşi revenise aproape complet pentru că, în urmă cu două zile, nu ar fi fost deloc în stare să participe într-o confruntare fizică cu careva.

Se sprijini cu spatele de zid, rămânând nemişcat câteva momente. Un zgomot uşor se auzi dinspre biroul său, iar apoi nişte şoapte îi ajunseră la urechi.

Victor se aplecă în faţă şi îşi întoarse capul după colţ. Jaluzelele, care în mod normal acopereau uşile franţuzeşti, erau deschise. Luna îmbăia întregul living într-o lumină argintie.

Două umbre se îndreptară spre el dinspre birou şi se opriră doar la câţiva paşi depărtare de Victor, care încerca să respire fără să facă nici cel mai mic zgomot. Lumina lunii strălucii peste capul ras al bărbatului pe care îl văzuse pe Harbourfront mai devreme, iar ochii lui Victor căpătară un luciu dur şi neiertător.

Acum înţelese el că Mark fusese urmărit şi astfel cei doi dăduseră de el. Mai mult ca sigur că l-au considerat mort înainte de seara aceasta şi nu le-a păsat de locaţia lui până atunci.

-Urc eu mai întâi şi-l voi înjunghia pe individ, bărbatul cu scalpul lucios îi spuse celuilalt, care era un om înalt, subţire şi cu părul roşiatic. Tu mă urmezi şi o omori pe căţea, îi ordonă amicului său pe un ton aspru.

După aceea, îşi duse mâna la spate, în dreptul beteliei pantalonilor, şi scoase un pumnal de tip fluture pe care îl deschise cu o mişcare scurtă din încheietură.

Victor văzuse acel tip de lamă în trecut şi se încruntă pentru că ştia ce dezastru putea lăsa în urmă un astfel de cuţit. Apoi, ochii i se îngustară şi o determinare rece îi oţeli privirea.

Al doilea bărbat, cel cu părul ca morcovul, care se presupunea că trebuia să meargă şi să o ucidă pe Liliana, scoase un jungher cu lama zimţată. Grimasa de pe buzele lui era toată dovada de care Victor avea nevoie ca să înţeleagă că bărbatul nu simţea nici un fel de remuşcare la gândul că va ucide o femeie.

Amândoi bărbaţii începură să se strecoare spre scări, iar Victor îşi lipi corpul de perete. Primul bărbat apăru în raza lui vizuală.

'*Aha, deci primul va fi omul morcov,*' remarcă Victor şi buzele i se contorsionară într-o grimasă urâtă.

Pumnul lui Victor îl lovi pe om drept în faţă, iar acesta căzu imediat la podea. Un zâmbet plin de satisfacţie înflori pe buzele lui Victor când individul căzu la pământ ca buşteanul şi rămase acolo, nemişcat.

Bila Strălucitoare, după cum Victor începuse să-l numească în gând pe celălalt, îl atacă imediat cu cuțitul, dar reuși numai să-i taie brațul superficial. Lama cuțitului pătrunsese printre straturile superioare ale mușchiului, dar nu i se înfipsese profund în braț.

Victor pară și-și propulsă genunchiul spre mijlocul bărbatului, mișcare pe care o urmă imediat cu un cot în falca omului, aruncându-l la pământ.

Deși căzuse la pământ, omul reuși să păstreze cuțitul în mână, iar acum se chinuia să se ridice în picioare. Cei doi erau potriviți ca înălțime și greutate, iar Victor suspectă că bărbatul era la fel de încăpățânat ca și el.

Victor se repezi la el, îi prinse încheietura și, cu o mișcare bruscă, îi răsuci mâna la un unghi nenatural. Încheietura bărbatului se rupse cu zgomot.

Cuțitul alunecă din încleștarea degetelor bărbatului, iar un geamăt agonizant îi zbură de pe buze. Mirosul neplăcut al transpirației lui îi atacă nările lui Victor, dar el nu reacționă. Mai simțise acel miros înainte și uneori chiar și pe propriul corp.

Bărbatul se clătină în spate câțiva pași, dar în ciuda chipului alb și a buzelor strânse din cauza durerii, tot încercă să-l atace din nou. Se gândea să se repeadă la Victor și să-l doboare cu o lovitură zdravănă în bijuteriile de familie.

Victor însă îi citi intenția în ochi și se dădu la o parte din calea lui. Nu-i dădu omului nici o clipă de răgaz ca să-și revină din surpriză, și-și înfipse unul din pumnii lui mari drept în ochiul lui drept. De fapt Victor țintise spre tâmpla omului, dar acesta refuzase să-i respecte intenția și făcuse un pas în lateral.

În ciuda mișcării lui evazive, pumnul lui Victor tot l-a trimis la pământ din nou. O secundă mai târziu, Victor s-a lăsat pe vine lângă el și i-a plantat un cot în ficat cu toată puterea de care era capabil.

Aceasta a fost lovitura care a încheiat lupta. Bărbatul nu mai reuși să tragă aer în piept și începu să respire șuierător. Victor știa din proprie experiență că adversarul lui era anihilat și nu mai prezenta nici un pericol pentru o vreme, așa că s-a ridicat și a inspirat profund.

Brusc, pași discreți răsunară aproape de el pe parchet, iar instinctul îl făcu să se întoarcă și să confrunte noua amenințare.

Bărbatul morcov, pe care îl pusese la podea mai devreme, încercă să înfigă lama scurtă a pumnalului său în pieptul lui Victor, dar acesta reuși să fenteze lama.

Pieptul îi rămase neatins, dar pumnalul i se înfipse în brațul stâng, chiar în biceps. Victor deveni conștient că omul intenționa să tragă pumnalul în jos spre cot, dorind să-i secționeze artera, ceea ce l-ar fi ucis pe Victor și i-ar fi lăsat pe cei de la etaj în mâinile celor doi oameni.

'Astăzi chiar nu-i o zi bună pentru tine să mori, Victore. Trebuie să găsești o soluție și să rămâi în picioare,' reflectă el cu sarcasm.

Cu o privire fixă, aspră, își încleștă degetele peste mâna omului, care ținea strâns mânerul pumnalului, și i-o zdrobi cu toată puterea.

Victor gemu când lama se răsuci în bicepsul lui și îi zgândări rana. El se lupta să tragă lama afară din mușchi, iar adversarul lui se lupta să o tragă în jos spre cot.

Respirația oponentului său mirosea puternic a ceapă și un val de greață îl asaltă pe Victor. Mai mult decât atât, capul îi începuse să pulseze din cauza durerii. Victor își împinse genunchiul cu putere sub abdomenul bărbatului, sperând ca acesta să-și desfacă degetele de pe pumnal.

Bărbatul păși în spate cu un urlet de durere, dar luă și pumnalul cu el, smulgându-l din brațul lui Victor, astfel provocând un proces de aspirare, ceea ce făcu să-i țâșnească sângele din braț, sprayându-l pe omul morcov pe față și pe haine.

La rândul lui, și Victor urlă, iar transpirația i se adună broboane pe frunte. Încercă să-și șteargă fruntea cu brațul drept și abia atunci observă că și brațul acela îi sângera.

Se părea că Bila Strălucitoare reușise să facă mult mai mult decât să-l atingă cu lama superficial, după cum crezuse Victor. Lama cuțitului tăiase prin mușchi, chiar dacă nu foarte profund. Adrenalina care-i vuia prin vene îl oprise pe Victor să simtă durerea mai devreme.

Victor nu credea că ar fi fost în stare să-și folosească brațul stâng prea mult, dar celălalt braț încă îl mai ajuta. Ținând un ochi pe omul subțire ca sârma, încercă să-și flexeze brațul drept. Era dureros și nu se mișca cu naturalețea obișnuită. Mai mult decât atât, nu părea să aibă prea multă forță în el, probabil pentru că deja pierduse prea mult sânge.

Omul morcov reuși să-și regăsească echilibrul, deși fața îi era contorsionată de durere. Își ajustă poziția degetelor pe plăseaua pumnalului și cu un strigăt se aruncă spre Victor, pregătit să îi înfigă cuțitul în gât.

Victor se gândi să-i rupă încheietura, aşa cum procedase şi cu prietenul lui, dar după ce s-au luptat câteva minute, timp în care cuţitul tot avansa spre gâtul său, ba chiar îl şi ciupi de câteva ori, înţelese că nu mai era capabil să repete gestul. Nu mai avea destulă putere rămasă în braţul lui drept.

Cu un muget, îşi strânse şi degetele de la mâna stângă pe încheietura omului. Sudoarea îi picura în ochi şi o şuviţă de păr îi căzuse peste ochiul stâng. Îşi simţea pielea rece şi lipicioasă din cauza transpiraţiei.

Strânse din dinţi, iar apoi încercă să-şi adune ultimele resurse de energie dinlăuntrul său. Cu un alt răget, împinse mâna cu cuţitul cu lamă zimţată departe de gâtul său şi împunse lama în gâtul omului.

Ochii omului morcov se rotunjiră ca urmare a şocului. Un icnet zbură de pe buzele lui şi el se clătină pe picioare. Când omul căzu la podea, degetele îi erau tot încleştate pe plăseaua cuţitului.

Bărbatul continuă să se holbeze la Victor, care respira cu greutate şi care, la rândul său, nu-l slăbea din priviri pe omul căzut la pământ. Apoi omul alunecă pe o parte şi icni încă o dată. Sângele îi ţâşni din gură şi îi gâlgâi în gât sufocându-l.

Omul era terminat. Victor cunoştea semnele, aşa că se întoarse să-l privească pe celălalt. Lumina lunii lucea în picăturile de sânge de pe podea, dar cu toate acestea erau prea multe umbre în încăpere care îl împiedicau să vadă forma celuilalt. Victor apăsă întrerupătorul şi tresări când ochii îi căzură pe Liliana, care se găsea pe scări.

Degetele de la mâna sa dreaptă erau încolăcite în jurul gâtului său cu spaimă şi Liliana îşi apăsa cealaltă mână în jurul mijlocului, ca pentru a-şi potoli stomacul. Ochii îi luceau cu lacrimi nevărsate, iar irişii îi străluceau în culoarea ciocolatei amărui.

CAPITOLUL 17 – ADMIRAȚIE ȘI ARMISTIȚIU

-CE CAUȚI AICI? O ÎNTREBĂ Victor pe un ton aspru, ochii săi fixându-se pe chipul ei după ce îi poposiseră pe părul ei despletit pentru câteva clipe.

Liliana fusese prea extenuată mai devreme când se dusese la culcare în seara aceea și nu se mai obosise să-și împletească părul. Acum, femeia arăta de parcă se rostogolise cu cineva în pat temeinic, și chiar dacă Victor era conștient de multitudinea de dureri care colcăia în trupul său – ar fi fost dificil să nu le simtă, bărbatul din el tot răspunse la înfățișarea ei.

-Am crezut că ți-am spus să rămâi sus, ascunsă în dulap alături de copii, mai menționă el pe un ton malițios.

-Am vrut să mă asigur, începu ea să spună, dar el o întrerupse.

-Ce? Ai crezut că ai fi fost în stare să te ocupi de situație mai bine decât aș fi putut eu?

Liliana își scutură capul, iar degetele pe care și le încolăcise la baza gâtului tremurară. Fusese martoră la ultima parte a bătăii, iar ceea ce văzuse o șocase profund.

Lumina lunii căzuse exact pe cei doi bărbați prinși în încleștare. Abia reușise să-și oprească strigătele din gâtlej ori de câte ori lama cuțitului pătrundea în pielea lui Victor.

Acum, femeia observă luminile sălbatice din ochii lui Victor. De asemenea, își dădu seama că mușchii bărbatului încă trepidau din cauza tensiunii. Înfățișarea lui nu o înspăimânta, dar o speria sângele care-i picura la podea din brațul stâng, pe care Victor îl ținea la oarecare distanță de corp.

-Atunci ce? Victor se răsti la ea, nesatisfăcut că Liliana nu-i răspunsese destul de rapid.

Își pierdea răbdarea din ce în ce mai mult din cauză că adrenalina începuse să se disipeze din corpul lui și durerea câștiga teren. Când remarcă teama din ochii ei, se simți dezgustat de comportamentul său, dar parcă ceva tot îl împingea să fie rău cu ea.

-Ai vrut să iei și tu parte la încăierare, asta e? se răsti el la ea pe un ton sec.

-Victor, taci din gură, nu mai rezistă ea și strigă până la urmă. Ești rănit rău de tot, idiotule. În loc să dai din meliță fără oprire, mai bine te-ai așeza undeva și m-ai lăsa să mă uit la rănile tale, spuse ea cu mânie, când observă că atât gâtul, cât și celălalt braț îi sângerau.

-Unde sunt copiii? o întrebă el de parcă Liliana nu ar fi spus nimic.

Liliana aruncă o privire plină de îngrijorare în sus pe scări, iar apoi mărturisi:

-I-am lăsat în dulap și le-am spus să nu se miște până nu vin eu să-i iau.

-Atunci du-te și ia-i, iar apoi pune-i la culcare. Au avut destule aventuri pentru o singură noapte. Eu trebuie să-i leg mâinile individului ăsta, arătă el spre bărbatul de pe podea care continua să respire cu greutate. Nu ar trebui să fie capabil să facă nimic pentru cel puțin încă vreo două ore, dar cred că ar fi mai bine să fiu precaut.

Liliana își scutură capul, dar el nu-i mai dădu nici o atenție și se îndreptă spre dulapul din holul de la intrare să caute niște sfoară sau ceva similar pentru a-l imobiliza pe atacatorul care se afla încă în viață. Nu reuși să facă mai mult de doi pași când sirena unei mașini de poliție răsună destul de aproape. Victor își întoarse capul spre Liliana.

-Cel puțin ai chemat poliția din câte văd.

Liliana aprobă clătinând din cap, iar apoi oftă cu exasperare.

-De asemenea am sunat-o pe Leah, menționă ea. I-am găsit numărul de telefon în agenda telefonului tău, îi explică ea.

-Cel puțin atât, mormăi el, iar de data aceasta cuvintele lui o enervară de-a binelea.

-Ce naiba vrei să spui? Nu am greșit cu absolut nimic, spuse ea, ațintind un deget acuzator spre el.

Cu satisfacție, Victor observă că în sfârșit lacrimile i-au dispărut din ochi, iar acum ochii îi scânteiau cu furie. Da, furia îi era direcționată spre el, era adevărat, dar cel puțin nu mai arăta la fel de rănită și înspăimântată ca înainte. Victor putea să-i suporte furia foarte bine, dar nu s-ar fi descurcat la fel de bine cu lacrimile ei.

Victor făcu un efort să surâdă și i se adresă pe un ton mult mai blând:

-Du-te și pune copiii în pat. Mă voi ocupa eu de poliție.

Liliana se uită după el câteva secunde, iar apoi își scutură capul când observă că se mișca rigid și că umerii îi erau încordați. Îl urmări cu privirea până dispăru în hol, apoi își scutură capul din nou deznădăjduită. După aceea, o luă la fugă în sus pe scări ca să-și scoată copiii din dulap.

Victor deschise ușa de la intrare exact când mașinile de poliție se opriră pe aleea lui. Își protejă ochii de lumina farurilor, iar apoi blestemă. Nu-și imaginase că ar fi fost cu adevărat necesar ca polițiștii să facă atât de mult efort ca să trezească întregul cartier. Era clar că oamenii se treziseră deja.

Mașina lui Axel se opri imediat în spatele celor trei mașini de poliție, iar Leah deschise rapid portiera și se grăbi să iasă din mașină.

-Sunteți bine cu toții? alergă ea pe scări în sus spre Victor, iar când ochii îi căzură pe înfățișarea lui, aproape că gemu. Oh, Dumnezeule, ai fost rănit din nou.

Își scutură capul ca și cum nu-și putea crede ochilor, iar buzele i se strânseră de mâhnire.

Axel veni imediat în spatele ei, iar ochii lui ardeau cu furie mocnită. El doar îl salută pe Victor cu o mișcare scurtă din cap, iar apoi îl privi din creștetul capului și până la picioare.

-Spune-mi numai că celălalt arată mai rău decât tine, spuse el pe un ton scăzut, deși lumina din ochi îi juca cu sălbăticie.

Victor aprobă înclinându-și capul brusc, iar apoi îi invită înăuntru cu un gest abrupt.

-Unul este mort, dar celălalt încă trăiește, le spuse el, iar amândoi se uitară la el de parcă își pierduse mințile.

-Vrei să spui că te-ai luptat cu doi indivizi înarmați cu cuțite, observă Leah, incertitudinea răsunându-i în voce.

Leah privi cu înțeles la rănile localizate pe gâtul și bicepșii lui. Dată fiind natura rănilor, Leah ghicise că fuseseră implicate cuțite în bătaia la care a participat Victor, dar era convinsă că nu a înțeles corect ce-i spusese. Nu credea că era posibil să se fi luptat cu doi bărbați înarmați, mai ales după ultima sa aventură cu moartea.

-Da, replică el, iar apoi le făcu din nou semn să intre în casă. Sunt amândoi în living. Puteți să-i vedeți voi înșivă.

Leah se uită fix la el încă câteva momente, după care se întoarse spre colegii săi.

-Avem un suspect mort și încă unul care se găsește încă în viață, dar este rănit. Desigur, și domnul Dobrotă este rănit, după cum puteți vedea. Ați chemat paramedicii? se interesă ea, fără a se adresa cuiva în mod deosebit.

-Da, răspunse unul dintre ofițeri. Ambulanța trebuie să sosească în câteva momente, menționă el. Cred că-i aud, își aplecă el capul într-o parte, ascultând intens la zgomotele nopții.

-În regulă atunci. Cheamă și medicul legist și opriți sirenele și luminile. Nu e ca și cum vecinii ar fi semnat pentru așa ceva, le ordonă ea, apoi intră cu pași apăsați în casă, urmată de Victor, Axel și alți trei ofițeri.

-Cum de te-au găsit? se minună Axel.

-L-am văzut pe unul dintre ei pe Harbourfront mai devreme, deși nu am știut cine era atunci, explică Victor. L-au urmărit pe Mark și probabil m-au văzut acolo. Ar fi trebuit să fiu mai grijuliu şi să-mi verific spatele când am condus spre casă, mormăi el. O greşeală de amator, se apostrofă singur.

-Nu aveai de unde să ştii, îl bătu Leah consolator pe braţ, iar când el tresări, se scuză. Nu ştiu dacă există vreun loc unde ar putea cineva pune un deget pe tine fără să-ţi provoace durere, comentă ea, iar privirea îi trecu peste sângele care îi acoperea aproape tot bustul şi care îi picurase şi pe picioare.

-Nu este tot al meu, mormăi Victor şi îşi flutură mâna între cei doi oameni de pe podea. Cel de acolo este mort. Nu am avut de ales, spuse el pe un ton domol.

Axel veni lângă el şi-l atinse pe umărul care nu părea rănit. Victor se întoarse spre el întrebător, iar Axel îi şopti:

-Ştie, nu-ţi fă griji.

-Nu-mi fac griji, se răsti Victor la el. A trebuit să mă protejez indiferent de rezultat. Deja aveau planuri să o ucidă pe Liliana. I-am auzit când au ieşit din birou, le arătă el încăperea pe care cei doi asasini o cercetaseră înainte să vină după el. Dacă aş fi murit, ea nu ar fi supravieţuit. Mai mult decât atât, nu puteam fi sigur că nu-i vor omorî pe copii după aceea, explică el cu mânie în voce, iar chipul îi deveni stacojiu din cauza furiei care-i alerga prin vene.

-Dacă a fost auto-apărare, iar mie îmi cam sună a auto-apărare, atunci nu trebuie să te îngrijorezi defel, veni vocea unui bărbat din spatele lui, şi atât Victor cât şi Axel se întoarseră spre el.

-Oh, Mike, salut, îl întâmpină Axel cu amuzament. Ai fost retrogradat la schimbul de noapte? întrebă el pe un ton maliţios.

-Arnett, replică Mike, iar Victor ghici din vocea lui că detectivul îl ura pe Axel. Văd că ești tot lipit de fusta locotenentei, remarcă el.

-Și ar fi bine să nu uiți chestia asta, îi replică Axel în maniera lui uzuală, lejeră, în ciuda faptului că ochii lui îl sfredeleau pe celălalt bărbat.

Mike aprobă dând din cap, nesimțindu-se în largul său sub ochii lui Axel. Se îndreptă spre unul dintre ofițerii în uniformă și-i șopti câteva ordine, iar apoi, i se alătură lui Leah.

-Am chemat echipa criminalistică, îi spuse el.

-Asta este bine, îi răspunse ea, dar continuă să analizeze scena.

Ochii lui Mike analizară livingul și își scutură capul observând:

-E ceva de capul lui Dobrotă ăsta. Imaginează-ți, să fi atacat de doi bărbați cu cuțite și să mai și supraviețuiești ca să povestești ce s-a întâmplat.

Leah înregistră admirația deschisă din vocea lui, iar un surâs îi apăru pe buze. Acesta era genul de lucruri care îl impresionau pe Mike. De data aceasta, și ea era impresionată, de altfel. Puțini oameni ar fi supraviețuit dacă ar fi fost implicați într-o astfel de confruntare mortală.

-Aș vrea să vorbesc cu individul acela, arătă ea spre bărbatul de pe podea care încă încerca să-și regăsească respirația. Dar nu pare să fie capabil să respire, spuse ea cu exasperare.

-Probabil că a primit o lovitură serioasă la ficat, presupuse Mike. S-ar putea să mai ai ceva de așteptat înainte de a vorbi cu el. Va trebui să treacă ceva mai mult timp înainte de a fi capabil să spună ceva, ridică el din umeri.

-Cred că aș prefera ca tu să fii cel care îi pune întrebări lui Dobrotă, privi ea spre Mike. Nu vreau ca cineva să creadă că l-am favorizat cumva.

-Nu este nici o problemă pentru mine, Mike acceptă înclinându-și capul. Dar să știi că nimeni nu ar spune că l-ai favorizat cumva. Este clar că omul nu a făcut altceva decât să se apere. Nu ar putea nimeni construi un caz împotriva lui.

-Asta cred și eu, evident, dar..., spuse ea ridicând din umeri.

-Am înțeles. Nu-ți fă griji, mă ocup eu, afirmă el, aplecându-și capul aprobativ spre ea din nou și întorcându-se la Dobrotă mai apoi.

'*Am uitat că și Arnett este aici,*' se strâmbă el când îl văzu pe acesta vorbind cu Dobrotă lângă o fereastră.

Cu toate că-i displăcea Axel profund, Mike se apropie de cei doi bărbați, iar când Axel îl privi interogativ, își ridică mâinile și spuse:

-Locotenentul mi-a cerut să pun câteva întrebări. Preferă ca eu să discut cu domnul Dobrotă.

-Da, are dreptate, aprobă Axel, iar apoi se întoarse spre Victor. Probabil că ar trebui ca un medic să arunce o privire la tăieturile alea de pe tine, remarcă el.

-Mă voi ocupa eu de ele, vocea Lilianei veni din spatele lui, iar tonul ei spunea clar că nu va permite nici un fel de opoziție.

-Dar el vorbea de un profesionist, îi explică Mike.

-Sunt de profesie, spuse ea printre dinţi, iar buzele lui Victor tresăriră din cauza efortului pe care îl făcea să îşi ascundă surâsul.

-Este, ca să ştii, interveni el pentru a-l salva pe detectiv, pentru că Liliana părea gata să se ia la harţă cu el.

CAPITOLUL 18 – CÂND CINEVA ÎȘI PREȚUIEȘTE PIELEA

UN CIOCĂNIT LA UȘA dormitorului îl trezi pe Victor și acesta gemu când se mișcă. Mișcarea îi trezise la viață și multitudinea de dureri cu care trupul său a trebuit să se mulțumească de când se dusese la culcare în noaptea precedentă. Se simțea de parcă cineva i-ar fi picurat lavă topită pese tot pe suprafața pielii.

-Da, urlă el, mai mult ca să acopere gemetele care i se adunaseră în gâtlej.

Ușa se deschise, iar Liliana intră în cameră. Felul în care aceasta arăta îi amintea lui Victor de prima dimineață pe care femeia o petrecuse în casa lui. Cu toate acestea, el observă și o diferență notabilă. De data aceasta, Liliana nu rămăsese în spatele ușii.

Liliana se îndreptă alene spre patul lui. Se aplecă deasupra lui, iar mâna sa răcoroasă se odihni pe fruntea lui Victor câteva secunde. Dădu din cap satisfăcută, iar apoi se întinse să-i prindă încheietura mâinii. Îi verifică pulsul și înclină din cap aprobativ din nou.

-În ciuda a tot ce s-a întâmplat, ești în regulă, spuse ea, iar un amuzament ușor îi îndepărtă îngrijorarea de pe față.

-De-asta m-ai trezit la ora asta nefirească? Să-mi spui că sunt bine? o întrebă el, pretinzând că era supărat, deși de fapt îi făcuse plăcere să-i simtă grija pentru el.

Ea oftă, își scutură capul, iar apoi îi replică:

-De ce oare m-am așteptat să ai o atitudine diferită în dimineața aceasta?

Victor se încruntă la ea, iar ea își lăsă palma pe pieptul lui, pentru a-i calma supărarea. Se îndreptă apoi și își împinse coada împletită peste umăr. Ochii lui Victor îi supravegheau cu atenție fiecare mișcare.

-În primul rând nu este o oră așa de nefirească pentru a te trezi. Este deja aproape de amiază, îi explică ea pe un ton monoton, iar privirea i se fixă pe ochii lui.

Când în sfârșit înregistră cuvintele ei, Victor se încruntă și se întinse după telefonul mobil pe care îl lăsase pe noptieră. Nu-și putu opri un geamăt, dar ridică mâna imediat când Liliana vru să-l ajute. Smulse telefonul de pe noptieră și verifică cât era ora. Când văzu cât de târziu era, se încruntă și înjură.

-De ce nu m-ai trezit înainte de ora asta? strigă el la ea și împinse cearceaful la o parte cu nerăbdare.

Abia când ochii Lilianei se rotunjiră șocați, își aminti Victor că el mereu dormea gol pușcă. Rapid, se acoperi cu cearceaful din nou.

-Scuze, mormăi el. Pur și simplu, am uitat, îi explică el.

-Nu e nici o problemă, îi îndepărtă Liliana îngrijorarea cu un gest. Oricum, dacă nu ai nevoie de ajutorul meu, spuse ea, oprindu-se pentru a se uita la chipul lui, tocmai la timp pentru a-l vedea scuturându-și capul, atunci mă duc înapoi la parter. Detectivii şi Axel sunt aici, continuă ea. De asta am venit să te trezesc, îşi continuă ea explicaţia în timp ce se îndrepta spre uşă.

-Dar de ce nu m-ai trezit mai devreme? întrebă Victor, supărat pe el însuşi pentru că dormise întreaga dimineaţă.

-Aveai nevoie de cât mai mult somn, spuse ea blând, întorcând capul spre el.

-Şi tu ai mers la culcare la aceeaşi oră ca şi mine, sublinie el cu încăpăţânare.

-Da, este adevărat, aprobă Liliana dând din cap, dar eu nu am trecut prin ce-ai trecut tu mai înainte de a merge la culcare, afirmă ea, iar de data aceasta nu-i mai dădu timp să-i răspundă, ci ieşi cu paşi fermi din cameră şi închise uşa în spatele ei cu grijă.

Victor mormăi câteva vorbe de dulce pe sub barbă, iar apoi coborî din pat, fiecare mişcare făcându-l să geamă şi să înjure. Expresiile sale erau atât de colorate că erau demne de a face parte din repertoriul unui marinar beat.

Se decise să facă un duş fierbinte înainte de a coborî la vizitatorii săi, în speranţa că şi-ar mai linişti astfel muşchii maltrataţi. Aşa că, strângând din dinţi, se târî spre baie. Aruncă o privire în oglindă, iar aceasta îl asigură că mai era încă viu, chiar dacă arăta la fel de bine ca moartea încarnată.

CU PAŞI MĂSURAŢI, CONSECINŢĂ clară a activităţilor sale din noaptea precedentă, Victor se îndreptă spre terasă, unde detectivii se adunaseră.

Curtea lui era orientată spre sud şi părea mereu mai cald acolo decât în celelalte părţi ale casei, aşa că nu era de mirare că musafirii lui au ales să rămână afară. Marea parte a canadienilor pe care-i cunoştea încercau să profite de soare cât mai mult posibil.

Ştia că detectivii se adunaseră pe terasă pentru că le auzise vocile prin fereastra deschisă în timp ce se îmbrăca – o altă activitate care-i luase o eternitate.

Oamenii aşteptaseră deja o vreme. Victor avusese nevoie de aproape o jumătate de oră pentru a-şi termina duşul şi pentru a trage nişte pantaloni şi un tricou pe el.

'*Dacă nu doreau să aştepte după mine, ar fi trebuit să sune înainte de a veni,*' se gândi el cu indiferenţă şi ieşi pe terasă.

Ochii lui Axel se îndreptară spre el imediat şi acesta se ridică să-l întâmpine.

-Hei, amice, este totul în regulă? îl întrebă el şi-l plesni peste umăr.

Victor nu-şi putu opri un geamăt profund, iar picături de sudoare îi apărură pe frunte. Îşi strânse mâinile în pumni, iar ochii săi albaştri se închiseră şi mai mult la culoare. Dacă nu ar fi fost atât de doborât fizic, probabil că i-ar fi răspuns lui Axel cu aceeaşi monedă.

-Oh, am uitat din nou, se scuză Axel, iar o uşoară roşeaţă îi pudră obrajii.

Se grăbi să-i ia braţul lui Victor pentru ca să-l conducă spre sofa, unde s-ar fi simţit mai comfortabil, dar Victor se încruntă la el şi îşi trase braţul din strânsoarea lui. Cu toate acestea, acceptă locul pe sofa şi se aşeză cu un icnet înnăbuşit.

'*Încă o aventură ca cea de azi noapte și m-am dus definitiv pe copcă,*' observă Victor foarte pragmatic. La o adică, corpul uman nu putea suporta să fie torturat la infinit. Avea și el o limită.

-Cum te simți? îl întrebă Leah, iar îngrijorarea i se citea în ochi.

'*Chiar e nevoie să mă mai întrebi?*' se gândi Victor cu sarcasm.

Nu era ca și cum nu i-ar fi putut vedea cearcănele de sub ochi sau paloarea pielii.

-Cred că ar fi mai bine să nu te întreb, remarcă Leah, interpretând cu acuratețe privirea întunecată a lui Victor.

Victor ridică din umeri, iar apoi șuieră printre dinți când o durere ascuțită îi reaminti de rana de la bicepși. Din fericire, tăieturile de pe gât erau superficiale. Altfel nu ar fi fost capabil nici să-și miște capul mai devreme.

Victor auzi râsul Mariei venind din cealaltă parte a curții. Își întoarse privirea spre ea, exact la timp să vadă cum îl ironiza pe fratele ei pentru că nu reușise să prindă mingea.

Victor zâmbi satisfăcut că cel puțin copiii nu sufereau din cauza celor întâmplate în noaptea precedentă. Păreau că și-au revenit chiar foarte bine după șocul pe care l-au avut când au fost treziți și luați din paturile lor în mijlocul nopții pentru a fi ascunși într-un dulap.

Victor își întoarse privirea la '*musafirii*' săi. Numărul detectivilor crescuse. Mike i se alăturase lui Leah și Mark, iar acum îl privea pe Victor cu admirație.

Victor se strâmbă mental. Întotdeauna îi displăcuse admirația oarbă, iar el nu găsea că ar fi existat un motiv special pentru care să fie adulat în acel moment.

-Deci, care e verdictul? întrebă el cu indiferenţă, păstrându-şi vocea plată, fără nici un fel de inflexiune.

Era adevărat că era destul de interesat de rezultatul anchetei privind implicarea sa în evenimentele din seara precedentă, dar nu când corpul lui ar fi avut nevoie să doarmă puţin mai mult. Oricum, nu ar fi avut mijloacele de a evita ce urma să vină, aşa că nu vedea de ce s-ar fi grăbit să-şi afle soarta.

-Nu ai de ce să te temi, se grăbi Mike să-i spună. Mi-am prezentat raportul Procurorului Coroanei şi acesta a fost de acord cu mine şi a decis imediat că este vorba de un caz clar. Erai în auto-apărare şi nu ai folosit nici forţă necorespunzătoare, nici forţă excesivă , date fiind circumstanţele.

Victor dădu din cap că a înţeles. Ştia că nu întotdeauna cineva care se găsea în situaţia lui era destul de norocos să nu fie interogat un timp îndelungat şi să nu fie şi târât la tribunal după aceea.

-Sunt sigur că trebuie să-ţi mulţumesc ţie pentru aceasta, îi spuse el lui Mike, care-şi scutură capul.

-Nu, nu este nevoie să-mi mulţumeşti. Eu nu am făcut decât să pun câteva întrebări şi să analizez scena. Totul demonstra că nu ai făcut nimic greşit. Nici măcar nu îţi aparţinea arma folosită pentru a-l ucide pe individul acela. Mai mult decât atât, sângele tău se găsea pe atacator şi fusese acoperit cu sângele lui după aceea. Chestia aceasta a demonstrat clar cum s-au petrecut lucrurile. Tu ai fost primul rănit, ba chiar destul de rău considerând cantitatea din sângele tău găsită pe tipul mort. Este la mintea cocoşului că trebuia să răspunzi cu forță letală, sublinie Mike. Aș fi făcut același lucru dacă aș fi fost în locul tău, lovi el cu pumnul în masă.

Victor dădu din cap în semn că a înțeles. Cuvintele lui Mike îi mai îndepărtară o parte din tensiunea resimțită. Deși nu ar fi recunoscut, ce se întâmplase în timpul nopții și consecințele acțiunilor sale îi apăsaseră pe umeri. Știa că în cea mai mare parte a cazurilor de acest fel, când cineva se găsea într-o astfel de situație, era imediat acuzat de ceva, în special dacă a folosit o armă aflată în posesia sa. Nu era cazul în situația lui, dar știa foarte bine că orice circumstanță putea fi interpretată.

-Cu toate acestea, îți mulțumesc, repetă el. Ați reușit să obțineți informații de la Bila Strălucitoare? o întrebă el pe Leah.

-Bila Strălucitoare? se interesă Axel cu sarcasm. Mda, i se potrivește, observă el. E un nume chiar potrivit pentru acel individ.

Leah își scutură capul la el, iar apoi îi răspunse lui Victor:

-Imaginează-ți că omul ciripește de când și-a revenit, admise ea. Dar știu că l-ai lovit bine, își înclină ea capul spre el.

-Mai bine că l-am scos din circulație pe moment decât să-l fi ucis, mormăi Victor.

-Sper că nu ai nici un fel de remușcări serioase în ceea ce privește individul care a murit, interveni Axel pe un ton serios.

-Nu-mi permit să am, replică Victor pe un ton sec. M-ar fi ucis și pe mine și pe ei, arătă el cu bărbia spre copiii jucându-se în cealaltă parte a curții. Nu, nu pot avea nici un fel de remuşcări. Sunt numai uşurat că totul s-a încheiat. Este adevărat că aş fi preferat să nu-l fi ucis, ci doar să-l incapacitez şi pe el, spuse el deschizându-şi braţele. Dar nu cred că mai are vreun sens să ma gândesc la ce ar fi fost dacă totul s-ar fi desfăşurat altfcl, răspunse el pe un ton uscat, iar apoi se întoarse din nou spre Leah. Deci, ce a avut de spus?

-Oh, ne-a dat destul, i-a spus ea. Desigur, după ce a vizitat spitalul. Au trebuit să-i pună încheietura mâinii în ghips. I-ai rupt-o, ca să ştii, menţionă ea.

-Destul pentru ce? insistă Victor privind-o fix.

Ştia doar că-i rupsese individului blestemata aia de încheietură. Acela şi fusese scopul său. Evident că nu-i păsa de ce au trebuit doctorii să-i facă omului la spital.

Mai mult, nu credea că detectivii veniseră numai cu intenţia de a-i face o vizită de curtoazie. Se îndoia că nu doreau să-i spună nimic. Nu ar fi avut nici un sens ca Mark şi Mike să li se alăture lui Leah şi Axel pentru o astfel de vizită.

-Am emis două mandate de căutare azi dimineaţă, îl informă Leah. Unul pentru broker, iar celălalt pentru afaceristul care împrumuta banii. Oamenii noştri caută prin documente acum. Cum Bilă Strălucitoare, cum îţi place să-l numeşti, ne-a oferit şi informaţii privind unele dintre 'accidente', azi dimineaţă, i-am arestat pe amândoi, şi pe 'afacerist' şi pe broker.

-Cel puţin, 'accidentele' se vor încheia acum, remarcă Victor, iar Axel aprobă cu o înclinare a capului.

-Bila Strălucitoare va depune mărturie că Smidgen a plănuit și l-a ucis pe Gunther și, bineînțeles, că a încercat să te ucidă și pe tine, se gândi Mark să adauge. Azi noapte, ordinul de a te ucide a venit de la celălalt, Donald Stanton. Ăsta-i numele afaceristului, explică el.

-Sper că vă este foame, vocea joasă a Lilianei veni din spatele lui. Este aproape ora unu, menționă ea.

Victor se întoarse rapid, iar durerea îi inundă tot trupul. Își flexă pumnii pentru a nu geme audibil, iar ochii săi aspri se opriră pe chipul Lilianei.

-Ești ceva de necrezut, mormăi el cu uluire. După absolut tot ce s-a întâmplat în timpul nopții trecute, tu tot ai mai găsit puterea să gătești, își scutură el capul, ca și cum nu i-ar fi venit să creadă.

-Copiilor nu le pasă de ce s-a întâmplat în noaptea trecută. Ei tot cer să mănânce, indiferent de ce se întâmplă, îi răspunse ea sarcastic. Și tu ai nevoie de mâncare, de altfel, așa că ține-ți gura și pregătește-te să mănânci, spuse ea, punând o supieră cu ciorbă pe masă.

Apoi se întoarse și se îndreptă alene spre casă pentru a aduce boluri, linguri și pâine. Leah și Axel imediat se ridicară și o urmară cu intenția de a o ajuta.

-Cred că și noi ar trebui să mergem, îi șopti Mark lui Mike, care dădu din cap afirmativ și se pregăti să se ridice.

-Nu este necesar, îi opri Victor. Ținând cont că sunt deja trei, ar trebui să termine cu toate cele în câteva momente. Doar relaxați-vă între timp, îi invită el, iar apoi se decise să facă și el exact același lucru.

-DECI AVEȚI MOTIV DE arestare atât pentru Smidgen cât și pentru Stanton, observă Victor, servindu-se cu încă o chiflă din coșul de pâine pe care Axel îl pusese pe masă.

Deja terminaseră ciorba și începuseră felul doi, care era alcătuit din chiftele, cartofi piure și salată. Pruncii își terminaseră deja prânzul, dar tot veniră să mai ia câte o chiftea și o chiflă fiecare, ceea ce i-a amuzat pe toți.

De data aceasta, Leah o convinsese pe Liliana să ia loc la masă și să ia prânzul cu ei. Liliana deja știa destul despre cazul lor și nu se dovedise a fi genul care să leșine la orice, mai ales când se ocupase de rănile lui Victor.

-Mai mult decât destul, replică Mike, iar apoi mai luă niște piure. Cum de-l faci așa de cremos? întrebă el. Cartofii nevestei mele sunt plini de cocoloașe, se plânse el.

Victor mai că mârâi. Detectivii deveniseră din nou mult prea interesați de mâncarea de pe masă și uitaseră de scopul vizitei lor.

-Îi amestec cu lapte și unt, îi explică Liliana. Cred că laptele e ingredientul secret, admise ea.

Victor își dădu ochii peste cap. Avea sentimentul că s-ar fi aflat la o nenorocită de agapă cu scopul de a face schimb de rețete. Când Axel izbucni în râs, se uită urât la el, dar Axel își ridică mâinile.

-Hai, nu fi așa de pornit că este chiar foarte amuzant, îi spuse el lui Victor, iar replica să îl făcu pe Mike să roșească.

Liliana doar își scutură capul și continuă să mănânce. De când începuse prânzul, încercase să evite să se uite la Victor pentru că nu dorea să-i vadă dezaprobarea, dacă într-adevăr bărbatul nu era de acord cu ce pusese pe masă.

-Ai putea explica mai pe larg ce înseamnă '*mai mult decât destul*'? întrebă Victor pe un ton ciufut.

Mike se uită la el interogativ. Nu înțelegea ce l-a deranjat pe Victor, dar replică:

-Atunci când i-am spus individului că putem dovedi că așa-numitele accidente sunt în fapt crime, a mărturisit participarea la unele dintre crimele comise, sperând să obțină ulterior indulgență în stabilirea sentinței. De asemenea, ne-a spus și cine a ordonat crimele și de aceea am avut motiv de arestare pentru ceilalți doi.

-Iar luni dimineață, vom organiza listele cu celelalte polițe de asigurare vândute de Smidgen, interveni Mark, după ce avu grijă să înghită ce avea în gură, pentru ca Leah să nu se ia de el. I-am contactat pe ajustorii de reclamații, iar ei au promis să aibă listele pregătite. Apoi vom verifica să vedem care dintre asigurați este conștient că există o asigurare de viață pe numele lui și care nu.

-Cel puțin îi putem aresta pe beneficiari pentru fraudă cu asigurări, sublinie Leah. Probabil că îi vom face pe unii dintre ei să vorbească și să ne spună cum au aflat despre această schemă.

Victor dădu din cap satisfăcut că detectivii i-au luat recomandările în considerare. Era mai mult decât se așteptase.

-Încă mai aveți multe de făcut, observă el, iar Leah aprobă cu o mișcare a capului.

-Da, va lua ceva vreme, dar cel puțin i-am arestat pe cei ce se aflau la conducerea întregii organizații, spuse ea. Acum, este vorba numai de a determina cât de vinovați sunt ceilalți și, desigur, dacă este posibil, să îi arestăm pe instigatorii celorlalte crime care au avut deja loc.

-Asta va fi cam dificil, spuse Victor. Aveți prea puține dovezi și nimeni nu va recunoaște că a participat la o crimă dacă nu există nimic care să-i oblige.

-Dar putem determina dacă semnăturile de pe acele polițe aparțin oamenilor asigurați, după cum ai spus tu, sublinie Mark. Trebuie să existe vreo hârtie pe undeva cu scrisul lor, continuă el pe o voce încăpățânată, iar Leah fu nevoită să-și ascundă zâmbetul.

Acum Mark îmbrățișa opiniile și sfaturile lui Victor din toată inima. Fusese suficientă o luptă sângeroasă pentru a-i schimba perspectiva detectivului asupra lui Victor.

-Mergem cu vaporul azi? veni întrebarea Mariei de lângă Victor.

Victor își îngustă ochii când își aduse aminte de croaziera promisă și se întoarse spre fetiță.

-Ai promis, spuse ea cu emfază, iar umbra unui zâmbet flutură câteva secunde pe buzele lui Victor.

-Maria, interveni Liliana, Victor a fost rănit noaptea trecută. Va trebui să mergem altă dată.

Victor remarcă atât dezamăgirea din ochii fetiței, dar și îmbufnarea de pe buzele ei. Privi spre Axel să vadă ce părere avea, dar Axel pur și simplu ridică din umeri.

-Depinde numai de tine, mimă Axel, în așa fel încât copilul să nu-l audă.

-Vom merge azi, spuse Victor. Axel pare de acord.

-Uraaa, ovaţionară cei doi copii, iar Victor se strâmbă din cauza nivelului decibelilor.

-Când? întrebă Maria imediat.

Victor privi spre Leah şi Axel înainte de a-i da fetiţei un răspuns.

-Cred că am acoperit totul, dădu Leah din umeri. Aşa că am putea merge după ce terminăm prânzul. Ce părere ai? se întoarse ea spre Axel.

-Pentru mine, e perfect. Voi doi vreţi să veniţi? îi întrebă el pe ceilalţi doi detectivi.

-Nu eu, îşi scutură Mike capul. Nu pot veni. Soţia mea e hotărâtă să vadă un film în după-masa asta, aşa că va trebui să mă duc acasă.

-Am cumpărat bilete pentru Jen şi pentru mine la Teatrul Mirvish, aşa că nu pot veni nici eu, spuse Mark deschizându-şi braţele cu regret. Dar îmi place enorm prânzul acesta, se gândi el să menţioneze, cu un zâmbet pentru Liliana.

-Este şi desert, le spuse ea.

Victor se întoarse spre ea, îşi scutură capul şi spuse sarcastic:

-Ai fost o albinuţă foarte ocupată în dimineaţa asta, din câte văd.

-Oamenii reacţionează diferit la stres, îi replică Liliana. Eu una, când sunt tensionată, gătesc. Mai mult decât atât, copiii se aşteaptă să aibă un desert la sfârşitul săptămânii, ridică ea din umeri. Slujba de mamă nu-ţi oferă o vacanţă dacă ceva se întâmplă pe neaşteptate, se răsti ea la el, după care se ridică să se ducă în casă.

-Nu am vrut să spun -, încercă Victor să se scuze, dar ea își scutură capul și plecă.

-Va veni înapoi, îl mângâie Maria pe braț, și din fericire îl alesese pe cel fără tăieturi. S-a dus numai să aducă desertul. Și vreau și eu desert, spuse ea și se așeză lângă Victor, așteptând răbdătoare ca mama sa să se întoarcă cu desertul.

Victor râse și-și trecu degetele prin părul scurt al fetei.

-De ce nu-ți ții părul lung, ca mama ta? întrebă el, iar curiozitatea îi era clar înscrisă pe chip.

-Pentru că mama nu are pe cineva care o trage de păr, replică ea sec. Lucian mereu profita. Acum nu mai poate, replică ea, ridicând un umăr.

CAPITOLUL 19 – GÂNDURI PREA SERIOASE PENTRU O CROAZIERĂ

LILIANA SE SPRIJINEA de balustradă privind în depărtare. Nu remarcă rațele care se jucau în apă sau celelalte pânze de pe lac. Adâncită în gândurile sale, pritocea ce ar trebui să facă.

Nu era îngrijorată din cauza copiilor. Axel le ceruse să poarte vestele de salvare și, de când începuseră croaziera, amândoi copiii îl băteau la cap cu întrebări. La început s-a temut că omul se va sătura de toate întrebările lor, dar el părea să nu se supere de fel.

-Ce-i cu fața asta întunecată? cuvintele lui Victor îi întrerupseră reflecțiile, iar ea îi aruncă o privire fugară și ridică din umeri.

-Doar mă gândesc, replică ea pe un ton liniștit.

-La ce? insistă el, nedorind să abandoneze subiectul.

Victor își sprijini un cot de balustradă și își aplecă capul într-o parte ca să-i vadă chipul mai bine.

-La ce ar trebui să fac.

-În legătură cu ce? mârâi el nerăbdător, găsind că era extrem de frustrant să obțină un răspuns direct de la ea.

Liliana își întoarse fața spre el, iar privirea ei îi cercetă ochii. În cea mai mare parte a timpului, nu-l înțelegea pe Victor deloc. Uneori părea să se păstreze la așa mare distanță de oricine, încât nimic nu părea să-l atingă. Alteori, însă, părea să se superc fără nici un motiv și cât ai clipi din ochi.

După primele câteva zile petrecute în casa lui, Liliana renunțase să mai caute vreo logică pentru acțiunile sau atitudinea lui. Dar cu toate acestea, nu putea trece cu vederea că Victor era un specimen foarte interesant.

-E aproape o săptămână de când am venit aici, spuse ea. Trebuie să mă gândesc la ce trebuie să fac. Nu pot trăi așa, ca într-o bulă, ca musafir în casa ta, dădu ea din umeri.

-Mda, sunt sigur că perioada asta a fost mai plină de evenimente decât te-ai fi așteptat, spuse el, iar gura îi deveni o linie dură. A trebuit să faci față la prea multe.

-Nu prea, admise ea pe o voce blândă. Tu ai fost cel care a trecut prin multe. Eu doar am observat de pe tușă, explică ea.

-Aha, înțeleg. Și ce te gândești să faci?

-Va trebui să verific ce opțiuni am. Nu pot abuza de ospitalitatea ta mai mult de câteva zile. Va trebui să-mi găsesc o slujbă, cred, replică ea, iar nehotărârea i se auzi în voce. Cred că va trebui să obțin o educație în altă profesie pentru că nu văd cum aș putea merge la școală din nou pentru a face medicina, muncind în același timp și având grijă și de copii, adăugă ea cu regret.

-Mai întâi ar trebui să verificăm de ce ai nevoie pentru a obține o licență medicală. Nu cred că trebuie să treci prin toată școala. Este posibil să trebuiască să faci unul sau maximum doi ani de studii sau să treci niște examene.

Ea râse cu amărăciune și își scutură capul.

-Ce mai e acum? Victor întrebă încrețindu-și sprâncenele.

-Nu am mijloacele financiare să mă întrețin pe mine și pe copii mai mult de o lună sau două. Nici măcar nu mă pot gândi la un an sau mai mult, îi explică ea, iar colțurile buzelor i se curbară în jos.

-Ce cheltuieli prevezi? Da, va trebui să căutăm o școală pentru copii, probabil o grădiniță, cred, dată fiind vârsta lor. Și chiar mâine, pentru că anul școlar a început deja. Dar sunt convins că-ți vei permite școala lor, îi răspunse el pe o voce practică.

-Da, asta e bine și frumos, dar va trebui să plătesc și chiria pentru un apartament și va trebui să pun mâncare pe masă și..., începu ea să enumere în grabă, socotind fiecare articol pe degete.

-Hei, hei, hei. Ia-o mai încet pentru o clipă sau două. Nu ai nevoie de un apartament. Sunt destule camere în casa mea și nimeni nu le folosește, sublinie el.

-Dar nu pot abuza...

-Nu este nici un abuz, i-o tăie el scurt, tăind aerul cu palma deschisă. Camerele sunt goale. Ar trebui ca cineva să trăiască în ele.

-Dar tot trebuie să plătesc..., începu ea să spună, dar el o opri brusc cu o privire dură.

Când observă că Liliana nu și-a mai continuat propoziția, pe buze îi flutură un zâmbet.

-Ești o fată deșteaptă, observă el cu amuzament sec, ceea ce o făcu să se încrunte la el. Acum nu e cazul să te transformi într-o Valkyrie și să pornești război împotriva mea, râse el.

-Dacă nu vrei să plătesc, atunci trebuie să fac ceva pentru tine în schimb, replică ea pe o voce mânioasă.

-Din păcate, nu ceea ce îmi doresc eu cel mai mult, îi ieşiră lui cuvintele din gură înainte să se gândească la ce spunea.

Când şi-a dat seama ce spusese, Victor se uită la ea dintr-o parte, sperând că Liliana nu a priceput sensul cuvintelor lui.

-Ce vrei tu cel mai mult? Poate că pot să-ţi ofer acel lucru, replică ea, neînţelegând despre ce vorbea el.

Victor îşi strânse buzele. Ochii lui se măriră, iar o lumină ciudată jucă în pupilele lui.

-Haide, sunt sigură că pot să fac ce ai tu nevoie, insistă ea.

Victor începu să tuşească pentru a-şi ascunde reacţia la vehemenţa ei. Liliana îl privi confuză.

-Eşti bine? Ce s-a întâmplat? întrebă ea, atingându-i gâtul.

Victor tresări sub atingerea ei şi se dădu câţiva paşi în spate. Îşi scutură capul şi încercă să-şi controleze tusea.

Apoi, îşi întinse braţul pentru a o ţine la depărtare şi îi spuse:

-Nu e nimic, sunt bine. Chiar perfect, adăugă el ca să fie sigur.

Îşi scutură apoi capul din nou şi adăugă cu emfază:

-Nu, nu este nevoie să faci nimic. Ai făcut destule până acum. Vorba ceea, ai gătit, m-ai bandajat, specifică el arătându-şi bicepşii. Nu e nevoie să-mi plăteşti nimic sau să faci ceva.

Cu acele vorbe, se întoarse şi plecă de lângă ea. Liliana îl urmări supărată cu privirea. Nu-l putea înţelege pe acel bărbat defel.

Leah se apropie de ea, cu un zâmbet larg pe buze.

-Este totul în regulă? o întrebă ea pe Liliana.

-Nu ştiu, replică aceasta cu frustrare în voce. Poate că tu poţi înţelege mai bine ce vrea Victor să spună, că eu una nu pricep defel, se decise ea să discute cu Leah. Ştii, tocmai discutam cu el. A spus că putem rămâne în casa lui, dar că nu vrea să ia bani de la mine, spuse ea, gesticulând agitată. L-am întrebat ce vrea şi a spus că nu-mi poate cere ceea ce vrea sau ceva asemănător, continuă Liliana, brusc nesigură de cât de fidel relată totul. Oricum, atunci când i-am spus că îi pot oferi ceea ce vrea, a început să tuşească şi pur şi simplu a plecat, explică ea, iar vocea ei arăta clar că se simţea ofensată.

Spre consternarea ei, Leah izbucni în râs, scuturându-şi capul.

-Nu începe şi tu, mormăi Liliana printre dinţi. De obicei sunt mai deşteaptă decât atât.

-Îmi cer scuze, dar amândoi sânteţi atât de amuzanţi că nu mă pot abţine să nu râd. Ceea ce vrea el eşti tu. Este clar ca bună ziua. Cum de nu ţi-ai dat seama, nu ştiu, îşi exprimă ea mirarea. Şi este clar, de asemenea, că şi tu eşti interesată. Din nou, nu înţeleg cum de el nu vede asta, sublinie Leah într-o manieră foarte practică.

După ce-şi făcu opinia cunoscută, Leah se îndreptă spre Axel, care o primi petrecându-şi un braţ în jurul ei, pentru a o strânge lângă el. Ochii Lilianei se măriseră, iar mâna îi zburase la gât în momentul în care auzise cuvintele lui Leah.

Acum, uimită, se uita fix la femeia care se odihnea în îmbrățișarea lui Axel. Cuvintele lui Leah puneau totul într-un nou context.

Liliana își scutură capul. Nu îi venea să creadă că nu înțelesese singură ce se întâmpla. Dar trebuia să admită adevărul. Victor era diferit față de toți bărbații pe care îi cunoscuse în trecut și de aceea nu putea să îi înțeleagă nici acțiunile, nici vorbele.

Simți ochii lui Victor ațintiți asupra ei și-și întoarse privirea spre el. Pupilele bărbatului se întunecaseră și intensitatea lor o făcu să tremure. Își înlănțui degetele strâns până ce i se albiră falangele. Acum că înțelegea sensul cuvintelor lui de mai devreme, se simțea ca și cum se afla într-un ocean de nehotărâre.

CAPITOLUL 20 – UN NECAZ NU VINE NICIODATĂ SINGUR

PÂNĂ VINERI, COPIII reuşiră să nu se mai plângă atât de mult că trebuiau să meargă la grădiniţă. Oricum, până atunci, Victor se resemnase deja.

Dimineţile zgomotoase deveniseră ceva normal. Nu mai credea că ar fi existat vreo metodă care să-i facă pe copii să iasă din casă dimineaţa fără ca ei să fie răutăcioşi cu mama lor.

Miercuri, Victor se decise să-i ducă el cu maşina pe copii la grădiniţă singur. Nu îndrăzneau să fie atât de vocali cu el, iar soluţia lui îi asigura un pic de linişte măcar pentru o vreme. De atunci, îşi asumase sarcina de a-i conduce el la grădiniţă şi nu-şi regretase hotărârea nici pentru un moment.

Vineri, în timp ce conducea înapoi spre casă, după ce îi lăsase pe copii la grădiniţă, Victor se gândi să o sune pe Leah sau pe Axel ca să afle cum mai mergea cazul.

Nici unul dintre ei nu îl mai sunaseră de marţi, de când îl anunţaseră că fusese într-adevăr corect în evaluarea sa. Oamenii asiguraţi nu ştiau nimic despre poliţele de asigurare care fuseseră cumpărate pe viaţa lor.

Poliţia începuse să îi adune pe beneficiari pentru interogare, iar Victor nu mai putea de nerăbdare să afle ce descoperiseră.

După ce-şi parcă maşina, se îndreptă spre casă, bucurându-se de căldura zilei. Temperaturile erau destul de ridicate, iar el se gândi să profite de vremea bună şi să-i ducă pe Liliana şi copii la Cascada Niagara ziua următoare.

Îşi lăsă cheile în bolul pe care-l aşezase în acest scop pe masa din holul de la intrare, iar apoi, nevăzând-o pe Liliana nicăieri, îşi scoase telefonul mobil din buzunar şi îl sună pe Axel în drum spre biroul său.

Se gândise că era mai probabil ca Axel să-i răspundă la apel. Presupuse că Leah s-ar putea să fie încă ocupată cu interviurile.

-Hei, salut, îi răspunse Axel. Cum mai merge treaba?

Tocmai îşi deschisese gura să-i răspundă, când o voce dură lătră din spatele lui, venind din dreptul uşii de la sufragerie:

-Închide telefonul şi pune-ţi mâinile sus.

Victor îşi ridică privirea şi văzu copia identică a omului morcov, care ţintea un pistol aţintit spre el. Ochii îi fulgerară cu supărare. Dacă nu se întâmpla un lucru, atunci cu siguranţă se întâmpla altceva.

Pe o voce calmă, deşi numai calm nu se simţea, replică:

-Ţine-ţi nerăbdarea în frâu. Închid telefonul acum.

Pretinse că a închis telefonul, dar de fapt apăsă pe tasta speaker. Spera că Axel va înţelege ce se întâmplă şi va face ceva. Dar mai important de atât, spera că Axel a auzit vocea bărbatului şi nu va spune nimic ca să-l dea de gol că nu deconectase convorbirea.

Nici măcar nu se gândi să bage telefonul înapoi în buzunar, ci, ţinându-l în continuare în mână, întrebă:

-Ce vrei?

Bărbatul avansă spre el cu o față întunecată. Încruntarea îi întuneca chipul palid, și ochii lui îl fulgeră pe Victor.

-I-ai luat viața fratelui meu, iar acum eu o voi lua pe a ta, îi spuse el de-a dreptul, iar chipul lui trăda tot la fel de multă emoție ca și când ar fi vorbit despre vreme.

Victor se dădu înapoi câțiva pași, încercând să determine ce șanse avea, dar bărbatul îl urmări pas cu pas, demonstrând că avea răbdarea unui vânător.

-Un ochi pentru un ochi, înțeleg, eh? observă Victor pe un ton moale, iar bărbatul aprobă dând scurt din cap. Totuși, cred că-ți dai seama că nu am avut de ales, încercă Victor să discute rațional cu el, deși se îndoia că exista vreo posibilitate să reușească.

-Ai avut o alegere – să mori. Tu trebuia să mori, nu el, bărbatul ridică din umeri. Oricum, nu-mi mai pasă. Vei muri azi. Dar mai întâi vreau să văd că suferi, își anunță el planul cu un rânjet pe buze. Unde e femeia? întrebă el pe un ton ferm.

-Care femeie? întrebă Victor.

Pretinse că nu-l interesa conversația și merse chiar atât de departe încât să-și verifice unghiile și spatele palmei, de parcă ar fi fost extrem de importante în acel moment.

-Nu fă pe prostul. Vreau femeia mai întâi. M-am uitat în jur, dar nu am văzut-o. Deci unde este? Oricum, o vom aștepta să apară mai întâi. Dacă o ucid pe ea, asta te va face să suferi. Păcat că nu va dura destul de mult, spuse el cu regret. Va trebui să te ucid curând după aceea, dar, cel puțin, îmi vei fi gustat mânia, dădu el din cap cu satisfacție când văzu scânteia neagră din ochii lui Victor.

Victor încercă să-şi ordoneze gândurile. Până atunci Axel nu spusese nimic, ceea ce însemna că era conştient de ce se întâmpla. Probabil că pusese telefonul pe mut pentru că nici măcar o resiraţie uşoară nu se auzea pe linie. Nici nu îndrăzni să se gândească că Axel ar fi deconectat apelul.

Nu-şi putea imagina însă unde se dusese Liliana. Aceasta se aventurase afară din casă de câteva ori în decursul ultimelor zile, dar niciodată nu mersese prea departe. Întotdeauna stătea aproape de casă. Nu îndrăznea să facă incursiuni mai lungi în oraş pentru că nu cunoştea oraşul încă.

Oricum, lui nu-i spusese nimic despre vreo ieşire în oraş în dimineaţa aceea. Victor spera numai că Liliana nu se va întoarce acasă înainte ca Axel să fi putut interveni.

-Acum îngenunchează aici, bărbatul cu părul ca morcovul lătră arătând spre podea cu pistolul. Şi pune-ţi mîinile la spatele capului, se gândi el să adauge.

Victor îşi scutură capul a refuz, iar bărbatul se uită urât la el.

-De ce aş face ce-mi spui? întrebă Victor. Oricum mă vei ucide, aşa că nu văd să am vreun avantaj dacă îţi ascult ordinele, ridică el din umeri.

-Dar te pot împuşca în aşa fel încât să te ţin viu o vreme, bărbatul mârâi.

-Şi cu ce m-ar motiva chestia asta? replică Victor privindu-l pieziş.

-Păi, va fi mai dureros pentru tine în timp ce aştepţi să-ţi dai duhul, îi explică iritat omul morcov.

-Considerând că voi muri destul de curând, ideea că aş avea parte de durere nu mă macină prea mult. Nu reprezintă ceva cu adevărat important pentru mine, replică Victor cu indiferenţă, iar comportamentul lui îl făcu pe celălalt bărbat să strângă din dinţi.

-Te voi împuşca în burtă. Din câte înţeleg, ar trebui să fie o moarte foarte de dureroasă. Acum îngenunchează, urlă el.

-Nu neapărat, îl contrazise Victor, vocea lui rămânând calmă, intenţia lui fiind să-l calce pe celălalt pe nervi.

-Ce? strigă omul cu pistolul, înfuriat de refuzul continuu al lui Victor de a-i urma ordinele.

-Spuneam numai că dacă mă împuşti în burtă nu înseamnă automat că voi avea o moarte lungă şi îndelungată, îi explică Victor cu răbdare. Depinde de traiectoria glonţului, să ştii. Iar asta nu este ceva ce poţi planifica dinainte. Aş putea la fel de bine muri şi pe loc, sublinie el.

-Ţi-ai pierdut minţile? strigă bărbatul din nou, pur şi simplu uluit de îndrăzneala lui.

-Nu, îşi scutură Victor capul. Te asigur că sunt în toate facultăţile mentale. Dar de asemenea ştiu şi ce poate face un glonte. În teorie, vreau să spun. Încă nu am avut o astfel de experienţă eu însumi. Faptul că vrei ca eu să sufăr nu înseamnă automat că voi şi suferi, dădu el din umeri din nou, cu indiferenţă, deşi, de fapt, îşi supraveghea adversarul cu atenţie.

Era mai mult ca sigur că atacatorul său îşi ieşise deja din pepeni. Faţa i se contorsionase, iar ochiii îi luceau cu sălbaticie.

Victor nu ştia dacă avea sau nu vreo şansă de a ieşi din situaţia aceea viu şi nevătămat, dar spera să poată să-l enerveze pe om într-atât de mult încât acesta să decidă să-l atace fizic, astfel uitând că avea pistolul în mână, ori cel puţin să câştige destul timp pentru ca Axel să sosească şi să-l ajute. Nu se îndoia defel că acesta îi spusese deja lui Leah despre ce se întâmpla în casa lui.

-Eşti ţăcănit, trase bărbatul concluzia şi după aceea ridică mâna cu pistolul. Cred că mai bine te împuşc acum şi apoi o aştept pe femeie. S-ar putea să mă şi distrez un pic cu ea mai întâi, înainte de a o ucide, vreau să spun, rânji el, iar Victor văzu roşu în faţa ochilor.

Bărbatul eliberă siguranţa de la trăgaci şi armă pistolul. Îşi întinse braţul, iar acum, chipul îi deveni rece şi indiferent. Degetul său arătător începu să apese pe trăgaci.

Victor se resemnă. Ştia că probabil va muri în secunda următoare. Era conştient că şi dacă l-ar fi atacat pe bărbat, nu ar fi avut timp să ajungă la el înainte de a fi secerat de gloanţe. Dar, indiferent de rezultat, ştia că trebuia măcar să încerce, aşa că se aruncă spre el, în acelaşi timp lăsând telefonul mobil să cadă la pământ.

În acel moment, Liliana ieşi în fugă din birou, desculţă, ca să nu facă nici un zgomot. În mână, avea pregătit unul din uriaşele dicţionare tehnice ale lui Victor. Cu un strigăt feroce, demn de orice luptător feroce, îl pocni pe atacator peste cap cu dicţionarul.

Capul omului se întoarse la dreapta în urma impactului, dar, în acelaşi timp, degetul său apăsă pe trăgaci, iar glontele traversă braţul lui Victor, acelaşi braţ stâng care nu avusese încă şansa să se vindece complet.

Glontele urmă o traiectorie în sus, prin biceps, iar apoi, după ce a parcurs doar vreo trei centimetri prin muşchi, ieşi din braţul lui Victor, parcurse distanţa până la bordura din lemn care decora tavanul livingului şi se infipse în lemn.

Şocat din cauza impactului, Victor reuşi numai să geamă şi se holbă la femeia care acum respira cu dificultate. Chipul ei se albise, iar ochii ei ciocolatii străluceau puternic.

Cu un şut puternic, Liliana îndepărtă arma de lânga mâna bărbatului, iar forţa loviturii trimise pistolul la câţiva metri depărtare. După aceea, Liliana se grăbi spre Victor.

-Eşti în regulă? îl întrebă ea, iar vocea îi tremura de îngrijorare.

Victor îi aruncă o privire neîncrezătoare care arăta clar că el considera că Liliana îşi pierduse până şi ultima brumă a raţiunii. Nu era nici o îndoială că şi ea putea vedea că glonţul îi trecuse prin braţ pentru că în momentul impactului, sângele ţâşnise din rană. El unul îl simţise.

Când ajunse la el, degetele ei tremurătoare îi atinseră bicepsul, iar Victor tresări. Glonţul pătrunsese foarte aproape de rana lăsată de cuţit cu câteva zile în urmă.

El îi scutură mâna de pe el şi se îndreptă în grabă spre omul care începuse să se mişte. Îl puse din nou la pământ cu un pumn puternic în tâmplă, iar omul, cu un geamăt profund, îşi pierdu cunoştinţa din nou.

Victor oftă uşurat, iar apoi îşi întoarse privile spre Liliana care îngheţase pe loc.

-Adu-mi ceva să-i leg mâinile, o rugă el cu blândeţe, când văzu lumina sălbatecă care încă îi dansa în ochi.

Liliana dădu din cap şi fugi spre dulapul din hol. Se întoarse cu o frânghie după numai câteva momente şi i-o înmână.

Victor observă că mâinile femeii încă tremurau vizibil din cauză că adrenalina din corp i se disipase, dar, din păcate, nu era încă momentul potrivit să o consoleze.

Abia reuşise să îi lege mâinile bărbatului când sunetul portierelor trântite cu putere îi ajunseră la urechi.

-Presupun că Leah şi Axel au ajuns, remarcă el pe un ton uscat, iar apoi, cu un geamăt, se ridică în picioare.

Se strâmbă când simţi arsura unei dureri noi, care, evident, se alăturase nenumăratelor dureri care şi aşa îl asaltau constant de zile în şir. Cel puţin se obişnuise cu celelalte de-a lungul ultimelor zile.

-Apropo, unde erai? îşi întoarse el capul spre ea în drumul său spre uşă. Mi-a spus că nu te-a găsit când a cercetat casa.

-Eram în birou. Foloseam laptopul tău să caut ceva pe Internet când am auzit zgomotul pe care îl făcea. Nu mi s-a părut că are prea mult talent la spart case. Face mult prea mult zgomot, spuse ea, încreţindu-şi nasul cu dezgust. Omului îi lipsesc aptitudinile de bază, îşi scutură ea capul. Oricum, am închis laptopul şi m-am ascuns sub birou, dădu ea din umeri cu indiferenţă. Ştiu, nu a fost o mişcare foarte isteaţă din partea mea, dar nu vedeam unde altundeva puteam să mă ascund. Nu există nici un loc în biroul ăla unde să te poţi ascunde. Ar fi trebuit să mă găsească imediat, dar cred că a verificat camera aşa, în mare. L-am auzit mergând la etaj după aceea, dar nu știam dacă aș fi avut timp suficient să fug afară din casă, așa că am rămas acolo până ce a decis să te împuște, îi explică ea.

-Aha, înțeleg, murmură Victor și-și scutură capul. Mă rog, cred că ar trebui să-ți mulțumesc, bodogăni el, deși glonțele ăla tot m-a găsit, adăugă el, părăsind încăperea.

În urma lui, Liliana își exprimă sentimentele jignite cu un icnet zgomotos. Nu-i venea să creadă că era atât de lipsit de gratitudine.

-TOCMAI ÎL CĂUTAM PE individ când a venit apelul tău, explică Leah pe un ton apologetic.

Ofițerii în uniformă îl încătușaseră deja pe bărbat și îl luaseră afară la mașina de poliție. Între timp, Liliana îl bandajase pe Victor din nou sub ochii paramedicilor, iar apoi plecase spre bucătărie.

-El este al treilea om care a luat parte la omoruri, îi spuse Leah.

-Înțeleg, răspunse Victor dând din cap. Nu te acuz de nimic. Se pare numai că am o perioadă când ghinioanele se țin lanț de mine, dădu el din umeri.

-Ei bine, ai fost înjunghiat, pocnit, împușcat... o mulțime, interveni Axel pe un ton sec. Da, aș spune că într-adevăr ai o perioadă serioasă de ghinioane. Să sperăm că s-a terminat.

-Și cu toate acestea, ai supraviețuit, de fiecare dată, remarcă Mark cu uimire și venerație, iar Victor își dădu ochii peste cap, dezgustat de admirația vădită a bărbatului mai tânăr.

El unul nu vedea nimic de admirat. Îl durea trupul peste tot, şi nici nu voia să se gândească la cât de mult sânge pierduse. Îşi întoarse capul de la detectivi şi-şi ciufuli părul cu degete nerăbdătoare.

Ochii îi căzură pe barul ascuns pe care-l instalase în birou şi decise să se trateze cu un pahar de whiskey. Îl merita, în fond.

Deschise barul şi scoase sticla pe care Leah şi Axel i-o oferiseră cadou de ziua lui.

-Vrea careva din asta? se întoarse el spre ei şi-i întrebă ridicând sticla ca să o vadă.

Detectivii îşi scuturară capetele cu regret. Erau în timpul serviciului şi regulamentul le interzicea să bea alcool.

-Mda, probabil că nu este o ofertă prea bună pentru voi în acest moment, murmură Victor. Îmi pare rău, prieteni, dar după aceste ultime două săptămâni, cred că am nevoie de un pahar, chiar dacă mă veţi considera nepoliticos, spuse el şi-şi turnă o porţie generoasă într-un pahar pântecos, pe care, de asemenea, îl scoase din bar.

-Eşti sigur că nu vrei să mergi la spital? îl întrebă Leah, îngrijorată că Victor fusese rănit de prea multe ori în ultima vreme.

Victor îşi scutură capul.

-Liliana a oprit sângerarea... Desigur, având grijă să facă tot posibilul să mă doară şi mai rău decât înainte, se gândi el să adauge pe un ton ursuz, iar o grimasă i se urcă pe buze, chiar dacă era conştient că era numai răutăcios. A pus şi nişte antibiotic pe rană, aşa că sunt acoperit.

-Şi eu am considerat că ar trebui să meargă la spital pentru a fi consultat, dar este căpos ca un asin, vocea Lilianei veni dinspre uşă.

După ce îi curăţise rana şi i-o bandajase, Liliana se hotărâse să facă nişte cafea şi se încăpăţânase să nu ia în calcul nici unul dintre argumentele pe care el le prezentase împotriva iniţiativei sale.

'E ca şi cum ar vrea să fiu cât se poate de treaz ca să mă pot bucura cât mai bine de toate durerile,' reflectă el cu resentiment, iar chipul i se întunecă de necaz.

Liliana puse tava cu ceşti pe birou şi turnă cafea în fiecare ceaşcă. Îi invită pe detectivi să se servească ei înşişi cu zahăr şi lapte, iar apoi se îndreptă şi se întoarse spre Victor.

Când privirea îi căzu pe paharul de whiskey din mâna lui, se încruntă şi se îndreptă cu paşi apăsaţi spre el. Îi smulse paharul din mână exact când Victor voia să soarbă din băutură din nou, iar whiskey-ul ţâşni din pahar şi îl stropi pe faţă şi pe cămaşă.

-Ce naiba? exclamă el livid, ştergându-şi faţa cu un gest nervos.

Ochii i se lărgiseră şi o grimasă întunecată îi umbrea chipul. Nu-i venea să creadă că femeia a avut tupeul să-i smulgă paharul din mână.

-Nu bei alcool într-o astfel de situaţie, tembelule. Abia ai luat un antibiotic şi un calmant. Nu am insistat să mergi la spital, e adevărat, dar asta nu înseamnă că voi sta deoparte şi îţi voi permite să te omori singur, replică ea furioasă şi turnă băutura din pahar în ghiveciul cu flori aflat pe pervarzul de la fereastră.

-Sunt din plastic, observă el pe un ton sec. Florile sunt din plastic, clarifică el când ea îl privi uimită.

Liliana se înroși violent, dar ridică din umeri nonșalant.

-Nu știu eu prea multe despre plante și grădinărit, mormăi ea, dar știu despre chestia asta, spuse ea arătând spre bandajul pe care-l aplicase pe brațul lui.

Detectivii se luptau să-și stăpânească râsul. Mark se holba la niște pete invizibile de pe tavan și își mușca buza inferioară. Se îndoia că ar fi fost o idee prea bună să izbucnească în râs chiar atunci. Se temea că Victor i-ar vrea capul în acel caz.

Victor se uită urât la Liliana câteva momente, iar apoi se întoarse spre detectivi.

-Deci ce se întâmplă acum? întrebă el.

Spre uluirea lor, imediat după ce le pusese întrebarea, Victor ieși pe ușă. Fără nici un fel de legătură cu ceea ce tocmai spusese, Victor aruncă peste umăr:

-Hai, să ieșim pe terasă. Nu este suficient spațiu pentru noi toți aici.

În câteva secunde, părăsise deja încăperea, iar detectivii tot se mai uitau în urma lui, șocați de comportamentul lui.

Liliana numai oftă și se îndreptă spre birou pentru a pune ceștile înapoi pe tavă ca să le ducă afară pe terasă.

-Nu te obosi, îi opri Axel mișcările. Fiecare își va lua ceașca.

Când ajunseră pe terasă, Victor era deja așezat pe locul său obișnuit de pe sofa. Își întinsese picioarele în fața lui și își încrucișase brațele peste stomac. Îi privea sfidător, chipul îi era beligerant, iar ochii îi deveniseră duri.

-Deci, întrebă el după ce ceilalți au luat și ei loc, la ce alte atacuri mai trebuie să mă aștept?

-La nici unul, îi replică Leah cu convingere.

-Ești sigură? o întrebă el din nou. Pentru că dacă nu ești sigură, atunci îi voi trimite pe Liliana și pe copii într-o vacanță prelungită în afara provinciei. Nu-i voi pune în pericol din nou, declară el cu hotărâre.

-Nu suntem obiecte să fim trimiși undeva de parcă am fi colete poștale, Liliana observă pe o voce aspră. Dacă vrei să plecăm din casa ta, bine, vom pleca, dar asta...

-Am spus eu ceva de acest gen? Că vreau să plece din casa mea? o întrerupse Victor, punând întrebarea celorlalți și nu ei. Am spus numai că nu vreau să vă pun în pericol, accentuă el cuvintele, întorcându-se spre ea și încercând să o intimideze cu privirea lui aspră.

Pentru o clipă, deconcertată, Liliana nu știu ce să-i răspundă, iar Axel profită de tăcere.

-Da, suntem siguri, Victor. Absolut fiecare persoană implicată în acest caz a fost arestată. Îl mai căutam doar pe geamănul omului morcov, dar acum și el este scos din circulație. Poți să-ți continui viața fără să te temi că ar veni careva după tine, îi explică el cu răbdare.

-Deci cazul este închis? întrebă Victor cu scepticism.

Nu credea nici măcar pentru o clipă că reușiseră să închidă cazul atât de rapid.

-Nu, desigur că nu este. Dar ce a mai rămas de făcut, este să-i adunăm pe toți cei care au cumpărat aceste polițe de asigurare și care au instigat la crimă, explică Leah. Ceea ce înseamnă că Axel ți-a spus adevărul. Nu mai sunteți în pericol. Cei care comiteau crimele sunt deja arestați.

-Deci atunci pot să-i duc pe copii la cascada Niagara mâine? întrebă el, iar ochii Lilianei se măriră.

-Cum vrei să conduci cu brațul acela? l-a întrebat ea, nevenindu-i să-și creadă urechilor.

El se mulțumi să dea din mână ca și cum întrebarea ei nici nu merita atenție, iar Axel își scutură capul.

Se aplecă peste Victor și, scuturându-și capul din nou, șopti:

-Ar trebui să înveți cum să-ți alegi bătăliile, Victore.

În ciuda precauțiilor sale, Leah i-a auzit cuvintele, iar ochii i se îngustară. Axel se mulțumi numai să ridice din umeri, ca și cum nu ar fi fost vinovat de nimic.

VICTOR ÎI DUSE PE LILIANA și pe copii la Cascada Niagara numai după alte două săptămâni. Subestimase încăpățânarea și șirea spinării de oțel al unei femei din țara sa de baștină, și după aceea își promisese să nu mai facă aceeași greșeală a doua oară.

Făcuse un compromis și acceptase ca ea să gătească pentru el ca să nu se mai simtă obligată față de el, dar nu acceptă nici un fel de compromis și refuză toate ofertele Lilianei când veni vorba despre spălatul rufelor și curățenie. Linia trebuia trasă undeva.

După ce ieșiseră cu copiii în oraș de câteva ori, Victor și-a adunat curajul să o invite în oraș la o întâlnire, numai ei doi. Se oțelise să-i audă refuzul, iar când ea i-a acceptat invitația a fost complet șocat.

Evident că a înşfăcat şansa imediat, iar Leah şi Axel au fost chemaţi să stea cu copiii. Îndrăzneala lui a uimit-o pe Liliana, ceea ce el a considerat că era un lucru excelent. Aşa, cel puţin, nu-şi mai putea găsi cuvintele pentru a-i contracara planurile.

Întâlnirea a mers destul de bine, conform standardelor sale. Alesese un restaurant bun, unde se puteau bucura de o cină de calitate, dar unde puteau şi dansa şi asculta muzică bună.

Cu toate acestea, Victor s-ar fi simţit şi mai bine dacă ea nu s-ar fi supărat un pic la sfârşitul serii. El chiar nu înţelegea de ce Liliana s-a enervat atunci când el l-a intimidat pe individul acela.

Bărbatul doar văzuse că Liliana era cu Victor. Mai mult decât atât, Liliana îi refuzase bărbatului invitaţia la dans, dar el totuşi a insistat.

Victor nu credea defel că reactionase exagerat. El pur şi simplu şi-a declarat intenţiile. Acum trebuia doar să acţioneze calm, cu răbdare, până ce obţinea absolut totul. În fond, ştia întotdeauna ce trebuie să facă pentru a obţine ceea ce îşi dorea.

NOTĂ PRIVIND GRĂDINA MUZICALĂ DIN TORONTO

GRĂDINA MUZICALĂ DIN TORONTO a fost proiectată de către violoncelistul faimos pe plan internaţional Yo-Yo Ma şi designerul peisagistic Julie Moir Messervy, în colaborare cu departamentul Parcurilor şi Recreării al Oraşului Toronto. Grădina reprezintă o reflectare în peisaj a Suitei nr. 1 în G Major a lui Bach numai pentru violoncel, BWV 1007. Fiecare mişcare de dans din cadrul Suitei nr. 1 în G Major a lui Bach numai pentru violoncel, BWV 1007 corespunde diferitelor secţiuni ale grădinii:

PRELUDIU reprezintă un râu meandrat cu curbe şi meandre. Prima mişcare a suitei melodiei descrie un râu care curge la vale. Bolovani de granit aduşi de la marginea sudică a Scutului Canadian reprezintă patul unui pârâu, ale cărui maluri sunt îmblânzite de plante joase. Întregul ansamblu este încoronat cu o alee cu copaci din genul Hackberry (Celtis occidentalis), ale căror trunchiuri drepte sunt aşezate la distanţe precise, sugerând măsuri ale melodiei.

ALLEMANDA reprezintă o pădure gen dumbravă cu cărări meandreate. Alemanda, un dans nemţesc vechi, este interpretat aici sub forma unei păduri de mesteacăn, cu zone variate unde se poate sta jos pentru contemplare, aceste zone regăsindu-se din ce în ce mai sus pe pantă. Panta culminează cu un punct de observaţie cu stânci de unde se poate admira portul printr-un cerc de copaci din genul Sequoia cu trunchiul roşu (Dawn Redwood).

CURANTA este descrisă printr-o cărare ce se învârte printr-un tăpşan cu flori sălbatice. Originar dintr-o formă de dans italienesc şi franţuzesc, acest dans este interpretat aici ca un vârtej uriaş, îndreptat în sus, care trece printr-un câmp luxuriant de ierburi şi plante perene în culori strălucitoare ce atrag păsările şi fluturii. În partea de sus, un arminden se învârte în vânt.

SARABANDA este o dumbravă de conifere, plantate sub forma unui arc. Această mişcare se bazează pe o formă veche de dans spaniol, iar calitatea sa contemplativă este interpretată aici ca un cerc cu arcul îndreptat spre interior, închis de copaci din genul coniferelor. Piesa centrală a grădinii este o piatră uriaşă ce funcţionează ca scenă pentru citiri de poezie şi proză şi adăposteşte şi o mică suprafaţă de apă care în care se reflectă cerul.

MINUETE – REPREZENTATE de straturi de flori formale. Acest dans franţuzesc, contemporan lui Bach, reflectă simetria şi geometria designului acestei mişcări. Un pavilion circular este proiectat să adăpostească mici ansambluri muzicale sau de dans.

GIGUE ESTE REFLECTAT în trepte create din ierburi uriaşe care te conduc în paşi de dans spre lumea exterioară. Gigue-ul sau "jog", este un dans englezesc. Melodia sa vioaie este interpretată ca o serie de trepte de ierburi gigantice ce oferă posibilitatea vizualizării portului. Treptele formează un amfiteatru curbat care priveşte spre o scenă de piatră aşezată sub o salcie plângătoare. Tufişuri şi plante perene formează braţe largi, care închid grădina ici colea, încadrând panorame ale portului.

Sursa:
http://www.harbourfrontcentre.com/ venues/torontomusicgarden/

BONUS – REȚETĂ PENTRU PRĂJITURA GRETA GARBO

INGREDIENTE

Pentru foi: 500 g făină, 2 ouă (opțional), 200 g margarină pentru copt, 1 linguriță de bicarbonat de sodiu stins cu o linguriță de oțet, puțină sare

Pentru umplutură: 200 grame nuci măcinate, 200 grame zahăr, gem de caise 400 sau 500 grame

Glazura: 200 grame zahăr, 3 lingurițe cacao, 3 lingurițe ulei, 4 lingurițe apă

Preparare

Se amestecă bine ingredientele pentru foi și se întind 4 foi.

Nucile măcinate se amestecă cu zahărul pentru umplutură și se pune deoparte.

Se unge o tavă cu margarină și se tapetează cu făină.

Se pune prima foaie în tavă, se întinde un strat subțire de gem peste ea și se presară cu nucile amestecate cu zahăr. Se face același lucru cu a doua și a treia foaie. Se plasează utima foaie peste ultimul strat de umplutură.

Se pune tava la cuptorul încălzit la temperatură medie (350F sau 190C). Se lasă în cuptor timp de 30 de minute. După ce s-a scos tava, se lasă să se răcească și se pregătește imediat glazura.

Se pun toate ingredientele pentru glazură într-un vas care se pune pe foc. Se amestecă aproape continuu cu o lingură de lemn. Când glazura începe să fiarbă, se continuă să se amestece timp de două minute. Se ia de pe foc și se întinde peste prăjitură imediat, folosind o lingură de lemn pentru a o întinde peste tot. Aceasta trebuie făcut rapid pentru că glazura se va întări.

Lăsați prăjitura în tavă peste noapte, iar dimineața, o puteți tăia după cum doriți: în pătrate, romburi sau felii.

Durată: 1 h

EXTRAS DIN ROMANUL *O FEMEIE BISERICOASĂ*

CAPITOLUL I – O ZI
OBIȘNUITĂ ÎN BISERICĂ

-OH, NU DIN NOU, EMILY Logan murmură și, iritată, îndepărtă o șuviță de păr blond care-i atârna pe față.

Aruncă o privire la predicator. Acesta continua să bodogănească despre un păcat sau altul. Rușinată, Emily admise că a pierdut o bună parte din slujbă.

Emily își propti mâinile în brațele scaunului și împinse cu putere. Se ridică și se clătină câteva secunde, ceea ce-i aduse o grimasă pe buze.

Trebuia să meargă la toaletă, din nou, și repede. Ei bine, pe cât de repede putea. Zilele acestea se părea că pruncul nenăscut îi dansa pe vezica biliară cu sârg.

Emily se întoarse să o pornească pe intervalul spre ieșire când întâlni ochii disprețuitori ai Lornei Carter. Lorna se strâmbă și, întorcându-se către femeia de lângă ea, îi șopti ceva și-și scutură capul.

Emily știa ce fel de zvonuri împrăștiase Lorna peste tot de mai bine de jumătate de an, dar nu avea tăria să se ocupe și de aceasta.

Emily fusese atacată în urmă cu opt luni când se întorcea spre casă. A fost lovită pe la spate și și-a pierdut cunoștința. Când și-a revenit, fusese deja târâtă într-o alee din spatele unui magazin închis. Rochia îi atârna în zdrenţe, iar un bărbat imens încerca să o molesteze. S-a luptat cu el, dar el a lovit-o cu sălbăticie până şi-a pierdut cunoştinţa din nou. În noaptea aceea, Emily a fost violată. Abia implinise şaisprezece ani.

O maşină a poliţiei a găsit-o în orele mici ale dimineţii şi a dus-o la spitalul catolic din ţinut. I s-au făcut toate testele necesare pentru a putea condamna atacatorul ulterior, dar rezultatele au fost pierdute curând după aceea, iar poliţia nu a putut aresta pe nimeni.

La spital, maică-sa a cerut pilula de contracepţie de urgenţă pentru Emily, dar doctorii au refuzat-o. I-au spus că este posibil să găsească un spital sau o clinică dornică să i-o ofere într-unul din ţinuturile din jur.

S-au dus acolo după ce Emily a fost externată, dar era deja mult prea târziu. O lună după aceea, au aflat că era însărcinată cu pruncul violatorului.

Vestea a copleşit-o şi, timp de două luni, mama sa a păzit-o constant, fiindu-i teamă că Emily işi va face rău. După cele două luni, Emily a revenit aproape la normal.

Când în sfârşit a părăsit casa şi s-a întors la şcoală, a auzit zvonurile oribile care erau şoptite peste tot. Mulţi oameni spuneau că primise ceea ce meritase.

Îi fusese teamă că oamenii o vor privi ca pe o victimă. Acum ştia mai bine cum stăteau lucrurile: se uitau la ea şi vedeau o târfă.

Curând, a aflat şi cine era sursa acelor zvonuri oribile: bisericoasa Lorna Carter. Femeia umilea pe toată lumea şi intimida cel puţin trei sferturi din oraş. Dacă Lorna decreta că nimeni nu trebuia să vorbească cu cineva anume, marea parte a oamenilor se supuneau decretului său pentru că le era teamă de ea.

Emily a învățat să trăiască și cu asta. Oricum, mai erau câțiva oameni care o vizitau și încercau să o susțină.

Emily trecu pe lângă strana Lornei și o ignoră, iar Lorna simți că i se ridică sângele la cap. Nu era genul de om cu care se putea glumi și consideră că trebuia să îi dea o lecție târfuliței.

Lorna o urmări pe Emily avansând spre ușă cu ochi îngustați. Se întoarse către vechea sa prietenă, Annaliese, să plănuiască distrugerea socială totală a lui Emily. Mai avea câteva trucuri ascunse și abia aștepta ziua în care o va putea călca în picioare pe Emily, care provenea din partea săracă a orașului.

Emily tot mai avea ceva distanță de mers până la ușă. Simțea ochii Lornei fixați pe ea. Tânăra trecu pe lângă John Rand, care îi zâmbi, iar apoi se uită dincolo de Emily la Lorna Carter. Ura din ochii lui negri o șocă pe Lorna, dar numai pentru o clipă. Apoi, un zâmbet urât îi înflori pe buze.

John Rand lucrase în brutăria de pe Strada Principală până când Lorna l-a intimidat pe Jeremiah, proprietarul, iar acesta l-a concediat pe Rand, fără a-i oferi nici măcar o scrisoare de recomandare. Rand nu a putut găsi altă slujbă în oraș sau în orașul vecin și, în plus, o avea și pe mama sa în vârstă de întreținut. Lornei nu i-a păsat, ci a considerat că bărbatul a cules ce a semănat.

Ochii ei s-au mutat cu indiferență la Emily. Mersul fetei îi amintea de o rață, iar zâmbetul hidos al Lornei se lăți.

Emily mai avea cam patru metri până la ușă. Se împiedică iar Aileen Edwards îi prinse brațul și o ajută să își recapete echilibrul.

Aileen își clătină capul cu tristețe, gândindu-se la starea bietei fete de șaptesprezece ani. Apoi, ochii ei albaștri aruncară săgeți otrăvite către Lorna Carter.

Lorna o privi cu mânie. Și Aileen a primit ce-a meritat pentru că a îndrăznit să o contrazică pe Lorna în fața comitetului bisericii. Lorna nu putea uita sau ierta, așa că avut grijă să-i distrugă căsnicia lui Aileen.

Ochii Lornei luciră cu dispreț și apoi se întoarseră înapoi la Emily. Adolescenta mai avea încă vreo doi metri și jumătate până la ușă. Lornei nu i-ar fi părut rău dacă adolescenta s-ar fi împiedicat din nou.

Emily trecu pe lângă o familie de cinci, iar copiii îi zâmbiră. Ochii Lornei deveniră două fante înguste, iar mama imediat îi admonestă pe copii.

Așezat într-o strană în cealaltă parte a bisericii, Matthew Jackson fu martor la schimbul de priviri și mânia îi jucă în ochii negri. O fixă cu privirea pe Lorna, dar ea doar se strâmbă la el și ridică din umeri. Matthew era un gândac, nimic mai mult, așa că nu avea de ce să-i fie teamă de el.

Ochii ei se întoarseră la Emily. Acum, fata trecu pe lângă fiul Lornei, Edward, care, cu un zâmbet trist, încercă să o ajute, dar Emily îl respinse. Fața Lornei deveni o mască furioasă. Puștan idiot! Încă mai ofta dupa fata aceea.

Dan Hanson îi deschise ușa lui Emily și îi șopti ceva la ureche. Ea scutură din cap, dar își îndulci respingerea mângâind brațul bătrânului. Hanson zâmbi deasupra capului ei plecat, iar apoi închise ușa în spatele ei. Ochii săi se încrucișară cu ochii Lornei și efectiv mârâi. Dacă ochii ar fi putut ucide, Lorna ar fi zăcut moartă acolo unde se afla.

CAPITOLUL 2 – VIAȚĂ ȘI MOARTE DUMINICĂ SEARA

EMILY SIMȚI O DURERE puternică ascuțită în zona bazinului, scăpă coșul cu roșiile pe care abia le culesese și gemu. Se îndoi de mijloc când durerea tăioasă din spate se intensifică și lacrimile îi împăinjeniră ochii.

Avusese dureri când și când de la amiază, dar crezuse că greutatea pruncului cauza durerile pe care le simțea în partea de jos a spatelui și încercase să nu le dea atenție.

Brusc, se pomeni cu o baltă la picioare și ochii i se rotunjiră alarmați. Era în durerile facerii și asta o înspăimântă.

Emily era singură acasă, pentru că mama sa lucra în schimbul de după masă la fabrica din orașul vecin, și fata știa ca aceasta nu va veni acasă înainte de ora zece.

Emily știa și că nu putea suna la spital și aceasta o speria și mai mult. Telefonul le fusese deconectat în urmă cu două zile și încă nu avuseseră banii să plătească factura. Cecul cu salariul mamei sale urma să vină abia peste trei zile.

Oricum, tot nu ar fi putut să cheme o ambulanță. Asigurarea ei medicală abia dacă acoperea nașterea, și asta numai dacă nu erau complicații.

Emily privi în zare, dar nu văzu pe nimeni. Ele locuiau dincolo de marginea orașului și cel mai apropiat vecin se găsea cam la doi kilometri și jumătate mai jos pe șosea.

Nici măcar nu știa dacă vecinii ar fi fost dornici să o ajute. O evitaseră în ultima vreme, dar nu putea să-i condamne. Trebuiau să se îngrijească de ei înșiși și să nu o calce pe bătături pe Lorna Carter.

Pe de altă parte, dacă aș traversa câmpul din spatele casei, aș ajunge la drumul spre spital, s-a gândit ea. Erau numai cinci kilometri de mers și poate că va trece vreo mașină și o va lua și pe ea.

Acum că a decis ce să facă, Emily s-a dus în casă, uitând de roșiile împrăștiate în iarbă. Ceasul bătu ora nouă.

I-ar fi plăcut să facă un duș și să se schimbe înainte de a merge la spital, dar abia se ținea pe picioare, așa că își luă geanta cu documente și plecă. Îi era jenă să se ducă la spital așa, dar era posibil să nu mai poată pleca deloc dacă ar fi încercat să facă duș, și îi era mult prea teamă să rămână în casă singură.

Se clătină afară din casă și în jos pe scările din spatele casei. O durea spatele, dar porni cu hotărâre peste câmpul care se întindea până departe sub ochii ei înspăimântați. *Și dacă nu voi reuși să ajung la spital?*

Emily își scutură capul. *Trebuie să o fac.* Agăță cureaua de la geantă pe umăr. Cu mâna dreaptă apăsând în zona bazinului, continuă să meargă cu dificultate.

Durerea venea și trecea în valuri regulate. O lăsa fără respirație și trebuia să se îndoaie de mijloc de fiecare dată când i se contracta abdomenul. Cum fiecare durere îi lua respirația pentru mai mult de un minut, îi era din ce în ce mai dificil să avanseze. După vreo douăzeci de minute, o cuprinse o durere și mai puternică și țipă.

O dată cu durerea, veni și tendința de a împinge. Căzu la pământ țipând. Încercă să se oprească, să nu mai împingă, dar nu reuși.

Cu mâini tremurânde, își scoase chiloții. Acum, contracțiile erau foarte aproape una de alta. Se contopiră într-o contracție imensă și Emily nu mai putu să respire deloc. Gâfâia și lacrimile îi curgeau pe obraji.

Corpul ei preluă acțiunea automat și Emily simți copilul alunecând. Strânse din pumni cu putere, până ce încheieturile i se albiră.

Apoi valul de durere se opri câteva secunde. Încercă să respire normal, dar o altă contracție o prinse pe neașteptate și, cu un urlet inuman, împinse din nou și simți pruncul alunecând pe pământ.

Era 9:25, 6 noiembrie, 2016, duminică seara.

CASA FAMILIEI CARTER se găsea în celălalt capăt al orașului, în partea cu case elegante, locuite de oameni bogați. Locuitorii acelor case se considerau adevărații stâlpi ai comunității și se uitau de sus la bieții muritori ce locuiau dincolo de granița pătratului ce includea doar cinci strázi.

Strada comercială separa pătratul oamenilor bogați de partea mai săracă și comună a orașului. Aici, în acel pătrat, se găseau case vechi, bine întreținute. Peluzele erau perfect manichiurate şi aleile de lângă case adăposteau ultimele modele de automobile. Flori erau aliniate de-a lungul zidurilor şi perdele diafane decorau ferestrele.

Casa familiei Carter avea parter şi etaj, şi era construită din cărămidă roşie. Fuscse construită pe colţul Străzii Orhideelor. Trei stejari înalţi umbreau o parte a peluziei, iar o statuie a Fecioarei domina o grădină mică şi luxuriantă în cealaltă parte.

La 9:20, pe 6 noiembrie 2016, casa era aproape complet întunecată şi numai lumina unei lămpi strălucea în geamul de la bucătărie.

Tăcerea domina împrejurimile. La 9:25, un ţipăt scurt erupse din partea din spate a casei familiei Carter, dar a fost imediat înghiţit de sunetul filmului de război din camera de zi a vecinilor lor.

Lorna Cartea zăcea pe podeaua bucătăriei sale care odinioară fusese imaculată. Fusese înjunghiată în piept şi abdomen de cinci ori, în succesiune rapidă, iar sângele i se vărsase pe podeaua ce fusese spălată cu meticulozitate.

A ţipat când i-au căzut ochii pe cuţitul împins în jos spre pieptul său, dar, după prima lovitură, a mai avut putere doar să şoptească. După ce cuţitul i-a străpuns pieptul a treia oară, viaţa i-a abandonat corpul şi ochii i-au devenit sticloşi. În ciuda acestui fapt, cuţitul a continuat să izbească, înjunghiind cadavrul inert.

BIOGRAFIA AUTOAREI

ROXANEI NĂSTASE ÎI place să scrie și să facă prăjituri – aceste două pasiuni se potrivesc foarte bine. De asemenea, îi place să petreacă timp cu câinele ei – sau cel puțin marea parte a timpului, pentru că, de fapt, acesta este un drăcușor.

O călătorie în Scoția a făcut-o să-și dăruiască inima unei țări minunate și unor oameni extraordinari. De aceea a ales un detectiv scoțian pentru marea parte a romanelor sale polițiste.

ROXANA NASTASE

CĂRȚI SCRISE DE ROXANA NĂSTASE

NEBUNIE PE STRADA PRIVIGHETORII – Seria McNamara – Cartea Întâi

Mirosuri și Umbre – Seria McNamara – Cartea A Doua

Seria McNamara – Box set (Carteal I și II)

Un Epitaf Potrivit – Seria MacKay – Detectiv Canadian (Cartea Întâi)

O Femeie Bisericoasă

Un Imigrant – Seria MacKay – Detectiv Canadian (Cartea A Doua)

ÎN CURÂND VOR APĂREA:

Legături Relative – Seria McNamara – Cartea A Treia

O Schimbare de Inimă – Seria MacKay – Detectiv Canadian - Cartea A Treia

MACKAY - DETECTIV CANADIAN CARTEA ÎNTÂI

*Vă mulțumesc pentru că ați citit cartea polițistă **MacKay – Detectiv Canadian**.*

Dacă v-a plăcut, vă rog să le spuneți și prietenilor dumneavoastră sau să postați o recenzie scurtă. Cuvântul purtat din gură în gură este cel mai bun prieten al unui autor și este extrem de apreciat.

Vă mulțumesc,

Roxana Năstase.

Pentru a afla despre lansări noi de carte, vă rog să subscrieți la buletinul meu informativ de pe:
www.roxananastase.weebly.com.

Did you love *MacKay - Detectiv Canadian Cartea Întâi*?
Then you should read *Schimbarea*[1] by Roxana Nastase!

[2]

***Un detectiv mai comod, o imigrantă superbă, cu talente
mai ciudate, un caz oribil și evenimente paranormale***

În ultima vreme, dezamăgit, cu inima și mândria rănite,
Mark nu prea mai așteaptă multe bucurii de la viața sa, ci
continuă să își facă treaba ca un robot, numărând orele
rămase până ce poate să se întoarcă acasă.

Mark are obiceiul să dispară atunci când este multă
treabă de făcut, dar soarta îi azvârle în poală un caz oribil de
traficare umană.

---

1. https://books2read.com/u/49levX

2. https://books2read.com/u/49levX

Oare ce va face detectivul atunci când va trebui să se ocupe de caz el însuși?

Și oare ce va merge prost?

Oare va înceta Mark să se autocompătimească și va lupta pentru cei oropsiți? Îi va aduce detectivul pe cei vinovați în fața tribunalului?

Și oare ce se va întâmpla când îi va apare în cale Soledad, o frumoasă sud-americancă, care are toate darurile pentru a-i fura inima? Va reuși ea să distrugă zidurile pe care Mark le-a construit în jurul inimii sale sau va lăsa în urmă o cochilie goală atunci când cazul se va încheia?

Ei bine, pentru a urmări acțiunea, citește a treia carte din seria MacKay – Detectiv Canadian. Oare te vei regăsi de partea lui Mark?

Read more at roxananastase.weebly.com.